记者视界

中央广播电视总台驻外记者一线手记

主编 杨华 关娟娟 刘轶瑶
执行主编 蔡耀远 林颖

CMG REPORTERS IN THE FIELD

中国国际广播出版社

目录 CONTENTS

直击现场

国际风云

环球视野

驻外生活

直击现场

俄罗斯 英国 埃塞俄比亚 迪拜 南非 埃及

徐鸿波

2010 年 8 月进入中央电视台外语频道，2012 年 8 月前往中央电视台驻俄罗斯莫斯科记者站工作，2015 年 11 月转往圣彼得堡记者站工作至今。

驻外期间，曾专访俄罗斯外长拉夫罗夫、上海合作组织前秘书长阿利莫夫、俄罗斯体操女王霍尔金娜等著名人物。曾参与上海合作组织成员国元首理事会（简称上合组织峰会）、金砖国家峰会、G20（二十国集团）峰会、2018 年俄罗斯世界杯、2014 年俄罗斯索契冬奥会等重大活动报道。曾多次前往俄乌冲突一线进行报道，独家探访过俄罗斯北极三叶草军事基地。

我眼中的真实俄乌冲突

中央广播电视总台亚欧总站圣彼得堡记者站／徐鸿波

菜鸟记者初入战地

2012 年 8 月，我飞抵俄罗斯首都莫斯科，光荣地成为中央电视台的一名驻外记者。报到第一天，同事们就跟我开玩笑说，俄罗斯莫斯科记者站虽然是人数最少的，但是“管理”的辖区可是面积最大的，人均超过 300 万平方公里。其实不只有俄罗斯，包括中亚、高加索和东欧地区也都是我们所要负责的地区。

2014 年 10 月 24 日，顿巴斯地区的武装冲突已经逐渐进入战争状态，就在这一天，我收到领导的通知，让我和记者站的摄像老师王春一起准备前往顿巴斯交火地区进行采访报道。其实在此之前已经有第一批同事经过俄罗斯南部罗斯托夫州进入了交火区采访，而此时的我也已经做好了随时前往战区的心理准备。收到这个通知时，我的心里还是有点儿紧张的，倒不是害怕去战争前线，而是担心如何在战争这种极端环境下顺利完成自己的采访报道。虽然我是从 2012 年开始成为一名驻外记者的，但是直到 2014 年之前，我的大部分报道工作都集中在政治、经济和文化领域，而受益于中俄两国间的友好关系，背后也有整个团队甚至是国家的支持，我的驻外记者生涯的最初两年是在波澜不惊中平稳度过的。

现在马上要成为一名战地记者了，我不禁要问自己：真的准备好了吗？我立刻给父母发了一条微信，告诉他们我要前往战区的事情，我清楚地记得当时是北京时间凌晨 3 点。令我吃惊的是，母亲立刻就回复了我，“安全第一，每天早晚都给我报平安”，简单几个字，却很暖心。其实我在俄罗斯驻站的那段时间里，父母一直在关注俄乌局势的发展，所以，我要去乌克兰的事他们应该也早就有心理准备了。

第二天，和我一同奔赴战场的摄像老师王春告诉我，他的母亲年纪比较大了，而他作为摄像也不会出现在新闻画面当中，所以为了不让母亲担心，他准备等我们完成报道任务后再告诉家人。

10 月 25 日，我们准备好了海事卫星、摄像机、三脚架、电脑以及够用一个月的生活物品正式启程。我们从莫斯科出发，在白俄罗斯明斯克机场中转，最终顺利抵达了乌克兰首都基辅。当时俄乌关系已经严重恶化，而我们乘坐的又是从俄罗斯飞来的航班，随身携带了大量电子设备，果然不出所料，在机场我们就被乌克兰海关请去询问相关事情了。整个过程中，我用俄语回答他们提出的各种问题。还好我们在出发之前做足了准备，所有的设备都有合法手续，在被“询问”了 3 个小时后，我们最终出关与来接我们的基辅站记者会合了。

基辅站的同事非常热情，详细给我们介绍了当时乌克兰东部地区的具体情况。经过一番商量之后，我们决定从基辅乘坐火车抵达第聂伯罗彼得罗夫斯克——一座位于第聂伯河畔、乌克兰著名的工业城市，然后再租车穿越交火区抵达此行的目的地——顿涅茨克。随后基辅站的同事把早早准备好的防弹衣以及钢盔转交给了我们，我和摄像王春老师两人称了一下我们携带的行李，总重量达到了 135 公斤！

想着第二天的火车时间是早上 5 点半，我们决定在火车站对面的一家快捷酒店住下了。直到现在，我仍能清楚记得这是一家苏联时代的老式招待所，房间很小，把行李都放进去以后几乎没有可以走动的空间了。那天晚上有很多朋友和同事都发来了关心的问候，让我非常感动，国内后勤组的同事也不断询问我们还需要什么，帮我们安排购买保险，为我们提前预订宾馆，甚至要为我们安排安保人员陪同。我心里很清楚，当时俄乌冲突是各方媒体关注的焦点，可是我到底该怎么去报道，到底能拍到什么，心里完全没有底。那一夜，我只能用辗转难眠来形容了。

10 月 26 日早上 4 点，王春老师就来敲门了，他和我一样，都是彻夜未眠。我们找了酒店的前台帮忙，一起把 135 公斤的行李顺利地运到了火车站的铁轨旁边。那天早上的基辅，气温还在零下，我们把所有行李堆叠在一起，都有一人高了。还好当天的火车非常准时，车厢内人也不多，我们两个人上车后就沉沉睡去了。

下午 2 点，我们顺利抵达了第聂伯罗彼得罗夫斯克火车站，基辅站同事推荐的司机谢尔盖早已经在火车站等候了。谢尔盖是个年轻的小伙子，他之前就接待过我们的同事，经常往来于乌克兰军队控制的区域和顿巴斯民间武装控制的区域，可以说是个经验丰富的战区向导。在谢尔盖的帮助下，我们顺利通过了乌军和民间武装的三个检查点。当我们在通过最后一个检查点时，碰到了一位母亲，她开着车带着一个小男孩，我们无法具体了解情况，但是能模糊地听到这位母亲非常着急，因为孩子生病了，需要穿过交火区前往乌军控制的地区就医，可是军人们劝她掉转回去，说晚上穿越交火区非常危险，等到第二天早上再走比较安全。

晚上 9 点，我们终于抵达了顿涅茨克，刚进入市区就遇到了从头顶呼啸而过的武装直升机，随后从城市北部地区不断传来机枪声，直到我们抵达预订的酒店，交火声也一直没有停止。为我们办理入住的前台是一位乌克兰姑娘，她看到我们紧张的表情立刻贴心地说道："不用担心，交火地区在顿涅茨克机场，距离我们这里有超过 10 公里呢！"当晚，我们在窗外的机枪和火炮声的伴奏下睡着了。

第二天一早在酒店吃早餐时，我们再次体会到了什么是"战争状态"。刚到餐厅就看见乌克兰东部的民间武装将一个满身是泥的欧洲记者押送回了酒店，原因是他违反了每天从晚上 5 点到次日早上 9 点的宵禁令，擅自跑出了酒店，于是被罚在前线挖了一晚上的战壕，所以才把自己弄得满身是泥。在放下这名记者的同时，乌东民间武装再次重申，要求我们所有在酒店的外国记者一定要严格遵守宵禁规定，否则下一次就不是挖战壕这么简单了，可能是更严厉的处罚。

顿涅茨克机场遇险

10 月 29 日是我们抵达顿涅茨克的第四天，前两天我们主要在当地办理了采访证件，调试了所有设备，而我们的向导谢尔盖因为岳父生病带着家人紧急前往乌克兰东部城市哈尔科夫看病了。

于是，我们开始寻找新司机，不过很快就找到了，他叫瓦季姆，当时 26 岁，跟我年纪相仿。他告诉我，他的父亲是俄罗斯人，母亲是乌克兰人，他从一出生拿的就是乌克兰护照，他既不支持乌克兰也不支持俄罗斯，他只是一个普通人，希望能在这乱世之中混口饭吃。也是从这次战地合作开始，我们保持了长期的友谊和联系，有关瓦季姆的故事我会在后文中继续为大家讲述。

我们原定在 29 日与央视新闻频道进行一档直播视频连线。连线之前，我们已经取得了乌克兰东部民间武装的许可，连线地点安排在顿涅茨克机场附近的一处军事哨站附近，这样可以更有现场感。可是当我们抵达哨站时，意外发生了，哨所的军人表示，那天的所有拍摄全部取消，要求我们要立刻返回，因为一场真刀真枪的交火马上就要开始了……

既然这样，我们也只能打道回府了。当我们驱车按原路返回时，顿涅茨克机场内已经爆发了大规模冲突，机场的航站楼遭到炮击，整个大楼已经摇摇欲坠。突逢交火，我们终于有内容可拍了，但同时也有点手足无措，在简单拍摄了机场交火的画面后便返回顿涅茨克市区。就在车开到半路时，瓦季姆告诉我们前面好像掉下了什么东西，我们下车查看时发现一枚榴弹炮深深嵌在了马路中央，还好这颗炸弹没有任何动静，当时我的脑子里一片空白，连瓦季姆也呆滞了一下，这时我听见经验丰富的王春老师在我耳旁喊道：“你赶紧说两句啊，我的摄像机一直没有停机。”我立刻反应过来，在一片混沌和炮弹爆炸声中完成了出镜，而瓦季姆也从震惊中回过神来，指挥着我们立刻上车绕小路离开交火区。

2014 年 10 月，在顿涅茨克战区连线

回去的路上我们三个人都没有说话，坐在车上的我越想越害怕，也不知道当时哪里来的勇气居然敢下车查看，万一那枚炮弹就在那一刻爆炸怎么办？10 月底的顿涅茨克气温不到 0℃，可当我们离开交火区时，我发现自己全身是汗，下车时双腿都不受控制地发抖。瓦季姆告诉我，这也是他平生遇到过的最险象环生的一次经历。

我们拍摄的这条片子在发回国内后被包括央视《新闻联播》在内的多档新闻节目滚动播出，俄罗斯和欧美多家媒体也以“中国记者在顿涅茨克遇险”转载了这条报道。

俄乌边境独家发声

时间转眼来到 2022 年。2 月，乌克兰的紧张局势再度升温，我和同事前往俄乌边境。这次与我一起前往边境地区的是总台资深摄像张京津老师，他此前长期在中东地区工作，参与过叙利亚和也门战争的采访工作，战地工作经验远比我们丰富，还曾经出现在其他记者的采访故事中。这次出差我们两人仍旧携带了超过 100 公斤的行李，与 8 年前相比，最大的区别是我们携带了大量进行直播，尤其是新媒体直播需要的设备。相比于 2014 年，2022 年的消息传播速度要远快于之前。我们前往一线除了要发回独家报道外，还要按照总台的要求，争夺新闻的时效性和国际新闻的话语权。

起初，我们从媒体、政府和专家那里获取的信息普遍分析认为，俄乌边境局势虽然紧张，但是俄乌之间爆发冲突的可能性并不大，但是当我们抵达当地之后才发现，那里的气氛并不如传闻中那么轻松。当天晚上我们就前往俄乌边境进行踩点，发现沿途巡逻的武装直升机非常多，而俄罗斯南部枢纽——顿河大桥上频繁有运送军用武器的列车通过，俄罗斯军队也已经在边境口岸开始建立难民收容地。果然应了新闻界的那句老话，记者只有到了现场才能找到新闻线索，于是我们当机立断，迅速开始与国内进行直播连线。而这一次直播连线是除俄罗斯之外，外国记者在俄乌边境——俄罗斯一侧最早进行的现场直播报道，我们也有幸成为所有中文媒体中唯一一家在俄乌边境采访的记者。

可这次连线却发生了意外，就在我即将结束连线时，我的身后突然出现了一名俄罗斯安全人员，我当时毫不知情，摄像张京津老师立刻紧张了起来，他不能让这个“不速之客”出现在直播画面里。多亏张京津老师沉着冷静，虽然他不懂俄语，但凭借此前的工作经验，他向我打了一个赶快结束连线的手势，然后立刻在俄方安全人员进入直播画面前一把拉走了他，随即向他展示了我们的记者证等身份证明。

2022 年 2 月，在俄乌边境顿河大桥报道俄军通过大桥

我接到了他的手势后，以最快速度顺利完成连线，然后上前与俄方工作人员沟通。起初这名俄方安全人员对我们的直播行为非常不满，但是经过我们的耐心解释后，尤其是向对方说明我们是来自中国的记

者、我们为什么直播连线以及目前正在办理手续的具体情况，对方反而主动向我们提供了大量的新闻线索。正是在他的协助下，我们在第二天获得了进入罗斯托夫火车站拍摄俄罗斯接收难民的许可，而中央广播电视总台也因此成为唯一一家获得许可在罗斯托夫火车站进行拍摄和视频报道的外国媒体。这件事看似不大，但是对于我却触动很深，这次与俄方安全人员的“不打不相识”让我再次明白记者抵达现场和敢于发声的重要性。正是因为我们抵达了现场，才能获得这些独家的新闻线索；我们敢于发声，才顶住了俄罗斯安全人员的压力，向他们说出了我们的需求。而我们的真诚和工作态度也打动了对方，最终获得了对方的理解和帮助。

失踪的瓦季姆

我在前面提到 2014 年第一次去顿涅茨克拍摄采访时认识了瓦季姆，他陪伴我们采访和生活了一个月的时间，由于我们年纪相仿，兴趣爱好也接近，在离开乌克兰后我一直和他保持联系，虽然谈不上是最要好的朋友，但是每当俄历新年或者中国新年时我们都会互相送上祝福。2019 年，他为了给妻子和女儿一个安全的环境，全家搬到了安全形势较好的乌克兰第二大城市哈尔科夫，他还向我展示了他们如何布置新家，并邀请我去他的新家做客。

2022 年 2 月 24 日，俄军发起对乌克兰的特别军事行动，当日战事刚起我就给瓦季姆发了信息，想询问一下当地的情况，看他能不能成为总台的临时报道员，不过信息发出去以后一直没有回复。那天我也给他打过电话，不过电话无法接通。我心想当地遭受空袭，可能地方政府已经切断了网络通信，而我也因为工作比较繁忙就把这件事情忘了。直到 2 月 28 日我的手机收到了一条陌生号码的信息。信息中写道：“我是瓦季姆的朋友，瓦季姆于 2 月 24 日晚出车送货以后失去了联系，目前大家都在找他，希望有跟他联络过的朋友提供线索。”我随后立刻回复了这条信息。

直到我写下这篇文字的 2022 年 4 月 30 日，我依然没有收到任何回复，瓦季姆仍处于失踪状态。我不想往最糟糕的地方去想，但我一直无法联系上他的妻子和女儿，我只能祝福这位在俄乌边境地区讨生活的普通人还有机会回到自己的妻女身边。我希望有这么一天：如果我们还能相见，我一定要让他成为我的专访对象，让他对着我们的镜头，给我们的观众详细讲述他到底经历了什么？他在哈尔科夫这 8 年的生活是如何度过的？我特别希望能有机会完成这样的采访。

只有去过战场的人，才能真正体会战争的残酷和血腥，也才能知道和平的可贵和难得。作为一名去过战争前线采访的记者，我想说，珍惜眼下的和平环境，努力工作，尽情生活，学会享受当下的每一刻幸福时光。

驻外手记

2022 年是我驻外记者生涯的第十年。在这十年的工作中我发现，优秀的驻外记者必定是一名“多面手”。

首先在业务工作方面，驻外记者需要有较高的外语能力，同时需要对驻在国的文化有深刻的理解。驻外记者还要有与国内记者“走基层”一样的精神，深入一线，尤其是要抵达距离新闻事件最近的地方，只有距离现场足够近，你的新闻才能做到客观和真实，才能发掘到更多别人不具备的信息。而在当下的新媒体时代，消息传播速度非常快，但是记者抵达现场的频率却在下降，作为一名记者始终要以抵达现场作为对自己的基本要求。作为驻外记者，采访难度有时会高于国内，这就要求驻外记者不仅仅能写稿和出镜，有时还需要成为司机、翻译、摄像、化妆师甚至是军人。2022 年初，俄乌冲突再起，我再次赶赴一线报道，新闻媒体直播成为一种重要的传播渠道。在此期间，记者随同俄军共同行动，然而我们的团队只有两个人，所要操作的各种设备多达 5 套，这就要求我们两人不仅要熟悉拍摄，更要懂得新媒体直播传输和后期剪辑的技术。因此，驻外记者一定要在平时的工作和生活中不断学习各种知识，只有平时拥有足够的积累，才能在关键的时刻成为“多面手”，完成一线最重要且最及时的报道。

除了在业务和生活中要成为“多面手”，驻外记者更应该在对外交往尤其是在对外传播中成为“多面手”。就像总台领导对驻外记者提出的要求一样，记者要成为中国故事的讲述人，中国文化的传播者，更要争当“民间外交家”。尤其当下西方媒体仍旧对中国“围追堵截”，在这种环境下的驻外记者不仅需要向国内观众讲好外国故事，更需要向国外观众讲好中国故事，尤其这几年的工作让我深刻感受到国际传播的重要性。2020 年，在我和同事的共同努力协调下，全俄国家广播电视公司、圣彼得堡电视台、阿塞拜疆国家电视台、白俄罗斯国家电视台等俄语地区的重要媒体都播出了多部总台制作的涉港、涉新冠疫情的纪录片，这些来自中国的画面和声音在俄罗斯媒体平台播出后取得了非常好的传播效果，外国观众也不再盲目听信西方媒体的报道，为中国在俄语地区与西方媒体的斗争创造了良好的环境。在文化传播方面，以前俄罗斯民众只知道中国春节要吃饺子，为了让当地民众对中国春节有详细的了解，在我的努力下，2020 年圣彼得堡市政府在中国除夕之夜举办了千人共看春晚的活动，活动期间我向俄罗斯民众和媒体详细介绍了中国春节文化。现在在圣彼得堡，中国春节已经是大家都会庆祝的节日，地标建筑冬宫桥会在春节期间亮红灯，民众在节日期间会购买印有新一年生肖的衣服，还会一起收看在俄罗斯电视台播出的总台俄语版春晚。

我认为驻外记者不能仅仅停留在新闻报道中，更要履行“联接中外，沟通世界”的职责使命。

梁弢

2001 年进入中国国际广播电台英语中心，2006 年至 2009 年在驻香港记者站顺利完成首次驻外工作。曾任中国国际广播电台英语中心新闻编辑部副主任，英文网副主编。担任导演拍摄的 40 集大型系列情景剧《实景汉语》作为国家汉办汉语学习教材在海外进行推广。现已在英国驻站工作 6 年，采制编发多篇关于英国“脱欧”和中英关系的深度评论稿件。

经历恐袭

中央广播电视总台欧洲总站伦敦记者站／梁弢

2017 年临近年底的英国，已经发生了 4 次恐袭，平均每两个月一次，安静了近 10 年的英国再次被卷入了恐怖与血腥的旋涡，英国人松弛了许久的神经在那一年里又一次紧绷起来。我就是在这个时候来到伦敦，开启自己人生的第二次海外驻站。

比起第一次驻站办理港澳通行证时仅需照片识别，这次赴英工作从申请签证到伦敦希思罗国际机场入境都采取生物信息识别技术。系列恐袭发生前只需要按两只手的大拇指，而我来英国的时候就需要采集两只手从拇指到中指的三根手指了。英国人希望通过自己的高科技对入境人员进行身份识别，力图御敌于国门之外。

英国高科技反恐的另一个体现，就是监控录像密度全球第一。全英境内有近 700 万个探头，可以说平均每 10 个人就有一个。据说，我入境的希思罗机场就有 3000 多个！首都伦敦更是达到每 50 米一个的地步。而更为先进的是摄像头安装了麦克风，可以监听近百米处的人群谈话。我每到一个地方，首先看到的总是监控提示。英国政府希望依托高科技手段的森严监控制度，令恐怖分子在街头无所遁形。

即使有这样先进的防范手段，但是我在英国的 4 年多时间里还是遇到了两次恐袭。这两次恐袭都发生在“黑色星期五”。“黑色星期五”现在变成了西方最大的购物节日，类似我们的“双十一”。但是“黑色星期五”本身得名是因为西方人忌讳数字 13，也忌讳星期五，他们认为这两者在一起就会厄运不断。而恐怖袭击分子刻意选择这样一个日期动手，在一定意义上也想进一步营造渲染悲剧气氛。

准确来讲，我第一次碰到的只是带引号的“恐袭”，仅仅是一次恐慌，而不是真正的恐怖袭击。但是作为亲历者，我第一次近距离感受到了死亡对生命的威胁，以及家人对于每个人的重要性。

“黑色星期五”

2017 年 11 月 24 日，是我来到英国的第 9 天，也是我来英国过的第一个“黑色星期五”。当天，我太太协助我完成采访拍摄后，经过牛津街，这是英国首屈一指的购物街，在不到两公里长的街道上云集了超过 300 家全球知名商场，其地位相当于北京的王府井大街。万圣节后，英国人就开始在牛津街和摄政街这两条主要商街上布置漂亮的灯饰，用以点缀冬日的伦敦，迎接西方最大的节日——圣诞节的到来。

英国的冬天，天黑得很早，下午不到 4 点已是落日余晖、华灯初上了。牛津街上各种灯饰的光芒温馨柔美、交相辉映，商店橱窗内琳琅满目的打折促销商品令人目不暇接，一切都映衬着购物节的喜庆祥和。

大约 4 点半的时候，商场外突然传来一声闷雷一样的巨响。商场里的顾客和我们一样，脸露惊诧的神色，用询问的目光望向身边的人。时间仿佛在那一两秒的瞬间静止了。

随后商场刺耳的警报立刻响起，伴随着警报声，商场的广播喇叭也重复播报着：“这不是演习！请大家迅速撤离牛津街！”所有的顾客瞬间恐慌了，爆发出尖叫声，潮水一般涌向电梯和标有安全出口的楼梯间。我们交换了一下眼神，彼此明白一定是发生大事了。我拽起太太的手，赶紧随人流往楼梯跑。我们当时在三楼，跑过电梯的时候，恰好瞥见一趟从楼上下来的电梯，梯门打开虽然轿厢还有少量空间，但是门口几层的人都试图往里挤，人们一边互相喊着不要挤了，一边挤着周围的人。

我们被慌乱的人群拥下了楼，其间好像又传来过一声闷响。商场的出口就在右手边10米之内的地方，如潮的人群都在往外挤。这时一个拄拐的老人在门口附近被撞倒了，狭窄的出口因有人跌倒而发生拥堵。两个好心的小伙子停下脚步，迅速扶起老人，来不及再捡拾拐杖，架起她就往外闪，门口马上恢复了人群的单向流动。

我们挤出大门，看到街上的人流已经在迅速赶来的少量警察指挥下向牛津街后面的街区全速疏散。直到这时我还不知道究竟发生了什么，而且家人也在身边，所以心里还是有一种莫名的恐惧，脑海中总在回想一些电影中恐怖分子施暴的大场面。

绕到商场背后，奔行了大约两三百米，临街是一栋正在施工的公寓楼。门口两位头戴安全帽的工人主动开门招呼逃难一般的人们进到楼内躲藏。不暇细想，我们冲入楼内，撞进一个几乎是正对楼门的小屋。大概十几秒后，正当我大口喘息的时候，听到了外面大门关闭和上锁声，两个“安全帽”随后也跑到小屋，示意大家保持安静，随后关掉了屋里的灯。

大概过了半分钟，喘匀的我才顾上打量一下小屋里的情况：说是小屋，其实这应该是一间四壁皆空的起居室，因为挤了大约二十人而显得局促狭小。我的对面是一个面带惊慌的中年男士，他不停地低声向周围的人求助，“我和妻子跑散了，她还怀着孕……”。一个“安全帽”在安慰他，并提醒他尝试打电话联系。如梦初醒的中年男士马上摸出手机，尝试多次后才发现屋中没有信号，根本打不出去。我清楚地看到，因为担心，他的双手一直颤抖不止，手机都快要滑落到地上了。而这个时候我才感觉到太太握着我的手也是在颤抖着，而且手心全是汗，但好在从出事到现在我们两只手一直握着。

灯光和月光通过窗户洒进屋里，我看到一个身材高大的黑人不停地用舌头舔着嘴唇，他的喉结一直在上下移动着。墙角处还有一个领着两个小男孩的妈妈，她的两只手捂在两个孩子的嘴上，自己的脸上挂着泪花。此时我脑海里想到了半年前曼城体育馆的爆炸事件和五个月前伦敦桥货车撞人事件，或许真的赶上了“第三次”。此时，街上偶尔还有跑动的声音，但是已经听不到尖叫声了。

大约过了十分钟，从楼上跑下来一个“安全帽”，告诉大家“街上恢复秩序了，可以走了”。从不同房间陆续出来的几十个“逃难”的人，狐疑地汇在了施工公寓的大门口。有人迅速上网查到此次突发情况的消息，最初有人称牛津街地铁站以及周边商场内疑似突发枪击案，但警方到场调查确认并非枪击案件，只是一次恐慌。我看到几个从不同建筑物中跑出来的中国留学生和从工地出来的几个女同学相拥而泣，互诉着各自的“劫后余生”，有一个女生才意识到自己手中还拿着商店中一条要试穿的裙子。

我此时也意识到自己的秋衣已经被后背上的冷汗浸湿。总说遇到问题要从容镇定，但自己表现得很差。无论如何，平安就好！从容不从容当时真不重要了，或许也是至亲在身边的缘故吧。

我们在往回走的路上，看到了散落在地上的鞋子、衣服和背包，以及购物节早早关门的店铺。警方在第一份声明中说：“警方做出第一回应，把这当作恐怖主义相关事件来对待。”然而最后的报道是这场“黑五大恐慌”只是由地铁站内的一起口角事件所误导而起。我在当晚以亲历者的身份对这起恐袭事件进行了连线报道。

我来英国后的第一个“黑色星期五”就这样和恐袭擦肩而过。

重返现场

我经历的第二次恐袭事件发生在 2019 年 11 月 29 日，无巧不成书，这次又是一个“黑色星期五”。当天午后 2 点，我和伦敦华埠商会主席邓柱廷先生约好进行采访。采访结束时大约 4 点，我习惯性地看手机，才发现已经有领导、同事、家人和朋友提醒我英国又发生恐袭了。既然带着采访设备呢，那就索性直奔现场吧！在去地铁站的路上，我迅速在网上搜集了发生恐袭事件的来龙去脉。

原来当天下午 1 点 58 分，伦敦桥北侧二级保护建筑鱼贩厅

（Fishmonger's Hall）正在进行一场高校人员帮助曾经的服刑人员心灵救赎的活动。这是一个有数十人参加的活动，除了高校师生和神职人员，还有曾经的服刑人员，而28岁的恐袭凶手乌斯曼·汗就是其中之一。此时，乌斯曼·汗突然发难，抽出刀刺向其他人。尖叫和骚乱顿时打破了其乐融融的气氛。乌斯曼·汗挥舞着锋利的屠刀，而刺中的受害者则鲜血奔涌而出，溅洒四周。

在大厅狭小的空间内，乌斯曼·汗声称要用自己身穿的炸弹背心与所有人同归于尽，然后摆脱他人跑出大厅，来到了伦敦桥上。凶手身上被溅射到的鲜血和手中滴血的利刃，让知名景点伦敦桥上的人群人人自危、四散奔逃。也有几位英勇的市民拿着椅子和灭火器与其厮打，一直拖延到警方到来。下午2点03分，警方赶到，并立刻朝歹徒开枪，当场击毙。这场一共只持续了5分钟的恐袭，却让整个英国在一年半之后再次陷入了恐慌之中……

当时我掌握的情况是伦敦桥有人持刀行凶，造成包括凶手在内3人死亡、3人受伤，警方已把事件定性为“恐怖袭击”。我在事发后两小时赶到恐袭现场。此时，距离案发现场最近的地铁伦敦桥站和纪念碑站依然被封锁，只能在站内换乘，任何人不得出站。我看到在伦敦桥站出口闸机附近有大约10名警察维持秩序，出站口放有大大的告示牌，上面清楚地写着：“不得出站！请到银行站出站或去一号站台换乘！”

看来目前距离伦敦桥最近的能够出站的站点是银行站。于是我坐到银行站下车，但出站人流几乎已堵塞到了站台，尽管大家有秩序地排成了队，但是队伍10分钟都没有往前挪动一步。我没有办法，只好再往伦敦桥相反方向坐一站到了莫格特站，这是距离案发地最近能够正常出站的地铁站，步行大约22分钟。

出站后，我步行向南一直走到警方封锁线处，15分钟里共有4辆警车鸣响警笛呼啸而过。警方的封锁线在距离伦敦桥步行8分钟的地方，这里有3名荷枪实弹的警察在警戒线内来回巡逻，也有几家媒体记者在警戒线外，等候事情调查的进一步结果。此时，以伦敦桥为中心，方圆一英里范围内仍然被严密封锁着。

当时，夜幕已在伦敦降临，而那天恰好又是西方的购物节——“黑色星期五”，但是在事发现场的街头可以看到，行色匆匆的路人已经无暇驻足商店前打折的橱窗，而是不约而同地迅速消失在伦敦桥相反方向的夜色之中。

当地时间 11 月 30 日午后，也就是伦敦桥恐袭案发生后 24 小时，我再次重返了恐袭现场，发现伦敦桥南北两岸桥头位置依然严密封锁，但地铁交通已恢复正常。

我在下午 2 点左右从伦敦桥地铁站出站，发现进出站已完全恢复正常。伦敦桥站是地铁北线和朱比利线的换乘枢纽，当天是星期六，我看到地铁站台人流量很大，两条线路的地铁列车发车频次也恢复到和平常相同的水平，基本 3—5 分钟就会来一辆地铁列车。通过询问站口售票人员，我了解到从 30 日一早地铁伦敦桥站已恢复正常秩序。

出站后几米远的地方就是伦敦最知名的蔬菜水果集市——博罗市场（Borough Market）。市场也恢复了正常的经营秩序，周末逛市场的人可谓川流不息、摩肩接踵，丝毫没有受到一天前就在几百米远的地方发生的恐袭事件的影响。

伦敦桥恐怖袭击现场在案发后 24 小时依然保持严密封锁

向北步行 5 分钟左右可以到达伦敦桥南岸桥头最后一个交通信号灯的位置，我发现此处的警戒线依然还在，在警戒线内大约有 10 名警察巡逻。当我询问伦敦桥何时可以解除封锁时，警察只是摇摇头，并没有回答这个问题。或许这个问题他们当时也不知道答案。通过地图搜索可以看到，今天封锁区域已从昨天距离案发现场一英里的位置缩近到了桥头。

这次恐袭悲剧发生后仅一天，一切似乎又都归于平静，但是我的心里却是好几天都没有办法平静。

本次两位受害者都是剑桥大学的学生。他们基于为服刑人员提供学习机会，帮助他们重新融入社会，而与暴徒一起参加了名为“共同学习”的活动。然而，他们却都不知道自己的学员乌斯曼·汗究竟有多危险……与曾经的恐怖分子“共同学习”却没有任何面对高危分子的应对措施和经验。英国真的可以让这些本该前途无量的年轻才俊去冒这样的风险吗？

悲剧发生之后，我们本该为两个心地善良的年轻人的逝去扼腕叹息，但在英国政界，这件事却成了政党间彼此攻讦的筹码。大家都知道，英国在 2019 年 12 月 12 日举行大选，这是英国近百年来首次在圣诞月举行大选。恐怖分子想通过制造严峻的安全形势来影响大选的走向，而英国政客也想借此指责其他对手在司法和安保举措上的失败。

时任英国首相保守党领袖鲍里斯·约翰逊说：“乌斯曼·汗被提前释放，都是你们工党一直要求‘自动释放计划’惹的祸。”而工党领袖科尔宾则指责：“都是你们保守党一再要缩减公共安全开支，甚至还要缩

2019 年 3 月 14 日，在议会大厦外采访“脱欧”抗议示威者

减警察人数！”

可以说，在英国国内，这件事情的重点已经完全从事情本身转为了政治博弈。即使受害者的父亲表示，他不希望这样的事情政治化，但他的声音被彻底淹没了。政界互相指责，政党互相掀老底，并且宣称如果是自己上台会做出怎样怎样的措施……恐袭的悲剧，在这一刻，演变成了一场荒谬的政治讽刺剧。

驻外手记

当好总台的一名驻外记者，首先是要保证如何身在海外，心系祖国。我们不同于一名普通国人，我们是一名中国记者。因此，做好一名总台驻外记者要始终牢记：坚持中国视角，传递中国观点，展现中国立场。目前，在国际舆论场上，西方媒体的话语权仍然占主导地位，在英国等西方国家开展新闻报道，尤其要增强涉华新闻的敏感性，加大涉华报道的主动性，坚持“以我为主”，有理有据地讲好中国故事。

习近平总书记提出的“四力”是驻外记者做好报道的核心要义。脚力决定着我们能不能到达现场，能不能走近本土受众，这是实现总台要求新闻首达的基础。眼力要求我们关心驻在国、辖区、地区甚至是全球的大事小情，着眼大局，开阔视野，既要能善于发现，又要能多角度观察，达到见人之所见的热情和见人所未见的境界。脑力是要求自己明辨是非，多谋善断，分析研判的核心能力，这是驻外记者的“魂”之所在。驻外记者要对自己的思想注入活力，时刻让脑子装着问题，让思维动起来、活起来，把自己培养成一名专家型的驻外记者。笔力是将上述三种能力“变现”的能力。脚力所到之现场，眼力发现之美丑，脑力思考之艰深，统统是通过笔力所体现和表达的。因此，笔力是记者素养的基本功，是需要持之以恒，不断磨炼萃取的。

许弢

2002 年毕业于北京广播学院广播电视文学系，毕业后进入中央电视台体育频道。2011 年 12 月，前往埃塞俄比亚亚的斯亚贝巴记者站担任首席记者。驻非洲期间，在 20 多个非洲国家进行过新闻报道，专访过埃塞俄比亚、吉布提、毛里求斯、塞拉利昂、马达加斯加、尼日利亚等国国家元首、政府首脑，以及非盟前副主席穆温查。2019 年 8 月，转站美国华盛顿担任驻站记者至今。工作期间参与了中美贸易谈判、2021 年中美高层阿拉斯加会谈等重要新闻事件的报道工作。着重报道了疫情期间美国社会的种种乱象。此外，还报道了北卡罗来纳州伊丽莎白市非洲裔男子安德鲁·布朗遭警察开多枪射杀引发的抗议活动、美国田纳西州龙卷风灾害等突发新闻。

“内容丰富”的驻美生活

中央广播电视总台北美总站华盛顿记者站／许弢

在结束了 7 年半的驻非洲工作后，2019 年 8 月，我转站到美国华盛顿，开始了驻外生涯中的第二段历程。很多人都曾经问过我一个同样的问题：“在世界最不发达国家和世界最发达国家做新闻报道，有什么不一样的感觉？”很难形容……的确，这份感觉的确有些“丰富”，而这份体会要从一起深夜发生的枪击案开始。

从初到美国紧急出动报道枪击到美国枪支暴力背后的种种

2019 年 9 月，初到美国的我做的第一条现场报道就是一起枪击事件。还记得当天的枪击事件发生在晚上 11 点左右，我们抵达现场时已几近凌晨，警方在事发周围街区拉起警戒线，并禁止媒体进入，这给拍摄造成了一定的困难。为了找到能够最近距离拍摄现场情况的地方，摄像吕老师和我围着拉起警戒线的周边走了一圈，最后确定了一个能够清晰地看到现场情况的地点。还记得当天完成了拍摄和片子的编辑回传后，回想起在枪击现场附近空荡荡的街道踩点时的那份紧张和害怕，我心中不禁感慨道：“原来枪击事件真的会发生在身边，真实的美国就是这样的吗？”

是的，时间告诉我，真实的美国就是这样的！在一个拥枪合法、枪支泛滥的国家里，想要制止人们使用枪支犯罪几乎是一件不可能完成的任务。在新冠疫情暴发前，我们经常会在每个周末看到各地发生枪击事件的新闻，虽然在疫情期间人们居家时间变多，此类事件逐渐减少。但随着疫苗的接种，美国疫情逐渐缓解，经济开始重启，枪支暴力事件也猛然激增。

而枪支暴力事件的增多也再次引发了美国民众的“购枪潮”。据美国媒体报道，2020 年以来，受新冠疫情和美国国内安全局势的影响，美国民众购枪热情进一步高涨。

对于疫情期间美国民众的“购枪潮”，我在 2021 年 7 月初的时候曾经做过专门的采访，走访了枪店、靶场等地。在采访的时候，很多美国民众表示，他们买枪的原因就是社会上诸多不稳定因素让他们产生的恐慌。尤其是在 2020 年弗洛伊德案发生后，美国社会引发了对警察不信任的氛围，很多州甚至暴发了要求“解散警察队伍”的活动。这样的氛围也让很多警察选择辞职或提前退休，造成了很多地区的警务部门人力削减，使得社会治安难以得到保证。在这种情况下，很多民众选择拿起武器保护自己，于是，美国社会再次陷入了“枪击案增多—民众买枪—暴力风险继续增加—更多人买枪”这一无解的恶性循环。

虽然拜登政府上台后一再表示将加强枪支管控，并签署了一系列旨在减少枪支暴力的行政措施，敦促国会通过新的控枪法案。而在我们的采访中，多位专家也表示，纵观美国枪支管制的历史，当一系列严重的枪击事件出现后，都会促使社会舆论发生改变，推动枪支管制法律出台。然而，持枪权作为一项受到宪法保护的基本权利，除非修改宪法或者最高法院宣判持枪违宪才有可能改变，而这基本上是不可能的。同时，美国两党在控枪议题上一直立场迥异，到底是“枪杀人”还是“人杀人”讨论了多年都无果，而且这背后还牵扯着诸多的军工企业、步枪协会等美国利益团体，这也使得控枪法案在某些时候只是为了达到某些政治目的喊出的口号而已。但真实可见的是，美式民主所标榜的所谓“自由”“人权”的外衣已经被激增的枪击暴力事件所射出的子弹扫射得破烂不堪。而这件破烂的外衣，更是无法掩盖在新冠疫情中美国发生的种种混乱。

大选之下的美国在应对新冠疫情时屡现“奇招”

新冠疫情从2020年伊始就成为全球关注的焦点。的确，谁都没有想到会在有生之年遇到这场突如其来的疫情，而我更没有想到，自己能够身处世界疫情的中心，亲眼见证了具有世界上最丰富的医疗资源和医疗护理能力的美国，如何在应对新冠疫情时一片混乱，进而成为世界上确诊人数和死亡人数最多的国家。

美国疫情的故事还要从2020年2月说起，当时很多民众还不清楚新冠病毒的危害。我们在那时所做的“街采”中，很多民众表示并不担心，还有不少人说，这可能就是一场流感而已。但这场所谓的“流感”在3月份就让人们看到了它的真实威力，由于美国政府方面对疫情的不重视，加之一直没有采取相应的防护措施，疫情在美国以惊人的速度开始蔓延。

当地时间3月13日，时任美国总统特朗普宣布为应对新冠疫情，美国进入国家紧急状态后，一切都发生了改变，有些变化甚至就发生在一个电话的时间。

3月16日，当我们去实地探访疫情对当地餐饮业的影响时，马里兰一家中餐馆的经理任红在接受我们采访的间隙接到一个电话，随即被告知所有餐厅停止堂食服务。就在那一天，白宫发布了新一版的全民防疫指南，其中包括15天内避免参加10人以上聚会、避免在公共场所用餐等。时任美国马里兰州州长拉里·霍根随即下令从当日下午5点开始，无限期关闭该州所有的餐馆和酒吧的堂食服务，可保留外卖和上门取餐服务，开业时间另行通知。同一天，弗吉尼亚州也宣布了同样的规定，这让很多餐饮业的从业者感到十分焦虑，尤其是那些收入主要依靠小费的餐厅服务员。

但这并不是全部，几乎在同时，美国多地售卖非必要商品的零售商铺开始关门歇业；美国学校开始停止面对面授课改为上网课；政府部门和一些企业开始居家办公，原本熙熙攘攘的街道在几天之内就变得空空荡荡。唯独可以看到人群聚集的地方就是超市，民众在抢购生活物品和防疫用品。口罩、消毒湿巾、免洗消毒洗手液被抢购一空；体温计、维生素类药品也都没有了；大米、油、卫生纸等一些生活用品也被限购。在那个时刻，能够特别真实地感受到美国民众当时的恐慌和对未来的无望。

然而，本应该给民众点起"指路明灯"的美国政府却"奇招"百出。疫情来袭，我们看到白宫方面先是宣称这是"流感"，然后又神奇地预测"4 月份病毒会奇迹般地消失"，甚至提出注射消毒剂以杀死体内新冠病毒。美国政客频频在媒体面前抛出一系列让人难以理解的提议，让福奇等公共卫生专家都不禁摇头叹息。不仅如此，我们还看到了本该进行协调调配的联邦政府与一些州级地方政府争夺资源，抢口罩、

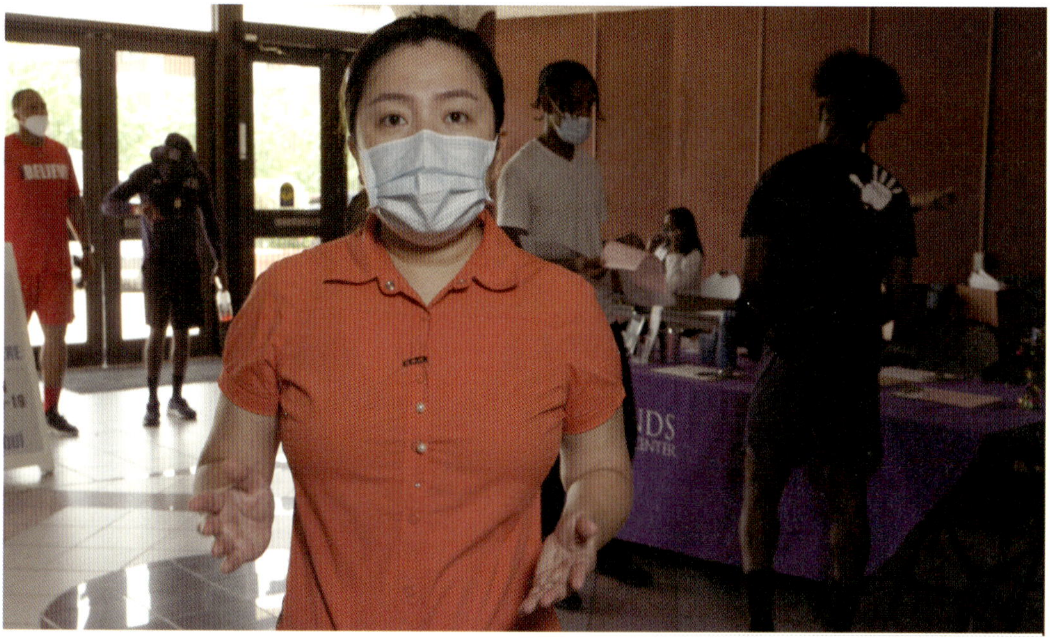

2021 年 8 月，探访密西西比州杰克逊市疫苗接种点

抢呼吸机等防疫物资，甚至“戴口罩”都成了被争论的话题，到后来演变成了体现政治立场的标志。

故事并没有到此结束，为了推卸其抗疫不力的责任，白宫方面进行的“甩锅”行动更是一波接一波。从“甩锅”中国到“甩锅”世界卫生组织，只要能沾得上边的，就是“它们”惹的祸。但这并没有帮助美国缓解疫情，所带来的结果就是，我们眼睁睁地看着单日新增确诊病例成倍地增长。如何走出疫情的泥潭，成为摆在美国民众面前的一道切实的难题。

“疫苗！接种疫苗！大规模接种疫苗！”这是拜登政府上台后提出的解决办法。为了带领美国走出疫情泥潭，拜登在上任后立即颁布了强制口罩令与百天接种疫苗目标，但由于应对措施被政治极化和社会分裂的长期存在，各州各自为政已经成为常态，随之而来的是疫苗接种乱象频发，同时是强行重启经济所带来的疫情恶化；而在民众中，认为不该戴口罩的还是不戴口罩，认为没必要接种疫苗的还是不去打疫苗。科学问题政治化，似乎一直贯穿在美国应对疫情的态度和举措之中。当人们寄希望于新一届政府上台能采取系列措施带领他们走出疫情困境的时候，却发现疫情之初所埋下的种种“隐患”此刻成了无法解决的“恶果”。

但即使这样，还是有很多人不愿意打疫苗，而如果疫苗接种不能快速推进，还可能演变出更加危险的变异病毒，从而导致冬季美国感染新冠病毒的人数可能再次激增。

北卡罗来纳州布朗之死再现“弗洛伊德悲剧”

2021 年 4 月，北卡罗来纳州伊丽莎白市非洲裔男子安德鲁 · 布朗遭警察开多枪射杀再次引爆了民众对警察暴力执法和种族不平等的抗议活动。当地时间 4 月 21 日，警察在搜查布朗的房屋时，布朗突然跑向自己的车试图逃跑，警方随即开枪将其射杀，而这起事件就发生在弗洛

2021 年 4 月，北卡罗来纳州伊丽莎白市非洲裔男子安德鲁·布朗遭警察开多枪射杀引发抗议现场

2021 年 4 月，就布朗案件引发抗议活动采访当地民众

伊德案宣判的第二天。

布朗的邻居德米特里斯·威廉姆斯在接受我们的采访时向我们讲述了当时的情景，她说警方是在布朗试图驾车逃跑时开枪的，但最终车撞到了树上。

警方则表示他们当时正在进行执法行动，开枪就是因为布朗企图开车冲撞警察试图逃跑。布朗家属表示，他们被告知警方并未在安德鲁·布朗的家中或者车上发现任何毒品或者武器。而且根据布朗家属公布的独立尸检报告称，布朗身上有 5 处枪伤，其中致命一枪正中布朗的头部。布朗家属多次要求警方公布执法记录仪视频，但警方仅给出了 20 秒的执法记录仪视频，一直对公布视频这件事遮遮掩掩，进行拖延，这在当地引发了连续多天的抗议活动。为了防止抗议规模的扩大，当地政府在事件发生后第二天就宣布宵禁，4 月 30 日又宣布所有未提前 15 天申请并获批的抗议示威活动都被视为非法，警察可以随时采取行动。

为了表明自己的态度，当地民众选择了和平示威的方式，但很多人在接受采访时表示，对于这种事情的发生感到悲哀，不知道为什么在美国总会出现这样的事情，希望能有更多的人对不同国籍和种族的人保持开放的态度。还有很多抗议民众则表示，之所以这样的事情会屡屡发生，正是因为美国社会长期存在的不平等和司法体系中的系统性种族主义。

违禁物并不存在，但身中 5 枪的布朗却已经与家人天人两隔，这样的结果仿佛让人看到了“弗洛伊德事件”的重演。但可悲的是，弗洛伊德案最起码得到了一个相对公正的审判结果。而“布朗案”则在当地时间 5 月 18 日被宣布，结果是不会对“布朗案”涉事警察提起公诉。因为警方在合理地执法，而布朗驾车冲向警察，在警方开火前已与警方产生接触，因此警方因布朗的行为而采取武力被认为是有必要的。

究竟是警察暴力执法还是警方正当防卫？这其中的真相可能只有涉事人员自己才清楚，但是布朗的死却再次提醒了人们，“弗洛伊德悲剧”不会因为一个宣判而走向终结。

驻外手记

很多人都对驻外记者这个行业充满了好奇：经常会去不同的国家和地区，有时候甚至语言都不通，在一个完全陌生的环境里，面对完全不同的选题，驻外记者是怎么开展工作的？其实，这个问题回答起来也不难，只要能有“这几手”。

其一，快速锁定选题，做好一名“剪刀手”。对于驻外记者来说，做好驻地的新闻报道是本职工作。所以，能够在第一时间了解驻地所发生的新闻很重要，做好一个“剪刀手”更重要。以美国为例，为了最快地了解当地的新闻事件，我们关注了众多的媒体和当地各大部委和机构的新闻推送，而这些海量的信息几乎每时每刻都不停地出现在手机的提醒栏中。如何在大量的新闻中学会筛选，“剪去”不必要的内容，迅速锁定对我们最具价值的新闻选题就变得十分重要。这就需要我们在平时多关注国内外的新闻事件，注重日常积累，建立一个自己的“数据库”，并经常对其进行“修建”，保留精华，从而做到根据这些“数据”的积累找到重点，并且预测可能发生的事件，这样能够保证选题质量，甚至有时可以快人一步。

其二，提高学习能力，做好一名“多面手”。很多时候，驻外记者都会遇到一个“甜蜜的烦恼”，就是会碰到一些对自己来说完全陌生的选题。跟踪政治热点事件已经轻车熟路，一个重要的财经类选题又摆在了面前。毕竟，驻外记者一直以来都是一个不算太大的群体，每个国家驻外记者的人数有限，有些国家甚至只有一两个人，人少活多。所以，有时各领域的新闻都需要记者露一手，这就要求记者必须都是“多面手”，需要记者具有快速学习的能力，能够在最短的时间内了解新闻背景，并将其融入自己的“数据库”中，同时将其与自己已经具备的知识建立联系，这样才能做出有背景、有深度的新闻，而不只是信息的罗列。

其三，在新闻现场寻找突破，要学会跟人“握握手”。现场对于所有记者来说，是新闻的生命所在。对于驻外记者来说更加重要，因为我们是把远在千山万水之外所发生的新闻事件用最直观的方式展现给国内观众的最鲜活的“媒介”。但在很多事件，尤其是突发事件发生后，对于驻外记者来说，最大的困难就是陌生的环境。所以，快速熟悉现场环境十分重要，这就需要记者学会多跟人“握握手”，这样才能从不同的人那里得到所需要的信息。例如在2021年底田纳西龙卷风灾害的报道中，我们看到消息后第一时间就前往现场，所有的新闻信息都是在抵达现场后，从媒体同行、受灾民众、救助组织工作者等不同的人口中得知的，而且也帮助我们迅速熟悉了环境，并找到很多新闻报道的突破点。多跟别人“握握手”，快速在新闻现场和当地人“打成一片”，这对我们开展工作亦十分重要。

朱云翔

2011 年入职中央电视台，在阿拉伯语频道从事记者工作，2012 年前往中东总站担任驻外记者。驻站期间，曾多次前往阿富汗、也门、伊拉克、叙利亚等战乱国家和地区参与报道。2015 年也门战争爆发，全程在也门进行战事和撤侨的报道。2019 年前往阿富汗报道期间，采访了阿富汗时任总统阿什拉夫 · 加尼。曾多次深入参与中国领导人出访相关国家和地区的重要报道，以及 2019 年阿联酋亚洲杯、2021 年迪拜世博会等大型活动的报道。

我的也门记忆

中央广播电视总台中东总站安曼记者站／朱云翔

2021年，是我在中东驻站的第9个年头。8年间，我几乎走遍了所有的中东国家。这片土地向来不缺新闻，战乱国家的硝烟战火、海湾局势的风云诡谲至今仍占据各大国际新闻的头版位置，这是所有在中东驻站的记者都要经历的。而我的故事要从也门——一个位于阿拉伯半岛最南端、既贫穷又最多灾多难的中东国家讲起。

也门撤侨

说起也门撤侨，或许大家想起的是前些年热映的一系列以也门撤侨为原型的电影，如《红海行动》等。相比起电影故事中为了电影效果所设定的紧张桥段而言，作为撤侨的报道者和亲历者，我更愿意用“平稳”“快速”“有序”来形容这次撤侨。

2015年3月27日，中国驻也门大使馆接到外交部指示，定于3月29日开始撤侨行动。当时，也门的机场早已无法使用，而由也门政府和胡塞武装分别控制的也门南北部在那时也很难互相通行。于是，我国决定调派正在红海上执行任务的中国海军护卫舰，分批次前往也门南北最主要的两个港口城市——亚丁和荷台达，接上中国公民完成撤离。

一场撤侨行动，牵涉到大量的组织、调度和协调工作，要保证撤侨行动井然有序，也就意味着需要付出巨大的工作量。记得撤侨行动前，我前往大使馆进行相关采访。交谈中，我得知许多使馆人员已经几天没合眼，因为他们需要彻夜工作。

全副武装迎接同胞回家的舰队官兵

3 月 30 日，第二批在也中国公民撤离也门，这次撤离可以说是几次撤离行动中难度最大的，撤离需要行进的路程长，撤离人数多。从萨那前往北部港口荷台达，需要通过一条两百多公里的荷台达公路。这条在 20 世纪 60 年代由中国援建的公路是也门最好的一条公路，也成了撤侨行动中最重要的一条生命线。但整个路程海拔落差两千多米，途中需要经过也门当地好几个部落的势力范围。好在大使馆已经事先做好了协调工作，许多在当地部落道路上的关卡卫兵，一听说是中国车辆便直接放行。当天中午 12 点左右，便到达荷台达港；下午 1 点 40 分，中国海军潍坊号导弹护卫舰载着第二批共 455 名撤离人员，包括 449 名中国公民及 6 名外籍人员，驶出荷台达港口，完成撤离。

4 月初，我得到消息，最后一批在也门的中方人员，包括中国驻也门使馆工作人员及中国在也门留守人员，将于 4 月 6 日撤离也门。这意味经历了十多天的空袭，我也要结束任务，离开也门。

也门荷台达港口：舰队官兵特写

临行前，我与相处多日的也门雇员一一惜别，沉稳、严谨的线人哈桑，风趣幽默的政府联络员阿迪勒，年轻有活力的摄像小哥乌萨麦，以及上了年纪却依然中气十足声音洪亮又特别热心的司机老爷爷穆罕默德。正是有了他们的陪伴和协助，才让我能够顺利地完成任务。

4 月 6 日清晨，我如期登上前往荷台达的大巴。此次撤离的共有 38 名中方人员，除 14 名使馆人员外，还有 24 名此前留守的中国公民，其中也包括我和另一名新华社记者。除此之外，应斯里兰卡政府请求，此次我们协助滞留也门的 45 名斯里兰卡籍公民撤离。

下午 1 点，临沂号护卫舰离开荷台达港口，全速向吉布提前进，这意味着十多天以来在炮火声中难以入眠的日子就此告一段落。行驶期间，我在各个舱室之间穿梭，和撤离同胞们聊聊天，顺便收集一些素材。记得有一位母亲带着一个孩子，在同这位母亲的聊天中得知她的也门籍丈夫自空袭一开始，由于航班停飞便一直滞留在土耳其，原本她打算等丈夫回来之后再一起离开也门。然而眼看空袭持续，丈夫回也门无望，她和丈夫电话沟通后，决定先带着孩子离开也门，于是拨通了驻也门大使馆的电话，而那时距离撤离只剩下几个小时的时间。有惊无险的是，最终她的名字还是被及时添加到撤侨名单上。望着在驻舱中熟睡的孩子，她说心中的害怕和焦虑此刻才消散，随后她兴奋地告诉我们，她已经和丈夫约好，一家人在中国团聚。

在军舰上，我们得到了海军官兵们无微不至的关照。舰船上用于休息的舱室是有限的，为了我们有床睡，官兵们把自己的房间让出来，自己在过道的地板上席地而卧。除此之外，他们还为同胞准备了丰盛的食物，如鱼、虾、鸡肉、牛肉。这是来自家的味道，毫不夸张地说，这是我们在也门空袭后吃得最香的一顿饭。

一路上，除了舰队官兵给我们安排的良好食宿，我印象最深刻的是船舱中不时传出的音乐和欢笑声。你可能想不到，为了使撤离人员在漫长旅途中不会寂寞，护卫舰官兵还精心准备了文艺慰问表演，官兵纷纷亮出自己的拿手绝活。吉他伴奏的歌声，是超越国界的语言，每个人脸上的笑容便是最好的例证。

4 月 7 日凌晨，经历了约 13 个小时的航程，护卫舰终于穿过曼德海峡，抵达吉布提港。虽然此刻仍在异国他乡，大家却感觉已经与祖国越来越近，在甲板上纷纷相拥欢呼。

中国驻吉布提大使馆的工作人员已在港口等候多时，有了他们的帮助，我们在下军舰后不久就拿到了吉布提海关签发的签证。我也在这里与接应的同事会合。同胞们在吉布提大使馆的协助下，陆续通过埃塞俄比亚转机回国。自此，全部 613 名中国公民、16 名使领馆工作人员已安全撤离也门，中国还帮助 15 个国家的 279 名外国公民随中国军舰撤离。也门撤侨顺利圆满地画上了句号。

也门撤侨的经历者们早已各奔东西，但联系并没有断。我的微信中也仍留存各个也门撤侨群，偶尔回忆起撤侨经历，大家依然激动不已。对撤离侨胞来说，感受到的除了幸运，还有深深的家国情怀；对参与撤侨行动的工作人员来说，除了认为这是自己应尽的义务，更感受到祖国越来越强大。大家都深深地感到，自己见证了历史，成为中国大国外交历史时刻的重要见证者。

驻外手记

在中东各国来回穿梭报道的这几年，其实也是一个在各国不断增长阅历、增加见识的过程。每到一个地方，我都喜欢先和当地的雇员或民众一起聊天。中东人其实很善于聊天，在传统的阿拉伯茶馆里，一杯红茶或阿拉伯咖啡，一管水烟，足以让中东人打开话匣子侃一下午，话题也是丰富多彩，小到自己街坊邻里的逸事，大到对整个国家政策的点评。若有心留意，也总能从这些零零碎碎的话题中找寻到一些角度，这常常会成为日后新闻报道的灵感来源。

当一个报道任务摆在面前时，作为一名合格的驻外记者，我觉得必须要有提前准备的意识。采访得来的信息质量取决于我们准备时所投入的精力。在此之前，要清楚报道的主题的背景，至少要知道受访对象的基本信息。这时需要重新翻看电视台以前播出的相关节目，阅读报纸之前出现的文章，事先准备好问题清单，写下要问的关键主题。但同时一个好的采访又不能被事先拟好的清单桎梏，要随时抓取细节并追加问题。另外，在采访时，记者的角色其实是一位耐心的听众，需要精力集中地倾听对方的故事。千万别花过多精力浏览手中的问题清单，否则很可能错失受访者所说的话，而这些话可能会为追问提供关键线索。

在战乱国家进行采访，不可避免地需要采访很多民众，他们或背井离乡在异国生存，或成为难民、流浪者，他们经常在采访中倾吐自己的苦痛，这时需要对他们的倾诉给予最大限度的尊重，以礼貌、主动的态度去倾听。而采访那些经历亲人死亡、失散等有着悲惨经历的受访者，则需要特别小心，因为这些人都曾或多或少地经历过创伤，这些心理上的创伤甚至需要一辈子的时间来治愈。他们无论出于什么原因接受采访，奉献出的不仅仅是时间，也是在分享一部分灵魂。因此，每当有机会进行这样的人物采访，我都会倍加感激，用心对待。

我始终认为，比起一则则冷冰冰的客观事件报道，事件下的人物故事更具感染力，而拥有共情能力是一则优秀报道背后的记者必备的素质，只有感同身受对方言语中表达的情绪，才能做出真正有血有肉的报道。

陆隽弘

2009 年 7 月进入中央电视台，在中国国际电视台（CGTN）阿拉伯语频道新闻组工作。从 2013 年 2 月开始在埃及开罗驻外，担任阿拉伯语频道《尼罗河边的对话》节目主持人，后转为驻站记者。曾赴非洲 15 国进行采访报道。曾采访埃及总统塞西、毛里求斯总理贾格纳特、阿盟秘书长盖特、几内亚前总统孔戴、毛里塔尼亚前总统乌尔德、埃及前总理沙拉夫、摩洛哥前首相奥斯曼尼、阿盟前秘书长阿拉比等多位国家和国际组织领导人，以及数十位非洲各国部长。参与 2016 年国家领导人访问埃及、2018 年国家领导人访问卢旺达、蒙内铁路通车等重要报道，以及埃及、苏丹、利比亚的多次重大突发报道。

的黎波里一夜

中央广播电视总台中东总站开罗记者站／陆隽弘

2016 年 10 月，是我第二次进入利比亚。其实 2014 年第一次去利比亚的时候就状况不断：一会儿被马路上的民兵扣下，原因是我们未经允许拍摄了他把守的加油站，不光一言不合就拔枪，还开着后车轮有问题的破吉普押着我们满城转了 3 个小时，硬是要找地方把我们作为“间谍”上交；一会儿又是观看警察学院毕业汇报时现场模拟爆破，由于炸药的量没控制好，导致站在所谓安全区的我脑门上被喷射而来的火星轻度烫伤多处。

因为有过以上这两段刺激的小经历，所以当领导向我表达希望我参加“重返利比亚”系列报道的意愿时，我内心第一时间其实是挣扎的。闭上眼，我仿佛又看到那个民兵一下就拔出枪的冲动模样，还有火星冲着我的脸以比我反应更快的速度向我冲来。但我还是决定克服内心的恐惧，参与这次报道。

怎一个“乱”字了得

那时的利比亚，就算说是“完全乱套”也实在不为过：不光东西部政权在混战，双方都还要同已经在中部沿海地区发展壮大的“伊斯兰国”极端组织作战，此外，西部政权不同派系的民兵组织之间还常常火并。而普通老百姓的生活疾苦则大致是这个样子：银行取不出钱，天天停电、停水，出门可能被绑架，在家可能遭炮轰。那么对于我和一同参加报道的同事许彧来说，流弹、枪击和劫持就是我们在利比亚的那些天所需要防备的最具体的潜在危险。

由于风险确实很高，所以这次专门给我们配备了保安。不过所谓的保安其实就俩人，都来自英国：一位是 50 岁左右的约翰，负责提供风险分析；另一位是军人出身的史蒂文，30 多岁，看着应该是身手不错的样子。但在经过 3 天的观察以后，我发现他身上带着的唯一武器是一把手心大小的折叠匕首。这当然是后话。坦白说，第一眼看到这两名保安，我的内心是有些失望的，因为感觉和看过的电影里的那些保安形象出入很大。但出于东方人的含蓄，我最终还是把“如果真的遇到危险你们会怎样保护我们”这个傻问题吞进了肚子里。

不过他们还是给我们提供一些很实际的帮助，比如告诉我们坐车外出时要把窗帘拉上，以免被车外的人看到。所以那几天，我只能透过车窗窗帘看外面景物的大致轮廓，有时也会把脸凑近那条缝隙朝外小心观察一阵。几天的时间我没有看到一个外国人，事实上，那时所有国家的使馆都早已撤出了利比亚。

由于我和许虢有着和当地人长相明显不同的东方脸，所以我们很难在街上人多的地方露脸，因为一旦引起围观情况可能就会变得不可控，而这也导致了我们的拍摄进行得非常困难。虽然我们总在和保安说着类似“既然好不容易来了，我们还是得设法去烈士广场还有阿齐齐亚兵营这样的地标性地点进行一些拍摄采访”的话，但他们却一再拒绝让我们去那里。理由很简单，未知的风险太高了。我坐在桌子前，打开又折起手中的那张民族团结政府新闻部下发的拍摄许可，一边回想着头天晚上新闻部副部长来酒店给我们送许可时说的那句“拍摄时有问题可以给我打电话”，一边毫无头绪地在心里盘算着可能出现的最坏情况。约翰可能是看出了我的犹豫，补充了一句：“前两天晚上的黎波里民兵的人和米苏拉塔民兵的人在民族团结政府大楼前的那条街还火并来着。”好吧，我确实得承认，在那时的黎波里的很多地方，哪怕是民族团结政府总理出马说话都不会好使，更别说区区一个新闻部的副部长了。

这里给大家补充个背景信息，2011 年利比亚反对派的部队打进的黎波里推翻卡扎菲政权以后，就各自在的黎波里不同区域驻扎了下来，直到我写下这些文字时，这些区域的实际控制权仍然基本都掌握在就地驻扎的民兵组织手中。由于错综复杂的政治及宗教关系，这些民兵组织虽然名义上都听命于所谓的中央政府，但实际上政府的政令对于它们中的大多数来说完全没有约束力，想听则听，不想听就自己说了算。

“狼真的来了”

我们住的酒店是约翰推荐的，因为这家酒店所在的区域是他老朋友的地盘。约翰以前在利比亚待过六七年，工作内容是给当地民兵进行安保培训。这次听说约翰又回来了，很多当年的朋友都特意来酒店看望他，我也跟着见到了其中的一些。他们基本全都留着络腮胡子，腰里别着枪，见到约翰的时候都非常热情而激动地和他握手拥抱，行贴面礼。他们也会向我们友好地致意，但不知道为什么我还是觉得他们身上隐隐透露着杀气。当看着其中一个身材敦实、身着土色迷彩服指挥官模样的中年利比亚人威武地走出酒店的背影时，我的脑海里竟然闪现出了“前脚跨出大门，后脚就不准备再跨进大门”这句话。

“狼真的来了”应该发生在的黎波里的倒数第三个晚上。半夜“咚咚咚”的急促敲门声把我从梦中惊醒，门外传来了酒店安保小头目穆罕默德焦急的喊声：“快开门，陆！快！”我赶忙打开门，看到往日做什么都不紧不慢、神定气闲的穆罕默德此刻已经慌张得上气不接下气，脑门上也沁出了一层细密的汗珠。“陆，快到地下室去！他们打过来了！”还没等我缓过神，穆罕默德已经转身跑向远处，只留下一句“赶快出来，我去叫其他人”。

我下意识地又关上了门，因为整个人其实是蒙的。半夜睡得正酣突然被叫醒，接着听到了这个寻常人一生难遇的消息，以至于当时的我仍然不能完全确定自己到底是醒了还是在梦里？这个“他们”是谁？他们这会儿又到哪了？为什么要打啊？

就在我大脑一片空白还不能够清晰发出下一步指令的片刻，耳边又响起了穆罕默德急促的拍门声，匆忙中我赶紧抓过鞋往脚上一穿，想着万一一会儿要是有什么事应该能跑得比穿拖鞋快些，然后随手拿了件外衣便出去了。

走廊里，许弢和约翰已经在等我，俩人脸上的神情明显都比较紧张。这时，史蒂文提着一套防弹衣和头盔从房间里出来了。我着实愣了一下，心想怎么不是四套？“跟我走！”没容我多想，穆罕默德已经带着我们冲向安全通道。

下楼的时候，穆罕默德走在最前面，身后是约翰，俩人边走边交谈着，我离得远听不太清，但大意好像是说有一拨民兵刚才向着这边打过来了，并且跟负责酒店这一片安保的前哨交上了火。

我们一路跑到了地下室。这是一个类似于员工餐厅的地方。进去以后发现除了两个工作人员以外就再没别人了。一问才知，原来当晚我们四人是酒店仅有的住客。穆罕默德让我们在一张小桌边坐下，就又急忙返回上面了解情况去了。

大家都开始掏出手机看能不能连上网络信号。这时我才发现原来一阵匆忙之中我连手机都忘在了房间。看着别人手机上显示出的无网络标识，我也不知是该着急还是欣慰。约翰跟大家说了一下目前的大致情况，基本和我刚才听到的一样。但他表示经过他的分析，这帮人应该不是冲着我们来的。这大概就是此刻最好的消息了吧，我抬头看看史蒂文，他正面无表情地拨弄着那把折叠匕首。许弢两手交叉放在胸前，脸上倒是没太多害怕的模样，虽然我还是感觉到了她的一丝不自然。我倚着椅子靠背，故作轻松地四处打量，并不想让自己在这样的场合显得过于胆怯或沉重，耳朵却不自觉地竖着倾听地下室入口处有无动静，也不知是在提防还是在期待自己根据以往看过的电影画面而脑补出的那阵可能会突然传来的喧嚣声，脑子里竟然开始胡思乱想着要是一会儿真有人冲进来我该怎样争取更大的活命机会。

或许这就是世界的本来面目

也不知过了多久，就在我已经有点昏昏欲睡的时候，入口处终于传来了脚步声，穆罕默德回来了！所有人都一下直起了身。“他们往我们部队的驻地那边去了。”满头是汗的他似乎也暂时舒了口气。“我觉得你们或许可以先回房间了。”我和许弢看看约翰，他也点头表示同意：“我们也不能整晚都待在这里，明天还要工作，大家就先回各自房间休息吧。”

我心有余悸地回到了房间，此时已筋疲力尽。刚躺下，一声沉闷的炮响就在窗外不远处的夜空中炸开了，紧跟着是一阵密集的枪响。我惊得一下从床上弹坐起来，但第二声炮响已应声而至。隔窗望去，不远处的市区一隅已经冒起了黑烟，而接连不断的枪响也比之前更为猛烈。回过神的我马上意识到这应该是两拨民兵已经交上火了，我赶紧靠近窗口向外张望，发现尽管房屋被遮挡得无法看清交战的具体地点，但由于我们酒店处在高地并且我的房间又正对着市区，所以可以清晰地看到升腾起的黑烟和火光。自从我进入利比亚以来就一直没拍到什么像样的画面，此刻的我一下就兴奋了，赶紧从包里翻出了手持摄像机开始拍摄这珍贵的画面。这真的是一幅神奇的画面，城市静默地笼罩在路灯的橘色灯光下，远处的炮声和枪响像极了燃放爆竹和烟花的声音，紧盯着摄像机寻像器的我竟然有了一刻出神，仿佛看到了在除夕的深夜里，某个地方还不愿归家的人群在放鞭炮欢庆。但当我把眼睛从寻像器上移开的时候，又回到了遍布战乱的的黎波里，而眼前的这幅景象里很可能有人正在流血甚至已经死亡。

正在这时，又传来一阵敲门声，我开门一看，是穆罕默德和约翰。“陆，你今晚不要睡在这个房间了，我帮你换到另一侧不朝市区的房间去，这里可能会有危险，那一侧更安全些。”这时我才意识到原来刚才在窗口那样的拍摄并不安全，于是简单拿了几样东西就赶紧跟着他们离开了房间。

那天晚上的枪炮声持续了很久，直到我入睡前的最后一刻仍没有停止。躺在新换房间的床上，每听一声沉闷的炮声响彻夜空，我的心就忍不住地一紧，无法不去担心这一发炮弹会不会很快从酒店的楼顶或者我房间的哪个角落降落。尽管已经极度疲劳，感觉稍不留神就要失去意识，但我的理智还在全力挣扎着，它想要我找出一个更稳妥的地方睡觉，或者是先留下点儿什么再睡，或许它也是在担心我可能没有机会再看到明天的太阳吧。但此时我又能躲去哪里呢？难道躲回地下室一夜不睡吗？那明天的工作怎么办？如果明晚还是这样呢？如果后晚还是这样呢？我又能躲在地下室熬几晚？而且地下室就绝对是安全的吗？理智提出的这一连串问题犹如一条长线把我最终引向了人在面对种种无常时所表现出的无力和无奈。我不知今夜身在的黎波里的人们此刻是醒着还是睡了，又是否和我一样也因为对未知命运的担忧和恐惧而备受煎熬？同样的阴影今夜笼罩在我们所有人的头上，明天太阳再次升起时，有人留下，有人已经离开。或许这就是世界，这就是生活。

无常的最可怕之处，或许就是今天看着发生在别人身上的不幸，有一天可能会降临在自己身上。随着看得越多，经历越多，我逐渐发现，人能活多久这个问题会变得越来越令人细思极恐，因为问题的答案里可能存在着让我们完全无法接受的可能性。虽然很多人选择逃避或者忽视这种可能性，但这并不能够真正消除它。对我而言，这几年驻外所经历的种种给我的最大收获，是让我能够心平气和地去正视这种可能性。正视它的表象并看清它的实质，知道它有时可能会来得突然而惊悚，知道明天有时不会这样廉价而轻易地重复，然后把对未知的恐惧化作今日对自己的鞭策和鼓励，全力以赴过好当下的每一刻。或许对于没有办法掌控生命长度的我们来说，尽力去拓展它的宽度、丰富它的深度就是我们最好的应对方式。

2020 年 3 月，采访马里兰中餐厅经理任红

驻外手记

从开始驻外至今已经过去了 9 年多的时间，自己最深的体会就是，驻外记者可以说是一项厚积薄发的工作，用兵一时的背后，往往都是默默养兵千日的积累和沉淀。

我到埃及开始自己的驻外生涯时，正赶上埃及的“二次革命”。那几年，生活基本处在一种“突发新闻和明天不知道哪个会先来”的状态。一会儿总统被推翻了，一会儿又恐袭了，只要来活儿了，个个都是急活儿，不管思想身体还是知识储备是否准备好，都只能硬着头皮第一时间站到摄像机前开始报道。

从一开始对埃及除了金字塔外就再说不出什么，到如今随便被问到任何同埃及政经文史地有关的内容我都能大致说个“一二三”，这期间下了多少功夫只有我自己知道。

积累这东西，越是开头的时候越难，因为在来到一个全新的陌生国度时，你对周围一切的了解可能趋近于零，然后你在一开始会不断在实际报道中发现自己知道的东西不够用，自己了解的内容不够多，所以很容易产生挫败感。在这种时候，如果想让自己在下次的报道中做得更从容、有底气，就必须开始积累。这次遇到不清楚的内容，大到事件历史背景，小到某个具体词语，一定要耐住性子把它们搞清楚。尽管这次搞清了下次可能还会忘，但如果因此就选择不去搞清，那将注定永远搞不清。只有肯下功夫，原先那些不属于自己的内容终究会印入脑中，成为将来在某个报道场合随时为己所用的一部分。

平时做好积累储备的更重要的原因，就是能以更全面的视角去解读发生在你眼前的新闻事件。纵向了解了历史脉络，横向掌握着各类信息，你才能在有些复杂的事件中看清全貌，准确把握报道立场。

最后，就以自己这些年在各类报道经历中最深刻的感悟来收尾：虽说眼见为实，但须知事实有时不等于真相。部分的事实指向的通常只是真相的一面，有时甚至可能是反面。只有当掌握了全部的事实，我们才能看到真相。

周宣

2010 年入职中央电视台，2011 年至 2014 年常驻卡塔尔多哈，负责记者站建设和日常报道。2014 年至 2018 年，在阿拉伯语频道新闻组担任责任编辑。2018 年至今常驻阿联酋迪拜，负责新闻报道和国际传播。两次驻外期间，足迹几乎遍布了中东的每一个国家，向西穿梭了欧亚大陆天然分界线的博斯普鲁斯海峡，向东翻越过亚洲心脏地带的兴都库什山脉。采访过阿富汗前总理沙赫拉尼、叙利亚总统特别顾问沙班、国际可再生能源署总干事拉卡梅拉等政要和国际组织领导人。

一面是战火纷飞的角力场，一面是和平繁荣的避风港

中央广播电视总台中东总站迪拜记者站／周宣

战争与和平，无解的选择

2021 年 8 月 15 日，阿富汗塔利班和平接管喀布尔，全球媒体的目光再度聚焦在这个国度。对我来说，阿富汗也有着特殊的意义，它是我出差次数最多的国家。

其实在去阿富汗之前，我对阿富汗的了解极为有限。但当我亲历过爆炸、交火、袭击现场后，对战争有了格外的感触和认知，对和平有了格外的珍视和向往。

我先后 4 次前往阿富汗出差，印象最深的要数最近一次。时间回到 2019 年 5 月，阿富汗大国民会议——大支尔格会议刚刚闭幕，作为记者的我敏锐地感觉到，每逢重要会议前后，阿富汗的安全形势总是不容乐观，于是我一直保持警惕，时刻提醒自己要注意可能发生的袭击事件。

5 月 8 日中午时分，我们和当地的线人卡里姆、摄像奥拜德正在办公室为第二天的采访做准备。突然，“砰”的一声巨响把办公室的门窗震得颤抖起来。听到这个声音，我们第一反应是：爆炸了！我打算马上前往现场，但摄像奥拜德却拦住我说：“咱们再等等，上次的事件让我心有余悸。”

奥拜德口中的“上次”指的是一年前的 4 月 30 日——喀布尔二次爆炸事件，两场爆炸先后间隔 45 分钟，一共造成 25 人死亡、49 人受

伤。最可怕的是，死者中包括 1 名法新社记者和 5 名阿富汗当地记者。奥拜德告诉我，第二场爆炸很大程度上是针对那些前往第一场爆炸现场的人，其中就包括新闻工作者，这是极端组织“伊斯兰国”为了扩大影响力实施的卑劣手段。

其实第一场爆炸发生后，奥拜德也是在第一时间就赶往现场的，但是由于连年战乱，阿富汗的基础设施极为破败，交通堵塞成了家常便饭。奥拜德就恰好被堵在路上，阴差阳错地避开了第二场爆炸。如果当时早到 10 分钟，后果真的不堪设想。想到这里我的心咯噔了一下，我深知必须在保障团队生命安全的前提下，保质保量完成报道。

考虑到爆炸发生地点与办公室很近，我和奥拜德打开办公室后门，沿着墙壁上的扶手爬到屋顶，这时已有滚滚黑烟在市中心的方向徐徐升起，零星还能听到枪声，我们在屋顶用手机拍下了这段珍贵的画面，第一时间发回了快讯，短时间内迅速被数十家国际媒体引用。

等黑烟逐渐散去后，我便打算赶往事发现场，这次是线人卡里姆叫住了我。卡里姆一脸严肃地对我说：“你确定要和我们一起去？”我说：“当然，咱们三个一起去。”他说：“你再好好考虑下，在阿富汗，自杀式爆炸袭击对于我们阿富汗人来说是无法逃避的，但是你来自和平发展中的中国，没有必要冒着生命危险去报道。”听到这里，我心里又是一阵酸楚，眼眶不知不觉有些湿润了。

的确，作为和平环境下生活的我们，很难理解阿富汗人民的遭遇，当我们在为生活中的“一地鸡毛”烦恼不已的时候，阿富汗人民还在为什么时候能吃顿踏实的饭、睡个安稳的觉担心；当我们在为孩子上怎样的好学校焦虑时，阿富汗人民还在为敢不敢送孩子上学而踌躇。想到这里，我心中有了答案。我沉默了片刻，向前一步抱住了他，拍了拍他的后背，坚定地说：“到达现场是我们记者的职业素养，我有责任让更多的人关注真实的阿富汗。”他听完之后，声音一度哽咽。

准备妥当后，我们驱车赶往爆炸现场，一路上，我们看到不断有军车和救护车呼啸而过，往现场的方向赶去。由于交火现场已经被封锁，我们不得不在离事发地一公里左右的位置停车，徒步前往交火所在地。周围的目击者告诉我们，这次袭击的发生地位于市中心总检察长办公室附近的人道组织“国际互援组织”大门外，武装分子先是引爆炸弹炸开了大门，随后试图冲入该组织的办公大楼，并与阿富汗安全部队展开了激烈的交火。最终我们在靠近事发现场200米左右的位置被安全部队拦了下来，他们告诉我们，交火还在持续，为了安全起见拒绝了我们进一步前行的请求。

我赶紧拿好话筒准备出镜，可是还没等摄像机架好，旁边荷枪实弹的大兵就对着我们和其他记者大喊：“快趴下！武装分子正在朝我们的方向反攻！”伴随着越来越密集的枪声，我的心不停地乱跳。虽然在伊拉克和也门也遇到过类似的交火和爆炸，但是距离较远，冲击程度有限。而我们这次离交火现场只有200米，甚至都能看见前方安全部队匍匐前行的身影。当时真的非常害怕，不仅担心武装分子奋起反击，更担心他们在垂死挣扎下不惜鱼死网破，再度引爆身上可能藏有的炸药。

就这样，枪声时而密集，时而稀疏，我们这些记者躲在安全部队搭建的临时掩体后面，小心翼翼地关注着交火的最新情况。大约又过了20分钟，枪声逐渐趋于平静。我和其他记者同行，在得到安全部队的许可后抓住难得的时机，尽可能捕捉现场少之又少的细节，如地上的玻璃碎片，墙上留下的弹孔，依稀可见的血渍……

刚做完出镜报道，枪声就再度响起，我们抓紧时间折返，途中又采访到几位目击者，尽可能全方位还原爆炸交火时的场景。2个小时后，安全部队终于传来振奋人心的消息，他们从袭击者手中夺取了一辆满载炸药的车辆，击毙了全部袭击者，成功解救了被困的170多名工作人员。

从听到爆炸声响到交火事件完结，我的心情犹如过山车一般跌宕起伏，久久不能平静。回到办公室后，我把当天的所见所闻和所思所想记录在工作日志上：在这样一个千疮百孔、战火肆虐的国家里，活着就是上天最大的馈赠。作为中国人，我要常怀感恩之心，感恩祖国的强大与稳定；作为中国记者，我要常怀敬畏之心，期盼和平的阳光洒满大地。

真假“土豪国”，铁杆真朋友

说完印象最深的阿富汗，再来说说我目前的常驻地点阿联酋迪拜。阿联酋是中东地区不折不扣的“土豪国家”，而迪拜更是“土豪中的土豪”，关于迪拜的各种传言甚嚣尘上：遍地黄金，满街豪车，乞讨致富，迎娶公主……类似的说法大行其道，大有掩盖真相的势头。但是，事实真的是这样吗？

很多朋友曾经问我，迪拜是不是阿联酋的首都，这个答案是否定的，阿联酋的首都是阿布扎比。阿联酋有着“油海七珍”的美誉，包含阿布扎比、迪拜、沙迦、拉斯海玛、富查伊拉、阿治曼、乌姆盖万，共7个酋长国，其中真正为大家熟知的只有阿布扎比和迪拜。

先来说说知名度最高的迪拜，在阿联酋副总统兼总理、迪拜酋长穆罕默德的战略构想下，通过开放天空、免税城市、全面开放等政策红利，经过50多年的努力，迪拜完成了从一个小渔村到中东地区首屈一指大都市的华丽转变。如今，迪拜拥有世界最高楼——哈利法塔，世界最大人工岛——迪拜棕榈岛，世界最大购物中心——迪拜购物中心等世界之最，是名副其实的国际化大都市。

尽管顶着如此多光环，但还远远达不到国内网友对于迪拜不切实际的幻想。迪拜有一条黄金街，位于迪拜老城区的黄金市场，是世界第三大黄金交易集散地，全长不到一公里，虽然市场里面店面众多，黄金饰品种类全面，价格也相对便宜，但离“遍地黄金”的概念相距甚远，更不会出现网友想象中土豪挥金如土替人埋单的场景。

迪拜大街上的确有兰博基尼、法拉利等豪车，但毕竟只是少数，日系汽车由于制冷技术过硬，占据了当地市场的半壁江山。迪拜明令禁止各种乞讨行为，在过去的数年中，警方一直在全力打击来自各国的乞讨者。至于迎娶公主更是天方夜谭，阿联酋不是移民国家，只有在某一领域作出杰出贡献的外籍人士才可以获得 10 年期限的“黄金签证”，要想获得和本国国民同等的待遇，甚至和王室成员攀上亲戚，基本就是不可能完成的任务。

驻站这三年半时间里，我对迪拜印象最深的就是它良好的社会治安和高度的包容程度。大街小巷随处都能见到不同肤色的人，有近 200 个国家和地区的公民生活在迪拜。

可以说迪拜是一个开放、包容的地球村的缩影。迪拜借助良好的基础设施和优越的地理位置，利用各种平台不断提升自己的口碑和声誉，成就了迪拜巨大的国际影响力。不过，迪拜的经济是典型的外向型经济，抗压能力比较脆弱，不管是 2008 年的国际金融危机，还是新冠疫情，都给迪拜经济带来了不小冲击。

如果说迪拜是“高端大气上档次”，阿布扎比就是“低调奢华有内涵”。虽然没有各种世界之最，但阿布扎比却掌握着阿联酋的政治、经济、外交和军事命脉。凭借国内 90% 以上的油气资源，阿布扎比 2019 年人均 GDP 更是高达 8.5 万美元，比迪拜的两倍还多，是 7 个酋长国中实力最强的。阿布扎比领导层倾向于传统的发展模式，有种“闷声发财”的味道，不过它也承担了为其他酋长国解忧纾困的职责，是个名副其实的“老大哥”。

总体来说，阿联酋的开放和包容程度是很高的，对其他国家民众的接纳度也很高，如果你会说阿拉伯语，阿联酋人对你的好感度会直接上升一个维度。记得在一次采访结束后，我们在返回办公室的路上不小心把车剐蹭了，于是叫来警察做事故鉴定，好让保险公司进行后续赔付。按理说每次交警出警都需要收取 500 迪拉姆（约人民币 850 元）的出警费，但当交警来了之后，他听到我用阿拉伯语和他打招呼，瞬间非常激动，拉着我聊起了自己去广州吃各种小吃的经历。于是我俩就这样天南地北地聊了将近半个小时，最后他没有要出警费，但要了我电话号码，说以后就是朋友了，欢迎随时来家里做客。就这样，我无意间收获了一份友谊，还被阿联酋人的热情和包容深深打动。

我们总说“巴铁”——巴基斯坦是我们的铁杆好朋友，而现在阿联酋也可以担起“阿铁”这个称呼。自 2018 年建立全面战略伙伴关系以来，中阿在政治、经贸、文化、教育、卫生等领域的合作迸发出勃勃生机。中国是阿联酋最大的贸易伙伴，阿联酋是中国在中东地区的第二大贸易伙伴。2020 年面对新冠疫情蔓延的严峻挑战，阿联酋多个地标建筑多次亮灯：为武汉加油！为中国加油！阿联酋还是首个将中文纳入国民教育体系的阿拉伯国家，截至 2022 年 2 月，阿联酋“百校项目”已覆盖 143 所公立学校的超过 4.5 万名学生。

令我印象最深刻的是 2020 年 10 月 1 日，在中国国庆节到来之际，阿联酋在全国主要高速公路的电子屏幕上都打出了“中国国庆节快乐”的字样。阿联酋政府还专门邀请学习中文的孩子演唱中国国歌，制作成视频在社交媒体上发布，成为当天媒体热议的焦点话题。

尤其值得一提的是，阿联酋最具影响力的媒体集团——阿布扎比传媒集团还专门制作了中国国庆节的特别节目，并邀请我客串主持人和嘉宾，向观众介绍中国近年来各领域的发展情况、中阿两国关系的未来走向、中国传统文化的习俗等，节目就在当晚黄金时间播出。节目录制后我十分感动，拉着制片人的手连说了三声“谢谢”，我想阿联酋是担得起“阿铁”这个称呼的。

借着中阿关系的东风，总台的新闻报道和国际传播都在稳步推进，未来将给更多观众带去更多有温度、有深度、有力度的优秀报道。

2020 年 10 月 1 日，作为主持人参与阿布扎比电视台庆祝中国国庆特别节目录制

驻外手记

我有过两次驻外经历。第一次驻外的时候，我的表现还是比较青涩的，由于不是科班出身，在遇到重大突发报道的时候缺乏经验，留下了不少的遗憾。等到第二次驻外时，已是经过三年驻外记者和四年后方编辑的打磨，我开始逐渐掌握了新闻报道的精髓和要义所在。在我看来，当好驻外记者需要从以下三个维度重点发力。

丰富知识储备，打造“专家型记者”。就中东地区而言，每一次突发事件的发生都不是点状孤立的，而是线性关联的，牵一发而动全身，草蛇灰线，伏脉千里。要做好报道，就需要对利益攸关方的国情、政策充分了解，进而对整个局势走向和报道原则有通盘的掌握，进行客观、全面、平衡的报道。

夯实采编功底，打造“全能型记者”。随着全媒体融媒体时代的到来，驻外记者除了要进行常规的电视和广播新闻报道外，还需要适应长直播、短视频等新媒体形式，这就需要不断提升自身的采编能力。一旦发生重大突发事件，要第一时间发回图文快讯，第一时间进行现场直播，第一时间发回出镜报道，时刻体现“我在现场”。通过文字、图片、出镜、连线、长直播、短视频等各种媒体形式，做好全方位立体式的报道。

拓宽国际视野，打造“社会活动家”和“民间外交家”。随着总台业务领域的升级，驻外记者在做好新闻报道的同时，还肩负着“联接中外，沟通世界”的责任和使命，需要积极同各驻在国的政府官员、主流媒体、专家学者、意见领袖等各界人士建立良好关系，不仅有助于获取更加多元和全面的新闻素材，而且有助于扩大总台在当地的影响力和传播力，进而更好地讲好中国故事，传播中国声音，塑造中国“可信、可爱、可敬”的大国形象。

朱雪松

2011 年进入中央电视台，历任中央电视台驻马来西亚吉隆坡记者站、中东中心记者站（迪拜）记者，中央广播电视总台驻叙利亚大马士革记者站首席记者。曾参与马航 MH370 客机失联、马航 MH17 客机失事、北京申办 2022 年冬季奥运会、孟加拉国恐袭、叙利亚局势等重大国际突发新闻事件的报道，在报道中担任直播出镜记者。在常驻马来西亚期间，曾先后采访过时任马来西亚总理纳吉布、时任新西兰总理英格利希等多位亚太地区的国际政要。作为中东中心记者站战地报道小组的主力成员，曾多次前往阿富汗、巴基斯坦、黎巴嫩、伊朗等国家，采制了大量战地报道。在常驻叙利亚期间，冒着战火几乎走遍了叙利亚全国所有省份，发回大量战地现场报道，并针对不断演变的叙利亚局势发回大量分析报道。

我在叙利亚做战地记者

中央广播电视总台中东总站大马士革记者站／朱雪松

叙利亚内战从 2011 年爆发至今，已经十多个年头了。裹挟在大国势力的博弈之下，叙利亚局势不断演变、错综复杂。

随着叙利亚政府军在战场上取得压倒性胜利以及极端组织“伊斯兰国”土崩瓦解，2017 年以后，叙利亚内战关键所在已经变成了叙利亚政府军和土耳其支持的叙利亚反对派间的冲突，而叙利亚库尔德人与土耳其的矛盾则让这一关键点更加错综复杂。

2019 年 10 月初，美国宣布从叙利亚北部撤出部分军事力量，土耳其随后迫不及待地向叙利亚北部的库尔德人聚居地发动了第三次军事行动。这是我到叙利亚常驻后遇到的第一个重要报道。

幼发拉底河之争

2019 年 10 月 9 日中午，我刚刚煮好了一碗泡面，正准备吃的时候，看到消息说土耳其宣布开始进攻叙利亚北部。我立刻放下泡面，一边更新信息，一边做起了直播连线。

叙利亚北部此时的真实情况究竟如何？没有亲眼所见，我始终都觉得好像脑海中一直有一个大大的问号挥之不去。没等多久，机会终于来了。由于叙利亚库尔德武装的防卫能力有限，叙利亚政府军被允许进驻叙利亚北部与叙利亚库尔德武装一起抵抗土耳其的进攻，我们也得以跟随叙利亚政府军前往叙利亚北部地区采访报道。

10 月 14 日，在土耳其发动军事行动的第 6 天，我们跟随叙利亚政

2019年10月，在叙利亚阿勒颇的午夜街头做直播连线，介绍战况

府军来到了叙利亚北部第一大城市阿勒颇，此后的日程就是每天由阿勒颇前往周边区域，如曼比季、拉卡、艾因伊萨、科巴尼等地采访报道。而这其中最让我难忘的是对土叙边境小城科巴尼的探访。

科巴尼位于叙利亚阿勒颇省东北部，幼发拉底河东岸，是叙利亚最北部的城镇之一。因为路途颠簸，再加上我一直在车内抱着电脑工作，根本无暇欣赏窗外的风景，偶尔抬眼望去，目之所及尽是漠漠黄沙和被战火摧残的建筑废墟。但当我们抵达幼发拉底河西岸时，还是被眼前的美景震惊了。这条在中学历史教科书上听到过无数次的河流曾经那么遥不可及，可如今竟然真实地展现在了我们的眼前。河面不宽，水流也并不湍急，但仍予人以开阔无垠的感觉。在部分同行媒体的要求下，车队暂停前进，有几家媒体甚至启动了卫星传输设备，在河边做起了电视直播连线。

幼发拉底河发源于土耳其境内的安纳托利亚山区，依赖雨雪补给，流经叙利亚和伊拉克，下游在伊拉克境内与底格里斯河合流为阿拉伯河，注入波斯湾。如黄河长江孕育了华夏文明、尼罗河孕育了古埃及文明一样，幼发拉底河和底格里斯河孕育了后人熟知的两河文明。数千年来，在幼发拉底河水的滋润下，在两河之间的美索不达米亚平原上生活的人类得以世代繁衍生息。

然而，幼发拉底河终究是条跨国河流，不单属于任何一个国家，而是由多国所共享。围绕着水资源开发问题，位于河上游的土耳其与位于其下游的叙利亚、伊拉克数十年间一直争论不休，冲突不断。

带着对“两河文明”的历史回忆，我们抵达了科巴尼市中心，一个孩子把我拉到他的家里，给我看几年前土耳其炮击当地时他的房间墙壁上留下的弹痕。库尔德的孩子们大多有着蓝色的眼睛，蓝眼睛中透露出的对战争的恐惧，让我至今都无法忘怀。

从科巴尼离开时已是黄昏时分，夕阳余晖中的幼发拉底河宁静而美丽，水鸟不时划过河面，荡起金色波光与水痕，雾蒙蒙的山岚飘到河面上，仿佛在酝酿一场梦境。美景当前，我却无心欣赏，一直回味着一位当地居民在采访时告诉我的话，他说很害怕战争，当年

2019 年 10 月，探访叙利亚北部土叙边境小镇科巴尼，与当地库尔德孩子们合影

“伊斯兰国”围攻科巴尼时已经让他留下了心理阴影。我问他为什么不逃跑，他停了一下，然后慢慢地说：“我不知道要逃到哪里才是家。”

据媒体报道，当时“伊斯兰国”围攻科巴尼，时间从 2014 年 10 月一直持续到 2015 年 1 月，观察组织称超过 1600 人在战斗中丧生，有 30 万库尔德人逃离家园。当时交战的地点是否包括了我所处的这段河床？据说“伊斯兰国”在撤离的时候劫持了大批平民作为人肉盾牌，他们的血是否都流进了河里？我不敢再想下去了。

我真的不知道，幼发拉底河曾经用它丰沛的水源和肥沃的土壤滋养了灿烂的古代文明，这样的慷慨无私、寂静丰美，如同母亲一般守护着全家，可到了现代社会，却无法让共同栖息于其沿岸的人类和平共处，如果河水有灵，它该向谁倾吐自己的无奈与悲哀？

探访伊德利卜，与死神擦肩而过

伊德利卜省位于叙利亚西北部，2019 年底，随着叙利亚政府军逐渐推进，这里成为极端组织“伊斯兰国”和反对派武装在叙利亚境内控制的最后一块主要地盘。也正是在伊德利卜，我经历了与死神擦肩而过的险情，现在想起来都有劫后余生的感觉。

由于伊德利卜省长期被反对派和“伊斯兰国”控制，除了少数与反对派关系密切的外媒记者能够深入其中采访报道外，绝大多数媒体都无法进入，伊德利卜省的真实状况成了外界眼中的谜。

2019 年 11 月，几经申请过后，我们终于拿到许可，可以在叙利亚政府军的陪同下对伊德利卜省的交战前线进行探访。

在与当地的叙利亚政府军指挥官进行充分沟通后，得知当时的交火非常激烈，我们可以前往，但前提是必须听从陪同军官的命令，在遇到紧急状况时需要保证能够及时撤退。

2019 年 10 月，随叙利亚政府军进入拉卡省的一处空军基地

抵达前线后，我注意到在叙利亚政府军堆起的沙袋战壕外侧有两辆已经焚毁的车辆，烧得只剩下骨架。叙利亚政府军告诉我们，这两辆车都是由反对派和“伊斯兰国”武装驾驶的，当时他们试图驾驶车辆冲破战壕袭击叙利亚政府军营地，但被叙利亚政府军及时发现并挫败。我顾不上想太多，立刻在战壕内侧做起了出镜报道。正当我的出镜做到一半时，陪同我们的叙利亚政府军士兵突然向远处的树林里一通扫射。事后我才知道，原来在树林里有一名狙击手已经瞄准我们，但被那名士兵抢先开枪后落荒而逃。为了不影响我们的工作，叙利亚政府军在能够掌握形势的情况下没有在第一时间告诉我们。

在另一处地点，叙利亚政府军和反对派、极端组织间正互相炮击。我的防弹头盔还没有完全戴好，就已经听见周围响起了此起彼伏的枪炮声。为了能近距离地拍摄，我一边倒退着行走，一边问摄像，我能否再靠近一些。摄像没有回答我，但我看见摄像机的红灯一直亮着，就明白了他的摄像机是一直开着的，此刻他不想浪费一秒钟，只希望我能够抓住机会介绍现场的交战状况。后来这段现场报道成为整组报道中最为精彩的部分。

其实，像这样的"逃过一劫"对于我来说并不是第一次。2018 年 4 月，我结束了在阿富汗近 3 个月的出差，正准备返回国内休假。哪知我刚刚登机，就发生了极端组织袭击记者的惨烈事件，共有 10 位媒体记者被炸身亡。飞机落地后，我打开手机，一下子涌入了几百条短信和几十个未接来电，同事和领导都在询问我的安全状况，待我告知他们自己已经安全落地北京时，大家都松了一口气。而我第一时间想到的是询问在阿富汗当地的同事是否安全，待确认过大家都很安全后，我坐在飞机的座位上瞬间号啕大哭，我不知道当时的眼泪是为了自己和同事躲过一劫而流，还是为了这 10 位媒体同人的生命而流。

亲历空袭，淡定播报

与伊德利卜省的凶险相比，在叙利亚政府军控制区，尤其是首都大马士革，安全状况相对要好很多，但由于以色列惯常的空袭，大马士革的局势仍让外界感到不安。

屈指算来，我来到叙利亚后所经历的大大小小的空袭也多达几十次，平均每个月至少会有一两次，而最频密的时候，甚至每隔几天就会发生一次空袭。这其中最让我难忘的是在 2020 年 7 月发生的那一次。

记得那天晚上九点多，我正在浴室洗澡，这时窗外响起了一阵爆炸声。当时全身是泡沫，可我还是冲出了浴室，抓起衣服和手机跑到阳台上查看情况。

果然，那是一次很大的空袭，在我的阳台正上方，不断有以色列的导弹和叙利亚的反导划过。我一边拿起手机拍摄，一边介绍现场的情况。这篇报道在回传后，迅速登上了微博当天的热搜榜。

很多网友留言，他们最关心的就是：导弹在头顶上空不断飞过，我还能淡定播报，这样好的心理素质是如何练就的？甚至还有网友猜测我是不是住在中国大使馆内，能够确保自己的安全。其实我的住所也是大马士革市区内的普通地段，而且就算是身处使馆区，也无法在空袭中百分之百确保自己的安全，因为导弹和反导系统的路径是处于不断变化中的，没有人知道这些导弹最终会落在哪里。我当时的想法很简单，记录下双方导弹在空中交锋的场景，向外界展示最真实的叙利亚局势。

而这篇报道最令我难忘的是，我在偶然之中意外地开启了解说战地现场的先河。自那以后，也有很多中外战地记者在报道空袭或其他战地现场时采取解说现场的报道形式。我为自己在关键时刻的创新和临危不乱感到高兴，也为自己的报道方式被业内认可而感到骄傲。

制裁与战乱，哪个更凶险

来叙利亚工作前，领导和同事都给我打了很多剂“预防针”。他们提醒我说，在叙利亚生活会有很多不便，没有购物中心，甚至连大型超市都很少见，只有杂货店。而且因为制裁，很多生活必需品在叙利亚都很难找到。

初到叙利亚时的确如领导和同事所言，很多生活必需品，如我们已经用惯了的软毛牙刷，还有好一些的洗发水都无法买到。尤其在新冠疫情席卷全球后，这一切都变得雪上加霜。疫情暴发再加上制裁导致的物流不通，在吃光了最后一滴酱油和最后一撮花椒粉后，我的中国胃开始对叙利亚当地食物发出了抗议。

总台安排了国内的 DHL（敦豪航空货运）公司为我们几个在战乱和艰苦地区常驻的记者邮寄生活物资。邻国以色列的同事只用了 3 天就收到了总台邮寄的包裹，而晚一些的黎巴嫩、伊拉克、土耳其也不过用了一周时间陆续收到了包裹，只有我还在苦苦地等待。因为制裁加紧，再加上包裹要辗转途经五六个国家和地区，且每个国家和地区都要以最严格的标准审查包裹，确认文件和手续齐全后方可放行，运输时间被大大拉长。我的包裹在从中国寄出两个多月后才到达叙利亚。

驻外手记

当一名驻外记者，抵达现场和讲好中国故事、做好文化交流同样重要。

在新闻报道方面，无论是在马来西亚还是阿联酋，甚至是在动荡的叙利亚，我都会跟这些驻在国的政府部门保持紧密联系，增强自己在驻在国的“存在感”。比如在马来西亚，因为和马来西亚总理府、交通部保持良好关系，所以我能得到很多独家采访总理和交通部部长的机会，获得很多独家信息的披露；在阿联酋，我会在工作中深度拓展与迪拜媒体办公室的关系，在阿联酋新闻管制极其严格的条件下，有时拍摄采访会遇到困难，而几乎每一个困难都是由迪拜媒体办公室协助解决的；在叙利亚，我们在政府军中也有自己的“线人”，当空袭或恐袭等重大突发事件发生时，能够让自己在第一时间获得准确、权威的信息，为总台首发赢得宝贵时间。

在讲述中国故事方面，我会与当地的媒体加强合作，将其作为自己的发声平台。比如在新冠疫情发生后，国际社会出现了很多对中国误解甚至是批评的声音，我主动联系了叙利亚国家通讯社，并接受其采访，介绍了中国政府在抗击新冠疫情上的卓越努力和成绩。采访经过叙通社播发后，得到地区内多个国家的主流媒体采用，传播效果好、影响力大。同时，经过我的强烈推荐，叙利亚国内的电视媒体，如叙利亚国家电视台、叙利亚萨玛电视台等，连续使用总台阿拉伯语频道的信号对总台春晚进行了实时转播，让阿拉伯地区的民众能够感受到中国春节的美好祥和氛围。

促进驻在国和中国的交流也是驻外记者的重任之一。记得我在刚到叙利亚的时候，发现当地的传统皮影戏因为战乱面临失传，于是采制了有关叙利亚皮影戏的相关报道。这篇报道播出后，在国内皮影戏业界引起了很大反响。有几家国内的皮影戏剧团联系我，想要邀请叙利亚的皮影戏艺人到中国演出，也有一些慈善机构想要对叙利亚的皮影戏剧团捐款资助。看到这样的情景，我身为记者也非常感动，觉得自己的辛苦工作得到了莫大的回报，也感到自己肩上的担子更重了。

2021 年 9 月，在我的提议下，总台驻大马士革记者站和叙利亚萨玛电视台合作拍摄了新闻专题片《战火中坚守梦想 11 岁乒乓女孩的奥运路》，并在总台新闻频道、英语频道及萨玛电视台《晚间新闻》节目中以中文、英语、阿拉伯语三种语言播出，引发热烈关注和讨论。也正是因为这部专题片火了，萨玛电视台多次表示将会继续加强与总台的合作。

新时代的总台记者，角色已经不是简单的记录者，同时也是中国故事的讲述者、促进驻在国和中国之间交流的使者。

韩蓄

2011 年进入中央电视台国际新闻部，2012 年至 2016 年期间被派往非洲担任驻外记者，2016 年至今在中央广播电视总台驻塞内加尔达喀尔记者站担任驻外记者。在非洲近 10 年，足迹遍及近 40 个非洲国家，经历并报道了利比里亚埃博拉疫情、肯尼亚恐怖袭击、马里恐怖袭击、索马里大选、埃及局势动荡、冈比亚与中国复交等新闻事件，专访过利比里亚前总统埃伦 · 约翰逊 · 瑟利夫、冈比亚前总统叶海亚 · 贾梅等多位非洲政要。2021 年 9 月，西非国家几内亚发生军事政变，作为唯一一名在几内亚前方实地报道此次政变的中国记者，发回多篇现场报道。

几内亚军事政变全记录

中央广播电视总台非洲总站达喀尔记者站／韩蓄

作为常驻非洲近 10 年的记者，我有至少两次在西非国家几内亚采访报道的经历，而且都与总统孔戴有关。2017 年 3 月，孔戴在科纳克里总统府会见时任中国国务委员杨洁篪。直到现在我还记得当时 79 岁的孔戴总统身着一身白色正装，小步快跑着奔向大家，我们所有在场记者无不感慨他良好的身体状态，后来我们得知原来中国在几内亚的医疗队有时也会给孔戴提供健康咨询。

当地时间 2021 年 9 月 5 日，一张照片传遍了社交网络，当时已有 83 岁的孔戴被该国特种部队士兵扣押，他穿着便装坐在沙发上。同一天，几内亚发生了军事政变，政变军人扣押了孔戴并宣布解散政府。当天早间，几内亚首都科纳克里总统府附近爆发激烈枪战，随后，几内亚特种部队指挥官马马迪・敦布亚身披国旗出现在几内亚国家电视台的画面中，称其部队已掌握国家政权并扣押孔戴，暂时关闭边界，同时成立“全国团结和发展委员会”并接管权力。联合国、非盟、西共体等国际组织同一天发表声明，谴责任何以武力夺取政权的行为，要求政变军方立即释放孔戴。几内亚局势持续引发世界关注。

几内亚边境封闭，达喀尔记者站发挥最大优势和功能

作为总台常驻非洲的记者，我常驻的国家是塞内加尔，位于非洲大陆最西端，与几内亚是邻国。不过由于政变，塞内加尔和几内亚之间的航班当时全部被取消。虽然无法从塞内加尔前往几内亚，但我所在的达

2021 年 9 月 6 日，在塞内加尔和《国际时讯》栏目连线报道几内亚政变

喀尔记者站却是离几内亚最近的地方。我于 9 月 5 日晚第一时间联系并采访了中国驻几内亚大使馆发言人岳少文，及时向观众传递了中国官方对几内亚局势的介绍和相关安全提醒。我还联络了在科纳克里的中国企业员工，他们用自己拍摄视频的方式讲述了政变当天他们在科纳克里的见闻。

9 月 6 日，几内亚政变军方和原政府各部长在科纳克里议会大厦召开协商会议，我则在达喀尔密切关注会议的情况和成果，并与北京做了多档视频直播连线报道。印象比较深的是，由于时差的问题，有一档北京时间早上 8 点的直播正好是塞内加尔的凌晨。由于直播时我需要使用平板电脑，但普通的三脚架并不能找到合适的高度和角度，我灵机一动，把家里一个我平常练习小提琴时使用的谱架利用起来，不论是高度和角度都有非常好的调整空间，非常合适。我在阳台上架好了设备，调整好了灯光，在塞内加尔的黑夜中向万里之外的国内观众报道了几内亚的最新局势。一位在国内的同事了解到我是用谱架作为支架进行直播后开玩笑地说，这场直播报道真可以算作一首“黑夜中的小夜曲”了。

航班解封，成为唯一进入科纳克里的中国记者

几内亚发生政变后，我其实一直在与旅行社保持沟通，终于在 9 月

8 日早上得到了好消息：几内亚重新开放空中边境，并且从塞内加尔飞往几内亚的机票已开售。我立即购买了机票并做了旅行前需要的加急核酸检测，在塞内加尔和几内亚两国复航后迅速前往到了科纳克里，并且也是唯一一名在科纳克里报道几内亚政变的中国记者。

为了让国内观众更好地了解塞内加尔和几内亚复航，以及在政变背景下入境几内亚的过程，我用短视频的方式记录了从塞内加尔首都达喀尔到几内亚首都科纳克里的全过程。我在科纳克里机场用手机拍摄入境过程时遭到了机场多名安保和旅客的阻止，并且要求我删除所有视频。在我和塞内加尔摄像耐心的解释下，才得以将这些视频保存下来。

经过一路颠簸，我们终于在晚上 10 点宵禁开始前抵达住处。在达喀尔出发时阳光明媚，而降落在科纳克里时电闪雷鸣，于是我在视频结尾中这样说道："从达喀尔的艳阳高照到科纳克里的雷阵雨，我们经历的不仅仅是两种天气，也是两种心情状态，希望几内亚的局势能够像这里的天气一样，尽快变得明朗起来。"

突破重围拿到独家采访

在我抵达科纳克里的第二天，也就是 9 月 10 日早上，西非国家经济共同体代表团抵达几内亚首都科纳克里，与政变军方代表进行商谈，并同时前往军营看望了孔戴总统。当天，在代表团看望孔戴后离开军营时，现场乱成一团，我和摄像在众多媒体记者中突破重重关卡，终于抢到并占据了拍摄角度最好的车窗窗口位置，拍摄到了西共体代表团重要成员——加纳外交与地区一体化部长博奇韦的独家采访同期。"我们见到了孔戴，他看起来状态很好。""他（敦布亚）的态度还是开放的，我们进行了非常坦诚的对话和接触。就像我说的，我们所交谈的内容目前还不能公布。我们受各国元首指派前来，所以我们需要先回去将情况汇报给他们。"

2021 年 9 月 10 日，在几内亚首都科纳克里报道西共体代表团与政变军方代表举行会谈

由于当天活动较多，我们全天几乎没吃什么东西。在忙了一整天之后，我突然看到摄像给我递过来一袋水煮花生，原来是几内亚小贩到我们这些报道政变的记者身边推销水和食物。虽然我常驻的塞内加尔也以出产花生而闻名，但饿了一天的我第一次觉得原来水煮花生居然这么好吃！

探访政变后的几内亚首都科纳克里

作为此次在几内亚报道政变的唯一一名中国记者，我充分发挥了中文的优势，利用当地华人资源，制作了总台独家视频报道《探访政变后的几内亚首都科纳克里》。在政变和疫情的双重阴影下，几内亚首都科纳克里实行着非常严格的媒体管控政策，在街上不管是使用摄像机还是手机拍摄，均会遭到军警和普通百姓的阻拦。

吸取了在机场曾被阻拦拍摄的经验，这一次我得到了几内亚当地华商许经权的协助。许总是最早一批来到几内亚打拼的中国人，在科纳克里还经营一家华人酒店，我们此次就是入住在这里。许总知道我需要在科纳克里街头做拍摄采访，他专门聘请了一名当地的警察随行，并和我们提前规划好了出门的路线。

由于我们的摄像机过于显眼，于是我使用自己的手机作为拍摄工具。我和许总坐车从酒店出发，首先路过了当时很多政变时的关键地点，如政变发生地几内亚总统府、政变双方交战的立交桥等。不一会儿，我们的车开到了几内亚最大的批发市场马迪纳市场，据许总介绍，这里也是西非地区最大的市场之一。虽然为了尽量低调，我把摄像机已经换成了手机，但还是会遇到当地人的阻挠。一个商贩对着我大喊："喂，不准拍摄！"幸运的是，此次与我们同行的当地警察帮我们化解了很多不必要的冲突。

此次关于探访几内亚政变后情况的报道视频在几内亚华人圈引起了巨大的反响，很多当地华侨华人对我们的报道表示感谢，他们说在这个时候关于几内亚的中文报道能让远在祖国的亲人们更好地了解他们在几内亚的现状，让家人们放心。想到能给几内亚的华侨华人和他们远在祖国的亲人带来一点点帮助，我们也感受到了自己这份工作的价值和责任。

几内亚举行全国协商会议，西共体元首代表团抵达斡旋

9月14日至17日，几内亚全国团结和发展委员会主席敦布亚邀请该国各政党、民间团体、外交机构以及矿业公司代表等展开对话。9月14日上午，该国举行了首日全国政党协商会议。政变军队领导人敦布亚以及该国上百名

2021年9月14日，在几内亚全国协商会场外采访新几内亚联盟党主席迪奥·巴尔德

各党派代表出席了当天的闭门会议。我和摄像一大早就赶到了人民宫，但现场一片混乱。不过在我和摄像的努力下，还是采访到了很多与会党派负责人。有意思的是，由于我是唯一一名在现场的中国记者，并且拿着总台的台标，很多与会代表主动过来跟我打招呼并愿意接受我的采访。

9 月 17 日，就在几内亚政变后全国协商的最后一天，西非国家经济共同体元首级代表团抵达了几内亚。当天，由加纳总统兼西非国家经济共同体主席阿库福 - 阿多和科特迪瓦总统瓦塔拉带领的代表团抵达科纳克里。

我和摄像一大早就在机场等候，并顺利拍摄到了几位非洲元首抵达的画面。加纳和科特迪瓦两位总统在抵达后直接前往几内亚一家酒店展开会谈。由于几内亚堵车十分严重，我们如果正常坐车前往估计会在路上耗费太多的等待时间，为了不错过任何机会，我和摄像决定乘坐摩托车，也就是当地的摩的前往酒店。果然，在拥堵的科纳克里街头，灵活的摩的完全不受任何堵车的影响，最终我们是第一批抵达会谈酒店的记者。正所谓上天不负有心人，就在我们抵达后不久，两位总统在酒店的一个角落里入座休息，并简单地但也是当天唯一一次向公众透露了一些讯息，就这样，我们又一次成功地拿到了一个独家采访。阿库福 - 阿多给我们介绍了相关情况："你们知道几内亚正在进行全国协商，我们也在等待此次协商的结果，敦布亚对于西非国家经济共同体十分尊重，他也非常热爱他的国家几内亚，我们仍在进行协商。"

记录中国驻几内亚大使馆特殊的中秋节

在几内亚发生军事政变后，中国驻几内亚大使馆立即启动了应急响应机制，密切跟踪形势，在使馆网站和公众号上及时发布消息，提醒中国在几内亚的公民注意安全。我在出发前往几内亚之前就和使馆保持密切联系，并提出想要就几内亚局势采访中国大使。由于几内亚政变后，使馆工作非常繁忙，直到9月16日，我们才得以有机会独家采访到中国驻几内亚大使黄巍。

2021年9月16日，在几内亚科纳克里对中国驻几内亚大使黄巍就几内亚政变进行独家专访

几内亚是一个矿产资源十分丰富的国家，而中国近年来也在该国有越来越多的投资项目。关于此次几内亚政变是否对中国在几内亚的利益造成了损害，黄巍给出了明确的答案：“几内亚是第一个同中国建交的撒哈拉以南非洲国家，两国建交60多年来相互信任、相互支持，在各领域合作取得了丰硕的成果。尤其是两国全面战略合作伙伴关系建立以来，两国在能源、基础设施很多方面合作成果逐渐显现出来，给两国人民带来了实实在在的福祉。目前几内亚的局势还是相对比较平静，还没有影响到我企业在这里的生产经营。”

由于采访当天之后不久便是中秋节，在完成了对于大使的采访之后，几内亚使馆还邀请我参加了他们的一次中秋活动，而我也顺便用镜头记录下几内亚使馆在疫情和政变双重背景下的独特的中秋节。

10月1日，几内亚政变领导人马马迪·敦布亚在位于科纳克里的穆罕默德五世宫宣誓就任该国过渡总统。根据此前几内亚“全国团结和发展委员会”公布的过渡宪章，敦布亚将作为该国过渡总统，同时组建过渡政府和全国过渡委员会，几内亚由此进入政变后的过渡阶段。

关于此次几内亚之行，我得到了来自中国使馆、几内亚华侨华人及总台领导和同事的关心和支持，对于所有的帮助，我发自内心地表示感谢，而这一次几内亚政变报道也成为我在非洲常驻所有报道经历中最为珍贵的记忆之一。

驻外手记

作为一名驻外记者，我们会遇到各种各样的报道任务。以我在非洲为例，会有机会报道东非国家壮观的动物大迁徙和独特的非洲自然人文选题，也会经历各种恐怖袭击、政变的考验。在有 50 多个国家的广袤的非洲大陆上，我们既有机会进入总统府和政府部门采访到各国元首和政要，也时常需要进入贫民窟或疫区灾区，面对世界上那些最为不幸的人群。以上各种情况首先对于我们的体力和精力就是一种挑战，这要求我们能够尽可能地保持良好的身体和精神状态，在面对各种突如其来以及充满压力的报道任务时能够及时调整好自己并进入状态。

在具体新闻报道业务技巧层面，其实不论是新闻传播科班出身，还是从其他专业半路出家转为记者，所有的驻外记者从驻外的第一天起都是一个归零并重新学习的开始：新的常驻国家、新的生活语言、新的工作方式、新的报道领域等。毕竟我们所有人的知识结构和之前的知识储备都是有限的，但是我们面对的报道任务所涉及的方面却是无限广阔的。这就需要我们在工作中不断地积累，把每一次报道当作一次学习和积累的过程。如今随着科技带来的新闻传播形态的变化，我们除了要具有采访、写作、拍摄、出镜等基本功之外，还要积极地适应和学习新技术对新闻传播行业带来的新要求，努力让自己不仅能够适应传统媒体记者的工作，同时也能在新媒体及全媒体时代发挥自身的能力。

宋朝诗人陆游在教导儿子学习写诗时曾说“功夫在诗外”，其实当好驻外记者的一个要点也正是如此。新闻工作的报道内容包罗万象，涉及政治、经济、文化、艺术等诸多方面。很难想象一个只精通“采写编评”

等基本理论技巧的记者可以做出生动丰满深刻的报道。在做一名驻外记者的同时，也要争取让自己成为一个在专业涉猎、兴趣爱好等方面充满好奇的“饱满”的人，最终能够形成自己的报道风格，从而避免或减少在报道上出现纸上谈兵、千篇一律、内容空泛、索然无味等情况。

陈慧慧

11 年记者生涯，足迹遍布国内外多个地方。曾跟随直播团队走进东非大草原，持续直播非洲野生动物大迁徙。在 APEC（亚太经济合作组织）峰会、“一带一路”国际合作高峰论坛、中国国际进口博览会等重大主场外交盛会上，也能看到她的身影。2019 年，赴土耳其首都安卡拉开始驻外记者生涯，驻站仅 3 个月就奔赴土叙边境，在隆隆的炮火声中报道土耳其实施的第三次跨越土耳其和叙利亚边境的军事行动，成功转型战地记者。此外，土欧边境爆发难民潮、伊兹密尔地震、安塔利亚山火、黑海洪灾等突发新闻，都深入一线发回报道。2022 年初，俄乌局势恶化，土耳其积极斡旋，俄乌外长在土耳其安塔利亚外交论坛期间举行会面，她第一时间在现场发回大量独家报道，并主动发声，在俄罗斯外长记者会上积极提问，相关报道在《新闻联播》等栏目播出。

其参与的报道《走进西藏寺庙》荣获 2012 年第 22 届中国新闻奖“国际传播一等奖”；《达赖集团与自焚暴力事件》荣获 2013 年第 23 届中国新闻奖“国际传播一等奖”。

我的战场初体验

中央广播电视总台中东总站安卡拉记者站／陈慧慧

触碰战争的痕迹

2019 年 10 月 9 日，土耳其宣布出兵叙利亚，这是继 2016 年的“幼发拉底盾牌”军事行动、2018 年“橄榄枝”军事行动以来，土耳其第三次跨境叙利亚，打击叙利亚境内的库尔德武装。驻外仅 3 个月的我，第一次触碰到战争的痕迹。

对于土耳其这一轮跨境军事打击，我其实早有心理准备。几天前就在伊斯坦布尔做了几档分析报道，战事一触即发。不过，直到我搭乘最早一班飞机抵达乌法那一刻，我都没有真正意识到即将看到的会是什么。乌法是土叙边境城市，离这次土耳其出兵叙利亚的地点阿克恰卡莱只有 55 公里。越接近阿克恰卡莱，气氛越凝重，一路上都有土耳其军车驶向边境。途经的村落空空荡荡，引起了我们的注意。果然，停下车来就听到村庄里的广播声音刺耳，当地警察局提醒民众近期不要出门，更不要前往边境地区，因为战事正在进行中……

当地政府对媒体还算友好，虽然要求必须本人注册才能进入相关区域采访，但手续非常简单。烈日下记者同行们一字排开，在同样是排成一线的摄像机前直播报道，而身后，肉眼就能看到土叙边境战斗正在进行，炮声阵阵，浓烟滚滚。采访间隙，时不时有剧烈的炮击声，震得地面都在摇晃。在报道间隙，我们抽空跟各国媒体同行讨论，如何通过声音的不同来辨别炮弹从哪里飞过来。譬如，“飕飕飕飕”的声音，是从叙利亚一侧飞来的；“轰轰轰轰”的声音，一定是土耳其这边打过去的。

2019 年 10 月，土耳其发起“和平之泉”军事行动，在现场进行报道

一直到即将连线直播前，美联社的一位摄像还在与我们分享他的经历。当天中午，他和同事们在阿克恰卡莱一个小餐馆吃饭，附近不远处突然遭到炮击，尽管无人伤亡，但所有人都吓蒙了。摄像说这些的时候表情并没有很夸张，但他的腿却一直在发抖。就在那一刻，我才突然感到有些恐惧。

在当地政府和军方的要求下，我们的直播点转移了。因为战事升级，土方说这里变得非常危险，无法保证我们的安全。我们只能乖乖地跟着大部队一起，撤离到稍远一点的地方，但也有媒体坚持留在他们认为更合适的地点。随后就听说，他们所在的地点竟然真的落下一枚炮弹！还好只是一枚哑弹，并未爆炸，只有一位同行受了轻伤。但这个消息还是给大家带来不小的心理压力，当天的直播连线时，所有人都穿上防弹衣，又戴上了头盔。做直播时，为了给观众最好的视角，记者们要背对战事的方向，这种不安感会随之放大，因为你不知道背后在发生什么。我也不例外，人生中第一次这样全副武装地站在镜头前。什么感觉呢？就是一个字：沉！压得我喘不过气来。最后一档连线已是国内午夜时分，当地已经天色渐暗，但爆炸声还在背后此起彼伏。回头望去，身后是一片旷野，暮色中依稀看到缕缕浓烟，高音喇叭里的祈祷声恰在此时传来，一瞬间，一种苍凉悲悯的情绪莫名涌出。

随着战事的不断升级，边境地区也越来越动荡不安。来自世界各地的媒体，用镜头和文字告诉外界这里正在发生什么，其中有一位让我印象深刻。当时我们在土耳其本次出兵的另一个地点杰伊兰珀纳尔进行采访，按照当地军方要求，媒体拍摄点设在了一个高点上，虽然离得远，但好处是居高临下，可以非常清晰地看到对面城市的全貌。当天的战事围绕着拉斯艾因周边展开，左右两侧交替有炮弹击中，闷响后冒出黑烟。有一位摄像引起我们的注意，他的位置非常好，镜头里可以清楚地看到杰伊兰珀纳尔全貌。简单聊了聊后才知道，杰伊兰珀纳尔就是他的家乡。这位名叫哈林的摄像说，他在这里出生长大，但是没想到这次回来竟然是因为要拍摄战争，“我感到难过，我也问自己为什么这个地方的命运是这样的，这真的令人悲伤”。

2019 年 10 月，土耳其“和平之泉”军事行动现场，全副武装进行报道

哈林的故事令人唏嘘，也是这个饱受战乱之苦的边境小镇的真实写照。随着战事不断推进，伤亡人数不断攀升。我们接到线报，阿克恰卡莱有平民不幸被流弹击中身亡，当日将举行葬礼，我们随即赶了过去。抵达时，葬礼正在举行。遇难者还很年轻，家人和朋友们都痛心不已。遇难者的同事在胸前贴上了他的照片，对着我们的镜头，他说，完全不敢相信，前一天还在一起工作，工位离我不到 10 米，怎么突然人就没了……去社区采访，当地居民其实比我想象中平静，大家并没有撤离的计划。“我生在这里，长在这里，我不想离开我的家啊。”一位父亲的语气有些无奈，“我只是非常担心孩子们，可是我什么也做不了……离开？我们又能去哪里？”是啊，结束工作后，记者们都会离开，但是生活在这里的人们，土耳其人也好，叙利亚人也罢，想要离开自己的家

园，却并不容易。

叙利亚难民："我要活下去"

目前在土耳其的叙利亚难民据报有超过 400 万。这些群体的现状也是我驻站一年多来关注最多的内容。我到现在都记得第一次采访难民的经历。那是一个难民论坛，我遇到了法拉斯，他是“肩并肩自助组织”的负责人，当时他坐着轮椅，在会场上四处穿梭，主动向别人介绍自己，所以特别引人注意。交谈的时候才知道原来他是叙利亚难民，在战争中受伤，而更让人吃惊的是，他说在土耳其像他这样的残疾人难民数量竟然占到叙利亚难民的三分之一。这个数字有点惊人，虽然我们没有查到土耳其官方的数据，但相信在现实生活中确实数量不少。作为难民在异国他乡已经很不容易，更何况还身有残疾？而当我真的去了他们的办公室之后，许多细节让我至今记忆犹新。

一是我在他们狭小的办公室里可以看到有摄像头的监控画面，当时很好奇地问他们这是干什么用的，法拉斯说，因为他们都是残疾人，万一遇到攻击或者不友好的事情，他们无力反击或者保护自己，但至少可以提前发现，关门自救。二是采访了一位残疾人难民志愿者汉尼，当时他戴着口罩，开始我还以为他感冒了。为了拍摄效果，即使觉得有些不礼貌我也提出能不能摘了口罩接受采访，但是他拒绝了，他说怕吓到我们，因为他的脸在一次爆炸中受了伤，少了一只眼睛，没了鼻子和嘴唇。我当时非常震惊，因为我是第一次采访难民，对于这些苦难还很陌生，我难以想象口罩后面的他是什么样的。但是让我感动的是，虽然还在等待脸部修护手术，可是汉尼坚持说，他对未来充满信心，相信可以靠自己的双手养活一家人………可他是个木匠，他的手艺就是木工活，现在少了一只手，而且作为难民在土耳其的工作机会本来就很少，怎么能养活自己和家人呢？恐怕对他们来说，只有对生活还抱有热情和勇气，才能支撑他们找回失去的人生吧。

叙利亚难民家庭冒死偷渡的背后

即使是在疫情期间，土耳其境内的难民们仍在试图经由土耳其偷渡进入欧洲，偷渡者大部分为土耳其境内的难民。“非法偷渡船只发生倾覆！”“土耳其海警营救落水偷渡者！”类似的报道隔三岔五就能在土耳其媒体上看到。2020 年 7 月底，土耳其凡湖一艘非法移民船只倾覆，造成近 70 人遇难，引起各界广泛关注。难民偷渡为何屡禁不止？偷渡事故频发，是什么让他们如此锲而不舍？带着这样的疑问，虽然疫情形势依然严重，我们还是沿着偷渡者们的路线，一路跟踪调查。

我们先是遇到了曾三次冒险偷渡均未成功的叙利亚难民家庭。为了躲避战乱，14 岁的穆罕默德跟随家人来到邻国土耳其。半年前父亲病逝，举目无亲又一直找不到工作，母亲决定带着他和弟弟易卜拉欣偷渡去欧洲。半年多时间，他们已经偷渡了三次，但都没有成功。见到他们时，是在伊斯坦布尔郊区一栋居民住宅楼的半地下室，这是他们暂时的居住地，由当地难民救助机构提供，所有的家具都来自捐赠。一袋面包就是穆罕默德和母亲以及弟弟一天的食物。三次偷渡，前前后后已经花掉了他们几乎所有的积蓄。穆罕默德说，他们从社交网络上找到“蛇头”的联系方式，三次偷渡都是去的伊兹密尔。因为伊兹密尔与希腊离得非常近，那里也是偷渡者们的常规路径。在伊兹密尔，偷渡价格已是公开秘密：1200 美元起，儿童减半，两岁以下婴儿免费。付钱方式可以有很多种，最流行的一种是通过中间人，即找到一个难民与“蛇头”双方都能信任的人，难民把钱交给他，等到偷渡成功，中间人再把钱转给“蛇头”。但穆罕默德一家三次偷渡都没有成功，钱却要不回来了，还差点儿丢了性命。因为他们乘坐的偷渡船严重超载，被希腊海警拦截，差点儿翻了船。

虽然三次偷渡都遇到危险，但穆罕默德说，他并不害怕。“在叙利亚我们时刻都要面对死亡，时刻都活在死亡的阴影下。有一次，一枚炸弹突然击中我们家附近，我先看到强光瞬间扑面而来，火焰吞噬了我的电脑，随后立刻感到火焰灼烧了我的脸。那时我刚 9 岁，弟弟 7 岁。过后我们出去看到一位母亲抱着一个小孩子，手里还捧着一颗心脏，她说这是她儿子的心脏。”

穆罕默德一家的偷渡经历并不是个案。在伊兹密尔，几乎每个偷渡者都有自己的惨痛经历。有人曾在 12 天里尝试 9 次，每次都掉进海里，或被海岸卫队救起，或自己游回岸边；还有人因为试图偷渡，一生积蓄被人骗走，至今仍流落街头。风险高成功率低，为什么还有那么多难民想要偷渡去欧洲？数据显示，目前土耳其有超过 400 万注册难民，但还有相当数量的难民没有合法身份。没有合法身份的难民只能打黑工，薪水低廉，没有保险，子女无法上学，还面临着被驱逐的风险。而即使拥有合法身份获得临时居住证的难民，所享受的权益和保护也是“临时”的，也就是说，即使在土耳其生活几十年，也无法像当地人一样享受平等的权益，如不能跨省工作等。这种“临时性”身份，让他们的生活永远悬在半空中。叙利亚难民说，战乱这么多年，他们在叙利亚早已没有了家。在土耳其，他们也看不到希望，不如赌上一把。而事实上，从逃离家园的那一刻起，就注定了这些难民们颠沛流离无以为家的生活。

没有安定感，找不到工作，很难真正融入当地社会，这些是在土耳其的难民群体普遍面临的困境。近年来，土耳其经济不景气，失业率一直居高不下，特别是疫情暴发后，各行业都受到了不同的冲击，难民群体的生活就更加艰难。

事实上，包括土耳其在内，约旦、希腊、德国等也都面临着类似的难民问题。中东乱局多年，背后的问题错综复杂。有分析指出，外部势力的干预加剧了这个地区的动荡。德国联邦议院国防委员会成员、议员亚历山大 · 诺伊认为，大部分难民来自战乱国家，他们都是战争的受害者，而美国是最大的战争发动者，这些战争都有美国的参与或受到美国的影响。他说：“例如叙利亚、阿富汗、利比亚、伊拉克，这些国家都是西方发起的战争的受害者，而美国是战争背后最大的推动力。”

美国布朗大学发布了一份报告，报告显示，从 2001 年开始，美国发动或参与的战争，至少导致 8 个国家 3700 万人逃离家园。其中，以美国为首的联军于 2001 年在阿富汗以反恐为名发动的战争，至今已导致 530 万人流离失所。美国 2003 年打响的伊拉克战争制造了 920 万难民。2014 年，美军介入叙利亚危机后，导致 710 万人流离失所。仅这三个国家的难民数就超过了 2000 万人。观察人士指出，像美国这样借反恐为名干涉或干预中东局势的外部势力，在某种程度上，让中东局势更加复杂动荡，也进一步加剧了随之而来的难民危机。

土耳其有着悠久的历史，璀璨的文明，还有美丽的景致。然而出于工作原因，驻站一年多以来，我去得最多的是充满战乱的边境地区；做得最多的报道是军事行动、政治冲突，采访接触最多的人是叙利亚难民。得益于这个职业，让我有机会看到了一个国家的不同侧面，而所有我去过的地方、见到的人、听到的故事、发回的报道，都会留在我的记忆中。镜头里那些被炮弹击中的民宅、遇难平民家属的眼泪以及因为战争背井离乡的难民的遭遇，不仅让我更多地了解这个国家，也让我更懂得和平与稳定的珍贵。

驻外手记

如何做好现场报道？对于驻外记者而言，突发新闻抵达现场是第一要务。

美国著名的电视记者丹·拉瑟（Dan Rather）说，电视新闻中至少应该有两到三个“瞬间”，让观众看到新闻事件的同时能感觉到它、嗅到它、知道它。现场报道中，记者应该有一双善于观察的眼睛、捕捉收集各种讯息的耳朵以及精准的语言表达能力，将所知所感的重要信息，用口语化方式简洁准确地表达出来。

美国传播学家艾伯特·梅拉比安在他的研究中提出，有效的沟通需要多个因素共同作用，包含语调（38%）、表情（55%）和语言（7%）。

而对于一些特定题材的现场报道而言，不仅仅只有脸和手才能做表情，声音也是有表情的。比如现场报道时的语音语调、现场声的适当运用等都具有强烈的现场感，带给观众真切的体验。

驻外并不是天天有突发新闻，调查类、自主策划类的现场报道也体现了记者的新闻挖掘能力。而通常这些题材的现场报道，对于记者捕捉细节能力的要求就很高，更要善于运用画面语言，放大细节，让故事丰富饱满，真实富有冲击力。

吴婷

2005 年 8 月进入中央电视台，2018 年赴中央广播电视总台非洲总站亚的斯亚贝巴记者站常驻。驻站期间，报道过 2019 年埃塞俄比亚航空坠机事故，采访过吉布提总统盖莱、埃塞俄比亚总理阿比等政要及非盟委员会主席等国际组织官员。同时，还关注并报道了大量中非合作成就及在非华人为“一带一路”作出的贡献。

埃塞俄比亚航空坠机

中央广播电视总台非洲总站亚的斯亚贝巴记者站／吴婷

埃塞俄比亚坐落在高原之上，东非大裂谷纵贯全境，有着丰富的自然资源和悠久的人文历史。这里有充满现代化气息、生机勃勃的都市，也有拥有独特文化的原始部落；这里是象征独立统一的非洲联盟总部所在地，也是飘荡着纷飞战火的血染的土地。对我来说，初抵这个新的工作岗位，便深刻感受到在新闻领域，意外和突发是那么猝不及防：前一天刚刚完成工作交接，正式接手记者站的工作，第二天就遇到了惊天的坠机新闻。

2019 年 3 月 10 日是个星期日，天气晴朗。懒懒的休息日让人觉得很放松，我打算约几个中国朋友中午一起吃烧烤。上午 10 点到了朋友家，车还没停稳，电话就响了，一接起就听到领导着急的声音："吴婷，快跟进，从你们那里飞肯尼亚内罗毕的一架飞机失联了！"

对于这条航线，我是关注过的，因为来埃塞俄比亚帮助我完成工作交接的非洲分台同事就说计划乘坐当天上午 10 点的飞机返回肯尼亚首都内罗毕。当听到领导说这条航线的飞机失联，我的脑袋"嗡"的一下就蒙了，一边在心里安慰自己一定不会这么巧合，一边赶紧给同事打电话，可手机那端响起的却是当地阿姆哈拉语说的"电话无法接通"，我心里更加慌了。到底发生了什么？身边的朋友们听我一说，马上开始帮我一起打听消息，最终得知是当天最早的一趟从亚的斯亚贝巴飞往内罗毕的航班失联了。那一刻，我悬着的心落下了一半。十几分钟后，我再次拨打同事的电话，当听到同事接起电话的声音，我的心重重地放下了。同事告诉我，他们的航班不知道为什么被通知了好几遍不能起飞，他就把手机打开看了看怎么回事。我告诉他，你的前一趟航班失联了，万幸你们没有改签。同事大惊，由于不知道失联原因是什么，大家决定当天不飞了，留在亚的斯亚贝巴。后来，他们作为距离失联飞机最近的亲历者，和后方做了电话连线，还拍摄了很多飞机上乘客的反应、机场处理后续航班措施的独家画面。

同事的安全让我稍稍放下了心，突发报道的压力很快涌了上来。距离事故发生没多久，由于当地网络环境糟糕，确切消息一时无法得知。我决定直接奔机场找埃塞俄比亚航空询问，看看能否得到一些信息。到达机场后，却发现以往热闹的机场冷冷清清，保安人员看到我们带着摄像机，一把把我们拦在大门外，严防死守，同时埃塞俄比亚航空的联络人也一直不接电话，我只能叹气，感慨事情来得太快，报道网络还不够完善。机场外，与后方做完电话连线报道后，我拿着手机刷最新消息，正好看到埃塞俄比亚航空刚刚发布的公告，确认从亚的斯亚贝巴飞往内罗毕的一架型号为波音 737MAX8、班次为 ET302 的航班坠毁，同时公布了飞机坠毁地点的范围，我一琢磨那里应该不会太远，决定试试能否找到现场。

与在国内寻找地点的便捷不同，埃塞俄比亚的网络非常差，出了市区，手机一点网络信号都没有，根本不可能有发送定位的可能性。再加上公布的坠毁地是一片很大的区域，对于找到事故现场，我并没有抱什么希望，只是想着一定要试试。一位中国朋友得知我要去找现场，直接给我打电话说要一起去，他说有一位工作系统里的同事在那趟航班上，至今无法联系，哪怕同事只有万分之一的可能性幸存，他也得去现场努力找一找。我心情黯然，才刚刚体会过那种担忧，怎能不理解他的心思。顾不上吃中饭，我们揣上一兜面包和饼干马上出发。他一路开一路问寻找地点，我则一边给后方做连线，一边给爱人、同事打电话通知我的最新消息。下午 1 点半左右，中国驻埃塞俄比亚使馆工作人员告诉我，飞机上一共有 8 名中国同胞，1 点 46 分埃塞俄比亚航空确认所有机上人员无一生还。朋友把车停在路边，我俩谁也没说话，沉默了好一会儿，我问他：“你还去吗？”朋友说：“去看看，送他最后一程。”

寻找坠机地点的过程一波三折，终于在四处转了 4 个多小时后，我联系到一位媒体朋友，他们已经找到了地点，我们约在高速公路收费口碰头，他安排雇员开车出来帮忙领路。一路过去，从大路到小路再到没有正儿八经的路，走了快一个小时终于抵达现场。

那是在一大片农田中，当时还没有耕种，光秃秃的地面上有一个大坑。这个坑直径约 50 米，看起来并不深，坑边几台挖掘机正在工作。我们抵达的时候现场还没有拉起警戒线，四周地面上散落着很多飞机残骸碎片，还有一些被烧毁的衣物、书籍。空气里弥漫着一股烧焦的味道，让人憋闷，有风吹过时才能喘上一口气。我以为会看到的惨烈现场显得有些平静，我猜测是因为现场被第一时间抵达的航空公司人员清理过了。

我看到有一些穿着印有“中国中铁”字样反光背心的中国人在现场来回走动，我赶紧上前拉住一人询问，得知他们隶属于中铁七局集团有限公司，因为有一个高速公路项目在附近，下午 1 点接到埃塞俄比亚政府的请求，就开着挖掘机到这里来帮助救援。七局的负责人王书记告诉我，他们赶到的时候看到的就是这么一个大坑，据说是飞机头朝下以极快的速度冲向地面，猛烈撞击形成的。我有些惊讶，难道整个飞机都被埋在了这个土坑里吗？王书记想了想告诉我，恐怕是这样。我接着问，一点生还可能性都没有吗？王书记叹口气说：“这周围 1 万平方米的区域全是各种残骸碎片，可想而知冲击力

2019 年 3 月 11 日，报道坠机事故现场情况

有多么大，航空公司人员调查了一遍，说是没有希望了，不过我们现在挖掘的时候还是小心翼翼的，先把坑扩大，尽量不破坏机体，万一能有奇迹出现呢！”

距离事故现场约 400 米处有一个村庄，村民们围在附近，有些人在周边捡拾着什么。看到我们是中国面孔，有几个村民围了上来，说了一堆听不懂的话，我赶紧叫当地摄像过来帮忙翻译，才知道他们说捡到了一个东西，上面的照片也是中国面孔。我忙问他们可不可以看一看，等到小伙子跑着从家里把东西拿来一看，是一张中国身份证，主人是一位年轻的男士。当地村民请我把证件转交给需要它的人，我连声感谢。

太阳渐渐落山，随我同去的朋友低着头在寻找着什么，我喊了他一声，准备回市区，却见他跑回车里取出一个塑料袋，又跑到大坑边，捧了一大把泥土装了进去。30 多岁的汉子哽咽地说：“我什么也没找到，就带一把土吧，回头转交给同事的家属。”我们离开的时候，后视镜里太阳余晖只剩下残影，现场的挖掘机轰轰作响，救援队还在不停地工作。

奇迹没有出现。第三天我再去现场的时候，王书记跟我说，他们一直不停地、小心翼翼地挖了 20 多米深，终于找到了黑匣子，也挖出了被撞击得目不忍睹的飞机，机头被压缩到只有 5 米，没有一个座椅是完整的。

事故的处理转向安抚、赔偿和寻找真相。在现场拍摄的那几天，每天都能看到遇难者亲属在坠机地徘徊、哭泣。事故第三天，有一个年轻的中国男孩跑到现场，一直在警戒线里来来回回，似乎在寻找什么。七局的人跟我说，那个男孩是来找女朋友的，他们约好一起来非洲看长颈鹿，因为这次事故天人永隔。男孩一天下来几乎没怎么说过话，自己一个人默默地寻找女朋友遗留的痕迹。我们谁也不敢打扰他，只远远地看着他，午餐时让救援队的人拉上他一起吃两块面包或盒饭。寻找的结果，可想而知。

事故第四天，埃塞俄比亚航空为家属在现场用白色花圈和花门设置了一个悼念灵堂，8 位中国遇难者的家属都已赶到亚的斯亚贝巴。这一天我没有去现场，因为不敢面对那样的场面，害怕自己会情绪崩溃。听去了现场的同行说，男孩在现场撕心裂肺地喊着“我爱你”；年迈的父母念叨着“儿啊，我们接你回家”；遗像旁放了中国白酒或食物……这一天，我没有外出拍摄，坐在家中静静地搜索新闻，记住了8名中国遇难者的姓名，也在网络上看到了他们的故事。第一次报道灾难新闻，我思考了很久该如何面对遭遇不幸的人们，我知道只要走近一点，就能挖掘出一个网络热搜，我也知道这样的镜头对任何一个家属来说都是再一次的伤害，没有谁愿意将自己的伤心放在公众面前发酵。我想，应该将他们放在镜头之外，放在眼里，记在心里。

2019年4月5日是中国的清明节。空难现场被木桩和铁绞丝封闭了起来，大坑也被填平，白色的花束一簇簇放在四周的地面上，新新旧旧地记录着哀悼的痕迹。不远处搭起了两个小棚屋，带着枪的安保人员在那里值守。悼念之后，我围着现场走了一圈，用脚步书写一个句号，这是一个终点，也是一个艰难的起点。

一年之后，事故中期调查报告发布，而直到两年半之后，波音公司才与遇难者家属达成赔偿协议。

这一次空难事故的现场消息，几乎都来自负责现场救援的中国企业——中铁七局集团有限公司和后来加入的中国交通建设集团有限公司。外国媒体记者曾在现场表达了羡慕之情，中国人在万里之外有中国人的信息源。也因为有他们在，中国家属来的时候，拿到了在残骸中遗留下来的一张名片、两本护照、一张地图、一张支票和一个电脑包，

2019年清明节，中国驻埃塞俄比亚使馆组织的祭奠仪式

这些带有一点点身份信息的物品成为亲人们仅剩的寄托。

因为空难，“非漂”的生存状态被放大在舆论面前。这些漂泊在非洲的中国人，冒着生命危险，不顾条件恶劣，远离家乡和亲人，为的是什么？这里面有万里相约的浪漫情怀，有一年出差50多次的习以为常，也有奔赴联合国会议的向往与理想。因为空难，远方、事业、世界这些似乎很遥远的词，在更多的“非漂”身上浮现出来。

在埃塞俄比亚，“非漂”人数最多时达到30万。他们之中，有中国外交人员，有联合国系统工作人员，有中企员工，有私营业主，有老师学生，有医生军人……在埃塞俄比亚驻外的这些年，我听过太多关于他们的故事，你可以说他们是舍了小家追寻精彩人生，但更重要的，他们是在为“一带一路”建设、推动中非合作贡献力量。

海洋是我到埃塞俄比亚后拍摄的第一个人物故事的主角。小伙子是个河南人，就职于中成进出口股份有限公司。一到埃塞俄比亚就被派去原始的东非草原上建糖厂，项目初期住集装箱，没水没电，不仅要面对狮子、蛇等野生动物的骚扰，还要警惕周边部落的火并。海洋跟我说，他离死亡最近的一次是被附近部落间的冲突波及，子弹穿过驻地，那次他们雇用的现场保安死于非命。在国内享受安稳生活的人们怎么可能体会到这些经历？既然那么危险，为什么还要去非洲自找苦吃呢？这个问题我也问过海洋。他给我描绘了一个场景：当时他刚刚来到这里时，看到附近部落的一对夫妻带着几个幼小的孩子，趴在浑黄的奥莫河边用手捧着河水喝。出国前他知道世界上还有很多地方穷困落后，但亲眼看到这样的一幕还是颇觉震撼。海洋说，我们建设糖厂可以带动周边甘蔗种植和加工产业的发展，还能在生产过程中发电、净化水源，让整个奥莫地区的居民用上电，喝上干净的水，只要想到我们能在东非草原上开出一朵现代之花，就觉得受点苦算得了什么。2018年10月14日，中成进出口股份有限公司建设的奥莫3糖厂竣工开榨，埃塞俄比亚总理、前总理和厄立特里亚总统一同出席仪式，周边的居民们也蜂拥而至，欢呼雀跃、载歌载舞。

中成进出口股份有限公司建设的奥莫 3 糖厂

“非漂”的生活自然是艰苦的，可也是充满希望的。每一个漂泊的人都在追求自我价值的更好实现，不管是为了获得高收入来改善家人生活，还是教授中文传播中国文化；不管是想推广中国技术、中国标准，还是为全人类的理想和事业奔波，每一个“非漂”都有一个精彩的奋斗故事。

驻外手记

驻外记者与国内记者面临的最大不同就是身处截然不同的文化环境之中。不同就意味着新鲜，通过记者的观察展现与刻板印象所不同的东西，能给观众带来新鲜感。例如，大家提起非洲，脑海里的画面通常是又脏又乱的贫民窟或者大草原上动物满地跑，其实非洲也有美丽的城市和现代化的生活，这些美丽与现代与我们的刻板印象首先形成了反差，作为记者能够进一步在其中发现中国对于这些现代化发展所发挥的促进作用。报道一出来，往往就有很好的传播效果。例如，联合国官员直播带货非洲农产品、埃塞俄比亚驻华官员直播平台一秒钟售罄埃塞俄比亚咖啡、中国建设的埃塞俄比亚最高楼展示冰墩墩灯光秀等，都是很有热度的题材在非洲的呈现。

如何保持新鲜感，挖掘对于国内受众来说耳目一新的内容和报道角度也是驻外记者们需要下功夫的地方。例如，国内的人们已经无比熟悉的手机支付在非洲许多国家也蓬勃发展起来，在埃塞俄比亚用手机支付与国内有什么不同，记者用亲身体验去讲述也会给观众带来熟悉中的新鲜感。对于驻外记者来说，闭门造车无法实现好的新闻报道。多体验驻在国风俗民情，了解文化不同之需，多思多想，运用新技术新应用，创新传播方式、表达方式，才能找到有新鲜感的报道切入点，呈现让观众喜爱、有情感、有热度的报道。

周琳

2011 年 8 月进入中央电视台新闻中心编辑部，2012 年 6 月赴南非开普敦记者站担任常驻记者。赴任后参与了国家领导人访问南非的报道；在新冠疫情期间参与了大量对非洲各界人士的采访报道，也参与了中华人民共和国成立 70 周年和中国共产党成立 100 周年等重大活动报道，还参与了“伊代”飓风席卷南部非洲多国、震惊世界的南非“马里卡纳惨案”、开普敦多地山火肆虐等突发事件报道。在多年的驻非报道经历中，见证了中国媒体在南非乃至非洲大陆影响力的大幅提高，从驻外零经验逐步成为工作阅历丰富的“驻非老兵”。

重大突发事件现场亲体验

中央广播电视总台非洲总站开普敦记者站 / 周琳

2012 年 6 月 28 日，被任命为南非开普敦常驻记者的我只身一人带着摄像机和其他直播设备踏上了前往非洲的旅途。坦白说，在驻非之前，原始、贫穷、饥饿、战乱和疾病这些刻板印象难免会影响我对非洲的认知。“儿行千里母担忧”，对我这个 80 后的独生子来说，从临行前父母的千叮咛万嘱咐看得出来，他们对我去非洲工作还是有些放心不下，同时也是寄予了厚望，希望我作为一名国家级媒体的新闻工作者，能够踏实勤恳地在非洲干出一番成绩来。

从北京出发的那一天，同事将我送到机场，并协助我办妥了所有乘机手续。当同事目送我进入安检口的时候，我对祖国那种依依不舍的感情突然涌上心头，但我心里对赴任非洲的期待也越发强烈。从北京出发，总共历时 20 多个小时，我终于抵达了南非的开普敦。飞机降落前，我在飞机上鸟瞰四面环海的开普敦半岛，绵延巍峨的高山，现代化气息的城市，尽收眼底的是山与城与海的绝美画卷，用“依山傍海”来形容这座美丽的海滨城市可以说恰如其分。当时心里不禁在想，这里一定有许多故事等待着我去发掘，非洲，我来了！

在驻地安顿下来后，我首先要做的事就是熟悉当地的环境——开普敦市区有宽敞坦达的高速公路，林立的高楼，干净整洁的街道，美丽的海港，让我曾一度怀疑自己是否真的来到了非洲，还是置身于某个风景如画的欧洲城市。开普敦是非洲大陆最南端的城市，是南非的立法首都，被南非人称为“母亲城”，以其美丽的自然景观及码头而闻名于世。这里有被誉为天涯海角的“好望角”，还有被评为“世界七大自然奇观”

之一的桌山。开普敦是欧裔白人在南非建立的第一座城市，300 余年来数度易主，历经荷兰、英国、德国等欧洲诸国的统治及殖民，同时也居住着亚洲人的后裔，所以虽然地处非洲，却交织着欧亚非多元文化的色彩。

“马里卡纳惨案”

2012 年 8 月，我来到开普敦才一个多月的时间，南非西北省就发生了震惊世界的“马里卡纳惨案”，警方向罢工示威的矿工开枪射击造成 34 人死亡，重伤 70 多人，抓捕 250 多人。西北省本来是约翰内斯堡记者站同事的辖区范围，但是同事正巧在外出差，在他赶回的同时，“初出茅庐”的我从开普敦前往约翰内斯堡记者站与他会合再赶赴报道现场。当我见到同事时已经是晚上了，当时安保公司安排的佩枪保安也在机场与我们会合，还雇了一名司机兼向导。我们先陪同事回住所取一些出差的行李。我们的车刚在小区门口停下，就看到后面一辆轿车尾随而至，保安似乎察觉到了什么，他迅速下车，然后把手伸进上衣的内兜，还没等我们来得及反应，尾随我们的那辆车立马掉头离开了。事后，保安告诉我们，他早就发现刚才那辆车在跟踪我们，所以停车后他立即到车外将手伸进内兜，做出随时准备掏枪的动作以震慑对方。虽然是有惊无险，但听完保安的解释后，车上的人对这个出行前的小插曲都感到一阵后怕。同事带好出差行李后，我们就连夜赶往报道现场。

约翰内斯堡距离西北省的马里卡纳矿区有 300 多公里的车程，当我们行驶了一半多车程时又遇到了此行的第二个小插曲——车在半路突然停了下来，已经出师不利的我心里不禁又是“咯噔”一下，连忙询问向导情况。向导解释说，因为走得过于仓促没来得及加油，之后油表没看住，车没油走不了了，我和同事顿时感到非常崩溃。同事告诉我南非的治安状况并不理想，而且我们的车正好停在了前不着村后不着店的地方，四周漆黑一片，再加上要着急赶路，这让我们既忐忑不安，也心急如焚。这时向导想到一个办法，就是拦下过路的车辆，然后付点小费让司机帮忙去加油站取一些汽油回来。但经过几次尝试后，都没有车停下来帮助我们。正当我们感到焦虑和无助的时候，终于有一辆车缓缓停在了我们面前，得知我们的车没油了，车主愿意到附近的加油站为我们取油，但我们也担心他会一去不复返，幸好车主很守信用，如约返回。看到他取油回来，我们悬着的心总算放了下来。就这样，我们的车才重新上路。我在途中基本没有合过眼，一直处于亢奋状态，几经辗转，终于抵达了位于南非西北省的马里卡纳矿区目的地。当我们赶到现场时已经是次日早上，车外气温比较低，下车后冷空气让我整个人立马变得清醒。此时，现场仍被警方封锁，在得知我们是媒体记者后才允许进入。这是我生平第一次进入重大突发事件的现场，心里一直在打鼓。进入事发现场后，我看到一边是佩有装备的警察，另一边则是占据了一个小山坡，手持棍棒、镰刀罢工示威的矿工，土坡上还看得见斑斑血迹。虽然已经没有事发时的剑拔弩张和惊心动魄，但是气氛仍然显得很紧张。经过现场了解，此次警察和罢工示威工人发生流血冲突的起因是矿工要求涨工资，但工会代表未能与矿业公司股东就薪资涨幅条件达成一致，于是数千名矿工便开始罢工，后来逐渐演变成罢工示威的矿工与维护秩序的警察发生冲突，即前面提到的警方向罢工示威的矿工开枪射击的“马里卡纳惨案”。

我们抵达现场后随即在矿区做了直播连线及现场报道。几天里我们大部分时间都是风餐露宿，在超市里补给一些干粮和饮用水，又前往各种新闻发布会现场录制采访。由于矿区的网络环境很糟糕，我们每天干完活之后还要驱车前往 100 公里外的酒店入住才能有稍快的网速来发稿和回传拍摄素材。另外，我们虽然也带了换洗的衣物，但是没想到这次报道会持续一周多，最后连换洗的衣服也用完了，但是我们克服了各种困难，一直在坚持工作。

一周后“马里卡纳惨案”的报道告一段落，撤离的那刻，才算长舒了一口气。在回约翰内斯堡的路上我们去了一家中餐厅，虽然正如同事所说这家餐厅的味道不太好，但我们已经很多天没吃到中餐了，这个时候一碗热气腾腾的面条对我们来说也是一顿珍馐美味。现在回想起来，当时坚守在一线的报道工作虽然让我筋疲力尽，尽管在工作中也发生几次有惊无险的小插曲，但我最终还是顺利完成了人生第一次重大突发新闻报道任务。

开普敦山火

2015 年，开普敦遭遇了多年未遇的山火，那次也是我常驻开普敦以来第一次发生如此严重的山火。开普敦属于地中海气候，夏季为每年 11 月至次年 3 月，平均最高气温为 26℃，但由于当时持续的高温天气，也很少有降雨，森林植被等比较干枯，高温天气再加上干燥的气候很容易引发火灾。此外，开普敦时常伴有强风天气，强劲的风势可谓火灾的催化剂，使得山火迅速蔓延，受灾面积更是达到了数千公顷。在前往火灾现场的路上，我们在沿途看到了被大火烧焦后东倒西歪的残枝，很多珍贵的植被都已经烧成了灰烬，空气中弥漫着一股难闻的烧焦味。远处滚滚弥漫的浓烟清晰可见，持续的山火还在熊熊燃烧，当地政府已部署上百名消防队员和数架直升机参与灭火工作。

车往山道上开了一会儿后几乎没办法继续前进了，我索性就把车停了下来。为了避免山火快速蔓延到我所在的地方，我想以最快的速度拿出摄像机和三脚架做现场出镜，实地介绍我在火灾现场所看到的情况。刚把出镜词说了两遍，只觉得一股热浪袭来，全身的皮肤就如针扎似的灼热，那种高温的压迫感令我窒息。转身一看，山火正在迅速向我所在的方向蔓延，意识到情况不妙，都没来得及将摄像机从三脚架上取下来，就赶紧把摄像机连同三脚架一起塞进车里，迅速驱车离开，开出了大概 50 米，我瞄了一下后视镜，刚刚停车的地方已经被熊熊大火所吞噬，我赶紧加踩油门，以最快的速度驶离了现场。车开到了安全的地方后，我喝了点水，稳了稳神。刚才差点儿命丧火海的经过还历历在目，这是我人生当中与死亡赛跑的一次经历，幸运的是，我最终跑赢了。不过，这次惊心动魄的经历让我明白了，在报道中虽然要勇敢地深入现场，同时也要对现场的情形有清晰的判断，不能轻易冒进，要在保证人身安全的情况下去开展报道工作。

2018 年，以开普敦火山为背景做新媒体直播节目

飓风“伊代”

除了在常驻国南非开展工作以外，覆盖周边国家的报道也是我的工作之一。2019 年 3 月 14 日，飓风“伊代”率先登陆莫桑比克，之后转向津巴布韦和马拉维，引发山洪、泥石流和山体滑坡等一系列自然灾害。当时，飓风“伊代”所造成的重大人员伤亡以及给当地环境所造成的破坏成为全球关注的焦点。在接到报道任务时，我正好在距开普敦 300 多公里外的地方出差，于是匆匆结束了出差行程赶回驻地，次日便搭乘航班赶往津巴布韦。

在听了津巴布韦同事对灾区的简要介绍后，我便与外籍摄像、直播技术人员及当地司机一行四人马不停蹄地赶往几百公里之外受到飓风“伊代”肆虐的重灾区。来到重灾区附近的小镇已经是当天傍晚，我们联系上了恰巧也住在小镇上的两名协助救援工作的中国志愿者。听他们介绍说，重灾区中心地带位于山坳里，但进山的不少路段都被损毁，一般的车辆根本无法通行，强行进入的办法只有两个，要么是乘坐直升机，要么是乘坐部队的军车。但为了尽快将现场报道发回，在津巴布韦官兵对损毁山路进行简单的抢修后，我们便驱车赶往重灾区的中心地带。一路基本上都是崎岖狭窄和泥泞湿滑的山路，随时都有翻车的危险，虽然只有 20 多公里的路程，但我们的车一路颠簸着缓行了 3 个多小时，总算是有惊无险地抵达目的地，之后再徒步穿过一座简易搭建的独木桥，最终进入了重灾区的中心地带库帕村。但是眼前的一幕却让我们摄制组一行人惊呆了，这里到处是散落的巨石，昔日里一个完好的村庄目前已经不复存在。

据村民介绍，前几日的一天夜里，由飓风“伊代”引发的山洪将河床上游的石桥冲垮，之后山洪夹杂着石桥碎成的巨石将山坳里的整个库帕村夷为平地。事发当晚，有部分村民外出没在家，所以才幸免于难。此时，我们见到一位村民站在巨石上四处张望，似乎在寻找什么。我上前询问得知，他就是此次灾难幸存下来的村民之一，他正在这些乱石堆中找寻妻儿的遗骸，希望找到后将他们好好安葬。现场的这一幕让我感动，甚至哽咽。我通过镜头和报道让国内的观众了解到津巴布韦重灾区的实地情况，尽管前面道路坎坷，尽管要冒着生命危险前行，我想我做到了一名新闻工作者应该做的，我的付出也是值得的。

2019 年 3 月，深入津巴布韦“伊代”飓风重灾区

驻外手记

我在非洲这片土地上一直深耕着一名新闻工作者的理想，奉献着自己的青春并在这里洒下了汗水。我非常庆幸自己能来非洲工作，因为让我见识到了不一样的非洲。走过驻非生活的10年，我亲历了许多，学到了许多，同时也成长了许多，而最为重要的是我也总结了不少在非洲开展新闻报道工作的个人经验。首先，我体会最深的工作经验就是：要将新闻报道工作做好，建立广泛完善的人脉资源非常重要。因为我们的新闻报道工作不仅覆盖了常驻国，也覆盖了周边其他国家，这就要求我们努力做好一名优秀的“民间外交家”，无论是政府官员，还是媒体机构，甚至是普通民众，我们都要主动建立联系，才能让我们在开展工作时能够得到助力。如何才能够建立广泛完善的人脉资源呢？“国之交在于民相亲，民相亲在于心相通”，我们要融入当地社会，了解当地文化习俗，甚至学习当地语言。举个例子，在与人打交道时，几句地道的当地问候语一出口，立马就拉近了彼此间的距离，如果再和对方聊上一些对当地文化习俗的了解，那彼此之间的距离又会更近一步。这里特别提一点，在建立好联系后，后期用心去维护同样也很重要，日常保持联系，加强社交往来，这样建立的联系才会长久。

其次，我们的外籍摄像同事都是非洲本地人，他们作为“当地通”有着先天优势，所以在新闻报道工作中，利用好外籍摄像同事在当地已经积累好的丰富人脉资源也十分重要。

再次，驻外记者所负责的报道辖区范围内也有中国使领馆、中资企业和华侨华人，由于航班等客观因素，当我们无法迅速赶赴报道现场时，来自使领馆外交官、中资企业联络员、华侨华人的独家专访能够为我们提供宝贵的一手资料，不仅时效性强，而且呈现效果也很好。

以上就是我要向大家分享的一些工作经验和心得体会。只有在报道辖区建立了广泛完善的人脉资源后，一旦有重大突发报道或者独家专访需求时，我们才能做到快速反应，达到事半功倍的效果。

徐德智

中央广播电视总台驻纽约站记者，在驻站期间负责联合国及美国社会新闻报道。在联合国曾多次对秘书长古特雷斯，以及第 74 届、75 届和 76 届联合国大会主席提问，对包括匈牙利、叙利亚、巴基斯坦等多国外交部长、常驻联合国代表进行专访。新冠疫情在美蔓延高峰期，曾对纽约、得州埃尔帕索两大美国疫情中心进行探访，报道无家可归者、原住民等美国底层人民生活故事。2016 年至 2018 年，在叙利亚大马士革驻站，亲历三年叙利亚战火，多次前往战区一线发回现场直击画面。曾获得中央电视台十佳记者和中央广播电视总台十佳记者。

人在纽约看美国

中央广播电视总台北美总站纽约记者站／徐德智

疫情震中，坐标纽约

2019 年 9 月，在从叙利亚卸任后，经过了美国大使馆签证处超过两个月的行政审查，我终于拿到了签证，抵达美国。

2020 年 3 月初，纽约市宣布发现了第一例输入型新冠病毒感染者，随后疫情开始在这座 800 多万人口的大都市里发酵。其实从 2 月开始，我在联合国工作之余最常做的事情就是——找口罩。那时纽约就已经出现了口罩缺货的现象，在曼哈顿满大街的便利店和药房，竟然通通脱销，甚至在网上购买都需要一个月才能到货。最后，我在一家不起眼的小店，以 7 美元一个的天价，买到了 3 个 N95 医用口罩。

3 月下旬，疫情在纽约大暴发，最严重的时候每天的死亡人数高达 800 人。而当疫情冲击纽约这样的大城市时，底层居民是受到影响最大的群体。5 月 10 日夜里，我就陪不少流浪汉度过了他们在这座繁华都市中的一夜。

当晚 12 点，一辆空空荡荡的纽约 E 线地铁列车缓缓减速，驶入终点站世贸中心站。在车厢的一头，一名 50 多岁中年非洲裔男子，穿着脏兮兮的厚棉衣蜷缩在座椅上，酣然入梦，完全不顾地铁已经驶入了终点站。

车门打开，一名穿着荧黄色背心的地铁工作人员猛烈地敲击了一下地铁扶手，男子从睡梦中惊醒。“下车了。这是终点站，你不能在车上继续待着了，列车需要消毒。”

从5月6日凌晨开始，纽约惯行的24小时运行的地铁系统有史以来开始每晚中断运行，在凌晨1点到5点对整个地铁进行彻底消毒。而这些曾经24小时在地铁里生活的流浪汉也别无选择，必须从地铁系统中离开。然而，这些社会最弱势群体如何得到保护，却成了棘手的问题。

纽约市政府说他们将动员足够的警力和志愿者，在各个地铁站对流浪汉进行疏导，将他们送往纽约的各个收容所。所以，从凌晨的世贸中心车站走出来，人们可以看到在世贸中心下有一排长长的车队，由警车、急救车和转运巴士组成，穿着警服的警察和印着大大NYC（New York City，纽约市）黄衣服的志愿者在地铁出口劝说着流浪汉们接受收容所的庇护。新闻报道说，大约有1000名警察在第一个晚上被安排到了各个地铁站工作。

晚上12点50分，世贸中心站外，流浪汉男子在转运巴士前详细地询问着收容所的情况，看来是之前没有去过类似的场所。旁边一位女士说："我去过那里，还不错。"男子看起来仍然相当犹豫。

可是，即便是流浪者们对收容所的认知也不尽相同。一位女子说，曼哈顿的收容所都满了，而且卫生条件差，没有自来水，所以她不会去。无奈，这些无家可归的人只好寄望于纽约为了替代地铁而加开的公交车。有个流浪汉说，他打算就在公交车里睡整个车程——两小时。如果有警察上车轰走他们，他们就在车站等待半小时后下一辆公交车的到来，就这样直到5点地铁重新开放。

惨遭催泪瓦斯袭击

说到2020年的美国，除了新冠疫情外，另外一件令我非常有感的事件当属弗洛伊德事件引发的"黑人的命也是命"运动。2020年夏天，俄勒冈州波特兰的示威者与执法人员超过100天的对峙和冲突，成为这场美国几十年来最大规模种族抗议活动中持续最久的地区。

7 月下旬在波特兰抗议活动持续之际，我在疫情暴发后第一次离开了纽约，到了波特兰对现场的抗议活动进行报道。波特兰的抗议活动是弗洛伊德事件后，联邦执法人员进驻引发不满而进一步激化造成的，当时的抗议地点主要集中在隶属联邦政府财产的法院大楼。根据我们和抗议者的交流，他们的诉求其实有三个：首先是还弗洛伊德公道，其次是要求波特兰警方重组，最后是要求联邦执法人员撤离波特兰。不过尽管在波特兰警方的问题上市政府有所让步，但这三个诉求可以说没有一个是真正有解的。

因此，波特兰上演了“怪异”的一幕：

晚上 8 点，抗议者中有领袖进行发言，重申三大诉求，人们在联邦法院外的广场上喊口号、点亮手机闪光灯来呼应这些发言。

晚上 10 点，激情的演讲结束，部分抗议者不愿离去，在法院前高呼“联邦人员快滚”这样的口号，并且不断敲打立在法院外的栅栏。

晚上 11 点半，联邦法院开始播放现场警告，要求抗议者离开，否则将会遭到逮捕。这一行为通常会激怒抗议者，他们会做出如扔酒瓶到法院大楼里这样过激的举动。

晚上 12 点，法院内执法者出动，开始向抗议者喷洒催泪瓦斯，发射橡皮子弹进行驱离。这样的行动每 20 分钟进行一次，通常进行三轮。

凌晨 1 点，联邦执法人员冲出法院，开始驱散人群并逮捕部分示威抗议者。

我在波特兰报道抗

2020 年 7 月底，在美国波特兰“黑人的命也是命”抗议活动现场进行新媒体直播

议活动持续了三晚，几乎每晚都按照同样的时间表进行。其间我不但被喷催泪瓦斯和被橡皮子弹击中，而且连续两晚都如此。

7 月 27 日晚，接近 28 日凌晨时，我和摄像在法院前进行拍摄和采访。因为知道接下来执法者会通过施放催泪瓦斯驱离抗议者，当晚我们都有所准备。比如，我戴上了护目镜，而且特别准备了两层 N95 口罩。

在采访中，我们突然遇到了从法院楼中冲出来几名执法者，他们沿着铁栅栏排开，然后开始喷洒出白色的烟雾。我赶紧戴上了护目镜开始做出镜。然而，说到一半，我就再也说不下去了——因为即便戴了两层口罩，也几乎没用。与其说催泪瓦斯是气体，倒不如说是粉末。只消一丝进入口罩内，就能产生巨大的作用。从某种程度上说，我感觉自己嘴里和鼻子里吸入了辣椒粉，整个鼻腔和咽喉火辣辣的，当时除了咳嗽几乎说不出话来了。

当然，叫催泪瓦斯也是有理由的。当时我的护目镜产生了大量水汽，看不清外面的样子。我把护目镜摘下来，用手“擦干净”后戴回去。这样的操作让我看上去像在擦镜片，实际上反而把粉末带到了护目镜里。结果我就开始止不住地痛哭流涕，双眼被辣得根本睁不开，想用任何东西揉揉眼睛，可带进去的更多是催泪粉末。

此刻，我终于体会到了，这就是催泪瓦斯的威力。

而橡皮子弹则是另外一回事了。其实橡皮子弹威力到底多大，跟很多因素有关，如子弹的口径、距离等。在波特兰现场，执法者在施放催泪瓦斯的同时，也从法院大楼的高处向下发射橡皮子弹。不过似乎他们的橡皮子弹更像霰弹，也就是一发能够朝多个方向发射。当晚我在用水清洗眼睛和护目镜的时候，突然感觉脖子上被什么东西刺了一下，但很快这种感觉就消失了，并不痛，不过之后又被击中了好几下。

我很困惑，问身边的抗议者：“我的脖子怎么了？”抗议者倒是相当淡定地说：“那是橡皮子弹，等会儿你在地上能捡到很多的。”

果不其然，在现场安静下来以后，地上被粉末薄薄地覆盖了各种橡胶材质圆球，最大的就只有小拇指指甲那么大，最小的就跟仁丹药粒似的。别看小，如果从正面被攻击，而且力道够大的话，这些橡皮子弹可能会把人的眼睛打瞎！

当过 3 年战地记者的我，没想到在美国切身体验到了这两样“神器”。

重返“叙利亚”

我小时候经常在电视上看到美国西部片的片段，一个牛仔在沙漠里策马狂奔，背后是暗红色的巨石。我对美国苍茫的西部似乎有一种别样的痴迷，每当讨论选题的时候，我第一个想到的总会是美国西南部那片壮丽的沙漠地带。

纳瓦霍人在美国西南部生活，是北美洲地区现存最大的原住民族群，总人口据估计有 30 万人。说起这个民族，人们可能更容易想到他们在第二次世界大战太平洋战场上加密自己的语言进行通信，让日本无法破解。所以，纳瓦霍人又被称为“风语者”。

然而这个立下了赫赫战功的民族，从 19 世纪到今天一直遭遇着美国不公平的对待。我对他们的关注已经半年。在新冠疫情稍稍缓解，纳瓦霍族将警戒下调后，我终于踏上了有机会跟他们接触的旅程。

在开始这趟旅程前，我就预料到印第安保留地通常都是欠发达地区，但是进入纳瓦霍保留地，这里的落后程度依然让我感到惊讶。与美国东北部纽约农村精致的小镇或者加州大气的村庄相比，这里完全没有看到在美国乡下最常见的独栋小楼或者规模有限但遍布商店的主街，大部分的房屋屋顶竟然是用金属雨棚搭建的，好多屋子的厕所都单独修在旁边，有的简陋到直接使用了塑料的移动厕所——这些厕所通常没有下水道，需要定期进行处理。行驶在人迹罕至的道路上，看着道路两旁低矮的植物点缀在沙堆里，我一度产生了幻觉，以为自己回到了叙利亚从大马士革到阿勒颇的路上。

不过，这与叙利亚由于原油短缺，很多车辆都备着装汽油的金属桶不同，在纳瓦霍保留地，很多皮卡车都载着几乎能塞满整个货舱的水箱。根据纳瓦霍政府的数据介绍，在整个保留地上，至少有 40% 的家庭至今仍然没有自来水可用。只有在几个比较大的纳瓦霍人部落及城镇的周边才会有小型的水库和水处理措施。越偏远、越干旱的地带，缺乏自来水的纳瓦霍人越多。

位于犹他州和亚利桑那州交汇地带的纪念碑谷（Monument Valley）是美国著名的自然景点，但是游客们恐怕难以想象，在科罗拉多高原上那些壮丽的山下生活的纳瓦霍人，不但生存环境恶劣，收入也极为有限，而且大都从出生至今就没有完整地使用过一天的自来水。很多在附近居住的纳瓦霍人，只有隔三岔五开车前往免费取水点，灌满水箱，才能取到生活用水。

其实这些取水点的设施也简陋得让人难以置信。我在纪念碑谷公园不到 10 公里的一个小镇上就看到了一个这样的取水点。这是一个能供给周边数百上千家庭的取水点，但只有一个像牙膏管一样细的水龙头。

很多纳瓦霍人开车半个多小时到这里，加满 2000 升的水箱再回家要花 2 个小时，如果运气不好前面有几辆车，时间会更长。更让人恼火的是，2000 升水用在洗衣服、做饭、畜牧上面，基本两三天就能用光。

然而，对纳瓦霍人来说，还有更让他们头痛的问题。20 世纪 40 年代到 80 年代，为了应对第二次世界大战和冷战，美国加强了国内的铀矿开采以扩充核力量。在 50 年代前，纳瓦霍保留地就出现了铀矿开发热潮，美国政府雇用私人公司，从纳瓦霍族以低价租来土地挖矿。1944 年至 1986 年，美国一共开采了近 400 万吨铀矿石，用来推动军备竞赛。

1950 年前当地就出现了超过 700 个铀矿，而现在仍有大约 524 个登记在案的铀矿需要清理，未登记的铀矿可能更多。2014 年，美国环保局对纳瓦霍保留地上的废弃铀矿进行了检测，大多数铀矿的辐射水平至少是正常标准的 10 倍，有的高达 25 倍。

铀矿废弃物的辐射量其实并不大，但是如果在铀矿废弃物旁生活几十年那就完全是另外一回事了。

从一个叫钦赖（Chinle）的小镇出发大约 10 分钟车程，我们来到了一处峡谷的北缘。从水泥地到沙地，经过九曲十八弯，我们终于找到了一处废弃铀矿。根据美国国家环境保护局的信息，目前铀矿残留下了当年的部分石块和坑道，不过在山丘的一处平地上，这里已经长满了绿植，仅剩下两个“不要靠近”的警告标志。

摄像正在拍摄一些这里的画面，大概不到 50 米的地方有一个突起的小丘，上面有一个简单的平层房屋。一个穿着白色背心，脸上长满胡茬的 40 多岁的男人从屋子里走出来，对着我们大喊：“你们在干什么？”

我见状便一路小跑过去，在山坡下面向他展示了我的记者证件，并表明了来意，希望也可以问问他，如何看待他家就在废弃铀矿旁。

他看着我，冷冷地说：“你们也站在铀矿上。”然后就不再说话了。

我追问道：“能否做电视采访？”他头都不回就走进了屋子里。过了一会儿突然开门，手上拿着一把步枪指着我，“给我滚，否则我就开枪了！”

虽然在叙利亚 3 年里，我从来没有被人在不足 20 米的地方用枪指着，但那时真是完全来不及害怕，只是下意识地从嘴里挤出了：“OK。”然后扭过头，赶紧向摄像走去。

我的摄像是个拉美裔大叔，当时还在优哉地拍着废弃铀矿现场画面，眼睛看着摄像机的寻像器，根本没有意识到发生了什么。

我走过去的第一句话是：“你拍到足够多的画面了吗？”

大叔慢悠悠地说：“差不多吧。”

“刚才那个人用枪指着我让我们滚。”听到这句话，大叔一下子把眼睛从寻像器挪到了我身上，然后再看看那边的男人。就在我走到摄像的节骨眼，他已经消失了，我猜大概是进屋了吧。

至今我都想不明白，为何这名男子如此抗拒我们的采访——其实，他只要说不用了就可以。摄像在车上说，这一片的纳瓦霍人被很多人许下过承诺，让他们有太多的期待。然而，大部分人的承诺到头来都是一场空，这导致了他们对外部世界，特别是对媒体、政客的极为不信任。如果遇到一个脾气不好又正好有枪的人，很可能做出这样的举动……

驻外手记

我是一个“半路出家”的记者，在叙利亚的战地报道是我真正意义上的第一个记者工作。它给我带来了很大的挑战，因为我在驻外的时候几乎是“白纸一张”，甚至连写稿都要从头学起。不过，这也给我带来了很大的优势，因为“白纸一张”，就有了在实战中养成采访习惯的优势。

在过去几年的记者生涯里，我亲历过火箭弹爆炸，见识过恐怖袭击现场，被催泪弹攻击过，也提问过联合国秘书长。而真正驱使着我工作的，永远都是好奇心。有学者说，所谓新闻，就是通过展示其他地方不寻常的事情来告诉你你的生活有多平常。只有保持好奇心，“不寻常”的事情才有可能被赋予不寻常的意义。

而保持好奇心，最简单的方式就是在采访前彻底将自己先入为主的观念抛到脑后，放空自己。这样在采访过程中就会有灵感的火花不停地在大脑里迸发，找到讲故事的最佳路径，让故事“不寻常”。我曾在内华达的沙漠中采访美国核试验对原住民的影响，当我和他们对话后，我才知道在内华达的荒漠下，竟然是丰沛的地下水。这对于我来说，是一个全新的视角。不要抗拒它，去拥抱它，才能发现采访主题下更多的蛛丝马迹。

对记者来说，对细微之处的观察也特别重要。我在叙利亚大马士革采访的时候，因为经历了太多次袭击，甚至可以通过火箭弹发射的声音判断出火箭弹的发射方位和运动方向。这些观察不但是新闻采访的技巧，也是求生的必备技能之一。而到了美国，通过采访对象的面部细微表情变化，我可以发现是否有必要继续将一个问题打破砂锅问到底，还是知道自己只会得到重复的答案。

记者，特别是驻外记者，最重要的就是跨出这一步，让自己成为一名驻外记者。然后，环境会推着你做出正确的事情。

国际风云

赵兵

2010 年进入中央电视台阿拉伯语频道工作，2012 年前往中东总站驻站。先后多次前往阿富汗、伊拉克、伊朗、也门等国家采访。2016 年赴阿富汗担任喀布尔站负责人。2017 年转站至耶路撒冷站担任负责人至今。驻外期间，在阿富汗完成大量重大袭击事件报道；在伊拉克跟随军队前往打击极端组织“伊斯兰国”的战斗前线；在阿联酋主持其国家电视台“习近平主席访问阿联酋”专题特别节目；在巴以地区先后策划制作了“耶路撒冷危机”“美国驻以使馆迁移”“戈兰高地硝烟再起”“2021 加沙大规模武装冲突”系列报道。

常驻中东十年：试图寻找一个中东问题的答案

中央广播电视总台中东总站耶路撒冷记者站／赵兵

喀布尔那些追风筝的人
我梦到花儿再次在喀布尔街头盛开，
音乐再次在茶屋响起，
风筝再次在天空飞翔。
我梦到有朝一日，
你会回到喀布尔，
重访这片我们儿时的土地。
如果你回来，
你会发现有个忠诚的老朋友在等着你。

——《追风筝的人》（卡勒德·胡赛尼著，李继宏译）

2013 年 1 月，我第一次前往阿富汗。我们常说现代城市是“钢筋水泥”，但我觉得这个词用来形容喀布尔更为贴切，因为这里到处是用钢筋水泥建筑的 3 米多的高墙，它们如同积木一般，被大量安置在一些重要的路口或者重要的机构门前。行驶在路上，目之所及除了空气中弥漫的淡淡灰色，便是不断闪现的喀布尔警察蓝色的制服，以及阿富汗妇女身着的蓝色布尔卡。布尔卡是阿富汗及部分阿拉伯国家妇女的传统服饰，它是一件宽松且拖地的大罩袍，可以将女性从头到脚包裹得严严实实，只在面部留出网状的部分。此外最多的颜色还有美军军车上的土黄色，特别是 3 米多高的“美洲狮”防地雷反伏击车，它就像行走在丛林中的大象，逼迫着周边车辆纷纷避让。而只要它经过，附近的手机信号必然消失，据说这是为了应对遥控爆炸物的一种手段。这些完全不同寻常的景象，让我在恍惚间仿佛置身在光怪陆离的外星球。

喀布尔的生活条件比较艰苦，真正是劈柴取暖、打井取水的日子。由于多年生活生产用水，穿城而过的喀布尔河基本枯竭，只剩下蜿蜒窄小的河道，就像是喀布尔城的一道疮疤。富裕人家自己打井取水，穷苦人家则需要买水再担回家中。我们也在办公室的空地上打了自己的水井，但由于这里的地下水被生活和工业污水污染，完全不符合饮用水标准，甚至频繁更换过滤器的滤芯也无济于事。

在那几年里，阿富汗的安全局势持续恶化。美国领导的北约联军在发动阿富汗战争多年之后，显然没有让当地局势更好反而更糟。2013 年，美军涉嫌在阿中部瓦尔达克省杀害无辜平民，遭到阿富汗政府的强烈抗议。该省的议会议员对我说：“美军常常一次逮捕六七十人，在留下两三个人后，再放其他人走，并且行动不分昼夜。有一次，他们一下抓了 1000 多个人，在另一次行动中，被释放的 13 人中仅有 4 人被找到，还有 9 人失踪。”这名议员搜集了不少阿富汗民众的口述内容，但是面对这些内容，北约联军发言人却对我轻描淡写地说，这些都是无稽之谈，北约找不到任何证据反驳这些指控，反而建议阿富汗人拿出翔实的证据。但大家都知道，让这些土生土长、大字不识的阿富汗农民找证据去证明美军当时如何抓人，这几乎是不可能的事情。

2015 年后，“伊斯兰国”开始向阿富汗快速渗透。喀布尔几乎是“天天一小炸，月月一大炸”，其间我去过数十起各类袭击现场，也几次侥幸躲过致命的伤害。令我印象最深刻的并不是那些袭击报道，而是一则我未发出的报道。

阿里是一名曾经在阿富汗安全部队服役的警察。2011 年，他在执勤时遭到炸弹爆炸袭击，并因此严重受伤，那时的他还不到 30 岁。见到阿里的一瞬间，我有点毛骨悚然，他的伤根本不能用“严重受伤”四个字可以形容。他的面部被严重烧毁，只能依稀辨认出五官；他的两条腿均从膝盖以下全被截肢，同时还失去了他的左臂，身体各处也分布着不同程度的伤疤。我当时愣在原地，忽然间不知道是否还应该将他展现在观众面前。阿里只上过小学，通过应聘加入了阿富汗警察部队。他的想法很单纯，只需要一份能养活家庭的收入，同时能为国家和同胞贡献一点自己的力量。受伤之后，虽然警方每年会给予他数百美元的慰问金，但他也无法再正常工作养活家庭，只能依靠亲朋好友的救济生活。我带着敬意、难过、惶恐等复杂的心情听完了阿里的讲述，没有再做采访，最后给他留了一些钱，便迅速离开了阿里的家。

在阿富汗时，我常常有一种如鲠在喉的压抑感，有时做完报道并没有轻松的感觉，反而感觉胸口犹如压山填海一般，难以排解。而这仅仅是因为我看到的、听到的，那阿富汗人呢？他们真真实实地生活在这样的环境里，他们的压抑感是否如我一般，还是说早已深藏心底，好像不曾发生过一样？

底格里斯河上的星火与硝烟

我在巴格达街头散步
天色将晚，黄昏日落
遇见一位被岁月压弯脊梁的老翁
正在起伏不平的路上缓缓匍匐
……
他叫“真理”，身为异乡客，今日来此处
我向他奔去，给他慰藉和鼓舞
把我的同情之泪向他汩汩倾注
我对他说：我俩身在他乡为异客
每个异乡人都与异乡人情同手足

——《我俩身在异乡为异客》（贾米勒 · 西德基 · 扎哈维著，郭黎译）

这是伊拉克近代著名诗人贾米勒·西德基·扎哈维百年前写下的诗。那时的伊拉克人，刚刚开始在反殖民主义和民族独立的浪潮中挣扎着去寻求自己的真理。而当我在 2013 年第一次前往伊拉克时，对诗中那种历史的沉重感还不甚了了。

彼时的伊拉克，仍然深陷在战争的泥沼中，“伊斯兰国”刚刚开始大规模肆虐，美国等联军仍在肆意发动各类军事行动。伊拉克国内教派纷争，冲突不断，几乎每天都有人在爆炸和袭击中丧生，这个曾经璀璨夺目的古老文明依旧在历史长河中脚步蹒跚。

我们乘车进入巴格达市区，两旁不少土黄色的建筑高大厚重，巍巍然有着苏联建筑的影子，有的建筑上还能看到战争留下的弹孔，它们被水泥墩层层围住，就像锁链下受伤匍匐的巨兽一般。这一段路程，让人能够隐隐感受到巴格达曾经壮观的气势，同时也让人不由得感到压抑。我们工作和居住的酒店，就坐落在底格里斯河的旁边。在抵达数日后的一个清晨，我正坐在办公桌前，忽然听到一声巨大的闷响，我闪身走近阳台，看到河对岸大约几公里外的地方有一股巨大的黑烟滚滚升起。这便是我们工作的常态。

2015 年，在伊拉克提克里特军队的一辆军车上

2014 年至 2015 年我又几次前往伊拉克。那时极端组织已经完成大规模的攻城略地，其与伊拉克军队的战斗逐渐进入白热化。我前往伊拉克北部的库尔德自治区，在那里见到了抗击“伊斯兰国”的库尔德女兵，也见到了数以百计徒步逃离摩苏尔的难民。我还跟随伊拉克

军队前往提克里特、拉马迪等前线战场，亲眼见证了他们收复失地的情况。

2015 年 4 月 1 日，经过一个月的激烈战斗，伊拉克政府军最终攻入了提克里特市中心，这对于伊拉克打击极端组织“伊斯兰国”有着巨大的象征作用。4 月 2 日，天刚蒙蒙亮，一支由民兵组织的几辆装甲车和我们多家媒体临时组成的车队便驶离巴格达。一路向北，路边渐渐没有了建筑和植被，四周都是平整的戈壁，仅凭肉眼我们几乎难以判断所处的位置。随后不久所有人的手机信号全部消失，而随着风沙大起和几次停车，我们忽然发现此前的车队早已被打散，领路的装甲车也早已不见踪迹。我们咬紧牙继续往前开，越靠近提克里特，道路两旁被击毁的装甲车和被摧毁的民房便越来越多。我们摸索着开进市区，其间遇到了好几拨伊军士兵，他们分属不同建制，给我们反馈的信息也千差万别。在见到当地的伊军指挥官时，他惊讶地跟我们说，虽然伊拉克军队已经全部控制了提克里特，但是“伊斯兰国”几乎在每一处地方都埋设了大量的爆炸物，并且还有个别该组织成员潜藏在建筑物内，不时对伊军士兵进行狙击。我们能平安至此，实属万幸。

在我们采访期间，身边密集的爆炸声和枪声始终没有停过，甚至能明显感觉到周边气压的波动。与此同时，我们身边不断地聚拢着不同服装的伊拉克士兵，他们会蓦地一起抬枪向空中射击，只是为了抒发他们拿下提克里特的喜悦。我们跟着伊军人员小心地走过已经排查

2015 年，在伊拉克提克里特原萨达姆行宫前报道

过的雷区，进入他们临时用作指挥所的民宅。就在这座看似安全的民宅内，他们清理出近 80 公斤的 TNT 炸药。而极端分子为了制作陷阱，将一部分炸药藏在一楼卫生间的门后，用一根细线连接着门把手，门则是虚掩着。只要有人一不小心拉门而入，炸药立即引爆。

这间民宅给我的感觉像主人只是临时出门一样，因为仅从屋内的情况看，一切都富有生活气息，好似非常普通的一天。客厅壁柜里的精致茶具依然摆放得整整齐齐，旁边还放着可爱的毛绒玩具。厨房里的餐具摞在一起，似乎刚刚从碗柜里拿出来，灶台上用几个大铁盘晾晒着的杏干果脯，应该是主人在离开前刚刚做出来的。我在卧室找到了主人一家的合影，拿着照片的那一刻，我内心突然涌出一种难以名状的情感，会抑制不住地联想，这家人当时是怎么离开的，现在在哪儿，他们还好吗？

难民之殇 无以为家

历史上，持续动荡的局势致使数百万阿富汗人被迫离开家园。2002 年阿富汗新政府成立，许多人认为局势缓和，便放弃在他国的难民身份跋涉回国。然而他们发现，战乱和贫穷依旧，失去注册难民身份的他们，同时也失去了所有援助。深陷人道主义危机的他们，就被国际社会称作“难民中的难民”。

喀布尔城北一条早已发臭的水沟，划分了两个不同的世界，一边是穷人，另一边是比穷人更穷的住在自建营地里的归国难民。穷人的垃圾堆在水边，却成为难民们的财富。我们采访的那一户家庭，父亲身染重疾，两个未成年的儿子靠乞讨和干苦力为生，每天能挣到约合 20 元人民币。这是他们一家 10 口全部的经济来源。而其他的家庭成员则不得不外出乞讨或拾荒，才能有当天的口粮，做饭则是直接烧他们捡到的塑料袋等垃圾。

联合国难民署官员对我说，难民署的预算根本难以达到援助阿富汗普通民众的水平，何况是这些归国难民。2015 年后，西方国家也大幅收紧对难民的救助，将数以万计的阿富汗人遣返回国。德国、澳大利亚等国家甚至制作了广告和电影，讲述所谓的艰难旅程，以阻止阿富汗人前往。

但是对不少难民来说，前往欧洲被认为是逃离战乱的方式。在土耳其时，我见到了那些试图偷渡到欧洲的中东难民。他们跋山涉水，似乎不约而同地集中在了土耳其伊斯坦布尔的阿克萨莱广场。据说在这里，当地“蛇头”会组织他们乘坐小巴，前往土耳其边境城市，从那里乘船离开中东进入欧洲。一个箱子，或是两个背包，就是他们全部的家当。来自伊拉克的阿尔曼已经不是第一次试图偷渡了。他告诉我，第一次偷渡时抵达了土耳其和希腊的陆路边境，为了寻找机会翻越边境，他在附近森林里不吃不喝藏了一天，但严密巡防的警察还是让阿尔曼最终放弃了陆路偷渡的打算。于是他返回了伊斯坦布尔，用筹集到的 1200 美金的全部身家买了一张橡皮艇的“船票”。阿尔曼认为这是值得的，他说自己活了 22 岁，却连 22 分钟的欢乐也没有过。他尝试了所有的方式，经历过各种艰辛，只是希望远离战争。

另外一名来自伊拉克的大叔拒绝了我的采访，却又花钱在街边给我买了一小杯红茶。我要把茶钱给他，毕竟省下一杯茶的钱就可以多买一个面包。但他说什么都不要，说这是拒绝采访的补偿，他说：“你采访我做什么呢？又何必采访我们呢？我们需要的不是世界一次两次的同情，我们需要的是真正的和平、真正的安宁。报道对你们来说可能只是一次工作，但对我们来说却是真实的生活，其实你们帮不了我什么，可能也没有人能帮助我们什么，我们只有靠自己。”我听后五味杂陈，一时无言以对。真正的和平，何其难也。

在伊拉克埃尔比勒和拉马迪附近的难民营里，我见到来自拉马迪的阿巴斯。他原是一名政府职员，在极端组织“伊斯兰国”攻占拉马迪时，12 岁的堂弟因为给极端分子拍照被直接枪杀，他却幸运地带着家人偷偷逃出了城。还有一位来自摩苏尔的老人穆罕默德告诉我，在“伊

2016年，在伊拉克专访伊拉克总理阿巴迪

斯兰国”占领摩苏尔后，他带着家人想要离开这座城市，极端分子说你可以走，但搜走了他们身上所有值钱的东西，只留下了一床铺盖。和老人穆罕默德有一样遭遇的数百人，只好徒步跋涉近百公里逃亡至埃尔比勒，但在抵达当地后，却发现根本难以支持对他们生活的基本援助，他们只能在黑暗中蜷缩在一处工地上，等待中央政府的援助。

如今，距离当年的报道已经过去了好几年。其间，伊拉克政府军终于在正面战场上击溃极端组织“伊斯兰国”，并收复了失地。无论在提克里特、拉马迪，还是在摩苏尔，那些曾经背井离乡的难民，也都陆续返回了故乡，开始重建家园。相信这些人中，一定有我遇到的阿巴斯、穆罕默德、阿尔曼等人，我愿意相信以他们的乐观和顽强，终将获得属于自己的幸福生活。

驻外手记

驻外，是一段特殊的旅途，是一场严峻的考验，是一次重塑人生的修炼。

倘若把人生比喻成一场旅途，“驻外”或是隐藏在岔路口的一条小径。当我不经意间拨开横生的枝杈，迈出踏上这条小径的第一步时，曾不禁再次低头思考。虽说殊途同归，但这条小径必然不同于大多数人并肩同行蹚出来的大道。其曲折处或难寻前路，其起伏处或高低万仞，其昏暗处或七圣皆迷。但我知道若坚持向前，就可能于霍然间看到寻常难见的风景，奇芳异草，飞流险壑，云海松涛，不一而足。若裹足不前或轻言放弃，它便不过是一条费时费力的“弯路”。

倘若再把这段旅途比喻成一场考验，攀难越险本是题中应有之义，只是多些无路处的披荆斩棘和踽踽独行。更重要的是，途经异域时，能否通其语言、解其风情、通达人物，记一地之欢欣悲苦；坐困危城时，能否枕戈待旦、不避火矢、倚马可待，发一时之先声。明堂之上见奇人高士便须侃侃论道，阡陌之间遇农夫樵子亦可把手言欢。这场考验是开卷的，却无成法可依，无先例可循，无他人可替考，每一题都需要自己求索。

倘若再把这求索看作一次人生的修炼，则不啻人生的一次重塑。曾经于典籍中所读的历史，在现实中跃然于眼前；曾经在新闻中看到的故事，在周围真实上演。固有的偏见误解被冲刷，原本的一知半解被丰富，内心的优缺点被夸张放大，曾经年少自得的心被不同人物的经历和观念反复撞击，被前所未有的孤独与亢奋反复淬炼。但越是如此，才越发懂得初心的珍贵。就如同看惯了中东的战火，方知道我们和平的可贵。驻外，便是让这颗初心在铁锈剥落之后仍露出里面如炭般赤红火热的修行吧。

唐鑫

2014 年 6 月从中央电视台中文国际频道到韩国首尔驻站。在韩国工作数年间参与报道了关于朝鲜半岛局势、韩国总统遭弹劾、中国人民志愿军烈士遗骸归国等诸多重大新闻，还曾前往朝韩交界的板门店地区、新加坡及越南河内参与报道朝鲜最高领导人金正恩同时任美国总统特朗普、韩国总统文在寅的会晤。韩朝离散家属会谈、韩日慰安妇以及强征劳工问题等地区热点话题也多有涉及。多次参与 APEC、G20 峰会、中日韩领导人会议等多项重要国际会议的报道。参与专访时任韩国总统朴槿惠、文在寅和联合国前秘书长潘基文等重要新闻人物。此外，作为中央广播电视总台亚太总站记者，曾多次参与国家领导人对亚太地区国家的出访报道以及地区突发灾难报道等。

韩国慰安妇受害者——我们是“活生生的历史的证人”

中央广播电视总台亚太总站首尔记者站／唐鑫

提到“慰安妇”几个字，中国人并不陌生。作为饱受日本侵略战争蹂躏的邻国，中国人的记忆里有着太多战争带来的伤痛。而在被日本吞并为殖民地，直接经历了数十年殖民历史的朝鲜半岛，这种伤痛的记忆同样也很深刻。第二次世界大战期间，日军从朝鲜半岛、中国、菲律宾等地通过强制手段征集了大量的随军慰安妇，灭绝人性地肆意践踏着她们的身体与灵魂。作为人类历史上最黑暗、最无视人权的一页，战后这个问题有意无意地被尘封在了历史中，一直不为世人所关注。直到20世纪八九十年代，陆续有来自各个国家的受害者站出来指认日军当年犯下的罪行。1991年8月14日，一名叫金学顺的来自韩国的日军强征慰安妇受害者公开站出来披露自己的遭遇并提起诉讼，战时日军强征慰安妇的问题才慢慢走入韩国公众的视野。金学顺公开自己遭遇是8月14日，后来也被韩国政府认定为“世界慰安妇纪念日”，以纪念在战争中遭遇悲惨命运的慰安妇受害者。

位于韩国京畿道广州市的“分享之家”是专门照顾幸存慰安妇受害者老人的疗养机构，这里常年生活着多位慰安妇受害者。2015年，我因为采访的机会第一次访问了“分享之家”。一走进“分享之家”的院子，首先映入眼帘的是设立在院子正中间的多位年长女性的半身铜像。这个场景让人十分震撼，数十座铜像彼此近距离地竖立在院子的正中间，而且都是年老的、穿着传统韩服的女性的形象。她们正是在这里走完人生最后岁月的慰安妇受害者们。

每次去“分享之家”访问，我们都会拍摄一些老人们的生活场景。因为她们的年龄都在不断增加，很多人正在慢慢离开这个世界。让风烛残年的老人们面对媒体镜头，一遍遍讲述这一生中最悲惨的遭遇，其实是一件很残忍的事情。更多的时候，我们只是和她们聊聊家常，用镜头慢慢记录她们的生活。偶尔老人们愿意谈的时候，我们会简单地提一两个问题，试图从她们的只言片语中还原她们遭受过的苦难。1927 年出生的李玉善老人，15 岁的时候在中国被日军抓走做了慰安妇，经历了 3 年多精神与肉体的折磨之后才得以恢复自由。李玉善老人在接受采访时对记者表示，自己当时的遭遇简直和被判了死刑没什么区别，十几岁的女孩每天要面对 40 多名甚至 50 多名日本军人的蹂躏，这是怎样罄竹难书的罪恶!

在这些年关于慰安妇的采访中，我们和一位叫金福童的老人接触最多，她是这个群体中另一位有代表性的人物。1926 年，金福童出生于韩国南部的庆尚南道，14 岁的时候被日军抓走做了随军慰安妇。随后被迫跟随日军辗转中国、印度尼西亚、新加坡等地，直到被抓走 8 年后才得以脱离这段痛苦的岁月。20 世纪 90 年代，金福童老人鼓起勇气站出来，同样以自身的遭遇公开揭露那一段黑暗的历史。

在首尔市中区的日本驻韩大使馆前，每个星期三都会有市民团体和慰安妇受害者代表来到这里举行“星期三集会”活动，向着一墙之隔的日本大使馆高喊口号，要求日本政府正视历史、真诚谢罪，并对战争受害者做出赔偿。这样的集会从 1992 年开始，已经延续了 30 多年的时间，从未间断。我们也多次来到这里采访，示威的地点就在日本驻韩大使馆外的街边，距离使馆只有一条两车道的马路，在使馆内可以清晰地听到示威者的声音，看到示威活动的现场。2011 年 12 月 14 日，在第 1000 次“星期三集会”中，一座象征着日军强征慰安妇受害者的少女像在这里落成了。相信很多读者在电视或网络中都见到过这个韩国的慰安妇受害者少女像——紧闭的双唇、紧握的拳头，这座少女像成了慰安妇群体的象征。

日本驻韩国大使馆门前的慰安妇少女铜像

在这样的集会上，总能看到慰安妇老人们的身影，她们在众人的搀扶下，无论严寒还是酷暑，都会安静地坐在集会现场，一坐就是几个小时。这对于年龄八九十岁的她们来说，绝对不是一件轻松的事情。2014 年 12 月底的一天，我们跟随着金福童老人拍摄记录了她一天的行程。12 月的早晨非常寒冷，老人们早早就起床做好了准备，穿上了厚厚的御寒衣物，因为要参加户外的集会活动，需要几个小时坐在外面一动不动。上午的集会结束后，吃了简单的午餐，金福童和其他几位慰安妇受害者还赶去参加了另一场活动。当日下午，在韩国梨花女子大学门口的一处小广场上，有一座由韩国的大学生们筹款建立的少女像在那里揭幕。和日本大使馆前的坐姿的少女像不同，这是一座站立着的少女像，背后还插着蓝色的蝴蝶翅膀。蓝色的蝴蝶翅膀来自金福童老人 2012 年和其他慰安妇老人一道发起成立的“蝴蝶基金”，成立这个基金是希望能够为包括在战争中遭遇性暴力的受害者在内的，全世界遭受各种暴力侵害的女性提供支持。在跟拍金福童老人那天的采访中，老人也向记者赠送了一个小礼物，是她亲手缝制的袜子，上面也绣着一只蓝色的蝴蝶。

金福童老人在采访中多次对记者表示，自己最大的希望就是能在活着的时候看到日本政府真心地谢罪，能够看到遭遇了悲惨命运的慰安妇群体的名誉得到恢复，让全人类正确地认识那一段历史。这样的愿望对于年过九旬的老人来说，显得那么遥不可期。金福童没能等到那一天，

2019 年 1 月 28 日，老人在首尔病逝，享年 93 岁。

随着时间的流逝，幸存的慰安妇受害者们正在慢慢地离开。不仅仅是韩国，在每一个慰安妇受害者生活的地方，她们的生命都在一点点地枯萎。如果有一天，这些历史的见证者都不在了，这段历史是不是也就随之消失了呢？

2017 年 8 月，中国导演郭柯执导的慰安妇题材纪录片《二十二》在中国上映，影片记录了 22 名中国幸存慰安妇受害者的生存状况。而 2012 年郭柯开始拍摄这个题材的时候，当时的幸存慰安妇受害者的人数是 32，从 32 到 22，再到影片 2017 年上映，片中的 22 名慰安妇受害者仅有 8 人在世。2021 年 8 月 14 日，又一个世界慰安妇受害者纪念日，我在手机上看到郭柯导演发了一条朋友圈："截至 2021 年的 8 月 14 日，也是纪录电影《二十二》上映 4 周年的日子，影片中的老人仅有 2 位在世。"这些历史的见证者正在离我们远去。她们的故事是否也会被人遗忘呢？

纪录片《二十二》中有一个来自朝鲜半岛的女性的故事，她的中文名字叫毛银梅。影片中的毛银梅老人，原名朴车顺，生于 1922 年。1945 年初，身在韩国农村的她被日本人骗至中国武汉，送进了汉口的日军慰安所。后来，她趁乱逃了出来，来到了湖北孝感，改了中文名字毛银梅，从此留在了中国，一住就是 70 年。纪录片镜头中的她，乡音无改，笑着唱起了儿时的歌谣，可是她却再也没能回到她的故乡。2017 年 1 月 18 日，94 岁高龄的毛银梅老人在中国离世。纪录片《二十二》中保留下来的这段毛银梅老人唱歌的画面感动了无数人，离家 70 载，乡音依旧在。老人唱的正是朝鲜民族最具代表性的民谣《阿里郎》，镜头中的老人唱完还用中文向旁人介绍了歌词的意思："心爱的人要走了，不想让他走；他要走，希望他走不了多远脚就开始疼。"年少的时候被抓到中国，经历了日军的蹂躏，70 年后再听到这朴素的歌声，可能是老人对于故乡最后的思念。在漫长的 70 年中，有多少个夜晚，是毛银梅老人独自在深夜里吟唱着这首儿时的歌谣？又是经历了怎样的岁月，她的眼泪变成了镜头里唱歌时的温暖的微笑？

被毛银梅老人的歌声打动的，还有一名来自韩国的纪录片导演赵正来。2016 年，赵正来导演推出的一部反映日军强征慰安妇题材的电影《鬼乡》在韩国上映，引发了韩国民众的观影热潮，数百万人走进影院观看了这部电影。2017 年，赵正来导演又推出了《鬼乡》的续集，让更多的人关注到了这个群体。然而，这部纪录片在制作之初却遭遇到了很大的困难，在商业影片发达的韩国，没人看好这样一部片子的商业价值，影片的制作也因资金的缺乏而数次陷入停顿的窘境。就是在这样的环境下，凭借着 7 万多民众的众筹，“鬼乡”系列电影得以完成制作并最终上映。在首映的当天，电影中的演员以及工作人员都来到了现场，我也前往影院进行现场采访。当天，几位特殊的观众也来到了影院参与这个活动，她们就是慰安妇受害者的代表。

1924 年出生在韩国南部庆尚南道的朴玉善老人，当时已经 93 岁高龄，也来到了首映的现场。1941 年，17 岁的朴玉善在中国黑龙江被日军抓走，被送进了慰安所。战后朴玉善也一直生活在中国，直到 2001 年，离开故土 60 年的朴玉善老人才回到韩国，辗转住进了开篇我们提到的专门为慰安妇受害者设立的疗养机构“分享之家”。

也许漫长的岁月当中，同样也是靠着儿时的歌声，靠着故土的乡音，抚慰了她们这些受伤的心灵。在首映式的现场，朴玉善老人亲切地拉着我的手，同样也唱起了一首年轻时的歌曲。老人唱的歌名叫《有情千里》，歌词写道：“拉着年幼儿子的手，回到种着土豆和高粱，我那深山沟里的家。”也许在这 60 多年阔别故乡的岁月里，在经历了掳掠与悲惨遭遇的朴玉善老人心里，这么多年最憧憬和最期盼的就是年轻的时候没有经历这场浩劫，能够安安静静地在家里种田、生活。

“鬼乡”系列可以说创造了韩国同类题材的观影之最。回想起十几年的创作历程，一度因为资金问题面临夭折的影片最终能够跟观众见面，并成功地再一次让人们意识到慰安妇问题的严重性以及解决这个问题的迫切性，在导演赵正来看来，自己所做的这一切努力与付出没有

2021 年 9 月，韩国仁川国际机场，中国人民志愿军烈士遗骸交接仪式现场

白费。我也多次采访过赵正来导演。2002 年，赵正来学生时代一次偶然的志愿服务经历，让他接触到了慰安妇受害老人这个群体，触目惊心的历史让这个年轻的电影人下决心记录下来这群老人的故事并分享给更多的人。从萌生想法到创作剧本，再到最终依靠近 8 万韩国民众的众筹完成拍摄并将《鬼乡》搬上银幕，导演赵正来花费了 14 年的时间。最终，这部没有知名演员、没有巨额投资、没有宏大场面的纪录电影在韩国获得了如潮的好评。赵正来十几年如一日的执着与坚定终于获得了肯定。

中国纪录电影《二十二》中毛银梅老人演唱民谣《阿里郎》的情景，让导演赵正来感动不已。不过，赵正来没能等到机会和毛银梅老人见上一面。在中韩两国朋友以及老人亲属的陪伴下，赵正来来到中国，祭扫了毛银梅老人的墓地。在老人生前居住的家中，赵正来面对毛银梅老人的遗像，跪拜在地上，向老人叩头行礼。在老人的遗像前，赵正来也泪流满面地唱起了那首民谣《阿里郎》……

驻外手记

驻外记者肩负着多重的角色与使命，如何理解每种角色，决定了如何去做、怎样去做驻外的工作。

首先，驻外记者是观察者和倾听者。如何真正理解你所在的国家？你所在的国家可能和中国有着完全不同的历史文化背景，讲着完全不同的语言，社会经济环境也十分不同。在这样的环境下，如何深入当地社会、了解当地社会是首要的问题。努力学习当地的语言、风俗和习惯，努力结交当地的朋友，接触各行各业的人们，倾听不同的人不同的故事，都是驻外记者的工作。记者是一个与人打交道，去记录和传递信息与情感的工作，而驻外要面对的是和你完全不一样的外国人，如何去了解、去倾听就更需要记者下足功夫，扎扎实实去体会、去观察。共情，对于记者来说是重要素质之一，用心倾听每一个和你诉说的人，并获得他们的信任，才能在最朴素的言语之中捕捉到最动人的情感。

其次，驻外记者是讲述者。如何让外国人理解你和你的国家？交流必定是双向的，才会真正地进行沟通。中国是怎样的一个中国？中国人在想什么，看什么，需要什么？这是驻外记者要向外国受众传递的重要信息。驻外的工作是一个缩小彼此国家民众距离感的工作，增进了解、缩短距离要从驻外记者自己的生活开始。这需要驻外记者要比周围的人更了解中国。中国扮演着怎样的国际角色？对于全球瞩目的公共问题，中国的声音是什么？世界期待什么样的中国方案？这些是驻外记者做好讲述者的重要基础，了解我们自己，才能更好地告诉别人。

最后，驻外记者是记录者。驻外记者的工作内容，往往是影响或决定着人类社会走向的第一线新闻现场。在新闻现场发生的事情，你的所见与所想是全人类应该共享的社会发展的点滴。如何在媒体融合、万物互联的时代做好记录，给驻外记者提出了新的挑战。不妨写写日记，拍拍照片，很多左右了历史进程的瞬间在发生的当时会当局者迷。回过头来想想，可能会有意想不到的收获。这些不正是记者这个职业的魅力所在吗？

张赫

曾在中国国际广播电台英语中心、中央电视台英语频道任记者和编辑。2013 年 9 月至 2021 年 12 月在英国伦敦常驻。曾多次参与欧洲重要活动的报道，包括国家领导人对英国、瑞士、捷克、波兰的国事访问和巴黎气候变化大会、二十国集团汉堡峰会、达沃斯世界经济论坛等重要活动。驻外期间，曾专访英国时任首相卡梅伦、英国前首相布莱尔、前伦敦市市长约翰逊、捷克总统泽曼、冰岛前总统格里姆松、世界经济论坛创始人兼执行主席施瓦布等世界政要，经历了欧洲恐袭、欧洲难民潮以及各种抗议活动，并提供了生动、独家的现场报道。

另眼看欧洲：新闻背后的故事

中央广播电视总台欧洲总站伦敦记者站／张赫

圣诞节前，伦敦的空气中弥漫着节日的气氛，大街小巷挂满彩灯，早早黑下的天空被映衬得美轮美奂。我拖着行李来到熟悉的希思罗国际机场，告别这生活和工作八年多的城市。新冠疫情下的候机大厅格外冷清，我静静地看着旅客匆匆而过，脑海中闪现着一幕幕难忘的画面。

驻外期间，我见证了英国政坛的跌宕起伏，经历了 3 次英国大选、苏格兰独立公投和英国“脱欧”公投，还有长达 3 年的“脱欧”谈判。此外，我频繁地穿梭于欧洲大陆，在瑞士达沃斯冰天雪地里对国际大佬“围追堵截”，在塞尔维亚边境跟随难民越过铁丝网进入匈牙利，在冰岛与海岸警卫队一起飞越爆发的火山口，在柏林勃兰登堡门前与德国球迷狂欢。在我的记忆里，每个新闻背后一定蕴藏着耐人寻味的故事。

跌宕起伏的英国政坛

英国是老牌的资本主义国家，也是现代西方政治制度的发源地。观察当地人如何选举，是了解这个国家最好的方式。这几年英国政坛跌宕起伏，党派间博弈激烈，政党内“互撕”不止，让“剧情”颇具戏剧性。在英国的 8 年里，我经历了 3 位首相的起落兴衰，见证了“脱欧”这场马拉松大戏，体会到了英国与爱尔兰的爱恨情仇。

英国大选通常五年一次，而在这短短几年我就经历了 3 次大选，这个频率在历史上也是非常罕见的。2015 年 3 月底，英国时任首相卡梅伦前往白金汉宫，向女王伊丽莎白二世提出解散议会的请求，宣告执政5年的联合政府的结束。至此拉开了大选的序幕，这也是我第一次近距离接触英国政坛。

英国的议会大楼外有一片名叫“阿宾登草坪”的绿地，这里是电视记者最熟悉的地方，每逢大事就被BBC、天空电视台这些大媒体占据，搭建起气势凌人的临时演播室。主持人和专家政客在聚光灯下侃侃而谈，把大选前的紧张气氛烘托得淋漓尽致。聚光灯下，这里是各国媒体比拼的舞台。与英国媒体相比，外国媒体通常是单兵作战。虽然没有人家的阵势，但我们从气势上却不能输，毕竟代表的是中国。

一直以来，保守党和工党占据着英国政坛主导地位。2015年后，这一格局随着小党派的崛起发生了变化，由“两强争霸”转化为“三足鼎立”。如果没有一个党派能够获得议会过半的席位，英国极可能出现“悬浮议会”的局面。作为记者，需要在第一时间获取信息，更要用简单的语言把复杂的局面解释清楚。没有任何信息和技术上的支持，如何及时获得最新信息，是对记者的应变能力的考验。

晚上9点50分，英国议会大厦漆黑一片，大本钟在灯光下格外抢眼。我带上麦克风，整理好风衣领带，站到聚光灯前。工作人员准备好小纸板，为记者提供选举最新信息。对于各种可能出现的结果，我都做了充分的准备。结果将是怎样，谁也不会知道。

晚上10点，大本钟敲响，选举出口民调公布，新闻节目也开始了。此时，政党必须赢得下议院的多数优势才能组阁，而结果只是各党赢得的票数，需要记者在短时间把这些数字加起来。那时我的脑子飞快运转，肾上腺激素在体内快速地涌动，而在电视机前却要从容不迫，就这样我完成了第一次议会前的连线。2015年英国大选以出人意料的结果结束，时任首相卡梅伦成功连任，以微弱优势独立组阁。从那时起，我对英国复杂的政治体系也算是摸到了门道。

2016年2月，英国与欧盟举行了一场30小时的会谈。为了兑现竞选时承诺，卡梅伦下定决心举行公投，决定英国是否继续留在欧盟。凌晨 5 点，唐宁街早已被端着“长枪短炮”的记者们挤得水泄不通，大家不约而同地嗅到大事的发生。由于不知道首相何时出现，我们一等就是几个小时。善于捕捉的英国记者，习惯抓拍到出入唐宁街的内阁大臣。他们还习惯隔空喊话，幸运的话可以拍到大臣们的回眸一笑，当然一直陪伴大家的还有唐宁街的网红猫——拉里。

苦苦等待的同时，我却在盘算怎样才能完美呈现这个重要时刻。我计划在卡梅伦出现之时，既拍下他的讲话内容，又以讲话为背景录下出镜。如何保证出镜词和报道内容有效衔接？如何在有限时间内一次拍摄成功？那时国内新媒体处于起步阶段，对我们记者也提出了新的要求，第一时间要在新媒体上发布文字消息。每个看似简单的新闻背后都有它不为人知的艰辛。经过几个小时的等待，首相卡梅伦终于走出了唐宁街 10 号，正式宣布英国举行“脱欧”公投的日期。

2016 年 6 月 23 日，英国通过“脱欧”公投，超过半数的公众表决选择脱离欧盟。这一次卡梅伦遭遇了滑铁卢，他辞职后把烂摊子留给了继任者特雷莎·梅。英国与欧盟的“脱欧”谈判陷入僵局，“脱欧”进程也成了各党派争权夺利的舞台，而最后的焦点集中在爱尔兰边界问题上。

1998 年北爱和平协议的签署，结束了这个地区长达 30 年的流血冲突。与爱尔兰开放边境正是这个和平进程中的重要基础。英国“脱欧”后，现在爱尔兰南北之间看不见的国界，将成为英国与欧盟的边界，不少人担心两国间的边境管制将会重启。开车从英国进入爱尔兰，我很难体会到边境的存在，最多只能从路旁不同的限速标志上觉察，因为在英国使用“英里”，而在爱尔兰则变成了“公里”。北爱尔兰边境的很多居民每天上下班都要穿越边界线，保持边界开放畅通对爱尔兰全岛十分重要。

贝尔法斯特市区天主教和新教社区彼此为邻，过去几十年中一直不时发生骚乱冲突。如今走在街头，还可以感受到动乱时代留下的痕迹。一堵水泥墙把城市一分为二，以前是为了隔离天主教和新教社区避免冲突发生，现在人们已经可以随便穿行，墙上的涂鸦则是对和平的期待。

2017 年英国大选结果出炉，在唐宁街 10 号外直播连线

不少人告诉我，大家已渐渐懂得珍惜和平，不愿再回到原来的动荡不安。

随着“脱欧”陷入困局，最后期限的步步紧逼，特雷莎·梅不得不宣布辞职，我还记得她含着泪黯然离开唐宁街 10 号的画面，接替她的正是约翰逊。2019 年大选是英国 5 年来的第 3 次大选。我在东伦敦的奥林匹克体育馆里，参加了约翰逊最后一场竞选活动。会场大屏幕上播放他模仿电影《真爱至上》里的经典告白的片段，约翰逊唱着圣诞颂歌，举起小纸牌向一位女士拉票。当他伴着音乐入场的时候，已经被淹没在全场的掌声里了，我深深感到他对于“脱欧”的坚定和自信。最终，约翰逊领导的执政党保守党在大选中大获全胜，最终带领英国离开了欧盟。

亲历难民危机

2015 年，难民危机的爆发让欧洲有些措手不及。随着叙利亚局势的激化，数百万普通人逃离家园，从地中海进入欧洲的难民数量激增，他们沿着巴尔干路线涌入欧洲。新闻中不断传来偷渡船沉没、难民途中丧生的消息。德国时任总理默克尔决定开放边境，其他欧盟国家却不堪压力，在处理难民问题上出现严重分歧，欧洲难民潮吸引了全世界的目光。

2015 年 9 月 1 日，匈牙利政府宣布关闭布达佩斯火车东站，切断了难民通往西欧的主要路线。得知消息后，我和摄像立即收拾行李起身，搭上最后一趟飞往欧洲大陆的航班。几经周折后，我们终于抵达布达佩斯，已是当地时间凌晨 3 点了。火车站外的广场上和地下道里，黑压压地睡满了难民，连插脚的地方都没有，眼前的一切让人震惊。欧洲给人的印象通常是优雅而闲适的，很难想象会出现这样的景象。

接下来的两天，我们一直守在火车站外，体验着难民们生存环境的恶劣。没有住处，他们只能风餐露宿，俊秀的脸上布满灰尘，露出长途跋涉的疲惫；广场上派发食品的简易帐篷前永远排着长队，临时拉起的水龙头成了大家的生命之源。

作为记者，你需要和采访对象打成一团，这样对方才能真正地向你吐露心声。记得我和几位来自叙利亚的小伙子围坐聊天，发现他们个个都是网络游戏高手，兴趣爱好和国内的同龄人并没有差别，是战乱让他们抛下身边的一切，踏上这条艰难的求生之路。之后我不断接触到很多难民，了解他们背后的故事。这让我下定决心走上难民之路，用镜头记录这一切。

2015 年 9 月，在匈牙利布达佩斯东站报道欧洲难民危机

几天后，我和摄像离开布达佩斯，几经辗转来到匈牙利与塞尔维亚的边境。这里是难民前往匈牙利的起点，他们沿着一段废弃铁路从远方走来。每当讲起难民危机，我最先想起来的就是这幅画面：丈夫牵着妻子，父亲背着孩子……他们的随身物品很少，可能因负担过重丢在途中，或许在离开家乡时就抛弃了一切。面对前方的道路，他们充满了未知与恐惧。

难民潮是第二次世界大战后欧洲面临的最严重的挑战，数十万人迫于战争的恐惧，选择来到欧洲寻求庇护，其中大多数来自叙利亚和伊拉克这些中东战乱国家，当年西方的军事干预是难民问题的主要原因之一。在途中，很多人给我讲述他们自己的故事，但都不愿透露自己的姓名，更不愿在摄像机前露面。欧盟法律规定，难民需要在入境的首个欧盟国家申请难民身份，透露身份会使他们的努力前功尽弃。

经过不断努力，一位来自叙利亚的中年人接受了我的采访，前提是我们只能拍摄他的背影。他告诉我，自己曾在大马士革一所大学里教书，家里有一个农场、三套房子、四辆车，生活可以说是无忧无虑。然而后来妻子在炸弹袭击中不幸丧生，无奈之下，他带上孩子抛弃一切走上这条求生之路，是战火让他失去了原本幸福的生活。

匈牙利地处欧盟区东端，是许多难民前往西欧的第一站，也是他们漫漫征程中最艰难的一段。匈牙利在移民政策上很强硬，政府拒绝按配额接收难民，还要在边境搭建铁丝网。这条铁网长 175 公里、高 4 米，为了防止移民跨过边境，上面还装上尖利的倒钩。

跨进匈牙利边境，一些人钻进铁路边的玉米地，希望逃离警察的注册，而我和大多数人一起，来到边境临时难民安置点，眼前的景象让人触目惊心。放眼望去，这里挤满了疲惫的男女老少，地上到处都是丢下的衣服和日用品。我和摄像同事跳着往前走，才能找到下脚之地。沿着那条废弃铁路，越来越多的难民不断加入。他们就这样源源不断地“涌入”欧洲，各国会如何安置他们？如此大规模的难民潮，会不会在欧洲引发其他社会问题？

跟随着边境运送难民的大巴，我们找到附近一家难民注册中心。这里是由铁丝网围成的临时设施，周围有荷枪实弹的军人巡逻，不要说记者拍摄采访，在外面看一眼也会被赶走。我还记得，几个孩子用手扒着铁丝网，眨着大大的眸子看着我们。他们举着小牌子，上面写着“我们在这里 4 天了”，并用不熟练的英语喊着：“让我们出去！让我们出去！”后来，一名志愿者在难民中心里偷拍到一段视频，工作人员站在高处把三明治扔到人群中，随后大家蜂拥而上争抢食物。看到这个场面，着实让人感到心酸。很多难民来自中东饱经战乱的国家，西方的干预没让情况好转，反而使局势变得更差，造成了人道主义危机。人们没有选择，只能逃离故乡。那时欧洲各国纷纷收紧移民政策，它们不愿接收更多难民，大部分人只能滞留在难民中心。

进入匈牙利意味着迈入欧盟，但这个国家对待难民的态度强硬，大多数人并不想留在这里，我与难民们一起登上了前往奥地利的火车。由于大批难民涌入，奥地利暂停所有开往首都维也纳的火车，大家只能步行跨越边境。相比之下，奥地利人对难民的态度更为友好，不少人在通过边境检查站后，激动地流下了眼泪。我很好奇他们是如何看待难民的，就顺便采访了几个奥地利人。他们告诉我，要解决难民危机，需要找到问题产生的根源。过上平静幸福的生活是所有人的梦想，没有人愿意过这样颠沛流离的生活。只有停止战乱，人们才能在自己的国家幸福生活。看来普通人看得都很透彻，而上升到国际政治的层面，问题就没有那么简单了。

此后难民危机的影响逐步显现，各国在难民接纳问题上的分歧，不但凸显欧洲一体化面临的挑战，也导致右翼民粹主义的抬头，与欧洲传统政治势力在大选中展开争夺。此外，欧洲恐袭事件频频发生，巴黎、柏林、布鲁塞尔、伦敦、曼彻斯特、斯德哥尔摩……“独狼式”的袭击防不胜防，曾经安全的欧洲越来越令人提心吊胆。现在回看难民危机，它对欧洲社会产生的影响也是深远的：一方面凸显东西欧国家的分歧，挑战了欧盟的核心价值观；另一方面，助长了欧洲社会反移民的思潮，加速了英国脱离欧盟。可以说，这次特殊的旅程，改变了我以前分析问题的方式，教会我从全新的角度解读欧洲。

驻外手记

我在英国这8年是互联网技术迅猛发展的几年，也是媒体行业经历前所未有之变革的几年，更是驻外记者角色和工作发生巨大转变的几年。移动互联网等新媒体冲击着报纸、电视等传统媒体，对驻外记者提出了更高的要求。

在媒体深度融合的大背景下，驻外记者除了传统的媒体新闻采集任务，还要熟知社交媒体的采编流程，在第一时间通过互联网发布消息；转变严肃刻板的播报方式，成为能够吸引网络年轻受众的“网红”记者。总台成立后，多部门整合组建完成，融合态势不断提速，驻外记者要为电视、广播和互联网等多平台提供内容，造就了具有多媒体工作经历的全媒体人才。

当下我国所面临的国际舆论环境越发复杂，驻外记者除了报道日常新闻之外，还要担负起国际舆论引导和舆论斗争的工作，讲好中国故事，传播好中国声音，展示真实、立体、全面的中国。这就需要我们在当地要广交朋友、团结和争取大多数，扩大“知华友华”的国际舆论朋友圈；积极与当地媒体朋友们合作，通过外国主流媒体等平台和渠道发声。

新冠疫情发生以来，驻外记者开始了一种工作生活新常态。世界各国纷纷采取了“封锁”措施，而感染人数却长期处于高位，这导致社交活动处于停滞状态，记者外出采访受到限制，甚至长期无法回国探亲。这对我们的影响是相当大的，原本可以参加的各种活动大幅削减，原本面对面进行的采访只能在电脑上进行，虚拟社交让扩展朋友圈变得更加困难。这就需要我们及时调节心理状态，改变原有的工作方式，在疫情下平衡自己的工作和生活，以积极乐观的心态适应这种新常态。

这是驻外记者社会角色和工作方式迅速变化的年代，时代对我们提出了更高的要求，只有紧跟时代的脉搏，才能不负使命，做好时代的记录者。

阮佳闻

2011年进入中国国际广播电台，驻外之前在欧洲拉美地区语言节目中心德语部从事编辑记者与新媒体相关工作，2012年至2014年被派往德国任中德合作项目翻译。曾多次获得中国国际广播新闻奖年度优秀对外广播不同类别奖项、中央广播电视总台年度优秀作品奖不同类别奖项。从2016年10月驻站德国至今，多次配合及随团报道中国领导人出访驻在国及相关国家地区。曾参与2021年总台庆祝中国共产党成立100周年宣传报道、2019年“海外人士眼中的新中国70年”系列报道、改革开放40周年系列报道等。采访二十国集团峰会、慕尼黑安全会议等国际会议。参与报道2018年俄罗斯世界杯、2020年欧洲足球锦标赛等大型赛事，以及汉诺威工业展、法兰克福书展等具有国际影响力的展览展会。

我镜头和话筒下的德国

中央广播电视总台欧洲总站柏林记者站／阮佳闻

探访巴伐利亚难民营

2015 年秋天，德国时任联邦总理默克尔一声令下开放边境，通过巴尔干线路抵达德国边境的难民开始大规模涌入。持续发酵的难民问题，每况愈下的社会治安，这个引起德国舆论意见极端分化的决定时至今日依旧是埋藏在德国政坛的一枚不定时炸弹，更是德国主要政党不断出现分歧的源头。

为了配合 2016 年环球资讯广播的《重返现场》系列年终报道，我来到当时难民入境德国的第一站慕尼黑——受地理位置影响、受难民潮影响最厉害的德国巴伐利亚州的州府。来德国的难民首先会到一个最长可逗留 6 个月的难民营。巴伐利亚难民营就是这样一个用来最初安置难民的收容所，距离慕尼黑市中心约 20 分钟车程，而且是巴伐利亚州规模最大的一个。

想象中，难民营会是一个个白色大帐篷，里面人多嘈杂，卫生条件也不太理想。其实不然，德国各联邦州一般征用或者改建库房、空办公楼等闲置场所来解决难民的住宿问题。例如我去的巴伐利亚难民营原先就是一处旧军营，两米左右高的围墙上画满了手、地球、笑脸等象征友好的图案和文字。虽然有树木的遮挡，但站在围墙外还是能够看到里面一排排低矮的灰色建筑。大门是敞开着的，人们可以自由进出。走进门内，首先看到的是一个类似广场的区域，三三两两的难民们正坐在长椅上，等待着送自己去往正式居住地的大巴。广场正中间是一个给难民提供热饮的简易接待点，叫“灯塔欢迎中心”，墙上印着多种语言的“欢迎”。

近些年来，持续升温的德国反移民、反穆斯林的仇外情绪使得带有种族主义色彩的排外攻击事件频频发生，慕尼黑有不少难民营也出现了遭袭的情况。因此，出于对难民安全的考虑，再往里的生活区域都用铁丝网围了起来，出行归来的难民们需要出示身份证件才能进入，而访客则需要事先在相关的政府部门申报。我提前大约两周的时间给上巴伐利亚行政区政府写了详细说明采访背景与需求的邮件，再加上多次与对方媒体事务联系人就采访对象和时间的细节进行沟通，所以并没有费太大的周折就拿到了同意采访的批复。

到了约定采访的时间，我带着政府批准的证明文件到警卫室登记，负责带领我的工作人员已经等在了门边。核实过信息之后，我拿到了一张临时出入证。不过，这并不意味着我在难民营内可以随处溜达。所有在难民营区域范围内的活动依旧需要在工作人员的陪同下展开，而且难民居住的楼房并不在对外开放之列。

在避难申请的审批结果出来之前，难民们在巴伐利亚难民营最长可以逗留 6 个月，这里基本硬件设施相对齐全，甚至包括免费衣物及家居生活用品领取处、托管未成年人的场所、医疗卫生所等。我此次采访目的地就是“家庭小屋”——一个由当地福利机构在难民营内专门设立的照看未成年人的场所，并主要针对妇女和儿童提供各项服务。

“家庭小屋”的布置非常温馨，房屋外墙上是色彩斑斓的卡通涂鸦。在采访中我了解到，这些涂鸦是一个当地知名的街头艺术家几个月前和孩子们共同完成的。而进到室内，有关亲子活动或者德语课程的通知都用英语、阿拉伯语、波斯语等多种语言翻译后贴在通告栏里，边上挂满了记录各种温馨时刻的照片：有孩子们学习手工的，有孩子们上德语课的，有孩子们户外活动的，还有孩子们跟志愿者一起参观科技展会的。除此之外，厨房、玩具室、阅读室、教室等也是一应俱全，跟普通的德国学前班几乎没有差别，完全感觉不到自己身在难民营。而这也正是工作人员想要营造的氛围，让孩子们能够在这里享受童年应有的快乐。

在跟孩子和家长的交流过程中，我都能感受到这些难民强烈想要留在德国的愿望。但实际上，最后经审批真正符合申请避难条件、能够被转移到长期居住的难民营或公共住宅的只是很少一部分。正如默克尔多次在公开表态中所强调的那样：2015 年接收大批难民的乱象不可以、不允许也不应该再次发生，德国一定会给急需帮助的人提供保护。但与此同时，那些没有希望留在德国的人也必须离开。因为只有这样，真正需要保护的人才能得到庇护。

和中国有着不解之缘的人

茶壶、茶盅、茶杯、茶盘、茶夹等琳琅满目的茶具，铁观音、普洱、大红袍、金骏眉、高枞水仙等品种多样的茶叶，墙上挂着书法和水墨画，耳边是悠扬婉转的古筝曲……如果不说是在德国，任谁都以为自己正置身于一家中国的茶室。这个中国茶文化中心“茶道”的主人是醉心中国文化 30 多年的德国人盖哈德。71 岁的他因为工作的关系曾需要每年频繁地往返于中德之间，从而与中国和中国茶结下了不解之缘。他的中国朋友们都亲切地叫他“老盖”，把他称作“德国的陆羽”。

“茶道”里有着老盖每年多次前往云南、四川、浙江、福建等中国各个省市，直接从当地茶农手中采购的 150 多种茶叶和门类齐全的茶具器件。一群规模不大但稳定且正在慢慢增长的熟客群体会定期到访，一边欣赏悠扬动听的古筝现场演奏，一边交流品茗感受、观看茶艺表演、学习茶道等。

至于为什么在 63 岁——一个对我们中国人来说是可以颐养天年的岁数——毅然决然地离开自己干了大半辈子的航空工业领域，全身心地将自己的所有积蓄甚至是养老金都投入这份在德国可以说是前景难测的中国茶文化事业中。老盖的理由很简单，中国有那么多好茶、那么源远流长的茶文化，大部分德国人却不知道真的是很可惜。

我曾忍不住问他，在德国喝茶的人毕竟是少数，而且一般都是喝水果茶、薄荷茶或者茉莉花茶。怎么样才能让不喜欢改变的德国人愿意尝试甚至接受这些口感需要适应的中国茶呢？老盖的回答很德国，却也很引人深思。他说，德国人认为中国茶不好喝，是因为他们没有了解的渠道。如果让他们可以有机会直接跟中国的茶农面对面，听听每一种茶叶背后的故事，他们就能品出一杯茶真正的味道并爱上中国茶，因为这一片小小的绿叶子凝聚的是中国文化的神髓。

一般说到提升中国在世界的影响力，我们可能首先会想到的是在国际舞台上展现中国理念、中国方案，但其实影响力同样也可以体现在舌尖上的方寸之地。因为当人们开始喜欢中国茶的时候，他们就已经跟中国建立起了独特的联系。中国的影响力是可以具体到世界朋友的感官上的，就像茶慢慢浸润心脾一样，中国文化慢慢浸润了海外民众的心。

来“茶道”的有当地的大学生，他们很好奇地道的中国茶究竟是什么样的。喝上自己泡的茶之后，这些年轻人发现，跟想象中的非常不一样，中国茶品种繁多、风格独特，口味也很丰富。来“茶道”的还有德国的汉学家，他们会教茶友们中文，跟大家分享自己眼中“中国茶与哲学的关系”。在汉学家们看来，中国的茶道融合了儒、道、佛诸家精华，在追求精神境界方面达到了非常高的层次，与德国人的文化传统有很多的共通点。来“茶道”的还有歌剧演员、建筑设计师等，他们觉得中国茶是一门艺术，体现的是自然之美、素雅之美、和谐之美。

除了茶，中国传统绘画的代表水墨画同样是中国文化独特的存在。而在德国西南部小城阿伦，有一位研习中国书画已经超过 25 个年头的艺术家，她就是莫妮卡·湖福。青瓦白墙、假山鱼池、松竹兰菊……湖福家的花园在这位女主人多年的精心布置下，俨然已经成了一座小型的中国园林，而每一株植物、每一处设计的背后都是她与中国的一段故事：有从云南各地带回来的花草种子，有从大理手工艺人那里特别订制的雕花木窗，当然也有她自己创作的水墨画作品。

谈起与中国书画的结缘，湖福告诉我，一开始自己跟欧洲的大部分人一样用油画颜料、水彩或者丙烯颜料作画，但她总觉得还差了点儿意思，想要追寻一种更加触动人心的表达方式。其实当时的她甚至不知道要找的是什么，不过她一直没有停止过寻找。直到有一天，湖福无意中看到一幅画着竹子和鸟的海报。她说："这张海报像磁铁一样深深地吸引了我，我知道，就是它了。之后的25年里，我再没有画过其他类型的画。"

这个仿佛命中注定般的契机，为湖福打开了一扇通往中国书画和中国哲学的大门。从最初拜师进行系统性基础学习，到如今主要通过研究当代中国水墨画家作品来不断完善技法，湖福表示，自己找到了一种宁静：看似简单的一笔，其中却蕴含着无穷的力量、诉说着千言万语、凝聚着丰富的情感，令人不由自主沉醉其中。在她看来，中国书画寥寥几笔却意味深长，不像欧洲绘画那样可以层层涂抹。而且，跟欧洲的画家偏向边创作边发挥不同，中国书画更讲究的是一气呵成，即画画的主旨与构思十分明确，在下笔之前脑中就已经形成了一幅最终成品的完整图像，知道自己落笔后是该往右上还是左下。因为在笔锋接触了极易晕染的纸面后，一旦停滞，墨水就会化开，每一次停顿都是可见的。

湖福的创作题材多为中国传统的山水与花鸟。一方面，她认为这是一个德国人或者说西方人所不熟悉的世界，充满新奇与神秘；另一方面，在她眼中，水墨画其实与黑白电影有着异曲同工之妙：一样都是用最简单的颜色展现出最具张力、最饱满的内容。湖福想用画作告诉人们，一支中国的毛笔可以包罗万象，拥有让一切事物跃然纸上的魔力。她说："中国书法和绘画的魅力让我无法自拔，也在不断激发我了解中国、走近中国的兴趣。'学无止境'真的是一点都没说错，一直到今天，我的好奇心依旧没有获得满足，中国总有新的一面等待我去挖掘与发现。与此同时，我非常想让更多的德国人认识到这一点。因为了解中国书画、了解中国文化的人实在太少了，他们甚至都不知道该从何入手。我希望能够改变这样的情况，向他们介绍中国的美和令人惊叹的文化。"

湖福也的确是这么做的，除了每年定期举办主题展览、展示自己创作的中国书法和水墨绘画作品，并现场与观众交流互动、为他们答疑解惑之外，她还在当地的中小学举办讲座，设立免费的培训课程，进行开放日活动展示等，培养德国青少年儿童对中国文化的兴趣。另外，湖福还组织对中国感兴趣的德国人跟自己一起去中国，近距离感受与体会她在画作中想要展示的中国智慧、古典韵味与内在平静。这位中德友好使者说，希望通过这样的方式让不同文化背景的人彼此加深理解、增进信任。

就“北溪-2号”相关主题进行采访

驻外手记

作为总台驻外记者，全方位宣传、多角度报道、深层次解读中国立场始终是驻外记者的工作重点。具体来说，鉴于西方主流媒体在国际问题报道、涉华报道方面常常有失偏颇、陷入美国设置的话语霸权，我们必须保持清醒的头脑，不跟风、不追随，自觉践行习近平新时代中国特色社会主义思想，特别是要努力从构建人类命运共同体、推进世界和平发展和人类进步的维度观察问题、思考问题，客观理性地做好国际热点问题和驻在国热点问题的报道。尤其是我们外语记者一定要充分发挥自己擅长语言、熟悉对象国的优势。

一是拿出大量时间和精力研究国际问题、地区冲突，深入了解驻在国和周边国家政治、经济、社会发展的变化，积极挖掘适合国际传播、对内报道的新鲜线索。在日常工作中，我们要做到能够根据后方编辑部的需求，迅速研判切入角度，赶赴现场采集新闻素材，联系约采所涉及的人物、可以针对事件现状背景和未来发展趋势进行深度分析的专家等，策划广播、电视和新媒体报道。与此同时，我们还应该仔细研究驻在国新媒体、音视频产品在移动端的表现形式、传播技巧、发展态势，思考在对象国话语语境下如何表达、传播中国文化的魅力和影响力，及时研究相关案例，为总台增强在对象国的传播力提供内容方案、策划方案、平台方案、产品创意。

二是努力成为“社会活动家”，用好当地人脉，既要广交各界人士，又要慎交朋友，构建起总台的人际传播网络，扩大总台的海外“朋友圈”，主动影响他们对中国的认识和看法，讲好中国故事。与当地德国友人、华侨华人加强联系，保持驻外人员与驻在国新闻机构、民众之间的沟通交流对于驻外以及对外传播工作来说至关重要，因为他们既是重要的消息来源，也是有效的传播渠道。而除了记者凭借自身的交际能力不断拓宽与驻在国各界的联系之外，如果能够探索和当地媒体交流甚至合作的可能性，不仅能够从驻在国媒体专业的角度了解受众的关注点，更可以让当地媒体对中国媒体乃至其他各个方面有更直接且客观的认识。

江华

2011 年 3 月，第一次踏上日内瓦的土地，开始了驻外记者生涯。2014 年 11 月，成为中央电视台驻巴黎站首席记者。十余年的驻外记者生涯可以称得上经历丰富，参加过国家领导人出访法国系列报道以及伊核谈判、叙利亚和平谈判、2017 年法国大选、达沃斯论坛、联合国气候行动峰会等报道，也经历过《查理周刊》恐袭、巴黎恐袭、尼斯恐袭等突发新闻报道的洗礼。作为分集导演，参与了《寻访马克思》和纪念中国共产党成立 100 周年系列节目《100 年前的启航》等专题片的制作。在日内瓦和巴黎两地工作期间，采访过联合国教科文组织总干事阿祖莱和博科娃、法国宪法委员会主席法比尤斯、法国前总理拉法兰、法国著名球星姆巴佩等。

加莱：丛林难民营的悲欢

中央广播电视总台欧洲总站巴黎记者站／江华

十余年驻外，我经历了很多，不少都忘却了。然而那些留下的，确实印象颇深，感触良多。在这里特选出一个，以飨诸君，愿诸位能体味那段心路历程。在讲这个故事之前，有必要介绍一下法国西北部港口城市加莱，它只有 7 万多的人口。这么小的一座城市却有着很重要的地位，因为这里是距离英国最近的港口。这里和英国常年都有大型轮渡来往，也是各种大型跨海货车的集结地之一。就是这样便利的条件，造成了难民的大量聚集。为什么呢？因为这些难民都想偷渡去英国。因为传言那里更容易挣钱，对难民也更加的包容。

加莱的丛林难民营，我前前后后去过 4 次，从 2014 年 12 月到 2016 年 10 月，直到这个丛林难民营被强制拆除。

我第一次去加莱是 2014 年的 12 月，天气十分寒冷。我们接到的任务是去采访“加莱丛林难民营”，我与一位记者老师搭档，我负责拍摄的工作。12 月 15 日，我们来到了加莱。对于这个丛林难民营在哪儿，我们开始是很茫然的。到了酒店问前台，当地人告诉我们，只需要沿着港口的白色围墙走到头，就可以看到很多的难民，一问就知道了。

很幸运的是，我们在白色围墙这里碰到了阿富汗人沙恩。沙恩 30 岁左右，能说英语，这也是他选择去英国的原因之一。他在这里已经待了近半年，靠人道组织的救援生活。还有不少像他一样的阿富汗人、非洲人，都在丛林里生活。在我们的再三恳求之下，他答应带我们去阿富汗人聚居的丛林营地看一看。这时候，大概是当地时间 5 点多。沙恩在去的路上还指着一群人告诉我们，那些人是这里的“蛇头”，他们会收取1000镑到6000镑不等的费用帮人偷渡。

走了20多分钟，我们开始接近丛林的边缘。原来丛林难民营真的是在丛林中。法国北部的丛林，树都不高，随着寒冷天气的到来，树叶都落光了，显得异常的萧瑟。沙恩说，再往里走3分钟，就到了阿富汗人聚集的地方。一路上，我的摄像机没有停，时不时看到三三两两的难民向我们迎面走来。快到营地的时候，一个蒙面的难民向我扑来，被沙恩及时拦开了。后来沙恩告诉我们，有些难民很怕记者拍到他们的脸，万一被警察盯上，他们就只能被遣送回国了。

到达营地的时候，眼前的情景着实让我们震惊，只见阿富汗人分住在几十个当地人捐助的帐篷里，或一家人住一个，或几个年轻人挤一个。在帐篷中间，形成了一条主道，这几天下过雨，丛林的地面是泥泞的，有点沾鞋。不远处是当地的一条水渠，水有些浑黄。沙恩告诉我们，最早的时候，难民不多，捐助也不多，他们就靠喝水渠里的水。随着人道主义组织的到来，现在他们有些钱能够喝上瓶装水了，但是洗澡、做饭、洗衣服还是在那条水渠里。

沙恩比较腼腆，不肯带我们去他自己的帐篷。于是我们去了贾迈勒一家的帐篷，帐篷里住着他的妻子和两个孩子。帐篷直接铺在泥地之上，中间就仅仅垫了几层捡来的纸壳。在帐篷外，他用各类纸壳和小东西围成一个小小的像院子一样的区域，让孩子玩耍，也可以当作厨房。我们采访的这天，院子里有些泥泞，孩子们只能躲在帐篷里玩耍，然后怯生生地看着我们。以下是采访贾迈勒的记录：

记者：你还坚持要去英国吗？

贾迈勒：是的。为了我的未来，我的工作，还有美好的生活。现在这里没有美好的生活，我去英国就是为了找工作，（自嘲地笑）这片丛林里面没有工作，没有钱，什么都没有。法国不能给我们提供任何机会，这里没有住所，两三千人就是像野人一样住在丛林里面。

记者：你们的生活能维持下去吗？

贾迈勒：我们在这样的地方做饭，这是我们的厨房，不过多数情况下，我们没有什么可吃的。我们希望得到人们的帮助，但是很少有人真正来帮我们。

记者：你想过回阿富汗吗？

贾迈勒：不，我不想回到阿富汗，我就想在英国寻找机会。我不要回到阿富汗，那里有很大的麻烦，我在那里的家人等着我的帮助。我曾经有汽车、有钱、有房子，但是美国人和塔利班武装在那里打来打去，在被炸弹袭击过之后，我的钱和房子就都没了。

事实上，战争和随之而来的贫困永远是难民和非法移民产生的重要原因之一。在这片丛林难民营里，非洲难民的产生来自他们国家的内战。2011 年之前，很多人都被拦在了利比亚。然而在 2011 年，美国和欧洲主导的利比亚战争开始了，随着利比亚陷入战乱，这些非洲裔的难民开始涌入欧洲。而阿富汗难民更不用说，战争让他们失去了一切。最新到来的难民都是叙利亚人，因为从 2011 年开始，由于美国和欧洲的介入，叙利亚战争就开始了。中东和北非陷入混乱，是 2011 年开始的欧洲难民潮的直接原因。隔着大陆的美国或许没有受到什么冲击，但是对欧洲的冲击是实实在在的。

天黑了下来，阿富汗人燃起了篝火，驱散 12 月空气中的阴冷和潮湿。在贾迈勒家旁边，几个阿富汗男人围坐在一起，他们在传递着一个钢盆，盆里装着葡萄。这些人告诉我们，这就是他们的晚餐。

等我们离开丛林的时候，天已经全黑了，走了 20 多分钟，我们又回到了港口区域。这里灯火通明，和阿富汗人营地星星点点的火光形成了鲜明的对比，仿佛是两个世界。

然而，那一天的采访并没有完。在回去的路上，我们路过一个教堂，遇到了十几个叙利亚人，他们蜷缩着睡在教堂的屋檐之下。他们花了几个月的时间才来到加莱。其中的一个叙利亚人萨利告诉我们，他原

在丛林难民营采访

来是叙利亚的中产，靠装修的时候给人绘画门窗为生，生活算是宽裕，但战争来了，他不得不变卖了所有的财产，付了偷渡费，全家来到了欧洲。以下是采访萨利的摘录：

萨利：这里的每个人都经历过不幸，几乎每个人都失去过最宝贵的东西。我们现在想去英国，希望在那里拥有一个崭新的开始。你看我们盖的毯子，穿的衣服，这些都是好心人送来的，有些人还不是法国人，他们来帮助我们时，也不会问我们从哪里来，就是无私地提供帮助。而这边的警察每过几小时就会过来巡查，喊着让我们离开，可是我们能去哪里呢？

那天晚上，在采访结束之后，我想了很多，然后写下了一段文字：我为自己是一个 80 后的中国人感到庆幸和骄傲。作为一个 80 后，出生在中国意味着我们没有经历过战争。从我们出生开始，国家日益强大起来，生活水平逐步提高。看着这些住在丛林里的人，我无法想象身处在这样的境遇会是一个什么样的状态。

至于这个丛林难民营的后续命运，2015 年至 2016 年，由于法国恐袭不断，我去采访那里的频次很少，只去过两次。每次去，我都能感觉到丛林难民营的人在一点点变多，条件在一点点变好。一方面，截至 2015 年 11 月，加莱已经聚集了近 7000 名难民和非法移民。随着人数的增多，人道组织纷纷来到这里，各种捐助也越来越多。人道组织帮助这些难民在加莱市郊区的一块空地上搭建了板房区和帐篷区，让人们从丛林里搬了出来。另一方面，英国不希望这些难民和非法移民去英国，所以他们给了法国大量的资金，希望法国负责安置这些难民。法国政府也用集装箱给难民改建了一些住所，通了水和电，还安装了一些厕所。所以，加莱的丛林难民营变成了一个庞大的街区。

2016 年 1 月去采访时，我发现这里建了商业街，可以看到烤肉店、小商品店、粮食店甚至还有阿拉伯水烟店这种休闲场所。短短一年的时间，完全想象不到会有如此大的变化。我碰到了沙恩的一个朋友，得知沙恩已经在 4 个月前偷渡成功了，目前完全联系不上。

2016 年 10 月 24 日，加莱的这个难民营正式开始拆除。此时官方公布的难民数量 6000 多人，但是人道组织认为这里至少有 9000 多人。法国政府决定拆除这个难民营街区，将这里的难民化整为零，安置到法国几十个难民收容中心。同时，英国政府也接受一部分有直系亲属在英国的难民，但主要是孩子。

在拆除之前，很多坚持想去英国的难民已经先行离开，他们或者南下去了巴黎周边，或者是选择沿着海岸线去了下一个海港。愿意留下的人大概占到了难民数量的三分之二。根据法国政府的统计，拆除前两天一共登记了 4014 人，这些难民将在法国各地进行登记，符合条件的可以留在法国，学习法语，尝试融入这个社会。如果条件不符合，他们难逃被遣返的命运。

丛林难民营的拆除现场

拆除的那天最终到了，工程车推倒了难民们的木板房和帐篷，用了不到两天的时间推倒了难民营的那条商业主街。我不免有一些感慨，两年多的时间，这个难民营从兴起到拆除，又有多少人的命运发生了转折。这样的难民营还会出现吗？会不会有一批新的难民来到这里呢？为此，我采访了加莱市长娜塔莎·布沙尔，她的回答是肯定的，“如果政府不从周边战争中的国家开始采取全球和战略性的措施，或者对经济难民采取一些措施的话，那么另一个营地，另一个丛林可能还会出现”。

驻外手记

驻外记者是记者中的一个特殊行业，也是一个需要复合型人才的岗位。这个职业要从三方面去看：第一方面，驻地在外国，这就要求记者需要良好的语言能力、沟通能力、生活能力和判断能力。同时，还需要记者对驻在国的人文、风土、国情和历史有着详细的理解。第二方面，作为记者，背景调查、消息源控制、新闻事实的交叉核对和讲故事的能力，这些都缺一不可。第三方面，详细掌握党和国家政策的大政方针、掌握祖国的国情和民情，这是驻外记者联通中外的要旨。

如何当好驻外记者？第一，培养独立生活和判断能力。驻外记者一切的工作和生活都是从柴米油盐酱醋茶延伸出去的。当一个记者来到国外，租房要靠自己，办理居留证要靠自己，吃饭要靠自己，熟悉当地情况、寻找当地的消息来源、建立系统的消息网等都要靠自己。但这只是一个开始，接下来，遇到恐袭了怎么办？该去哪一个新闻现场？在恐袭采访过程中如何同时安排好自己的后勤？这些都需要记者独立判断，所以要有稳定坚强的心态和遇事不气馁的态度。

第二，永远保持好奇心。当记者来到驻在国一段时间以后，生活安顿好了，业务线条也理顺了，这时常常面对的问题就是好奇心的消失，也就是不再希望深入探究驻在国的政治、经济，不再深入研判驻在国的未来趋势。这种好奇心的消失可以通过三个方面来克服。一是经常接触新的课题、人群和前沿技术，这就需要定期参加当地记者组织的活动、交流和辩论，或者常常就某个专门的话题进行专门的资料整理和更新。二是广交朋友，每一个当地的朋友都会带来新的思路、新的人脉关系和新的知识领域。三是多思考，写下对驻在国时事的解读，积少成多，能够更加快速地成长。

第三，保持不断学习的动力。记者是社会的记录者，驻外记者也不例外。驻外记者大多是外语专业出身，社会学科的底子薄弱，这就更加需要加强政治学、经济学、社会学、心理学的学习。驻外记者每天都要面对新的话题，可能包括政治、经济、时尚、体育等不同方面，先“博”再“专”，坚持不断学习，能力才会越来越高。

以上所述，是我对驻外记者工作的一些感悟。11 年的驻外工作和生活让我学会了很多，也理解了很多。驻外久了，我才真正体会到了那句“越出国越爱国”的道理。

易歆

2003 年进入中国国际广播电台新闻中心国内部，从事编辑、记者工作。2010 年至 2013 年任国际台驻伊朗记者站首席记者，在任期间就伊朗核问题、中东地区局势、伊朗总统大选、中伊合作等热点问题发表了多篇深度报道，并多次前往布什尔核电站、伊朗东阿塞拜疆省地震灾区、伊朗宗教圣城库姆等新闻事发地采访。2018 年 4 月赴瑞士，任中央广播电视总台驻日内瓦站记者至今。

日内瓦的地球村

中央广播电视总台欧洲总站日内瓦记者站／易歆

2019 年 9 月 25 日，瑞士日内瓦国际会议中心，万国邮政联盟第三次特别大会进入第二天。我坐在会议大厅的记者席，等待 192 个会员国就一份国际邮费改革方案进行最后的表决。如果这份改革方案没有获得通过，美国将退出万国邮政联盟。万国邮联秘书长警告说，如果美国退出联盟将会是一个噩梦，会令全球邮政系统崩溃，导致大量邮件积压。

在此之前，美国已经退出了联合国教科文组织、联合国人权理事会等国际机构，退出了《巴黎协定》《伊核协定》《跨太平洋伙伴关系协定》等国际条约。特朗普政府推行“美国优先”的单边外交政策，已经将日内瓦这个多边外交舞台搅得大乱。国际政治的观察家们正紧张地关注着美国是否又一次“退群”。

在美国“退群”的压力下，大会最终通过了这份改革方案。2020 年至 2025 年间，出口国际小包终端费较 2019 年将累计增长 164%。美国代表团团长，当时的白宫贸易政策顾问纳瓦罗马上召开了发布会，得意扬扬地宣布美国取得了“外交胜利”。在发布会上，他将这一“胜利”归功于“特朗普总统向有缺陷的国际体系挑战的坚定意愿”。他还说，美国在日内瓦展现了一种新的、特朗普式的外交品牌，这种外交基于一个简单的原则：“像万国邮联这样的国际组织必须尊重美国的权利，而不是被用作某些试图歪曲规则的国家的储蓄罐。”

我是 2018 年 4 月到日内瓦的。2018 年至 2019 年正好是全球化遭遇挑战最激烈的时刻。而日内瓦作为全球多边外交的舞台，成为这场交锋的“震中”。作为记者，我很幸运地能够近距离观察这一具有历史意义的大事件。

多边舞台日内瓦

日内瓦，莱蒙湖畔的和平之都，每年会有数以万计的外交官们往来穿梭。

世界反法西斯战争结束后，联合国取代了国际联盟，总部也从欧洲的日内瓦迁移到了美国的纽约。但是，联合国有三个重要领域的工作仍然留在了日内瓦，那就是人权、难民和裁军。另外，联合国下属的许多专门机构总部也设在日内瓦，如世界卫生组织、国际电信联盟、世界知识产权组织等。截至 2022 年 2 月，根据日内瓦当地政府的统计，有 177 个国家在日内瓦设立了常设使团，39 个国际组织的总部位于日内瓦，432 个非政府组织在日内瓦注册。在日内瓦城的总人口中，瑞士人仅仅略微超过一半，另一半则是来自全球 189 个国家的外国人。

在日内瓦的记者生活可以用“应接不暇”来形容，每天都有开不完的会和看不完的材料。我第一次去拜访联合国负责新闻的工作人员时，他要我提供一个电子邮箱地址以便加入记者名单，日内瓦的国际组织会共享这份名单。当时他笑着对我说，一定要慎重选择一个邮箱，因为相关的工作邮件将非常非常多。我虽然有了心理准备，但是每天收到的电子邮件之多还是超过了我的预料。我没有仔细数过，但是每个工作日收到的电子邮件肯定超过一百封，这里面包括新闻稿、新闻发布会预告和报名、各类资料、各种声明等。

而这么多国际会议开下来也会发现一些有意思的小细节。比如，不管多么重要的国际会议，总会有一些国家缺席。这些国家基本上都是一些小国，他们没有足够的外交资源，甚至都没有在日内瓦设立常驻代表，所以哪怕是一些涉及重大利益的国际会议，他们也只能选择放弃。再如，国际会议中也会出现一些令人哭笑不得的失误。有一次在一个会议上，日本代表的英语不太流利，导致他没有能在规定时间内完成发言，所以他提出的修改建议没有被会议接受。

2018 年至 2019 年，正好是全球化遭遇挑战最激烈的时刻。特别是美国特朗普政府明确提出“美国优先”政策，为了自己的利益，用单边主义的措施猛烈冲击现行的多边体系。美国的这些举动搅乱了日内瓦的平静。一旦美国退出某个国际组织，这个组织的预算必然大受影响，雇员们将面临非常现实的裁员问题。

而美国的单边举措完全可以用“蛮不讲理”来形容，为了达到自己的目的，完全不顾国际规则和道义。比如国际贸易是特朗普政府最关注的议题之一，而作为多边贸易体系核心的世界贸易组织自然就成了特朗普政府的“眼中钉”“肉中刺”。

世界贸易组织被称作“有牙齿”的国际组织，因为它可以对贸易争端进行最终裁决，而且具有强制约束力。特朗普政府频繁地单方面挥舞贸易制裁的大棒，自然不希望世贸组织再对它的贸易争端案件进行裁决，所以特朗普政府要给世贸组织“拔牙”，让自己能放开手脚打贸易战。

负责最终裁决的是世贸组织上诉机构。为了瘫痪这个上诉机构，美国特朗普政府想到了一个相当“简单粗暴”的方法，它频频滥用“一票否决权”，单方面阻挠上诉机构启动新法官的遴选程序。我记得 2018 年至 2019 年间，只要世贸组织召开理事会会议，就会有上百个世贸组织成员联名提议启动新法官遴选程序，而每次都是被美国蛮横地一票否决。世贸组织为了回应美国，只好又启动上诉机构问题的非正式磋商，让美国讲讲它有什么要求，为什么要阻挠上诉机构启动新法官的遴选，但美国又故意不参加非正式磋商，一心逼迫世贸组织就范。这样一来，就只有到期离任的法官而没有新的法官补上，导致上诉机构因成员人数不足于 2019 年底停摆。

上诉机构因成员人数不足停摆后，美国仍不放心，还要加上一个双保险。在 2019 年底的世贸组织预算会议上，美国就预算问题发难，要求把上诉机构的预算削减 90%，使得上诉机构全年的预算只有不到 70 万元人民币。美国还提前放话，如果不满足其要求，就“一票否决”整个世贸组织秘书处的预算，让整个世贸组织停摆。而世贸组织只能又一次向美国屈服。

我在中学学过世界近代史，知道近代的国际社会应该是个“弱肉强食”的社会。那个时候亚非拉的广大地区是列强的殖民地，列强们签订各种不平等条约，随意发动战争侵略他国，波兰等一些国家甚至被瓜分亡国了。但是经过了两次残酷的世界大战后，人类痛定思痛地建立了以联合国为核心的现代国际体系，现在全球化、多边主义等理念已经深入人心。所以在到日内瓦工作之前，我曾认为现在这个世界应该已经不再是个弱肉强食的世界了，虽然可能还会存在着一些不平等、不公平，但总体来说，这个世界应该是一个和平的、讲规则的、能有地方讲道理的世界。而国际关系，既应该是道义关系，更应该是规则关系。

然而，我看到的现实是，国际关系并不是那么岁月静好，有时候有理也不能走遍天下，一些强国为了自己的利益，可以轻易地违背国际规则，强权战胜公理的事情仍然在频繁发生；我看到的现实是，国际关系最本质的是竞争，是赤裸裸的国家利益竞争关系。

新闻中经常看到，一些发生动乱的国家和地区有政治人物会呼吁国际社会干预和调停，普通民众也会认为国际调停会是公正的。但现实是，国际社会也是由不同利益的国家组成的，他们的调停本质上还是从自己的国家利益出发。

或许有人说，美国拜登政府上台后，不是又向国际社会宣布美国回来了，又开始回到规则中来了吗？实际上，特朗普政府通过单边主义为美国挣来的好处，拜登政府哪一项也不愿放弃。比如拜登政府上台以来，世贸组织的上诉机构现在还是停摆着。对比特朗普政府，拜登政府的区别只是在于，为了更好地实现利益的竞争，对竞争的手段进行了道义与规则的包装而已。拜登政府上台以来，“从实力的地位出发”成了美国外交的口头禅，这不过是“美国优先”的另一种表述，实质仍是强权即真理的那一套逻辑。

中国外交在日内瓦

我在日内瓦驻站的这几年，正好赶上美国等一些西方国家打着“人权”“民主”“国际规则”等冠冕堂皇的幌子，妄图打压中国的发展。为什么说是“幌子”呢？我给大家讲一个亲身经历的故事。

拿“人权”方面的新闻报道来说，在联合国人权理事会开会期间，所有关于中国在人权方面好的、取得成绩的新闻，对中国表示赞赏的总是发展中国家的大使，如巴基斯坦、委内瑞拉或一些非洲国家等。欧美发达国家的外交官一个都没有。唯一有一次，是几位来自新疆的专家在日内瓦举行发布会介绍新疆的真实情况。我在现场看到了一些欧美人的面孔，所以我等会议结束了就去采访他们。记得我先后找到了德国和西班牙的外交官，他们都很年轻，看上去就是 20 出头的年纪。他们都表示不能接受我的采访，因为他们只是奉命过来记录会议的。后面我又找到一个看上去年纪稍长一些的，询问后才知道他是希腊的外交官。他表示没有得到授权接受采访，需要电话联系希腊使团，然后他就一边打着电话，一边走掉了。而在人权理事会开会期间我也去听过一些反华“非政府组织”的发布会，到场的西方外交官可真不少，而且看外表都是资深的外交官。他们在发布会上也是积极提问，现场气氛非常“热烈”。

没有任何一个国家在人权保护方面是完美的。而事实上，美国也好，欧洲国家也好，在人权保护方面都有做得不够的地方。中国在人权领域取得的成绩，如发展权、脱贫、妇女儿童权益保护等都是毫无争议的、实打实的成绩，为什么这些西方发达国家的外交官还是不愿承认呢？

因为在一些西方国家，指责中国的人权问题成了“政治正确”，如果有政治人物敢于称赞中国在人权领域的成绩，哪怕他说的完全是事实，其政治前途也会大受影响。所以，这些外交官对于中国代表团组织的人权领域活动，唯恐避之不及。

已经离任的中国前驻瑞士大使耿文兵先生有一次在聊天中跟我提到过一个观点，中国经过这么多年的发展，现在在国际上坚持正义是做到了。我对这句话的理解是，对于完善国际治理体系，建设更公平合理的国际关系，中国还有很多事情要做，但是在维护自己的国家利益，反击一些势力对包括中国在内的发展中国家的抹黑和围堵上，现在的中国还是能发挥很大作用的。

日内瓦可以说是外交斗争的第一线，我也算亲身经历了这场看不见硝烟的战斗。让我感受深刻的是我国外交官的不易。令我印象最深的发言就是中美两国常驻世贸组织大使在会议上的几次交锋，面对美国大使对中国的种种无端指责，中国大使的发言有理、有力、有节，有澄清、有反击、有团结。比如美国对中国经济制度的指责，中国大使就明确指出，翻遍世贸规则，我们找不到所谓“市场经济”的定义，世界上也没有一个放之四海而皆准的“市场经济”标准。世贸规则没有赋予任何成员以这样特殊的权利，把自己的经济模式作为“市场经济”的样板，一旦有哪个国家不肯照搬，就是“非市场经济”。中国大使还开玩笑地说，自己是巨蟹座，他把美方文件中提到的88个脚注都进行了逐一核对，有些脚注里的内容根本就找不到。而一份文件如果脚注有问题，论据就靠不住，论点就值得怀疑。类似这样的发言，对展现和维护中国的国家形象，争取更多中立

2018年11月，在日内瓦万国宫采访时任外交部部长助理张军（现任中国常驻联合国代表）

国家的支持，起到了非常重要的作用。

近几年在多边外交领域，斗争显得比较突出，并不是中国变得好斗了。一方面是受到西方国家民粹主义兴起、逆全球化等国际形势的影响；另一方面也是因为中国发展到目前阶段，必然会面临外部的这种压力。中国外交官们在日内瓦的斗争，也并不像有些“键盘侠”想象的那样“硬怼”。我们外交的最终目的还是要维护国家利益，服务国内发展。中国外交官的斗争是讲策略的，是以斗争求合作，以斗争求共赢，斗而不破。一线的外交官们某种程度上和驻守边境的解放军战士一样，都是在为了祖国的繁荣昌盛“守国门”，都是“很可爱的人”。

驻外手记

绝大部分记者在驻外之前都已经在国内从事了一段时间的新闻工作，拥有了一定的业务经验，所以我主要想谈谈驻外与在国内当记者的不同。

第一是驻外记者要多了解驻在国。记者因为生长在中国，所以对中国的事情会很熟悉。而对于一个陌生的驻在国，记者的了解仅仅来自新闻报道、出版物等，不够全面、立体，有时甚至会有刻板印象。如果恰巧记者只会英语而不会当地语言，那更是容易让驻外生活流于表面，而没有深入当地社会。有些驻外记者可能任期也就两三年，时间匆匆而过。所以，我觉得驻外记者最重要的一点就是要走出去，采访也好、采风也好，多了解驻在国的情况，而不是坐在电脑前简单地把新闻稿编译成中文。对驻在国的了解可能不会迅速、直观地帮助记者提升业务水平，但却是成为一个好驻外记者必须要有的积累。当然，这种“深入”当地生活也有一个度，不宜太过活跃，特别不要介入当地的一些社会矛盾和冲突。

第二是驻外记者要注意不被西方媒体“带偏”。毋庸讳言，目前世界舆论的主导权是被西方媒体，特别是英语媒体所把控的。他们的一些报道和评论是根据自身的文化背景和价值观，甚至是西方国家的国家利益做出的。我们在报道上不要人云亦云，而是要根据我们的文化背景和价值观、中国的外交理念和外交政策进行判断和报道。这一点不仅仅体现在涉华报道上，在对一些第三世界国家的报道中也要尤为注意。

第三点是精通外语，包括一些专业的词汇，这是一个持续学习的过程。语言越精通，驻外采访越顺利。而且除了英语之外，最好还能学习当地语言或者其他通用语言。

付新日

2011 年进入中央电视台，驻外前在国际交流局海外机构管理中心工作，主要负责海外记者站建站、外联、法律及合规事务等。2018 年 7 月至 2021 年 12 月在伊拉克巴格达记者站常驻。曾多次采访伊拉克重要政府官员。驻站期间先后报道了伊拉克大选、伊朗伊斯兰革命卫队下属“圣城旅”指挥官卡西姆·苏莱曼尼遭暗杀、巴格达爆炸案和中国红十字会专家团队赴伊拉克协助抗击疫情等重大新闻，并曾跟拍伊拉克安全部队清剿极端组织“伊斯兰国”等重大反恐行动。

我在伊拉克

中央广播电视总台中东总站巴格达记者站／付新日

初到伊拉克

说起伊拉克，大家既熟悉又陌生。它经常在电视里出现，却没几个人去过。在我决定来伊拉克驻外之前，也有一种复杂的心情：一方面觉得会很危险、工作难度也大；另一方面，如果不是工作需要可能一辈子都不会来到这样一个国家，这也是一个难得的机会。

和很多80后一样，我在小时候看过一套书——《世界五千年》。书中有很多内容都在介绍巴比伦、亚述和古代两河文明，给我留下了非常深刻的印象，心向往之。而这些文明的所在地，正是今天的伊拉克。想到这里，也有一种儿时梦想终于实现的感觉。

然而，在我真正踏上伊拉克土地的那一刻，明显地感受到了一种巨大的差异和冲击，我此前30多年的人生经验瞬间归零，似乎走进了另外一个世界。

我刚刚走出机场，搭上第一辆出租车，就发现它的前挡风玻璃有好几道裂缝，像蜘蛛网一样，虽然不影响视野，可国内绝不会有这样的车上路。司机倒是很淡定，在限速每小时100公里的路上开到140公里，风呼呼地灌进来，让我很害怕在某一时刻玻璃会突然碎掉，砸在我的身上。我发现，街上的每辆车似乎都是这样，而且所有司机对此司空见惯，习以为常，仿佛前挡风玻璃本来就不应该是一整块。

我问过记者站的司机阿巴斯——他的车当然也是这样——为什么玻璃都裂了还不修呢？他指着路上一个接一个的坑告诉我，在伊拉克几乎没有什么平整的道路，前车压坑弹起个石子是特别常见的事，打到玻璃上，轻的就是一个小点，重的就直接裂一道纹，修也修不起，保不齐今天修了明天就又被打一下，所以大家都习惯了，裂就裂着吧，不碎就行。

好吧，这个解释我勉强接受了，可也带来了另一个问题。我之前一直听说伊拉克的恐怖袭击很多，而且大多数是汽车炸弹。那恐怖分子会用好车还是破车来做炸弹呢？当然是破车了。可是放眼一望，要按国内标准，这里破车也太多了，谁知道哪台有问题啊？

阿巴斯让我放心，至少巴格达市内是比较安全的，从极端组织“伊斯兰国”覆灭开始，基本没在居民稠密区发生过恐怖袭击。我问他，“基本”是什么意思？他说偶尔也会有一些暴力事件，不过不一定是恐怖活动，伊拉克两个家族之间枪战火并也是偶尔会有的，可这并不是恐怖袭击。如果说第一个答案听起来还行，这第二个答案就差多了。不管是不是恐怖袭击，对我来说并没有区别，实在是让人不安。

我们的记者站设在一个酒店里，有统一的安保配套，缓冲区也比较大，位置在伊拉克议会对面，保护措施相对好一些。即便如此，有相当长的一段时间，每隔三五天就能在晚上 11 点到凌晨 1 点之间听到低音效果非常震撼的一声巨响，这是有人向“绿区”里面发射火箭弹了。距离最近的一次只离酒店不到 50 米，我在窗户旁边还看到了缓缓升起的烟尘。

安全，以前从来不是个事儿，现在结结实实地砸在我的脸上，成为一个重要课题。安全评估是必需的，而且要随时更新。哪个地方能去，哪个地方不能去；是可以自己去，还是必须要有雇员陪同；哪些目标可以拍摄，哪些目标很难拍摄；哪些目标就算拍了效果也很一般，和安全相比并不值得。我能感觉到，在战乱国家的这种安全意识和边界是慢慢形成的，逐渐适应了这样的环境之后，心理上也就不再有负担。

2019 年 7 月，我认识的一名伊拉克快速反应旅的军官说，他们要到巴格达北部的塔尔米亚去清剿极端组织“伊斯兰国”，可以拍摄，问我们去不去。其实这样的情况离正式交战可能仅有一步之遥，而且也许会有路边炸弹和伏击的风险，但这时我对“伊斯兰国”的活动情况和规律已经有了一些判断，认为他们撤退的可能性更大，即便还有活动也只是零星的。而这样的大规模清剿我们还没有拍过一手的素材，军队能够批准更是千载难逢的机会。

我又和雇员商量了一下，他们也认为风险可控。于是我们早上 8 点到营地，跟着武装皮卡去一个村子盘查了一圈，把要拍的东西拍到后迅速撤回，中途没有发生意料之外的事情。

2019 年 7 月，在极端组织“伊斯兰国”活动地区跟拍报道伊拉克安全部队清剿行动

后来，我甚至连伊拉克什叶派民兵组织的葬礼都敢去了，拍到了大规模的武装游行，还采访了平时很难接触的民兵领袖——他们都在美国的通缉令上。当天聚集的普通民众很多，也没有异常消息传出，极大概率不会有事。

当然，如果有明确的异动，就需要确保安全。比如 2019 年的大游行，我去现场转了几天都还正常，忽然听到有消息说可能会发生暴动，伊拉克安全部队也准备好了预案，我就老老实实守在酒店里，后来果然出现了大面积死伤。这种消息绝不是毫无来由的。

听起来都很危险，但实际情况要区别对待，该大胆时大胆，该谨慎时谨慎：这是伊拉克给我上的第一课。

不能不提的前总统萨达姆

新闻工作，尤其是驻外记者的报道，要求我必须了解伊拉克的历史和现实，否则无法从纷乱的现象中找到新闻事件背后的本质。我的摄像海德尔毕业于巴格达大学政治学系，他给我梳理了伊拉克近几十年历史的重要脉络，而这些脉络的联结点，正是绕不开的萨达姆·侯赛因。

海德尔让我记住一句关键的话，有了这句话，伊拉克所有的问题都能找到源头：萨达姆是“世俗主义”的逊尼派。

伊拉克是什叶派人口占多数的国家，但长期统治它的萨达姆却是逊尼派，这注定了伊拉克国内的什叶派领袖不服萨达姆。现在伊拉克议会最大党领导人、什叶派政治家穆克塔达·萨德尔，他的父亲和两个哥哥都因为反抗萨达姆而被杀害。

在萨达姆统治时期，大量什叶派和库尔德人受到了不公正待遇和迫害。逊尼派只占伊拉克人口的 30%，萨达姆却要以少数人口压制其他多数人口，政府职务大部分交给逊尼派把持，什叶派和库尔德人的社会地位被强制压低，产生了很多内部的不安定因素，一直延续到今天。

但与此同时，萨达姆的“世俗主义”执政观念又让伊拉克国内维持着稳定的局面。虽然他对什叶派和库尔德人区别对待，但他也十分强调全体伊拉克人的国民身份认同，非常注重科学教育。在萨达姆执政时期，伊拉克的教育是覆盖全民而且完全免费的，他还会选拔成绩较为优秀的学生，送到英美等发达国家去深造，这也造就了伊拉克尊重知识文化和工程技术的氛围。

海德尔说，他自己就赶上了萨达姆时代的尾巴，免费读了大学。但还没毕业，美国就入侵了伊拉克，所以他也失去了分配工作或继续深造的机会。和他一样的伊拉克人，人生都在 2003 年一分为二。

伊拉克的英语普及程度不高，而且和其他国家不同，越是老年人，会英语的概率越高，年轻一代反而都不会说英语。巴格达的一个中企雇用了一对叔侄在办事处帮工，叔叔的英语可以正常交流，侄子则是连几个单词都掌握不了。

这种反常现象的原因在于，在萨达姆执政时期，伊拉克的教育位于中东地区的第一档次，而从 2003 年开始，伊拉克社会崩溃，教育水平一落千丈，因战乱而失学的儿童达数十万之多，公民的科学文化素质显著下降。更重要的是，由于萨达姆的“世俗主义”属性，他对宗教极端主义采取零容忍态度，2003 年之前，伊拉克尽管经历过多次战争和制裁，生活水平也在下降，但社会治安状况是良好的。恐怖袭击对于伊拉克人来说，曾经是一个非常遥远的词汇，而现今却成为伊拉克人被迫每天面对的苦痛与威胁。因此，无论是什么宗教派别，无论对萨达姆的总体态度如何，大多数伊拉克人对于萨达姆时代的社会秩序和教育水平还是有所怀念。这种纠结与复杂，正是今日伊拉克的写照。

灾难深重的伊拉克人

在我驻外的任期内，每年的“9 · 11”和“伊拉克战争纪念日”是两个重要的时间节点，每一年的这两次报道都让我切实感受到美国给伊拉克人带来的深重苦难。

2019年的“9·11”事件18周年，我去了南部城市巴士拉，所见所闻颇让人震惊。当时，巴士拉省议会被抗议示威的民众烧成了断壁残垣，游行者指责省议会无法保证本地人的基本权益，省议会没有正面回应，偷偷换了个地方办公。而在离巴士拉市中心开车不到15分钟的地方，有一个在2003年被摧毁的军事基地，面积很大，但2017年后仍是一片废墟。一些生活贫困的本地人在废墟上搭建简易窝棚，如同垃圾场。我和3名雇员在当地一家饭店吃了一次炸鱼饭，结果全部病倒，谁也搞不清是鱼的问题还是饭的问题，或者是水的问题。相比之下，巴格达都已经是天堂了。一位当地的媒体人是线人贾法的朋友，他一针见血地指出，巴士拉有丰富的石油资源，却因为美国强加给伊拉克的联邦制宪法而导致腐败丛生，民众生活困苦，国家发展迟缓。而相隔不过200公里的科威特，甚至石油资源都与巴士拉地区共享，却是天壤之别。巴士拉人不只是伊拉克战争的受害者，更是美国占领军的长期受害者，美国留给伊拉克的“烂摊子”绝不是10年或20年能够收拾好的。

2020年的伊拉克战争纪念日，我们驱车200多公里，前往伊拉克南部的一个小镇上采访一位名叫拉缇芙的女医生。她的诊所里常年聚集着大量的患者，而他们都有一个共同的身份——美军贫铀弹的受害者。拉缇芙告诉我们，美军在伊拉克的两次战争中投下了巨量的贫铀弹，导致战区有害辐射超标数万倍，周边地区的伊拉克民众癌症发病率显著升高。更为恐怖的是，这些辐射物质在数十年时间中已经污染了土壤和水源，在伊拉克南部地区扩散，而由于贫铀的半衰期高达45亿年，可以说伊拉克的很多地方已经被美国彻底毁掉了。拉缇芙的患者中有一位曾是伊拉克乒乓球冠军，却因为居住在贫铀弹辐射地区患上骨髓癌，背部打入10多颗钢钉，负重1公斤已是极限。还有家长领着先天缺陷的孩子，年轻人带着需要每天输液的父母，更有病床上眼神空洞、木讷迷茫的少年。拉缇芙一直试图提起对驻伊拉克美军的集体诉讼，为患者争取赔偿，然而美军干脆拒绝对话，伊拉克政府也无能为力。

时间长了，我简直觉得自己是远程的驻美国记者，伊拉克发生的太多苦难，查到最后，都是美国干的。而且美国对自己的暴行毫不掩饰，结果就是给伊拉克受害者家庭的伤口上再撒一次盐。

中国人讲究以史为鉴，但要做到这一点，首先需要有人正确地记录历史。没有调查就没有发言权，新闻工作更是这样。做报道就是发言，发言必要守土有责，在驻在国尽可能全面地了解真实情况，我想驻外记者的最大使命，无非如此。

在伊拉克的 3 年，很难忘，也很自豪。

驻外手记

在日新月异的科技手段下，新闻报道一方面应注重现场到达，另一方面也应注意构建灵活可信、反应迅捷的当地信息网络，以“用户贡献内容”的方式采集新闻素材，有时可以收到事半功倍的效果。

在伊拉克严厉的新闻管制下，大多数新闻发生地均被军队与警察严格控制，记者甚至无法进入事发地方圆 1 公里的范围。但通过平时与相关部门建立的良好关系，我还是可以通过各种渠道收集到现场人员与目击者拍摄的照片和视频，而其中很多通过社交媒体和互联网手段是难以得到的。比如 2020 年初美国轰炸伊拉克边境城市加伊姆后，我与伊拉克国防部的联络人取得联系，直接拿到了当地哨所回传的监控画面，有效提升了发稿质量。

这种模式在很多新闻事件中都得到了有效运用。2021 年巴格达爆炸案发生时，我正在拍摄中国驻伊拉克大使馆与伊拉克军方联合举办的一个抗疫活动。得知事件发生后，我一方面安排线人发动他的下线，收集目击者拍摄的现场视频，另一方面紧紧抓住当时正在参加活动的巴格达反恐部门发言人，让他帮我核实伤亡数字和相关信息，还对他做了一个临时采访。当天公益活动与爆炸案的两条稿件都及时完成，信息量丰富且全面，新媒体稿件有大量图文更新，视频素材时长足够后期进行充分编辑，并且还有一手的官方采访，可以说要素齐全、短时高效。这一方面是因为信息网络发挥作用，使分身乏术的记者仍然能够在第一时间采集现场素材；另一方面是因为我们平时与伊拉克军方保持着非常好的媒体合作关系，他们对总台巴格达记者站的报道能力有充分的了解和信任。

这也让我充分感受到慎海雄部长提出的驻外记者要做“民间外交家”和“社会活动家”的正确性和必要性。如果没有在当地社会和政府部门中长期的日常交往和沟通，关键时刻的新闻报道就很难做得顺畅。所以，作为一名驻外记者，要想在当地打开局面，建立并维护这样一个信息网和熟人网有着至关重要的意义。

高俊雅

2014 年 8 月进入中国国际广播电台，驻外前在英语中心新闻和评论制作室负责英语新闻采编及节目导播。2018 年 1 月，赴津巴布韦驻站，担任首席记者，负责南部非洲新闻的中英文报道。驻站期间参与了 2018 年国家领导人对南非进行国事访问以及出席金砖领导人峰会、2018 年津巴布韦大选、2019 年南非大选、2019 年莫桑比克遭受强热带气旋“伊代”灾害等辖区重大报道，也为中非合作论坛、中国改革开放 40 周年、中国共产党成立 100 周年等重大事件做了配合报道。多次专访津巴布韦总统姆南加古瓦，还曾专访博茨瓦纳总统马西西、赞比亚国父卡翁达和纳米比亚国父努乔马等政要。此外，连续两年被中宣部评为“新春走基层活动”中央新闻单位先进个人，采写的《中国援外医疗队在非洲最小国家塞舌尔发挥大作用》被评为 2020 年“新春走基层”活动中央新闻单位优秀作品。

“留守”津巴布韦，见证中非合作抗疫

中央广播电视总台非洲总站哈拉雷记者站／高俊雅

2020 年，一场突如其来的新冠疫情打乱了所有人的生活常态。“封禁”、限制外出、宵禁等词汇频频出现在各国的新闻头条里，新冠病毒让世界都“停摆”了。但在我看来，病毒挡不住中津、中非合作的脚步。双方互相提供支持与帮助、共渡难关，始终坚定地站在一起，合作抗击疫情。

“铁杆兄弟”坚定支持中国抗疫

“俊雅，你的家人还好吗？他们都还健康吗？我们会为他们祈祷！”

2020 年 1 月，正当我和其他海外游子一样为祖国、为家人担忧的时候，我的津巴布韦朋友也急我所急，忧我所忧。来自他们的关怀和温暖，给了我很大的宽慰。

津巴布韦是中国的“铁杆兄弟”。2020年2月，津巴布韦总统姆南加古瓦接受中津媒体采访时，高度赞赏中国为防控疫情所采取的有力举措。津巴布韦副总统奇温加也积极发声，表达对中国经济复苏的信心。此外，津巴布韦众议长穆登达、时任卫生部部长奥巴代亚·莫约等高级别官员都纷纷表达对中国抗疫的支持。“新冠疫情暴发后，中国给我们提供了很多帮助。现在又向津巴布韦援助疫苗，这些帮助对我们很重要，犹如‘隧道尽头的光芒’。津政府和人民对来自中国的义举深表感谢！”津巴布韦总统姆南加古瓦在接收中国疫苗时的肺腑之言，赢得了在场人士的热烈掌声。

2020 年 3 月，津巴布韦报告了首例新冠确诊病例。这一前所未有的疫情，让津巴布韦原本脆弱的医疗体系雪上加霜。但在关键时刻，中国伸出了援手。疫情期间，我去过最多的采访地点是总统府。津巴布韦报告确诊病例以来，只要津政府接收援助的抗疫物资，总统姆南加古瓦都会在总统府举行接收仪式，而中国政府、中资企业以及民间团体都为津方提供了大量防疫物资，这也是我经常去总统府采访的原因。除了呼吸机、检测试剂盒、防护服、口罩等津方急需的医疗物资外，2020 年 5 月，中国政府还派遣了抗疫医疗专家组来到津巴布韦，与当地医护人员并肩战斗，共同抗击疫情。

2020 年 3 月初，位于首都哈拉雷的威尔金斯医院被指定为定点隔离和诊疗医院。3 家在津中国企业慷慨出资，对这家年久失修、基础设施不佳的医院进行了升级改造。2020 年 5 月，相关中资企业又出资兴建了一家民营新冠定点医院——尚东医院，它具备更好的设施，并从中国引入有经验的医护人员，为当地民众和在津华侨华人提供高质量的诊治服务。

一年后，威尔金斯医院和尚东医院又肩负起了另一重大使命——成为津巴布韦的新冠疫苗接种点，为当地人和在津中国公民竖起一道“防疫之盾”。2021 年 2 月，由中国政府援助的首批新冠疫苗运抵哈拉雷。在这之后，中津疫苗合作成为常态，津巴布韦使用的新冠疫苗，95% 以上为“中国造”，多位政要先后接种了中国疫苗。我也沾了中国疫苗的光，成为总台在非记者中第一批打上疫苗的人。记者打疫苗的节目在总台播出之后，许多国内同事朋友纷纷在微信上留言，为我打上疫苗而高兴。2021 年 3 月至 10 月，我先后接种了 2 剂国药疫苗和 1 剂国药疫苗加强针，没有任何不良反应。

“俊雅，你这篇文章写得太好了！”

“冠状病毒！”虽然津巴布韦大部分当地人对中国人都很友好，但也有一些不明真相的群众，在见到我和其他中国人时说出这个词。这让我意识到，作为一名在津中国记者，我有必要澄清和消除这种误解。

2020 年 2 月，我在津巴布韦发行量最大的《先驱报》发表一篇题为《新冠疫情来袭　中国坚强应对》（“China stays strong in face of COVID-19”）的评论文章，让更多津巴布韦民众了解新冠疫情，解除他们的忧虑，避免盲目恐慌。

“俊雅，你这篇文章写得太好了！”文章发出当天，中国驻津巴布韦使馆政务参赞赵宝钢特地给我打电话，对文章高度认可和赞赏，并代表驻津使馆对总台记者主动请缨、在当地主流媒体为中国发声的举动表示由衷感谢。

“俊雅，看报纸的人还是比听广播的少，你为什么不上广播节目，给更多民众介绍呢？”《先驱报》总编辑哈特里德·泽南加的一席话给了我启发。通过协调，我先后参与了津巴布韦首家商业谈话类广播电台——都市对话 100.4 调频（Capitalk 100.4 FM）的《直言不讳》

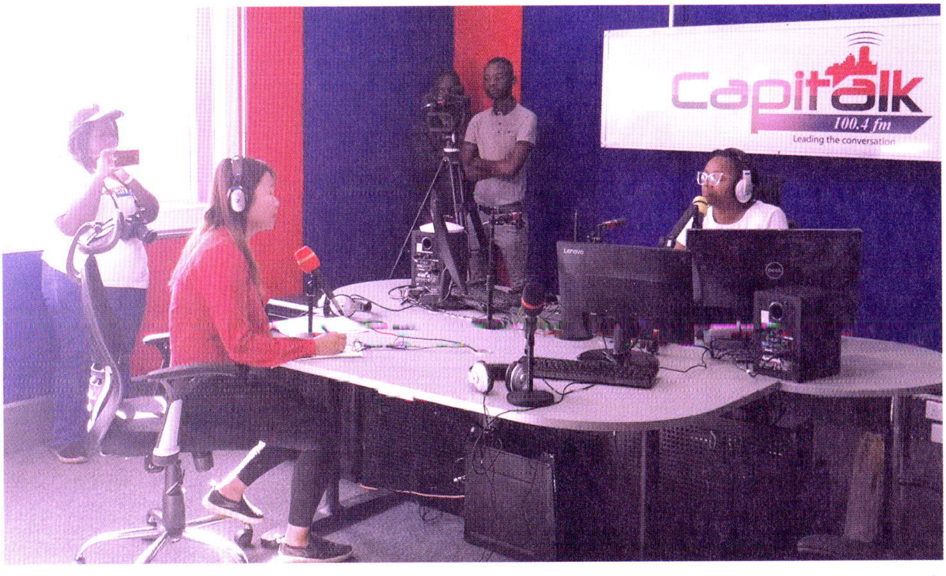

2020 年 2 月 28 日，参与津巴布韦首家商业谈话类广播电台节目，向津民众介绍中国抗疫情况

（*Straight Talk*）节目，向津巴布韦听众介绍新冠疫情以及中国政府采取的应对措施。节日在听众当中引起强烈反响，不少听众打来电话向我表示感谢。津巴布韦报业集团档案馆馆长滕代伊·曼赞维凯女士表示，我的介绍解答了她对疫情的诸多疑问，也有助于她更好地做好防护。

参加《直言不讳》录制几天后，我正在办公室写稿，突然接到一个电话：津巴布韦影响力最大的电台——星光调频（Star FM）的《焦点直击》（*Spotlight*）节目主编邀请我上节目介绍中国防控新冠疫情的成果，并为该国民众做好预防提供建议。我意识到，这又是一个“讲好中国故事”的机会。在节目中，我介绍了中国政府在疫情全球蔓延的情况下，积极与世界各国分享抗击疫情经验，还着重突出了中国对非洲国家的帮助。在半个小时的直播节目中，听众多次与我互动，我回答了他们关心的在华津巴布韦民众状况以及如何做好防控准备等问题。

津巴布韦开始疫苗接种工作后，我又燃起了上节目向当地人介绍中国疫苗的心思。而这个心思，始于我接种疫苗时的一番经历。“看到你们中国人也来打疫苗，我就安心了！”在我接种疫苗时，一位当地人的话引起了我的好奇。她不好意思地跟我说，周边有很多人对疫苗还是持有怀疑态度。“你应该多给当地人讲讲中国疫苗的科学性和安全性，打消他们的疑虑。”

说干就干。2021年4月，我在津巴布韦最大的官方日报《先驱报》发表一篇题为《中非以诚相待，共同应对疫情》（“China, Africa stand together in fighting COVID-19 with sincerity”）的评论文章。我告诉读者，当前疫情仍在全球肆虐，广大发展中国家苦于得不到疫苗。得益于与中国的传统友好关系，津巴布韦成为非洲首批接收新冠疫苗并顺利开展接种的国家之一。有这么难得的机会，应该尽快接种，而不是让毫无根据的疫苗“阴谋论”耽误了自己和家人。文章刊出后，社会反响良好。津巴布韦泛非通讯社主编兰戈利莱·肖克说，这篇文章生动地诠释了中津抗疫合作对津巴布韦的重要意义。

见证中国疫苗助力旅游业复苏

2021 年 3 月，我来到津巴布韦旅游胜地维多利亚瀑布城，见证总统姆南加古瓦接种中国疫苗。在瀑布城，我目睹了这个以旅游业为主的美丽小镇在疫情打击下如何艰难求生。景区门口，售票的工作人员说，这个与尼亚加拉瀑布、伊瓜苏瀑布齐名的世界三大瀑布之一的知名景点，每天访客仅 10 余人。在这里从事旅游业的华人金大哥告诉我，许多原本从事旅游业的当地居民，为了生计不得不去做其他行业，如种土豆、卖瓷砖等。

总统姆南加古瓦在瀑布城的一家医院接种了中国疫苗。他说，他和副总统奇温加都打了中国疫苗，他们相信中国疫苗的有效性。他鼓励瀑布城居民踊跃接种疫苗，为迎接即将到来的旅游旺季做好准备。瀑布城居民接种疫苗的热情高涨，仅用了两个月时间，该市就有 70% 的民众接种了中国疫苗，为该市重启旅游业奠定了基础。

9 个月之后，我再次来瀑布城出差，亲身感受到中国疫苗给这个旅游小镇带来的改变。“如果我们都接种疫苗，将会给我们经济发展、旅游业复苏带来积极影响。”瀑布城旅游从业者安吉拉·莫约微笑着对我说，“航班在复航，一切都在恢复”。瀑布城市长索姆维利·德拉米尼告诉我，由于在自己的国家接种疫苗遥遥无期，南非、博茨瓦纳、赞比亚等周边国家民众纷纷“疫苗旅游”，来瀑布城接种中国疫苗。“我们全家都接种了中国疫苗，所以我们放心地出来旅行。”来自首都哈拉雷的游客米娅以亲身经历为中国疫苗“代言”。

我看到，瀑布城的旅游业开始慢慢复苏，曾经门可罗雀的维多利亚瀑布景区又迎来了游客，他们观赏瀑布美景、泛舟赞比西河、坐着越野车在国家公园追逐大象和野牛……在采访中，无论是政府官员、旅游从业者还是民众，都对未来抱有信心。相信在自己的努力和中国疫苗的助力下，这个旅游小城一定会重新恢复生气。笼罩在旅游业上空的疫情阴霾终有一天会散去。

疫情期间跨国出差，是一种怎样的感受？

虽然我常驻津巴布韦，但需要在整个南部非洲出差，疫情暴发前，平均每个月都要跨国出差一次。2020 年一整年，由于疫情防控，出差频率大大降低。年终岁尾，我接到通知，要赴肯尼亚出差。有点小紧张、小担忧，又有点小激动，就这样我踏上了前往内罗毕的旅程。

购买机票时，工作人员提醒，出发前需要在线填一个《旅客健康监测表》，这是肯尼亚卫生部为应对疫情提出的新要求。除基本信息外，还需要旅客填写是否有核酸检测阴性证明文件、是否有感染新冠症状等。借鉴了中国的“健康码”，这个表格填好提交后，会自动生成一个二维码，可以拍照保存，入境时需要检查。工作人员还特别提醒，航行期间需全程佩戴医用口罩或 N95 口罩，如果佩戴布口罩将被拒绝登机。

很快就到了出发的那天，由于疫情，机场客流量锐减，跟往日比安静了许多。航站楼门口有工作人员对我的行李箱消毒，而我自己需要穿过一个对旅客全方位喷洒消毒剂的仪器，进行“消毒淋浴”。登机后，我注意到肯尼亚航空空乘人员在漂亮的制服外面套了一层防护服。我坐的航班上座率不低，目测至少 70%。不过，“没有医用口罩不能登机”并未严格执行，有人包个魔术头巾就上飞机了。在肯尼亚办完事，回津巴布韦也是一样的“流程”。在内罗毕机场，往日人流涌动的 JAVA 咖啡厅也没有什么顾客。工艺品店工作人员说，肯尼亚刚恢复通航的时候，连续几天一个客人都没有。疫情对航空业的打击真是致命的。

没想到，下一次旅行来得这么快。根据津巴布韦的防疫要求，从肯尼亚返回后，我需要居家隔离 14 天。结果隔离期刚满，我又踏上了前往刚果（金）的旅途，到那里进行高访报道。疫情之前，从哈拉雷去刚果（金）首都金沙萨，单程只需要七八个小时。但疫情期间由于航班骤减，我花了 20 多个小时才辗转抵达金沙萨。在这个“非洲的心脏”，我第一次见到了波涛汹涌的刚果河，见识了全球唯一的两国首都隔河相望的奇景，更了解到非洲国家防疫的努力和艰难。

刚果（金）是世界最不发达国家之一，首都金沙萨人口密度又高，放眼望去，街上很多人根本没有戴口罩。尽管疫情数据显示这里确诊病例并不多，但不少国际组织认为，是因为检测能力不足，大量确诊病例都没有被发现。在出租车上，司机迈克告诉我，对这个国家的人民来说，新冠疫情并不是最大的挑战，“埃博拉、饥荒、糟糕的安全形势……每一个挑战都可能会让你丧命，与它们相比，新冠并没有那么致命”。麦克的话有一定道理。在我离开刚果（金）的时候，该国东部的埃博拉疫情又死灰复燃，开始吞噬人们的生命。2021 年 2 月，意大利驻刚果（金）大使在前往该国东部的旅途中被地方武装打死，命丧他

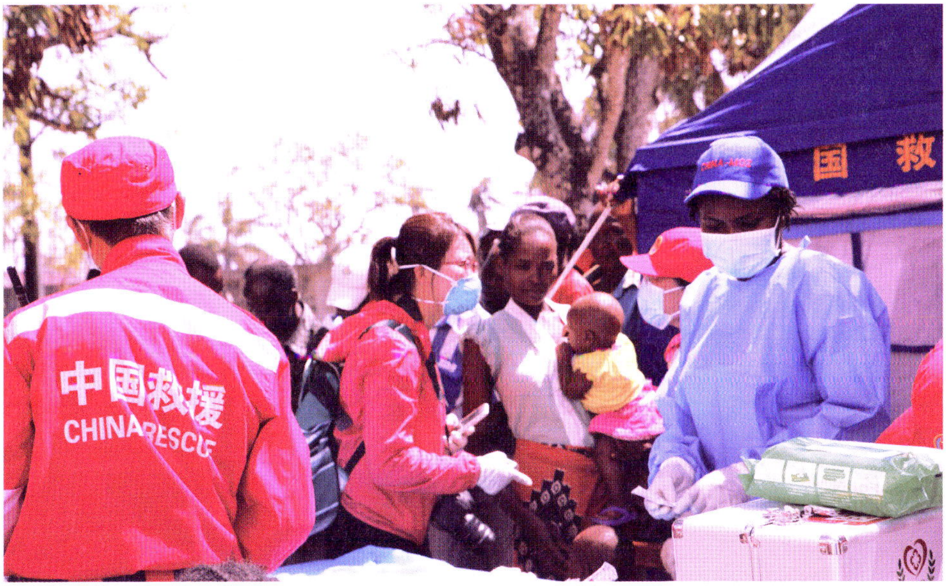

2019 年 3 月 29 日，在受强热带气旋“伊代”影响的莫桑比克灾区，采访中国救援队实施救援

乡。有太多太多的难题摆在这个贫穷的国家面前，而新冠疫情只是其中之一。

作为一个来访者的我，所能做的，只有为他们祝福。

驻外手记

关注焦点事件，关键时刻敢于冲锋。驻外 4 年来，我先后采访报道了津巴布韦、南非等国总统选举以及津巴布韦前总统穆加贝去世等重大国际性事件。报道这些事件，要求记者提前筹划，不惧困难，冲锋在前。比如要想全面、详细、客观地报道大选，需要深入不同选区的多个投票点，传达出选民的心声，反映出大选“战况”。在报道津巴布韦大选时，我在选举委员会计票中心采访时遇到了反对党支持者发动的游行示威活动，引发骚乱，警方还开枪警告骚乱民众。把这样的经历写进稿子里，能让报道更加生动，更有可读性，也更能让读者体会到当时的真实情况。

着眼中非合作，全景展现各领域成果。这需要记者积极挖掘选题，平时多关注所在辖区新闻动态，记录一些可以做深度报道的选题。与此同时，也要与当地使馆和华侨建立联系，他们可以推荐甚至帮忙联系采访者。比如在使馆协调下，我多次专访津总统姆南加古瓦、专访博茨瓦纳总统马西西；在毛里求斯中国文化中心推动下，我专访了毛里求斯“华人部长”曾繁兴，报道了在毛里求斯教当地人武术、传播中国文化的武术教练的故事。

努力践行“四力”，写出有温度的作品。驻外以来，我先后走访 14 个非洲国家，在博茨瓦纳、莫桑比克、南非、马达加斯加、毛里求斯、塞舌尔等国积极寻找展现中非合作成果的好故事，全方位、多角度展现了中非合作的广度与深度。我曾深入津巴布韦首都哈拉雷的霍乱疫区、贫民窟、津巴布韦东部的难民营、华人资助的孤儿院和莫桑比克受强热带气旋“伊代”影响的灾区等地采访，报道当地群体民众真实的生活状态。

当好“新闻大使”，全力完成合作传播工作。驻外期间尤其是疫情发生以来，我积极发挥外语专长，利用一切机会在非洲主流媒体积极发声，展现总台人的风貌。我先后在津巴布韦最大的官方日报《先驱报》、纳米比亚官方日报《新时代报》发表评论文章，还参与了津巴布韦两个广播电台的节目，在节目中讲好中国故事，拉近当地民众与中国的距离，增进中非友谊。

贾延宁

2000 年进入中国国际广播电台新闻中心国际部，从事国际新闻编辑工作。2006 年至 2008 年任驻意大利站记者。2017 年 11 月前往法国开启第二次驻外生涯，任驻法国站首席记者。在法国工作的 4 年间，曾赴联合国环境规划署，报道了国际社会对塞罕坝林场沙漠变绿洲奇迹故事的惊叹与赞赏；参与了国家领导人对西班牙、葡萄牙和法国等欧洲国家国事访问的报道；在巴黎圣母院发生大火后，与同事立刻赶赴现场进行采访；在新冠溯源问题引发的舆论战中，第一时间发回有关法国在 2019 年底已经出现确诊病例的报道，有力回击了部分西方国家在病毒溯源问题上的不实之词。

意大利和法国：我的两次驻外

中央广播电视总台欧洲总站巴黎记者站／贾延宁

我曾于 2006 年至 2008 年在意大利驻站，时隔十多年后又在法国工作了 4 年。这两次驻外经历，让我从更加立体和多元的角度感受到世界对中国发展的关注。

法国主流媒体上每天都有与中国相关的报道。虽然这些报道中不少内容是偏颇的，但这也表明现在的中国已经发展到了无法忽视的地步。从报道内容上看，不仅关注中国的政治、经济发展，中国的科技进步、社会发展也是他们关注的话题。比如嫦娥五号探测器发射时，中国时间是凌晨，法国则是晚间。但法国一些主流媒体当晚就进行了报道，并对嫦娥五号探测器的任务进行了详细解读，还邀请专家介绍了中国探月工程的发展。另外，对嫦娥五号后续降落月表、取样也都进行了跟踪报道。

在我的采访工作中，特别是经贸领域的采访，无论是路威酩轩这样的大集团，还是法国畜牧协会、巴黎大区工商会这样的行业组织，都很顺畅。这也从一个侧面说明中国市场的巨大吸引力。

其他欧洲国家也一样。我在西班牙采访时，偶然认识了世界四大会计师事务所之一的毕马威西班牙分公司中国业务部经理。她告诉我，几年前，他们公司还没有专门的中国业务部。由于中国企业在西班牙发展很快，他们抓住机会，不仅专门成立了中国业务部，为中国企业服务，每年也都有意识地招收能讲中文的雇员，安排在咨询、税务、审计等各个部门。

欧洲人眼中的中国

在法国驻站期间，我参与报道了习近平主席对法国、西班牙和葡萄牙三个欧洲国家的国事访问。在与当地各界人士的充分接触中，我对中国与上述欧洲国家的关系、欧洲民众眼中的中国有了更加直观和深入的了解，也让我能够以更加广阔的视野看待问题。

法国是联合国安理会常任理事国，也是欧盟核心成员国。中国一直重视发展与法国的关系，法国现任总统马克龙也将法中关系置于重要位置。2019 年 3 月，习近平主席对法国进行了国事访问。从一系列安排上可以看出法方对这次访问的重视程度。在访法之前，习近平主席先访问了摩纳哥公国。从地理位置上看，摩纳哥被法国东南部滨海阿尔卑斯省三面环抱。在习近平主席结束对摩纳哥的访问后，马克龙总统夫妇专门前往滨海阿尔卑斯省省会尼斯迎接习近平主席夫妇，并于当晚在有着悠久历史的海燕别墅举行私人宴会欢迎中国客人。次日回到巴黎后，法方又在凯旋门为习近平主席举行了盛大的正式欢迎仪式。在这次访问中，让我印象最深刻的是马克龙总统送给习近平主席的礼物——1688 年法国出版的第一部《论语导读》法文版原著。这份礼物非常珍贵:《论语导读》原著只有两本，一本送给了习近平主席，另一本存放在巴黎的法国国立吉美亚洲艺术博物馆。而之所以选择这份礼物，马克龙当时表示,《论语》的早期翻译和导读曾对法国思想家孟德斯鸠和伏尔泰的哲学思想给予了不少启发。

这次访问期间，中法两国元首在不同规模、不同场合下举行了多场会见会谈。双方一致同意，要承前启后、继往开来，在新的历史起点上打造更加坚实、稳固、富有活力的中法全面战略伙伴关系。

法国是第一个与新中国建交的西方大国，大部分法国总统都重视发展与中国的关系，现任法国总统马克龙也是如此。2017 年担任法国总统后，马克龙就表示希望每年都能对中国进行访问，而在新冠疫情暴发前也的确如此。从政府层面来说，中法关系目前是中国和西方大国中比较稳健的一对关系。虽然在一些问题上双方有不同看法或者分歧，但都能够有所管控；在一些全球治理问题上，如应对气候变化、生物多样性保护等，两国有相同的观点和看法，也有着密切合作。

因为国际格局的变化，法国和欧洲对中国的看法也在发生改变，认为中国的发展给他们带来了挑战，但是在很多国际问题上也需要中国的合作。这是未来我们要面临的新局势——有竞争也有合作，但是不合作就有很多问题无法解决，最后大家还是要坐下来谈。

我在另一个欧洲国家葡萄牙采访则有另外一番感受。2018 年底，我前往葡萄牙进行配合采访。欧洲债务危机发生后，葡萄牙政府推行私有化政策，大量中国资本抓住机会进入葡萄牙，并购了葡萄牙电力、最

采访法国前总理皮埃尔 · 拉法兰

大的综合类保险公司、最大的上市商业银行等企业。这被不少西方国家政府和舆论所诟病。那么，葡萄牙到底如何看待中国资本？在经济情况好转后对中国资本的态度是否会发生变化？这是我在葡萄牙采访中经常提出的两个问题。无论是经济早餐会上不同企业的现身说法，还是接受采访的葡萄牙相关政府机构和企业负责人，他们对在葡萄牙的中国资本有个共同的看法：中国投资者不是赚了钱就走的投机者，而是着眼长远、值得信赖的长期合作伙伴。他们告诉我，中国投资者不仅尊重被收购的葡萄牙企业，还会帮助他们开拓市场，实现互利共赢。与一位在葡萄牙的华人朋友聊天时，我以此开玩笑地说："葡萄牙朋友可真会说话。"这位华人朋友立刻纠正我："他们并不是因为你是中国记者才这么说，他们是真心觉得中国人好。"

中国投资者的实力和表现让越来越多的葡萄牙人关注中国，希望了解中国的发展。在参加中国外文出版发行事业局举办的《习近平谈治国理政》葡萄牙文版读者见面会时，虽然见面会并不在城里，但有一两百个座位的大厅座无虚席，甚至后面也站满了人。发言的葡方代表引用书中的观点时信手拈来，让在场的很多中国记者感到惊讶，同时也颇为敬佩。

从社会或者民众层面来说，情况更为复杂。就我的个人感受，一些和中国有工作往来、经常来中国的法国人对中国的发展有切身认识和感受，能够对中国社会和发展有比较客观的认识。比如我采访过的一位法国大集团前总裁，他和中国打交道超过 35 年，其中在中国工作和生活了十多年。他非常喜爱中国文化，从 20 世纪 90 年代就开始向法国人介绍中国。还有不少法国人，特别是知识分子中喜欢中国文化的人很多，有些人对中国的研究甚至超过我们。

我在西班牙采访时也曾偶遇过被中国吸引的普通民众，其中一位是陪儿子学中文的母亲。她告诉我，自己对中国文化略有涉猎，认为中国文化博大精深，而且中国人的思维方式与西方完全不同，这些让她非常着迷。因此从孩子上幼儿园开始，就让他接触中文，上学后孩子始终坚持学习中文。2019 年，她的儿子去中国成都参加了汉办举行的中文夏令营，不仅爱上了川菜，对中文也更加感兴趣。

还有一位是中文名叫高尔雅的西班牙姑娘。她的中文说得非常流利，但她说自己当初学习中文纯属误打误撞，周围人都不理解，没想到这个选择影响了她未来的人生。现在，她从事与中国有关的商务咨询、教学和旅游工作。2018 年，高尔雅去上海参加了第一届进博会。说起进博会，她连用三个“无法形容”描述自己当时的震撼心情。她在采访中的一句话也给我留下了非常深刻的印象：“我开始学中文的时候，大家都跟我说中文是未来的语言。今天，我觉得未来已经到了，现在，中文是今天的语言。”

不过，对大多数法国和欧洲普通民众来说，中国还是需要飞行十几个小时才能抵达的遥远国家，他们对中国的了解更多来自本国媒体的报道，因此对中国的发展很难做到客观认识，也会对中国存在各种误解。如何能让更多的欧洲民众认识到一个客观真实的中国，还需要我们想更多的办法，通过更多的途径，用对方能够理解的方式讲好中国人的故事、中国发展的故事。

巴黎圣母院的大火

法国也是文化大国，有着众多文化瑰宝。法国人对自己文化和历史的热爱更是融入骨血，巴黎圣母院大火让我对此有了最直观的感受。

2019 年 4 月 15 日下午接近傍晚的时候，巴黎圣母院正在维修中的房顶发生火灾。由于房顶为木质结构，火势迅速蔓延。就在此前一天晚上，我还在教堂的钟声中从旁路过，没想到第二天傍晚一场大火就把这处珍贵的文化遗产烧毁大半。

起火之后，我和同事兵分两路前往现场。当时周边已经被封锁，我找了一个距离教堂最近的地方观察情况。周围的一些法国人在火灾刚发生时就来到了现场，一直静静地站在那里观察火势情况。其中不少人都是眼含泪水，还有的人因为旁边游客说笑而当场情绪失控，与其爆发争吵。这场大火从傍晚时分一直烧到了后半夜。深夜 11 点，还有很多法国人聚集在能看到巴黎圣母院正面的圣米歇尔广场上，对着巴黎圣母院一遍遍唱起颂歌。巴黎 4 月的深夜还是很冷的，但是很多人都不肯离开。我们因为制作北京时间 16 日早上的节目需要赶回记者站，但从人群中挤出来就花了相当长的时间。法国民众对巴黎圣母院的感情可见一斑。从很多细节上也能看得出法国人非常爱护自己的文化，如法国各地的博物馆很多，哪怕去一个很小的地方都会有博物馆。这确实能反映出法国人对自己文化历史的骄傲和热爱。

马德里的雾霾

近年来，应对气候变化成为越来越受重视的全球治理议题之一。2019 年底，我前往西班牙报道《联合国气候变化框架公约》第二十五次缔约方大会。由于会期长，我的采访分为两个阶段进行。第一次去马德里时，还沐浴在伊比利亚半岛的明媚阳光下。时隔一周的第二次采访却全程遭遇恶劣天气，让我对应对气候变化的紧迫性有了切身的深刻体会。出发时，由于马德里大雾，航班在巴黎延误了两个多小时才起飞。第二天一早坐地铁抵达会场时，外面的天气更让我大吃一惊：当时已是早上 9 点半左右，天空却一片混沌，距离会场仅仅一两百米远的场外大屏幕上的字迹已经若隐若现，空气中都是刺鼻的气味。我先后两次在欧洲驻站，从未见过这种天气。后来我们几个中国记者谈论起来的时候，大家都说特别契合这次大会的主题——time for action（是时候该行动了）。特别遗憾的是，虽然各方对气候变化带来的恶果都有切身体验，但是这次大会拖堂 40 个小时后，在核心议题上却仍没有取得期待中的成果。比如这次大会最重要的任务就是完成《巴黎协定》，特别是有关碳交易第六条实施细则的制定工作，但是从 2018 年大会上遗留下来的问题仍然没有得到解决。既然气候变化问题这么紧迫，为什么达不成协议？关键原因是当前发达国家帮助发展中国家应对气候变化的政治动力不足。气候变化不仅是一个科学问题、技术问题，它更涉及一个国家的发展，又变成了一个政治问题，所以相关谈判就会变得非常复杂。

不过，民众的积极参与也给我留下了非常深刻的印象。我在采访中遇到了来自世界大学气候变化联盟的学生。这个联盟成立于 2019 年 5 月，成员包括澳大利亚国立大学、美国加州伯克利大学、英国剑桥大学、英国帝国理工学院、英国伦敦政治经济学院、美国麻省理工学院、日本东京大学、中国清华大学、巴西里约热内卢联邦大学、印度科技学院、法国巴黎政治学院、南非斯坦陵布什大学 12 所世界著名高校。来自这些学校的学生在大会期间积极参加边会活动，并主动与相关方探讨气候变化问题。通过这种方式，他们对气候变化及相关谈判也有了更加深刻的认识。一位来自清华大学的学生告诉我，自己的

在第三届世界核工业展览会上就中国核电发展采访展会主席热拉尔 · 科特曼

专业是经济管理。在她看来，如何把气候变化和经济发展这两个关键议题加以平衡和处理非常关键。另一位主攻国际关系和多边谈判专业的法国巴黎政治学院的同学表示，国际社会既有发达国家，也有发展中国家，它们的情况大相径庭。理解了这一点，不仅在气候变化谈判领域，在新技术、经济等其他领域也至关重要。这种充分理解和照顾各方关切的态度，比采取罢课、绝食或者一味指责别人的方式更可取，也更能解决问题。

驻外手记

驻外记者是一个特殊的记者群体。对于总台的驻外记者来说，必须具备坚定的政治立场，同时要有开阔的视野，不断学习的态度，勤于思考的能力。

立场坚定：驻外记者长期在国外工作，需要有坚定的政治立场。特别是在当前世界格局正在经历巨大变革的大背景下，自觉地树立正确的政治信念和立场，对于驻外记者的报道工作有着重要的指导意义。具体到工作中，驻外记者应关注大势发展和热点事件，关心大势、关切大事、熟悉中国的外交政策方针，熟知中国政府在热点地区、热点事件上的态度、立场和政策，及时了解外交部和中国驻当地使馆的相关表态，避免出现政治错误。

杂家专家：驻外记者，目前没有按照专门领域进行分工。这意味着驻外记者需要广泛了解和学习政治经济、历史文化、法律社会、科学技术等各领域知识，在工作中不断完善自己的知识结构，避免知识局限。与此同时，要对驻在国或地区的历史与现实国情、在重大国际问题上的立场、与大国关系、与中国关系有深入的了解和学习，争取对一些问题或领域有深入的研究，力争成为一名专家型的驻外记者。

业精于勤：新闻工作是一项与时俱进的工作。作为驻外记者要熟悉驻在国和地区的大事，每日的新闻浏览和追踪必不可少。驻外记者应充分利用身在当地的优势，走出记者站，广泛与当地民众接触，观察当地社会的发展，特别是应与当地社会各行业、专家学者建立一定联系，便于开展采访工作。同时，面对海量信息，驻外记者更要养成勤于和善于思考的能力，以及归纳总结和分析的能力，能够从纷繁复杂的信息中去芜存菁，不断拓展思想的广度和深度。

张昀

2005年进入中国国际广播电台环球资讯广播工作，2011年5月至2013年12月任驻津巴布韦记者，2018年2月至今任驻韩国首尔记者。在哈拉雷驻站期间，曾采访津巴布韦时任总统罗伯特·穆加贝。2013年3月，前往南非报道第五届金砖五国领导人峰会。2013年8月，南非前总统曼德拉病重，记者随即前往曼德拉位于约翰内斯堡的住所、曼德拉就医的医院、曼德拉的家乡等地进行系列采访。2015年7月参与报道了中国人民抗日战争暨世界反法西斯战争胜利70周年纪念活动，并获得国家广电总局颁发的“特殊贡献奖”。2018年2月赴韩国首尔担任记者，4月27日对朝韩领导人板门店会晤进行广播、电视、新媒体直播报道；2020年2月，前往韩国新冠疫情暴发地大邱，成为首位前往大邱报道疫情的外媒记者；2021年4月和10月，先后两次采访联合国前秘书长潘基文。

记录，不负相遇

中央广播电视总台亚太总站首尔记者站／张昀

2018 年 2 月，我开始了在韩国的驻外工作。从那时开始，韩国先后经历了平昌冬奥会、韩朝领导人会晤、朝美领导人会晤等一系列震动半岛乃至震动全球的重大事件。在这一连串的事件中，我看到了韩国细致、高效又人性化的组织和执行能力；也看到了被战争分隔，剪不断理还乱的同胞情谊，还看到了真实全面的韩国人的形象。不过，这一系列重大的政治事件，都比不上新冠疫情让我认识韩国、韩国人及韩国文化来得透彻。

大邱与庆尚北道

新冠疫情在韩国暴发后，我也展开了驻韩国以来最深入的系列探访。探访的第一站就是韩国疫情的重灾区——大邱市和庆尚北道。

时间回到 2020 年 2 月 18 日。原本连续 5 天都没有新增确诊病例的局面，在这一天被大邱的一位 61 岁的阿姨彻底改变了。这位被韩国媒体称为“第 31 号确诊者”的阿姨，2 月 6 日出了一场交通事故后住院就医，住院期间，医生认为她出现了新冠疑似症状并要求她进行新冠病毒检测，而她以没有海外旅行经历、没有接触过确诊患者为由拒绝了。2 月 9 日和 17 日，她先后两次前往大邱新天地教会参加集会，与她共同参加集会的有上千人。

19 日，韩国出现了首例新冠死亡病例，这位在庆尚北道清道郡大南医院的住院患者在去世后被确诊感染了新冠病毒，而清道郡大南医院也因 31 日患者在 2 月初曾到访过而对全院人员进行了新冠病毒检测，院内不断有患者和医务人员被确诊感染。大邱市和庆尚北道，就这样成为韩国新冠疫情的“风暴眼”。

20 日，韩国中央应急处置本部副本部长金刚立表示，新冠疫情已经超出了韩国的防疫网，开始在社区全面扩散。截至当天上午 9 时，韩国新增 53 例感染病例，累计确诊病例达到 104 例。

21 日，韩国中央防疫对策本部通报，韩国单日新增 100 例新冠确诊病例，累计确诊 204 例，其中来自大邱市、庆尚北道的确诊病例 153 例；而韩国的网络上已经有各种关于大邱市民抢购物资、全城恐慌的消息。作为记者，我知道已经到了必须去“风暴眼”探访的时刻了。

22 号下午 5 点，韩国中央防疫对策本部的通报让我们再也坐不住了——韩国在 24 小时内新增新冠确诊病例 229 例，累计确诊 433 例，其中来自大邱和庆尚北道的共有 352 例，新增的一名死亡病例依然来自清道郡大南医院。

在和摄像老师商议后，我们决定紧急购买口罩、防护服、护目镜、医用手套、酒精和消毒洗手液等防疫物资，之后赶往大邱。受疫情影响，早在 2 月初，韩国街头就已经很难找到防疫用的 KF94 或者 KF80 口罩了，但在韩国生活了 10 年的摄像老师依然想办法联系到了口罩厂家，告诉对方我们是中国媒体，要去大邱和庆尚北道采访那里的疫情，工厂的负责人立刻按出厂价卖给我们两箱口罩，还叮嘱我们注意安全。就这样，带着感动和对大邱的担忧，我们在晚上 11 点出发前往大邱。经过 4 小时、330 公里的奔波，我们终于在凌晨 3 点抵达了大邱。

夜晚的大邱，静谧又安详。街道上有零星的车辆，24 小时营业的便利店在照常营业，货架上各种物资都很充足，这让我略略觉得安心——看来网络上说大邱人恐慌到抢空了超市的情况并没有出现。只是我们入住的酒店门口有着各样的提示——进入酒店需要进行体温检测和登记，应该按照韩国中央防疫对策本部的提示进行防疫……这一切都提醒着我们此时正身处在一座疫情蔓延的城市。

第二天早上 9 点，我们来到了大邱市聚集性疫情的暴发地——新天地教会。这座本不起眼的小楼，因为挂了新天地教会信徒礼拜时的巨幅照片而引人注目。照片上信徒的密集程度在疫情期间让人格外触目惊心：在这样人员密集的封闭空间中的长时间集会，最后的感染者人数恐怕真的要数以千计……

教会旁边是一栋居民楼，里面的居民戴着口罩出来遛狗——疫情看来并没有影响到他们的正常生活，而为了保证居民的安全，韩国的防疫部门每天早上来到这里进行一次消毒作业。不过教会附近的邮局、便利店、咖啡店等已全部停止了营业，门口贴的公告上表示将视疫情的发展状况再恢复营业。

9 点 30 分，我们的新媒体移动直播正式开始。后方的新媒体团队不仅特别为我们留出窗口进行直播，还给了我们充分的信任与支持："能直播多久，就直播多久！" 这也让我们备受感动，作为唯一来到大邱采访的驻韩国的外国媒体，我们一定要把大邱真实的情况报道给在国内的观众，报道给全世界。

直播结束后，我们立刻赶往大邱市疫情防控指挥部所在地——大邱市政府。在大邱疫情暴发后，韩国中央政府派出了专家组和工作组来到这里，协助大邱市开展防疫工作。虽然是周日，但身着韩国政府部门在紧急状况下专用的黄色上衣的工作人员依然在大楼里忙碌地工作着。

之后，我们前往大邱市内一家比较大的超市，探访那里的物资储备情况。超市里新鲜蔬菜水果的种类之丰富，供应之充分让从首尔来的我们深感羡慕；消毒洗手液、消毒洗衣液等防疫产品储备也很充足，网络上疯传的"大邱超市货架都空了……居民抢购物资"的情况并不是真的，互联网时代更需要眼见为实。

24 日，我们再次来到大邱市政府。这里每天上午 10 点半都会举行记者会，介绍大邱的疫情防控情况，大邱市长权泳臻亲自主持发布会并回答记者提问。记者会结束后，韩国 JTBC（中央东洋放送株式会社）电视台的记者问我为什么要来大邱采访，还没有外国媒体在疫情暴发后

2021年5月，在韩国首尔采访联合国前秘书长潘基文

来这里。我告诉她，作为记者，在第一时间到达新闻的发生地，这是职责所在；作为中国媒体，我们尽可能地客观真实地做出报道，让我们的受众在第一时间了解到新闻的真相；作为中国记者，我们也想为大邱加油打气，就像一直以来韩国民众为武汉、为中国所做的那样。众志成城，我们一定可以战胜疫情。

之后我们又向庆尚北道的清道郡进发，探访我们此行的最后一站——大南医院。我们到达的时候，防疫人员正在对这座四层楼的医院进行全面消毒。医院的四层是精神科病房，由于病房相对封闭的环境，这里的住院病人和医务人员全部被确诊感染了新冠病毒，无一幸免。医院的病患普遍年事已高，加上都有基础性疾病，抵抗力较弱，他们正是新冠病毒最容易攻击的人群。在这座医院里，有 112 人都被确诊，其中还有 5 人都因感染而不幸去世，这里是真正的新冠疫情的重灾区。

韩朝离散家属团聚

虽然两次韩朝领导人会晤和两次朝美领导人会晤是近年来半岛最具历史意义的事件，文在寅与金正恩携手跨过板门店的朝韩分界线、特朗普与金正恩的世纪握手，都是历史的高光时刻，但这两年来让我最受触动的还是 2018 年 8 月 20 日至 26 日在金刚山举行的第 21 次韩朝离散家属团聚活动。

以前在电视新闻中看过很多次韩朝离散家属团聚的场景，骨肉分离的苦痛全部化作泪水和拥抱，令人动容。但来到韩国以后，我似乎并没有从韩国人身上感受到对统一的期盼，或者对北方家乡和亲人思念的乡愁。和一位熟识的韩国朋友聊起这个话题，他说，自己的姥姥和姥爷就来自北方，姥爷还参加了朝鲜战争，不幸在战争中阵亡。姥姥一个人把妈妈和舅舅养大，回北方家乡看一看一直是姥姥的夙愿。但随着姥姥的离世，家里再不会有人提起回北方看一看的想法。而他本人，出生以后就在南北对峙的状态中成长，服兵役也是因为担心北方会有军队南下，因此对于朝鲜并没有“同胞”的意识。朋友的经历是大部分韩国年轻人的缩影，家中只有祖父母一辈还在对“重回故土”有执念，但随着时间的推移，执念也在慢慢变淡，那些离散在两地数以万计的亲人们，到底还有多少人在盼望重聚呢？

2018 年 8 月 19 日，我来到韩国江原道束草市，这里是距离“三八线”东段最近的地方。当天，来自韩方的 89 名寻亲人员来到这里的一家酒店集合，准备第二天一早统一乘坐大巴车前往金刚山。他们大多是古稀老人，其中让媒体最为关注的就是当时已经 92 岁高龄的李金顺奶奶。这一次她是要与自己分别 68 年的儿子相见，据韩国同行说，随着时间的推移，离散家属的年事越来越高，很少有人能够通过团聚活动见到自己的直系亲属，大部分人能见到的都是侄子、侄女，能够见到兄弟姐妹的都已经不多了，而这样见自己的父母或者子女的更是凤毛麟角。

说起和儿子的失散，李金顺奶奶说，分别的时候儿子只有 4 岁。当时，李金顺怀抱着 1 岁的女儿，丈夫抱着儿子一起从朝鲜南下逃难，途中李金顺停下来给女儿喂奶，之后就再没能见到丈夫和儿子。说起即将要见到的儿子，奶奶心里也有些忐忑，70 年过去了，奶奶早已不记得儿子的模样，儿子已经是一位古稀老人，到时还能认出他来吗？见面后对他说什么呢？……一切担心都在第二天消失得无影无踪，从进入重聚的那间大厅的那一刻起，李金顺一眼就认出了那张她思念已久的脸。

李金顺奶奶无疑是幸运的。韩国登记在册的离散家属共有 13.2 万人，他们当中目前在世的只有 5 万多人。据韩国统一部和韩国红十字会的统计，在离散家属综合信息系统登记的团聚申请者中有 3000 多人在 2019 年去世，而在韩国登记在册的离散家属中，在世的只有不到 53000 人。在世者中，80 岁以上的占 63.4%，能够等到与亲人见面的机会也许真的不多了。但是，就是这样一个重聚的机会，在 2019 年 2 月朝美领导人河内会晤无果而终之后，也就再也没有音信。

2021年4月，韩国庆尚南道统营，韩国渔民强烈反对日本政府做出将福岛核电站核污染水排放入海的决定

很多人都说，板门店是冷战时期在地球上的唯一遗迹，但这个遗迹却是半岛南北数万人生命中最大的苦痛。这种不可想象又无法言说的苦痛，希望永远不会再有人承受。

驻外手记

记者，是新闻事件的记录者，也是新闻背景的挖掘者，还是新闻影响的分析者，更是一个时代的观察者，一个时代的表达者。回顾驻外生涯，我想，成为一名优秀的驻外记者没有任何捷径，只有勤勉这一条路：勤于行、勤于学、勤于思。

第一，现场，只有现场。驻外记者的首要任务就是在第一时间赶到新闻现场，忠实地将现场情况在第一时间进行报道。但去往现场并不只是前往事发地点那么简单，因为很多时候，新闻现场到底在哪里也考验着记者的经验和判断力：究竟哪里才是最能展现事件全貌、特点、影响的第一现场呢？

2020年7月9日，时任首尔市长朴元淳突然失踪，韩国警方和消防部门派出了大量人力在多个地点进行拉网式搜索，到底哪里才是能得到第一手消息的新闻现场呢？韩国媒体派出了多路记者在各个可能的地点进行蹲守，但对于并没有那么多人手的我们来说，这就是对我们判断力的一次大考。经过反复考量，我还是决定前往他手机信号最后消失的地点——卧龙公园等待。果然，在午夜时分，搜救人员在警犬的帮助下在卧龙公园内找到了朴元淳市长的遗体，我也当场采访到了找到他遗体的消防员。当时在现场蹲守的媒体不超过5家，总台是当时唯一一家在现场采访到这位消防员的电视台。

第二，学习，不断学习。驻外记者是一项厚积薄发的工作，每一天都要不断地学习和积累。驻在国每天发生的大事小情都需要了然于胸，这就意味着每天不仅要广泛地浏览驻在国主流媒体的报道，也要关注各种新媒体、社交平台上的网民热搜。不仅如此，驻在国的历史、我们了解到的历史和驻在国民众从小学习的历史相同吗？西方人对于这个国家的历史又有着怎样的认知和解读？驻在国的经济发展轨迹是怎样的？那些在驻在国有着举足轻重影响力的大企业，它们发展的历史又是怎样的？它们成功的秘诀又是什么？驻在国民众对于这些企业又有什么样的看法呢……有人说，记者就是“万金油”——所有领域都要了解一些。而驻外记者不能仅仅是“万金油”，我们必须要成为了解驻在国、驻在地区的专家，才能无愧于“总台驻外记者”这个称号。

第三，敏于行，精于言。记者的工作显然是“记录”：记录事件、记录人物、记录时代。在现场做完第一手的采访后，怎样才能把新闻事件最精确、最精练、最精美地呈现给广大观众呢？这需要记者有扎实的语言文字功底和精准的镜头语言运用。好的广播报道需要记者用平实、生动、精练的语言配合鲜活的现场声，以流畅、亲切、诚恳的声音播报出来，让听众能够过耳不忘；而好的电视报道则需要经过精巧地设计，让语言与画面完美配合，全面展现新闻事件。

报道无止境。驻外记者也是一路前行，永攀高峰的工作。何其有幸，我可以通过文字、声音和镜头来点滴记录这个行程；何其有幸，我可以将这些珍贵的吉光片羽与您共同分享。

时光

2008 年进入中国国际广播电台波兰语部担任编辑、记者。2016 年 12 月，赴波兰华沙记者站担任驻外记者。多次对中国驻波兰、匈牙利、保加利亚、捷克大使进行专访。曾就中波关系专访时任波兰众议长库赫钦斯基，就中国文化采访波兰总理办公室主任苏斯基等。2018 年底跟踪报道卡托维兹世界气候变化大会。2020 年欧洲新冠疫情暴发，对中东欧国家乃至欧洲的疫情发展进行跟踪报道。2022 年初，持续对俄乌局势、俄乌冲突、乌克兰难民问题等进行报道。

卡托维兹气候大会

中央广播电视总台欧洲总站华沙记者站／时光

“如果没有反对，那么细则通过。”波兰当地时间 2018 年 12 月 15 日深夜，经过 14 天会期又延长了 30 个小时后，联合国气候变化卡托维兹大会圆满闭幕。大会主席库尔提卡一锤定音后，全场响起长时间热烈的掌声。中国代表团以及其他各国代表都起立欢呼，甚至互相拥抱。包括我自己也特别激动，完全忘了最后几天只睡了几个小时的疲惫。这种心情我想只有亲历过的人才能体会。

提到卡托维兹，可能很多人不知道在哪里，它是波兰南部西里西亚省的省会。为什么选择波兰这座城市来举办气候大会呢，我来分享一个有趣的原因。那天我从火车上一下来，一股刺鼻的气味迎面而来，这个味道是烧煤散发出的二氧化硫气味。原来，卡托维兹被称为波兰的“煤都”，煤炭资源丰富，所在省份产煤占全国 98% 以上，所以整个城市的空气里都弥漫着这个味道，加上最近几天下雪，天也是阴沉沉的，呈现在我们眼前的就是一个典型的雾霾天气。我的第一感触是，这个气候大会必须马上召开，赶

2018年卡托维兹气候大会闭幕，全场热烈鼓掌欢呼

紧解决气候问题。据说，这也是选在卡托维兹开会的一个特殊原因，主办方希望各国代表能亲自感受一下碳排放所带来的问题，并能意识到应对气候变化的紧迫性。实际上，波兰的空气污染问题经常被欧盟诟病，所以，波兰主办这次气候大会也是希望能够让世界看到波兰在应对气候变化方面所做出的努力和积极态度。不过，波兰一直认为自身短期内还离不开煤炭能源，4 月举办的领导人气候峰会上，波兰总统表示，在未来 20 年内，将煤炭能源从 70% 的比例降至 11%。而能够实现这一目标的唯一手段就是核能，因为受气候条件影响，像光能、风能等清洁能源在波兰这里不具备稳定的生产条件。所以，每次气候峰会的过程几乎都很艰难，就是因为世界上这么多国家和地区，每个国家的诉求以及能力都不一样，正所谓众口难调，而一个负责任的、有担当的大国是引导各国在应对气候问题上取得一致的关键。这一点，也是我参加卡托维兹气候大会才体会到的。

由于会议和活动很多，我们也只能重点选择相关议题进行报道。从进入会议中心到晚上离开，要么在开会或者采访现场，要么就在前往会场和采访的路上。有时候，因为时差，为了赶上节目播出，我需要找一个安静的地方来录音发广播稿。虽然会议中心有好几个媒体区，但能找到这么一个地方还不是那么容易。不过我很幸运地在一个媒体区发现一块地方，那是一个露台，细心的烟民发现那里的门可以打开，我就趁没人的时候赶紧在露台上录制节目。有几个烟瘾大的外国媒体朋友有时看到我在外面录音，就没再推门出来，这也让身处冷飕飕露台上的我感到一丝温暖。当然，好人好事我也会做的。媒体区坐我旁边的一个记者跟我说离开一会儿，让我帮忙看一下他的设备，我毫不犹豫地答应了。结果没多久，我收到一个参加紧急会议的通知。于是，我没有收拾自己的东西就离开了。当我回到座位的时候，发现旁边委托我看东西的记者的桌上空了，我心想，坏了，把人家的东西弄丢了。就在我正要自责的时候，回头看到我的笔记本上留着一张纸条，上面写着大大的两个单词“Thank you”，还留下了邮箱和电话，落款是理查德。我这才轻舒一口气，应该是这位理查德自己已经拿走了。

大会到了最后几天，氛围开始紧张起来，由于在个别条款上耽误了时间，联合国秘书长古特雷斯也重新回到了现场协调立场，这让所有与会人员的心都悬了起来。《巴黎协定》实施细则能不能最终达成一致、能不能敲定文本似乎又成了悬念。最后，大会宣布延期一天，我记得在宣布延期之前，很多记者都在媒体区等待，凌晨两点多的时候，那些熬不住的人都倒在椅子上睡着了。当然，最后结果就像大家开始看到的那样，会议经过漫长的谈判、焦灼的等待终于达成目标。尤其是在最后阶段，在会议陷入僵局的时候，大家都把目光集中在中国代表团身上，各方都非常看重中国的立场，这个感觉还是挺自豪的，中国代表团也切实为《巴黎协定》实施细则的达成作出了重要贡献。

"我们中国代表团在这次大会上确确实实作出了非常重要的努力和重要的贡献。在会议最后的阶段遇到僵局，我们接受大会主席和执行秘书的委托，他们希望中国代表团做一些沟通协调工作。所以我们在经过和利益相关方 6 个小时的磋商、沟通和协调后，解决了大会闭幕前一个最重要问题，最终在各方的共同努力之下，取得了这次会议的成功。"这是中国气候变化谈判代表团团长、中国气候变化事务特别代表解振华在会后做出的感言。

我记得那天回到旅馆的小阁楼时已经是凌晨一两点，稿子写到 3 点的时候睡着了，好在 5 点的时候醒来又接着完成了稿件，赶上了当天的播出。7 点吃早餐的时候，终于有心情看了看窗外的雪景。脑海里浮现出一幅画面：被大雪覆盖的茫茫田野上，有一座木制的乡村旅馆，雾气中的太阳并不那么耀眼，但屋顶上的雪依然被照得闪闪发光。大约 10 点的时候，我踏上了回程的火车。虽然忙忙碌碌地采访报道了一个多星期，但是在此期间没有时间停下来思考气候大会召开的意义。此时此刻，我忽然意识到，2050 年的时候，我的孩子不就是我现在的年龄吗？假设那时的她能望着北京的蓝天，就如同我们现在想起儿时的蓝天一样。那么今天我们每个人所做的哪怕是微不足道的努力都将具有怎样巨大的意义啊。

中波建交 70 周年

在中波经济贸易合作上，可能很多人都不知道，新中国第一家合资公司就是中国和波兰共同创建的中波轮船股份公司。2019 年，因为建交 70 周年我们也对这家公司的中波双方代表进行了采访，了解到很多不为人知的故事。

新中国成立之初，百废待兴，当时美国政府及其西方盟国对新中国实行经济封锁和海上禁运。为打破封锁，在中国、波兰两国领导人大力支持下，1951 年 6 月 15 日成立了新中国第一家中外合资企业——中波轮船股份公司，这也是新中国第一家远洋运输企业。中波轮船股份公司的成立为新中国开辟了一条通向世界的“海上铁路”，公司成立后一年多的时间就为新中国运回了 52 座工厂设备。

为什么中国和波兰成立合资公司呢？当时波兰是一个航运强国，波兰船员也十分有名，拥有186条运输船只，航运技术非常先进，在世界上遥遥领先。成立伊始，因新中国面临重重封锁和海上禁运，为了避免不必要的麻烦，公司对外以“波兰远洋公司”的名义运营，悬挂的是波兰旗帜。中波轮船分公司波方经理理查德 · 格雷茨奈尔说：“为了能在中国和欧洲之间航行，公司所有的文件都进行了‘伪装’，对外以‘波兰远洋公司’的名义运营，悬挂波兰旗帜，就是为了避免挑衅和困难，甚至连提单上也是‘波兰远洋公司’的名字，但实际上是中波轮船股份公司。”

理查德从 1977 年进入中波轮船股份公司工作，至今已有 40 多年，是目前在公司工作时间最长的波兰人。他亲身经历了中波船员混编的时代，据他回忆说，当时的中国船长就是在波兰船长的指导下，一步步成长为二副、大副，进而成为船长的。

除了经济上的合作不断发展，中国和波兰在文化上的交流也一直很密切。记得 2019 年国庆节后，中国作家协会、波兰对话学术出版社就在波兰联合举办了《品读中国》系列文学活动。这部小说集结了 10 位鲁迅文学奖获得者，其中的 5 位也来到了华沙，作家叶舟就说，东方和西方就像一本书的封面和封底，都是世界文明的组成部分，而文学作品恰好是不同文化之间相互理解的最直接的途径。他的这个比喻令我印象十分深刻。在波兰，目前依然有很多书店可以看到关于中国的书籍，或者来自中国的译著。有一次，我偶然在书店看到一本刘慈欣《三体》的第三部波兰语版。读过《三体》的人都知道，他的三部曲是一本比一本厚，再翻译成波兰语，其厚度可想而知，像一本词典，甚至更厚。因为我也是个三体迷，发现之后有点惊喜，就买了这本书收藏。通过这次发现，也让我感觉到，只要是好的作品，世界各地的人就会争相传看。

其实不光在波兰能看到中国的文学作品，波兰的文学作品也很早就被译介到中国。而且波兰的文学底蕴相当厚重。

波兰女作家托卡尔丘克的作品《太古与其他的时间》《白天的房子，夜晚的房子》都是我的恩师易丽君教授和他的爱人袁汉荣先生翻译的。易老师曾两次获得波兰总统授予的波兰共和国十字骑士勋章，2018 年还荣获中国翻译界最高奖——翻译文化终身成就奖。她和托卡尔丘克早在 2000 年就认识了，托卡尔丘克也拜访过易丽君教授。因为年龄的差距，易老师还和托卡尔丘克开玩笑说像她的女儿。易老师在翻译其作品时，遇到不太明白的地方就会打电话给托卡尔丘克。易老师也对我们说过，能直接从对方的语言翻译过来的文学作品能更好地了解其文化内涵。

包括易丽君教授在内的许多翻译家都为波中的文化传播作出了巨大贡献。2022 年 2 月 7 日，易丽君先生在北京病逝，享年 87 岁。我们无比怀念她。

初来乍到

我在 2016 年 12 月中旬抵达华沙，刚到的那几天还时不时下雨，气温也没预想的那么冷，甚至还没有北京冷，尽管华沙的纬度跟哈尔滨差不多。但没过多久，我就为自己草率的判断吞下苦果。

很快，我迎来了在华沙度过的第一个新年。波兰人在1月6日还要过一个宗教节日。据说每年的庆祝活动都很热闹，那天我带上相机，穿了一件大衣就出发了。其实在月初，就有一股寒流袭击了欧洲，当地媒体报道冻死几十人。但是平时室内非常暖和，出门就坐公交和地铁的我根本感觉不到寒冷，所以也没有在意。当我从市中心地铁出来以后，兴冲冲地拿起相机拍了起来。街上的各种表演和游行让人目不暇接，但是过了不到10分钟我就感觉不对劲儿，快门怎么也按不下去了。原来毫无当地生活经验的我没有戴手套，按快门的手指头已经完全冻僵了。衣服穿得也少，一会工夫就完全冻透了。不过寒冷并没有阻止我的好奇心，我就暖一会儿手，拍几张照片。游行队伍热闹起来，我赶紧凑上去看。原来波兰总统夫妇也在游行的队伍里面，我赶紧掏出相机拍了起来。总统夫人可能看到我在拍照，还特意跟我挥了挥手。当时我特别兴奋，生怕落下什么精彩镜头，可能因为兴奋也忘了寒冷，直到手指头又被冻僵按不下快门才收手。

大概在街上待了一个小时，实在撑不住的我跑进一个地铁站里。一查气温，室外温度有 -23℃，长期生活在华北地带的我还从没在如此低的室外温度下待那么久。我站在一个角落里瑟瑟发抖，两腿的肌肉完全不受控制，平生第一次遇到这种情况。

采访波兰总理办公室主任马莱克 · 苏斯基

驻外手记

关于如何做好一名驻外记者，我想从自己的工作经历中总结一下，也许我的一些实践经验会对将来要驻外的记者有些许帮助。

首先，做好充分的准备工作。尽可能多地了解驻在国的地理位置、气候条件、风土人情等，不但能帮助我们在开启驻外生活时更加顺畅，而且很多时候，也会对采访报道工作起到非常重要的作用。比如我在前文中所讲到刚来波兰不久后的那次外出采访拍摄，由于我缺乏对寒流天气的认识，导致工作的时候不仅身体受罪，同时也影响了拍摄。所以，假如现在派我去一个非洲国家或阿拉伯国家驻外，我一定会向这些驻地的同事详细咨询当地的各种生活和工作经验。其实，我本来就是学习波兰语专业的，按理说对波兰已经有了足够的了解。但事实上，必须让准备工作做得更加细致和认真，才能避免走弯路。

其次，胆大心细是一个驻外记者需要具备的品质。例如，2020 年 6 月至 7 月，波兰举行大选。这个时候新冠疫情已经暴发，尽管大选延期了一个多月，但还是在疫情的情况下举行了，当地相应设置了选民投票的防疫限制。在第二轮投票的时候，我来到一个投票站，准备拍摄一些现场图片。投票站设在一所中学的篮球馆内，馆内间隔距离设置了投票箱，选民在馆外排队等待。起初，我看到馆内有管理人员，便直接走上去说明来意。管理者听闻我是记者便有所迟疑，告诉我要询问领导。结果可想而知，她以防疫限制为由拒绝拍照。本来我想得挺好，没想到吃了闭门羹，况且我戴的口罩还是 KN95。我越想越不服气，还是想多拍几张照片，于是走到排队的入场口，跟前面的选民说“请让一让，我是记者”，径直走进去就开始拍起照来。整个过程，里面的管理人员根本没有干预。所以，在条件许可的情况下要学会灵活应变。当然，也不可贸然行事，一定要遵守当地的法律法规和习俗。

环球视野

张颖

2005年进入中央电视台，在社会与法频道担任编导的10年中以促进公平正义为己任，记录中国法治发展的进程。2016年2月，开启了塞尔维亚贝尔格莱德驻站记者的职业旅程。专访过多位总统和政要；追寻鲜为人知的一战故事制成《一战结束百年 · 远去的硝烟》系列片；两度深入科索沃、调查贫铀弹污染事件，创作出《塞尔维亚：北约轰炸南联盟22周年》专题片，揭开美国在巴尔干造成的人权灾难；2020年创造了热搜话题30余次、微博阅读量超35亿人次；把塞尔维亚推上年度热词榜，获得了武契奇担任总统5年来颁发的首枚外国记者勋章，名字频繁出现在塞尔维亚媒体的头版。

做中塞友谊的使者

中央广播电视总台欧洲总站贝尔格莱德记者站／张颖

是什么让总统湿了眼眶

新冠病毒的传播导致了肆虐全球的疫情。2020年，大多数人的生活被改变，甚至许多人的命运轨迹被改写。于我个人而言，一系列的数字或将是我职业生涯中难以被打破的神话，我们从塞尔维亚的新冠疫情说起。

塞尔维亚于2020年3月6日发现第一起新冠病毒感染病例。3月15日晚，总统武契奇发表电视讲话，宣布全国进入紧急状态，整个讲话中武契奇总统眼里噙着泪，甚至在答记者问时忘记了要回答什么。这是我第一次见到武契奇总统陷入非常状态。那天，我写了从业以来最长的一个新闻标题——《塞尔维亚宣布进入紧急状态 寄希望于中国技术与物资援助》。我在文中写道："武契奇强调，困难来临之时，我们不能寄希望于欧盟，唯一会向塞尔维亚伸出援助之手的只会是中国。"其实写下这样带有一定主观性的新闻标题，我也是有些顾虑的，但是依据对当时形势的判断、对中塞关系的笃定，我相信这篇文字会起到一个良好的"化学反应"。果然，次日武契奇向中国深情求援的报道开始占据各大媒体重要版面，仅仅2天之后，外交部做出了积极正面的回应，中国援塞医疗队整装待发。这一连串事件成为3月里最温暖的话题。

事实上，中国援塞医疗队的专机3月21日从中国起飞的时候，塞尔维亚媒体就使用了"英雄起航""英雄前行"这样的标题，武契奇在他的社交媒体上写道："我们等你，中国兄弟！"

2020年3月21日，贝尔格莱德机场，报道《中国援塞医疗队抵达，受到最高礼遇迎接》

晚上 7 点，总统武契奇、总理布尔纳比奇等政府官员还在召开疫情防控应急机制会议，可以说武契奇是带领着卫生部部长、国防部部长、财政部部长等一干政府官员从现场赶过来的。一般来说，除政府首脑以外，重要嘉宾的迎接都只会安排在贵宾室，但是武契奇坚持要接到停机坪。飞机于晚上 9 点 47 分落地，武契奇 7 点 40 分就已经等候在那里了，所以我当晚报道的标题是《中国援塞医疗队抵达，受到最高礼遇迎接》。

飞机打开舱门的时候，塞尔维亚国旗和中国国旗迎风飘扬，在场所有人鼓掌欢呼，武契奇上前与 6 位专家组的成员以撞击胳膊肘的方式表示欢迎。然后武契奇转向身旁的两国国旗，他亲吻了塞尔维亚国旗，然后对着旁边的五星红旗，献上了深情的一吻，仿佛是：纵有千言万语，何能表我心迹？我想，一切的一切在那一刻或许都有了解释。因为那一幕谁都没有料到，都以为他要转身走向话筒、发表讲话，所有摄像、摄影都往后退，我离得远，但是用手机在拍摄，恰好拍到了武契奇亲吻五星红旗的感人一幕。回来剪素材，总统的贴身摄像没有拍到，庆幸的是我的手机抓住了那一瞬间。

值得一提的是，这两面中塞国旗是紧紧系在一起的，象征着铁杆兄弟，风雨同行。而那面中国国旗正是 2016 年习近平主席访问塞尔维亚时，欢迎仪式上所使用的五星红旗。

首位在塞尔维亚总统府做直播的记者

那一段时间，中国网友们天天留言，新媒体同事每天打电话给我，要求总台央视新闻请武契奇做直播。理想是可以有的，万一实现了呢？但是这太难为我这个驻外记者了。不过为了满足一下大家想了解塞尔维亚、了解武契奇的强烈愿望，我还是想了一个折中的办法，申请到了一个特别的福利，那就是在总统府为大家做一场直播。

4 月 2 日，我提前 2 小时到了总统府，媒体部的一名工作人员已经等候在那里。她说："你是史上第一位在总统府做直播的记者，我们对自己的国家电视台都没有开放过，而且今天我们为你打开所有的会客厅。"

当然，我也是做足了功课的，希望展示给观众的不只是一栋建筑、装修不同的总统会客厅，而是给大家讲述发生在这里的故事——一个有血有肉的总统的故事，与我们心灵相通的塞尔维亚的故事。

不知不觉，直播持续了近 30 分钟，微博上直播观看人数为 500 万。收了麦克风之后，我正要向总统府的工作人员表示感谢，一抬头，她给我递上了一盒甜品。这盒甜品来自塞尔维亚的百年老店，总台纪录片频道播出的《魅力塞尔维亚》中有专门对这家甜品店的介绍，也可以说是塞尔维亚历届总统钦点的宴席甜品。工作人员说，"虽然我们听不懂你刚才说了什么，但是我知道是关于友谊、关于爱的"。语言有国界，真情却可以跨越所有障碍。关于友谊、关于爱，这或许正是彼时深陷疫情中的我们急需的，也是我由衷希望传递给大家的。

武契奇"求合影"

"她最近一次对武契奇总统的专访，获得了 5.5 亿人次的阅读量；她关于塞尔维亚的报道，出现了不可思议的阅读量——35 亿人次！她也将中国人民对于塞尔维亚的真挚感情传递给了我们。"2021 年 3 月 10

日，塞尔维亚第二大畅销报纸《塞尔维亚电讯报》用整版刊发了对我的专访，并在开头写下这样的引言。

2021年春节前，武契奇总统在接受我的专访后，向我赠送了自己喜爱的一本塞尔维亚诗集，他的媒体顾问苏珊娜为我们拍了一张合影。武契奇总统突然问我："我能把合影照片发布在社交媒体上吗？"我真的是"傻"了一秒钟，回答道："当然可以。"武契奇在文中写道："我为中国观众朗读了塞尔维亚诗人戴珊卡·马科西莫维奇的《诗人与故乡》，并将诗集赠送给了优秀的中央广播电视总台记者张颖，为我们与中国朋友所做的一切感到骄傲！"他收到了7000多次点赞，是他那一段时间发布的图文中点赞量最高的。塞尔维亚网友纷纷留言："只为中国朋友！赞！赞！赞！"那也是我最为之骄傲的照片之一，尤为感动的是，这张照片还特意做了美颜处理。

"577"的来历

看到"577"这三个数字，很多机灵的网友一下子能反应过来，说的是武契奇。说到这个梗，要回到2017年5月，武契奇刚刚当选总统不久，就接受了我的专访。那也是我第一次对他进行采访，我精心准备了一些问题，总台央视新闻也在微博上征集了一些问题，一些网友关心的是塞尔维亚的美食和美女。在关乎中塞关系、经贸合作等正式提问之后，我决定把网友的问题带给武契奇总统，当然，我是以相对婉转而又轻松的方式提问的，他的回答也很幽默风趣。我记得当时问他："网友们都好奇习近平主席访塞时品尝了哪些塞尔维亚美食，您愿意给大家介绍一下塞尔维亚风味吗？"武契奇总统笑了，"我们的美食特点就是：冷盘有肉，主餐是肉，甜品中还会有肉，所以塞尔维亚风味就是肉、肉、肉"！那一次原定的采访时间是15分钟，最后聊了45分钟，见他兴致较高，采访结束前我说："总统先生，我能否问一个个人想问的问题？您究竟有多高啊？"他扶了扶眼镜说："净身高1米98，穿鞋差不多2米。"

总台央视新闻频道关于那次采访播出了 11 分钟，是第一届“一带一路”国际合作高峰论坛与会领导人的采访中播出时长最长的一个，“577”这个名字其实最早就源于那次专访。我有一个习惯，在对嘉宾采访之前，会反复练习读对方的名字，我觉得这是一种尊重，也是拉近与被采访对象距离的简单方式。在采访武契奇的寒暄环节，我想要表达一下对他当选总统的祝贺，所以认真练习读他的姓。他的姓名全称是 Aleksandar Vučić，Vučić 中两个 c 的发音对于外国人来说并不容易。我在琢磨的过程中发现，它的发音很像数字“577”，后来我在朋友圈中这样称呼他，很多在塞尔维亚的朋友都很喜欢，觉得很亲切，此后我们在塞的中国人都用此方式称呼他。

2020 年，总统武契奇在中国家喻户晓，无独有偶的是，网络上也越来越多的人用“577”称呼他，而且得到许多人的响应，我觉得是一个非常有趣的故事，所以在 2021 年 2 月初的专访结束时，告诉他在中国有一大群粉丝都亲切地称呼他为“577”。他露出了有些腼腆又有些傲娇的微笑，“我都不知道怎么跟你形容，我感到多么自豪且有尊严”！我拿出两张网友们筛选的照片，一张是他宣誓就职的照片，另一张是他领导的前进党再次赢得大选的照片。他愉快地写下了：塞尔维亚与中国友谊万岁。落款是三个数字：577。就这样，总统武契奇官宣了自己的名字为“577”。

来自武契奇总统的“新年礼物”

2021 年 2 月 15 日，塞尔维亚降重庆祝国庆日，并向 170 个对塞尔维亚发展作出突出贡献的机构和个人授勋，其中包含 7 名记者。我有幸被授予“银质功勋奖章”，是武契奇担任总统 5 年来签发的首个外国记者勋章，这也是塞尔维亚总统府自 2012 年以来，首次有外国新闻记者出现在授勋名册上。武契奇表示，感谢这个时代的英雄，他们无私地为塞尔维亚奉献，不求回报，“他们的名字将被永远写在赞美、勇气和荣誉书中”。

其实得到这个消息时是 2 月 12 日，大年初一，总统府的媒体顾问给我发了一封邮件：“为了感谢你对塞中合作、塞中友谊所做的贡献，总统决定授予你一枚勋章。”我把这个消息第一时间分享给了欧洲总站的领导，她嘱咐我一定要盛装领奖。授勋典礼上，每个人只有几秒钟。听到念我的名字时，我走上前去，突然发现高大的武契奇总统把右手放在胸前，鞠了一躬，我突然鼻子一酸，有种说不出的感动，我边走边把右手放在胸前，向他回礼。我代表总台向他表示感谢，武契奇说：“感谢贵台的杰出工作，你是一个身材矮小却力量很大的人！”那是对我驻站5年以来工作最好的总结之一，那枚勋章也是对中央广播电视总台等中国媒体多年来致力于推动中塞合作、中塞友谊的充分肯定。我对塞尔维亚媒体同行说，“正值中国农历新年，这是我长这么大以来收到的最好的新年礼物！感谢总统先生的这份激励，我会继续努力，为中塞友好添砖加瓦”！

2021年2月15日，授勋典礼上

2021年2月15日，授勋典礼结束后展示勋章和证书

驻外手记

7 年身在海外，我格外感受到中国共产党的领导坚强有力，而中国特色社会主义制度的优越性和强大生命力在近些年国内外发生的重大事件中越发体现了出来。记得 2021 年 2 月底，因授勋一事，塞尔维亚第二大畅销报纸《塞尔维亚电讯报》向我发出了专访邀约，我把时间推到了 3 月初，赶上中国“两会”。我在介绍近期工作中讲述了“两会”的概况，并且以家乡为例，介绍中国脱贫攻坚成果。从谈论跟随医疗队的经历，扩展到中国为世界抗疫所作的贡献。用碎片化、故事化讲述中国的大国担当，该报用整版进行了刊发，并配上了醒目的标题和插图。

作为驻站记者，报道驻在国最关切的话题，有助于拉近与政府和人民的距离。过去 10 年社会类题材专题纪录片的经验让我对战争、战争贻害、科索沃的今天充满了浓厚的兴趣。我两次前往科索沃，做了《迟来的诉讼·贫铀弹事件调查》《塞尔维亚：北约轰炸南联盟 22 周年》两部系列片，不仅在国内引发强烈反响，在塞尔维亚也受到了关注。《塞尔维亚：北约轰炸南联盟 22 周年》被《塞尔维亚电讯报》制作成专题刊发，塞尔维亚总统媒体顾问亲自表示感谢，高度评价总台记者公平、客观的职业态度。

在接受当地媒体采访时，记者问我：“为什么你的报道会如此受欢迎？”我说：“不是我的文字吸引人，是因为塞中两国的深情厚谊、风雨同行的故事足够感人。”一方面，新闻报道需要客观公正；另一方面，新闻报道也是有温度的。而做一个有温度的记者，也是我一直以来追求的目标。同时，作为被派驻这片土地的中国媒体人，应该担负起国际主流媒体的责任，传播中塞友谊之美！

杨琼

2018 年来到肯尼亚开启驻外记者生涯。在 3 年多的驻外时间里，走访了非洲 10 多个国家，感受着文化上的“和而不同”。在共建“一带一路”倡议下，与非洲人民一起感受基础设施建设的日新月异，见证着古老的非洲大陆焕发出的勃勃生机。曾采访乌干达总统穆塞韦尼、联合国环境署执行主任、联合国人居署执行主任等。曾是首届“好记者讲好故事”全国二十一强选手。

古老而年轻的非洲，“一带一路”开启未来之路

中央广播电视总台非洲总站内罗毕记者站／杨琼

那些你不知道的非洲

2018 年的夏天，我开启了第一次驻外生涯。当飞机伴着漫天繁星在肯尼亚首都内罗毕的上空盘旋时，我在空中俯瞰内罗毕的灯火通明，这就是东非第一大城市。

出发之前，印象中的非洲是撒哈拉沙漠上的烈日炎炎，没想到内罗毕的低温却给我上了一课。内罗毕位于赤道以南 4°，气温常年在 10—20℃，最高也不过 30℃，1600 米的海拔让内罗毕四季如春。而我刚刚赴任的时候，正是内罗毕一年最冷的时候，也怪不得我要靠热水袋度日了。

跟国内相比，非洲生活的节奏要慢许多，在肯尼亚生活的时间长了，越来越理解他们的悠然自得，他们乐观的人生态度也时刻感染着我。肯尼亚物产丰富，茶叶出口一直位居世界前两位，鲜花更是源源不断地出口到欧洲。

很多在国内看似高端的消费方式只是非洲人的日常。比如牛油果，在国内一个牛油果大概 10 元人民币，在这里只要 2 元左右，所以很多当地人的午餐就是一个牛油果。再如咖啡，在国内很多年轻人喜欢手冲一杯精致的埃塞俄比亚耶加雪菲或者肯尼亚 AA，而在埃塞俄比亚，街边用陶壶和炭火炉现烘焙现煮的咖啡只需不到 1 元人民币。又如

采访肯尼亚咖啡园的工人

精致的肯尼亚玫瑰，在街边大概 10 元人民币一大把。所以我经常感叹，这些好东西怎么不进入中国市场呢？

从 2018 年中国国际进口博览会之后，肯尼亚向中国的农产品出口逐渐加大。特别是 2019 年 4 月，中国与肯尼亚签署了《关于肯尼亚冷冻牛油果输华检验检疫要求的议定书》，肯尼亚也成为全球第五个、非洲首个可以出口牛油果到中国的国家。由于加工能力有限，目前肯尼亚能够冷冻牛油果的工厂还比较少。哈斯特·沙的工厂就是其中之一。从内罗毕驱车 2 个小时，我来到了位于奈瓦沙湖附近的农业公司，哈斯特·沙热情地接待了我们。进入工厂，不但要穿上防护服戴上帽子，还要经过两道洗手杀菌的程序。这里加工的主要是 Hass（哈斯）品种的牛油果，这种牛油果是在全球接受程度最高、被公认品质最好的牛油果。牛油果会被选择在最佳口感的时候冷冻，在口感上和新鲜的牛油果有 90% 的相似度。当地人用冷冻牛油果为我们制作了牛油果酱、牛油果奶昔，果真是美味。除了牛油果，娇艳的肯尼亚玫瑰、醇厚的肯尼亚红茶、浓香的肯尼亚咖啡陆续进入中国消费者的购物车。

除了让非洲的商品进入中国市场，中国制造在非洲也非常受欢迎。走在内罗毕的大街上，经常会有莫名的亲切感，不论是繁华的闹市区还是高端的商场，包括华为、传音、OPPO 等手机品牌的广告无处不在，很多人也穿着这些品牌的 T 恤在大街上走来走去。智能手机在肯尼亚普及程度很高，“低头族”的普及程度不亚于中国。如果你仔细观察，他们所使用的也大多是中国品牌的手机。2018 年，肯尼亚相关机构所做的一个市场调查显示，传音旗下的 TECNO、itel、Infinix 三个品牌均位列肯尼亚手机销售前五，仅这三个品牌就在肯尼亚占据了 54% 的市场份额。

尽管传音在中国知名度不高，但在非洲可是最受欢迎的手机品牌。而华为、OPPO 等手机品牌在肯尼亚也具有强大的市场号召力。其实，不只是在大城市，在我多次去的肯尼亚、乌干达的村落里，低矮的泥土房上也刷着这些品牌的广告。当地人对于美颜功能强大的手机也情有独钟，还有售货员骄傲地跟我说，如果你用了这款手机，拍出来的照片会非常漂亮。看来，全世界人民对于美的追求是一致的。

从海上丝路到“一带一路”

肯尼亚大概是最早开启与中国往来的非洲国家之一。“郑和下西洋”的故事在中国人尽皆知。据说，郑和的船队曾经抵达非洲东海岸。在肯尼亚的帕泰岛生活着一群人，他们自称是当年中国船队水手的后裔。帕泰岛所在的拉穆群岛是昔日海上丝绸之路的一站。相传 600 多年前，郑和船队中的一艘船在这里触礁沉没。幸存的水手游到岛上定居下来，与当地人通婚、繁衍生息。我曾来到这个岛，探访中国水手留下的痕迹。

从拉穆群岛出发，经过大约半小时的船程，在帕泰岛小小的港口登陆。迎接我们的是一辆大概开了几十年的面包车。这辆车据说是殖民时代留下的，虽然在肯尼亚待久了对于老爷车已经习以为常，但这辆连喇叭都掉了、司机座椅还可以随意移动的车，还是让人感到啼笑皆非。我们更是戏称这辆车的后视镜是“自动挡”，因为风一吹就改变了方向。

伴随着拖拉机般的响声，我们驱车半小时来到了帕泰岛的西尤村。刚一进村，我们在其中一些人的身上似乎看到了亚裔人群的特征。比如，有些人的肤色跟当地人相比更加白皙，有些人的头发也不像非洲人一样卷曲。当地村民拿出了一个传统的中国瓷碗。她说：“听祖辈们说，我们这个家庭是中国家庭，我们的祖先以前生活在中国。他们从海上来，因为在附近触礁了，船搁浅了，就上岸了。当地人要求水手们除掉岛上的一条巨蟒，一位勇敢的中国水手用一头小牛制伏了巨蟒，从此他们得以在岛上定居，并一代代传下来……”虽然没有文字描述，但中国水手的故事却被一代又一代口口相传下来。肯尼亚沿海发现的中国古瓷数量之多，堪称非洲之最。如今，在拉穆古城的博物馆，依然可以看到元明年间的中国青花瓷。

我们在上加村的遗址徒步前行，穿过一片红树林，一片海域在眼前豁然开朗。相传，当年的船就是在这里沉没的。尽管很多传说无法被考证，但是这条绵长的海岸线娓娓诉说着中国与肯尼亚友谊的故事，也正是海上丝绸之路强大的生命力和影响力。肯尼亚前总统肯雅塔曾说：“‘郑和下西洋’在肯尼亚播撒了友谊的种子，肯尼亚自古就是连接非洲与中国的重要纽带。”

如今，这条古老的丝路依然在焕发着勃勃生机。在“东非门户”蒙巴萨港，曾经的舟楫相望、帆影交错已被穿梭往来的巨型远洋货轮所取代。在“一带一路”倡议的号召下，中肯建设者在蒙巴萨和首都内罗毕之间共同架设了一条现代化铁路，实现了肯尼亚人民的百年梦想。

修建蒙内铁路之前，肯尼亚仅有的一条铁路是 1901 年英国殖民者修建的米轨铁路，因此蒙内铁路被称为肯尼亚的“世纪工程”。蒙内铁路全程 472 公里，从肯尼亚最大的港口蒙巴萨直通首都内罗毕，这条铁路全部由中国设计、中国承建，采用中国标准。在内罗毕南站，上火车前首先就要穿过一条长长的空中走廊，它如同一条“时空隧道”可以俯瞰到两条截然不同的铁路：一条是百年前的米轨铁路，小小的列车显得破败不堪；另一条就是蒙内铁路，大气的车头，整洁的车厢，处处显示着现代化的气息。对于很多肯尼亚人来说，他们对蒙内铁路的赞赏就如同中国人对高铁的自豪。尽管列车每小时 120 公里的时速还无法与中国高铁相提并论，但对于肯尼亚人来说，这条铁路撑起的是肯尼亚现代工业化的进程。

铁路出行在中国并不是件稀罕事，但很多肯尼亚人并没有坐过火车。有一次，我和一群马赛族的小朋友一起坐了一次火车。这些小朋友来自内罗毕马赛村奥尔马小学。对于他们来说，一次火车之行带给他们的不仅仅是现代交通工具的体验，更是打开了一扇通往外面世界的大门。

奥尔马小学就在内罗毕南站附近。蒙内铁路运营公司的工作人员发现，平时经常看到很多小朋友站在铁路边，远远地看着火车来回飞奔。其中就包括 11 岁的马赛族女孩弗丽达，每天往来的火车在弗丽达的心中种下了小小的梦想。我们一起乘坐的列车驶出内罗毕南站，弗丽达和她的小伙伴们都瞪着大大的眼睛望向窗外。他们中的很多人不但没有坐过火车，很多人也没有离开过内罗毕。有学生说：“我很喜欢火车。以前肯尼亚没有火车。我希望旅途中能够看到火车，看到山丘，看到树木，看到森林。”

在旅途中，他们不但对火车感到新奇，对我的采访机和照相机也是兴奋不已。他们甚至把采访机当成了手机放在耳边；他们喜欢摸着采访机上毛茸茸的防风罩，仿佛一件天外来物；他们摆弄着我的照相机，给彼此留下快乐的影像。除此之外，他们还喜欢抚摸我的头发。弗丽达说：“我很喜欢你的头发，可以送给我吗？”

肯尼亚前总统肯雅塔说：“新的铁路将书写未来 100 年肯尼亚的历史。”而他所说的未来，正属于这些年轻的孩子。蒙内铁路不但承载了肯尼亚的“世纪之梦”，也为当地创造了 4.6 万个就业机会，带动了经济增长 1.5 个百分点。作为东非第一大经济体，肯尼亚正在快速地发展，为她的国民展现了更多的可能性。蒙内铁路运营公司肯方员工埃里克曾在中国学习中文，24 岁的他已经是肯尼亚的第一批铁路人才。埃里克告诉我，孩子们可以学习到很多课堂上学不到的东西，拓展了他们的视野。他们看到国家的发展给他们带来了更多的机会，这让他们更加热爱国家，愿意为国家工作，看到更好的未来。也许这只是一趟短暂的旅程，但是他们中很多人或许会成为肯尼亚未来的铁路人才。

2019 年 10 月，蒙内铁路的延长线——内马铁路一期正式开通运营。内马铁路是“一带一路”倡议深入非洲大陆腹地标杆工程之一，它从内罗毕延伸至肯尼亚和乌干达的边境马拉巴。通车当天，我乘坐着列车从内罗毕南站出发，穿过风景如画的山地和草原，驶向东非大裂谷深处的奈瓦沙。当地民众用最热情的歌声和舞蹈迎接这条铁路的开通。有趣的是，沿途很多小镇的孩子们看到火车来了，激动地跟着火车一起奔跑，还不时地朝着火车上的我们挥手。我想不久，他们也会跟马赛族的小朋友一样，人生中第一次坐上火车，这是打开他们认识世界的方式。

其实，对于非洲很多国家来说，他们都在期盼着铁路能够修到家门口。内马铁路未来的终点马拉巴，与乌干达的托罗罗接壤。尽管这是乌干达的第五大城市，但是整体规模就像中国的一个小镇。机缘巧合，我有一次到托罗罗采访女性论坛。这里的女性大多以农业为主要收入来源。但是说到未来，她们都很期盼内马铁路的开通。她们相信，一旦铁路修到了马拉巴，也会将托罗罗连接起来，那是可能会改变她们命运的铁路。那天，已近 80 岁高龄的乌干达第一副总理摩西·阿里对我说，他在 20 世纪 60 年代去过中国，那时候的中国发展水平同乌干达差不多，可是现在的中国已经是世界第二大经济体，靠的就是发展工业。乌干达仍然是一个以农业为主的国家，他希望中国能够帮助乌干达尽早实现工业化。如果铁路能够修到乌干达，这将极大地促进乌干达的经济。

与乌干达女性创业者合影

除了铁路，公路、港口、水利、电力等基础设施项目在“一带一路”倡议的号召下在非洲逐步铺开。在刚果（布），中国人用8年的时间在原始森林里建造国家一号公路，连接起港口和首都，让贸易更加便利；在赤道几内亚，中国人修建的水电站让大陆地区亮起了灯；在吉布提，正在“鲁班工坊”学习的当地学生不再为就业而发愁……

如果用两个词来形容我眼中的中非合作，那就是“雪中送炭”和“授人以渔”。当非洲面临着疾病、贫困等挑战时，中国第一时间急非洲之所需；而当非洲面临着发展问题的时候，中国提出的解决方案也是高度契合非洲的需求。人们都说非洲的未来将是一片蓝海，我相信我们可以一起期待这片古老而神奇的大陆继续焕发出勃勃的生机。

驻外手记

记得大学时代学习新闻专业，有两句话深深影响着我，一是“记者的裤管要沾满泥土”，二是“新闻是历史的草稿”。这两个信条也一直支撑着我的新闻理想，指引着我前进的方向。

驻外记者是社会活动家。当驻外记者，一定要融入当地的生活，而我们的新闻线索往往就来自生活的琐碎。比如城市化进程、油价涨价、电费涨价、货币贬值……这些点滴的小事恰恰反映了非洲经济的大势。我也很喜欢跟当地人聊天，不仅仅是我们经常采访的政要学者，还有很多司机、保安、商场工作人员等，他们会跟我讲自己的故事，让我感受着肯尼亚生活的喜怒哀乐，他们也对中国充满好奇。

驻外记者是历史进程的记录者。在肯尼亚驻外这三年多，也正是中非关系发展迅速的几年。我经历了“一带一路”倡议的落地。我永远都记得，那个第一次坐火车的马赛小女孩闪着明亮的眼睛跟我说，我要坐着火车去中国看看；那个肯尼亚村落里的单亲妈妈跟我说，有了水电站我们就有了光明；那个贫民窟孤儿院里的志愿者跟我说，我要告诉孩子们，世界很大很大，只要读书就有机会去看看……我们写下的每一篇文章，被采访者留下的每一句话都会成为记录这个时代的影像资料。我常常在想，也许百年后的书籍中会有这样一句话：“当时总台记者的报道中这样说……”这也是驻外记者不负时代、不负使命的责任。

驻外记者是友谊的传播者。在这个充满挑战的时代，舆论战的硝烟无处不在。特别是在深受西方影响的非洲舆论场，也有不少关于中国的负面新闻，这也导致了非洲民众对中国产生了误解。作为驻外记者，我们不仅要采制新闻，也要告诉他们真实的中国。我在当地媒体发表文章讲述中非友谊，在出现有关中非关系的不实报道时主动发声解疑释惑。“国之交在于民相亲”，随着中非人文交流的增进，很多非洲学生在中国留学，也有很多中国建设者来到非洲。尽管中国与非洲远离上万公里，但友谊的传递不会因为距离而阻断。人和人之间有了更多的交流，才能让友谊的桥梁越架越宽。作为驻非记者，我希望成为一颗小小的螺丝钉。

刘畅

2007 年进入中国国际广播电台担任国际新闻编辑，2013 年至 2017 年担任驻津巴布韦首席记者，2018 年至 2022 年担任中央广播电视总台驻巴基斯坦记者。曾出版专著《撒哈拉之南：女记者的非洲视界》，参与出版《走遍非洲》《非洲黄皮书：非洲发展报告（2016—2017）》等。任驻巴基斯坦记者期间，多次专访巴基斯坦总统、总理等国家政要，对中巴经济走廊等中巴合作有深入研究和报道。

喀喇昆仑公路四十年，重走中巴友谊路

中央广播电视总台亚太总站伊斯兰堡记者站／刘畅

每一位年纪稍长的中国人大概都听说过喀喇昆仑公路，这是20世纪六七十年代中国和巴基斯坦共同修建的一条跨境公路，它连接了新疆喀什和巴基斯坦内陆地区。为了修建这条世界上海拔最高、难度极大的公路，中国共派出了22 000多人到巴基斯坦境内进行援建，两国共有约700人为此付出了生命。因此，这条凝结着两国人民的情谊、汗水乃至生命的公路又被称为“中巴友谊路”。

2019年是喀喇昆仑公路竣工40周年。40年前的中巴筑路队是如何在物资极度匮乏的情况下、在崇山峻岭之间开辟出一条“天路”？40年过去了，现在的喀喇昆仑公路路况怎么样？又承载着哪些任务呢？为了解开萦绕在脑海中的疑问，我于2019年10月下旬踏上了先辈们留下的这条著名的跨境公路。

用生命修建的公路

我们出发时，正值巴基斯坦的深秋，首都伊斯兰堡的落叶乔木被秋霜染上了金色和红色，而吉尔吉特-巴尔蒂斯坦地区则很难看到类似的美景。在这个巴基斯坦最北部与中国接壤的地区，赫赫有名的喜马拉雅山、喀喇昆仑山、兴都库什山等几座海拔7000米以上的山脉于此交会，形成山脉交错、河谷纵横的复杂的地理结构。由于海拔较高，地质环境恶劣，很多山体表面不着寸草，河谷中的水也带着山上流下的泥浆，不甚清澈。

然而，就在这荒凉的不似人类居住的群山之间，却藏着一条现代化的公路。一辆辆小汽车和打扮得鲜艳夺目的巴基斯坦大货车在公路上川流不息地奔驰着，这就是著名的喀喇昆仑公路。当我第一眼看到这条公路时，一个词几乎脱口而出——天路。

说它是天路，不仅仅是指它的高海拔，更是指修建的难度堪比登天。喀喇昆仑公路贯穿了几座 7000 米以上的高山，地质条件极其复杂，很多山体稍微动一动就会引发大面积滑坡，我们在公路旁时常能看到山体上加固的防护网和防护墙，防止碎石坠落。

那么 40 年前筑路条件有限，这条公路是如何在这么艰险的环境中修建起来的？我们很幸运地采访到了参与修建喀喇昆仑公路第二阶段任务的中方翻译蒋贞孝，他为我们讲述了 40 年前艰苦卓绝又惊心动魄的筑路故事。

20 世纪 60 年代，巴基斯坦政府请求中国帮助修建连接巴中两国的喀喇昆仑公路，得到了中国政府的大力支持。两国商定，中巴公路以红其拉甫达坂为界，修建各自境内段的公路。此后，巴基斯坦政府在中国无偿提供筑路设备和物资的条件下，修建了本国境内的公路。但出于巴基斯坦国内线路长、交通不方便、地质复杂、技术落后以及政府财力不足等原因，巴方无法独立完成境内的筑路任务。于是，巴基斯坦政府再次请求中国支援，中国政府也再次伸出了援助之手。

1968 年，由筑路工程师、新疆生产建设兵团等组建的中国筑路队进驻到巴基斯坦境内，开始修建红其拉甫至夏西科特 156 公里的公路，但筑路队刚开始动工就遇到了巨大的挑战。边境地区海拔在 4000 米以上，不仅氧气稀薄，而且雪崩、山体滑坡、落石、塌方、积雪、积冰、泥石流、地震等地质灾害经常发生。由于地质条件恶劣，很多路段的公路刚修好就被新的地质灾害毁坏。工程人员只好反复作业，不断修改施工线路和施工计划，公路的推进非常艰难。这段 100 多公里的公路花费了筑路队近 3 年的时间。

1974 年，中国筑路队开始修建夏希科特到塔科特大桥 480 公里的路段。蒋贞孝在北京大学学了 3 年多的乌尔都语之后，被紧急选调到援巴筑路工程指挥部，担任中文和乌尔都语的翻译。他说，和第一段公路相比，第二段 400 多公里的山势更加险峻陡峭，很多地方只有原始的小道，连运送大型筑路机器都成了问题，但这并不能阻挡筑路队前进的脚步。

“筑路队员采用了最原始，也是最有效的手段，用人工来运送工具。小一点的筑路工具，筑路队员们就手抬肩扛，或者用绳子绑着，吊上山头。遇到诸如空压机、推土机等大型设备，他们就将这些设备拆开，蚂蚁搬家似的运到筑路地点。”据蒋贞孝回忆，为了在悬崖峭壁上修路，施工队先沿着公路的路线修建一条便道，在便道旁边的峭壁上打风钻，放炸药，开山劈石，筑成路基。如果连便道都修不了，施工队员只能徒手攀爬到石壁的上方，寻找巨石或者大树，将保险绳

喀喇昆仑沿线极为复杂的地质条件

的一端拴在上面，另一端拴在自己腰间，然后手持几十斤重的风钻，吊在半空中，在岩石上打炮眼，放炸药，炸出路基。“这样施工不仅非常辛苦，还得随时提防头顶掉下的巨石。”

由于当地的山体岩石结构破碎，炸山引起的震动往往会引发山体滑坡，导致人员伤亡。据统计，为修建喀喇昆仑公路牺牲的中巴建设者约700名，其中有130名中国人。当然，为喀喇昆仑公路做出牺牲的不仅仅是这130位中国烈士，还有许许多多默默无闻的英雄。他们不怕流血，不怕流汗，也不向国家提任何要求，无怨无悔地将最美好的青春献给了这条中巴友谊路。

巴基斯坦老人难忘中国情

1968年至1979年，中国筑路队在巴基斯坦援建喀喇昆仑公路期间，在营地附近建设了医院，从国内调来医术精湛的医生护士，他们除了为筑路人员看病外，还免费为当地老百姓医治。

我们在采访期间，听到一个当年筑路队医生和当地患者拉赫巴·阿里之间的感人故事。在当地向导的指引下，我们来到了海伯村。这是一个位于吉尔吉特-巴尔蒂斯坦地区洪扎山谷的宁静美丽的小村庄，喀喇昆仑公路从村中蜿蜒而过。

在一座普通的民居里，79岁高龄的拉赫巴·阿里和他的家人热情地迎接了我们。阿里面色红润，行动敏捷，说话声音响亮，一点不像一位耄耋老人的模样。谁能想到41年前，38岁的他因为右腿疼痛难忍，几乎瘫痪在床。他对我们说：“在我10岁的时候，右腿腿骨开始疼痛，有时候疼得比较轻，有时候则疼痛难忍。1978年时，我疼得连路都走不了。”后来，他听说在几十公里外的帕苏村，有一个修建喀喇昆仑公路的中国筑路队开的医院，医生医术精湛，为当地人治病不收费用，就央求家人带他前去试试。

果然，中国医生没有让他失望。尚继越医生对阿里的病症进行了系统治疗，第一个月每天注射两针，第二个月为他服口服药。在中国医生护士的精心治疗下，阿里的病痛一天天减轻，他终于看到了生活的希望。“当我的姐姐在房间里看到我走路，惊讶得合不拢嘴。邻居们在村子里看到我走路，都向我道贺。而我说要感谢中国医生。”从那以后，阿里的身体彻底恢复了健康，种地种树，样样都是好手。他顺利地结婚生子，终于过上了正常人的幸福生活。

2018 年 3 月 21 日，阿里在 78 岁的高龄时开启了一项壮举：他身背中国和巴基斯坦的国旗，从家乡沿着喀喇昆仑公路徒步前往 100 多公里外的阿里阿巴德，沿途讲述他和中国医生的故事。每到一个村庄，阿里都受到当地人的热烈欢迎。

40 多年过去了，阿里最大的愿望就是能够再次见到为他治病的中国医生，亲口对他们说一声“谢谢”。没想到，这个愿望在 2019 年的夏天竟然实现了。当年中国筑路队医院的部分医生护士重走喀喇昆仑公路，再次来到了他们当年曾经为许多巴基斯坦人看过病的医院旧址，

与老人阿里

尚继越恰在其中。阿里得知消息后，马上赶往帕苏村，终于见到了久违的恩人。尚继越抱住阿里，激动得热泪盈眶，阿里的眼泪也夺眶而出，两个人拥抱了很久。

阿里对中国人的深厚感情也感染了他的孩子们，如今，他的几位孩子都从事和中国有关的工作。一个儿子在苏斯特口岸负责对中巴之间的货物进行清关，另一个儿子在中国新疆塔什库尔干开了家巴基斯坦餐厅。

中巴友谊路促进两国经济发展

喀喇昆仑公路修建时，中国筑路队给了当地人巨大的帮助，而公路建成之后更是为巴基斯坦北部打通了通向外部世界的生命通道，改变了当地人的生活。巴基斯坦公路局前副局长阿卜杜勒·贾恩从小在吉尔吉特长大，他颇为感慨地对我们说："以前的生活非常艰苦，苦到我无法用语言来形容。但现在一切都变好了，我们能够轻易买到中国和巴基斯坦其他地区的商品，喀喇昆仑公路将这里的经济水平提高了不知多少倍。"

在过去的40年间，每天都有大卡车往返于喀喇昆仑公路，将中国来的服装、纺织品、汽车零件、轮胎、干果等日常消费品运往巴基斯坦，将巴基斯坦的新鲜水果、干果、海产品等货物运往中国。

法汗·乌拉和员工们在清点刚从中国进口的毛毯

我们沿着喀喇昆仑公路一直走到苏斯特干港，这时看到几十辆巴基斯坦大卡车已经在苏斯特干港的海关外排起了长长的队伍。苏斯特干港每年4月1日至11月30日开放，9月至11月是港口最忙碌的时节，商人们要赶在闭关前让尽可能多的货物通过海关。苏斯特干港海关副关长哈勒敦 · 伍哈克告诉我们，每年都有大批的中国货物通过喀喇昆仑公路进入巴基斯坦苏斯特口岸。“我们一季从中国收到1600到1700个集装箱，征收了40亿到50亿卢比的关税。其中大部分是巴基斯坦进口商从中国进口的货物，有服装、纺织品、汽车零件、轮胎、干果等日常消费品，这些货物从苏斯特海关清关后，运往巴基斯坦的各个市场销售。”苏斯特干港货运高级经理巴沙拉特 · 汗认为，近年来中巴两国政府一直在对喀喇昆仑公路进行升级改造，这也促进了两国的陆路经贸往来。随着喀喇昆仑公路二期项目向巴基斯坦腹地延伸，届时来自中国的货物不仅可以通过喀喇昆仑公路抵达巴基斯坦，还可以通过巴基斯坦运往阿富汗、伊朗等其他国家。

这次旅程的终点是中国和巴基斯坦的边境红其拉甫。到达红其拉甫，我们看到中国的国门近在咫尺，都按捺不住激动的心情，高声向对面站岗的中国士兵和中国游客打着招呼。在边境线的巴基斯坦这一侧，我们也看到了很多巴基斯坦的游客，他们专程前来，就是为了感受喀喇昆仑公路，亲眼看一看巴基斯坦和中国的边境。一路行来，我们听到了太多感人的故事。从某种意义上来说，喀喇昆仑公路已经不仅仅是一条公路，更是一部承载着中巴友谊的传奇，而这个传奇也将随着喀喇昆仑公路的不断升级改造而被后人续写下去。

驻外手记

要做好一名驻外记者，以下几个素质必不可少：强烈的好奇心、深入研究与策划、善于观察和随机应变、跨文化沟通的能力。我就以这次喀喇昆仑公路 40 周年的系列报道为例展开讲一讲吧。

在国内，我就听说过喀喇昆仑公路独特的历史意义，很想亲身感受一下，所以，驻站伊始就一直在找机会做一个关于这条公路的报道。正巧 2019 年是喀喇昆仑公路竣工 40 周年，这是一个极佳的契机，我提出的“重走喀喇昆仑公路”的选题很快就得到了批准。

当时，我们为了这个报道做了大量的功课，包括研读了几乎所有可以找到的相关资料，提前专访了公路承建方中国路桥的驻巴负责人、参与过公路修建的翻译蒋贞孝、在吉尔吉特长大的巴基斯坦公路局前副局长阿卜杜勒·贾恩等关键人物，并根据他们的讲述和我们在网上搜集到的资料做了精心的策划。当时的计划是做出上下两期报道，上期回顾筑路历史，下期展现公路对中巴两国经贸的促进作用。根据这个计划，我们提前联系了亲身经历过修路历史的洪扎王和吉尔吉特商贸城、苏斯特口岸的官员，并寻找了当地的向导。

但是计划远远赶不上变化，我们本来已经约好了洪扎王的专访，但是当我们已经在路上的时候，得知洪扎王的家人病了，他离开了洪扎前去探亲，所以没有办法接受我们的采访了，我们对此深感遗憾。但是，我们在喀喇昆仑公路沿线的餐厅吃饭时，老板说他认识洪扎王和纳加尔王的后人拉加·哈萨姆，还带我们前去拜访。这位当地王室后人为我们讲述了他小时候到筑路队营地看电影、当地人用丰盛的水果招待筑路队员的故事，而这些珍贵的回忆清晰地再现了筑路队与当地人亲如一家的场景。我们在途中还看到公路边堆成小山似的麻袋，出于好奇，我们前去询问，发现那是一个土豆运输中转站，巴基斯坦商人将吉尔吉特的优质土豆通过喀喇昆仑公路运送到中部和南部销售，销量可观。如果不是我们出于好奇停下来问一问，也许就错过了这个体现喀喇昆仑公路便民特点的好例子。而塔吉克人拉赫巴·阿里和筑路队医生跨越40年的情谊则是我们的当地向导临时告诉我们的，为了这个感人的故事，我把系列报道从2篇增加到了3篇，这一篇展现两国民间友谊的报道成了这个系列报道中最出彩的一篇。

跨文化沟通是驻外记者们每时每刻都要遇到的挑战，特别是在巴基斯坦这个多民族国家，常用的语言就有五六种，而我们访问的地区因为靠近边境，当地人不说巴基斯坦官方语言。这个时候，精通几种语言的当地向导就能起到巨大的作用。我们很幸运，在那次采访中找到了一位好的向导，他不仅帮我们翻译，为我们提供采访线索，还帮我们安排车辆和住宿。因为我们每天的采访时间都很长，经常要赶夜路。有一天晚上，我们的车子在山路上撞到了村民的牛，牛受伤了，车子损毁得也较为严重，好在人没有受伤，牛的主人在司机的解释下也没有难为我们。后来回想起来，如果不是向导安排的司机水平过硬，车子也结实，在悬崖上开车撞到牛的后果不堪设想。

在我看来，做驻外记者最吸引我的地方，就是可以和不同文化的人打交道，不停地探索未知的世界，永远有新鲜感和挑战性。哪怕有再多困难，我都不会后悔选择驻外记者这条道路。

高雪

毕业于北京广播学院（现中国传媒大学）国际新闻专业，2003 年加入中央电视台新闻中心，参与创建《朝闻天下》等栏目。2016 年 11 月赴中央电视台驻哥伦比亚波哥大记者站工作至今。驻外期间曾专访时任哥伦比亚总统杜克、厄瓜多尔总统拉索、委内瑞拉总统马杜罗、哥斯达黎加总统查韦斯等拉美政要。曾参与中华人民共和国成立 70 周年、中国共产党成立 100 周年等主题系列配合报道。入选国家广播电视总局 2020 年度全国广播电视和网络视听行业青年创新人才工程。2021 年全程参与尼加拉瓜与中国复交报道，重点参与中央广播电视总台马那瓜记者站紧急筹建，任马那瓜记者站首任站长。

尼加拉瓜建站记：90 小时拓展“朋友圈”

中央广播电视总台拉美总站马那瓜记者站／高雪

当地时间 2021 年 12 月 9 日，中华人民共和国和尼加拉瓜共和国共同宣布两国恢复中断 31 年之久的外交关系。作为中央广播电视总台驻拉美总站的记者，我有幸成为复交后第一批入境尼加拉瓜的中国记者，走进了这个位于整个中美洲中部的火山之国。

在抵达尼加拉瓜之前，我对这个国家的认识大多是来自西方媒体的报道，而在这些报道中，贫穷、危险是频繁出现的词语。临行前，领导和同事们也在不断提醒我要注意安全，但是在通过陆路入境尼加拉瓜的过程中，我紧绷的神经也在逐渐放松。一路向北，在通往首都马那瓜的途中，我看到这个国家的道路建设、网络通信等设施相对完善，从边境的警察到路边的小贩，大家也都表现得十分和善。我暗暗下定决心，我要在尼加拉瓜停留期间，通过总台的平台，尽可能多地向受众客观、全面地展示一个拥有独特生态环境、民众和善可亲的尼加拉瓜，让受众可以通过总台记者、中国视角的报道，领略与西方媒体描述中不一样的尼加拉瓜。

就在我抵达马那瓜当晚，为配合我外交工作、以媒体之力推动发展两国友好关系，总台党组做出在尼加拉瓜建立总台记者站的重要决策。

关键时刻的“总台速度”

在中宣部副部长、中央广播电视总台党组书记、台长兼总编辑慎海雄的直接指挥下，北京时间12月12日8点45分，总台国际交流局牵头成立北京总部建站专班，全天候协调对接拉美总站前方建站工作组。前后方团队齐心协力、各司其职、分秒必争、指向目标。

这个时候距离预定的揭牌时间仅有不到3天。按照以往的经验，前期准备工作没有一两个月的时间几乎不可能完成。

总台国际交流局、办公厅、总编室以及版权法律相关工作人员全身心投入建站工作中，全台上下同心协力，用一天的时间就完成了所有的前期准备工作。现在回忆起来，建站人员仍然觉得不可思议：“这是关键时刻令人难以置信的‘总台速度’。”

在前方，拉美总站负责人也带领团队迅速做出反应，调动片区骨干力量，从巴西、阿根廷两路迅速驰援马那瓜，完成了总台马那瓜记者站揭牌及签约仪式的准备工作。

中方的准备工作有条不紊，但如何才能获得尼方的建站许可呢？我正在准备中国援助新冠疫苗运抵尼加拉瓜的新闻报道，得知尼加拉瓜总统顾问劳雷亚诺·奥尔特加将出席疫苗接收仪式，便利用拍摄间歇主动出击，向奥尔特加郑重提出：“中央广播电视总台作为中国最主要的媒体集团，希望借两国复交的难得契机，尽快与尼加拉瓜在媒体领域开展务实合作。”

奥尔特加思索片刻，当场指定尼加拉瓜国家影视资料馆馆长、负责对外媒体合作的卡斯蒂略女士跟进此事，并着重强调了总台在中国的巨大影响力和特殊地位。在尼方高层的高度重视和积极推动下，建站工作在当地一路绿灯，快速推进。很显然，尼方也非常希望总台在中美洲地区的第一个记者站花落自家。

仪式开始前 2 个小时，工作组还在台领导及北京总部专班的远程指挥下，不断做最后的打磨，确保揭牌、签约、现场摄像等每个环节均万无一失。

马那瓜记者站建成后，中尼双方的媒体合作得到显著推进，获得各界舆论的积极反响，也扩大了总台在中美洲地区的知名度和影响力。而北京总部和拉美前方工作组的高效协同和充分准备为不到 90 个小时建成马那瓜记者站提供了坚实的保障。

中国国歌响彻马那瓜

“我们万众一心，冒着敌人的炮火前进！冒着敌人的炮火前进！前进！前进进！”尼加拉瓜时间 2021 年 12 月 15 日上午 11 点，中华人民共和国国歌响彻尼加拉瓜首都马那瓜的会展中心。

这是中尼两国宣布复交后，《义勇军进行曲》第一次在尼加拉瓜公开场合奏响。在中尼两国人士的见证下，中央广播电视总台马那瓜记者站正式揭牌成立。

尽管因为疫情防控需要，在场的人员都佩戴着口罩，但是从台下中国政府复馆小组成员口罩的起伏节奏，可以看出他们每个人都在和着节奏大声歌唱。

仪式后，年轻的中国外交官告诉我：“这个感觉太棒了，国歌响起，我就热泪盈眶了。”

此刻，距离中尼两国恢复外交关系仅仅过去了 5 天。

尼加拉瓜各界高度评价

12 月 15 日 11 点 30 分，总台马那瓜记者站揭牌仪式如期顺利举行。中国驻尼复馆小组负责人于波，充分肯定了总台马那瓜记者站的组建，认为这一布局具有前瞻性，且动作极为迅速，有力配合了我在尼加

2021年12月15日，中尼双方代表签署了两国复交以来媒体领域的首份合作交流备忘录

拉瓜外交工作开展，对两国各领域、各层级、各种形式的人文交流起到表率作用。

“这真是一个很好的开始。”尼加拉瓜国家影视资料馆馆长卡斯蒂略事后表示。她还说，中央广播电视总台领导这一体现全局性、充满洞察力的战略决策，跨越了时差与空间的障碍，高度契合《中华人民共和国和尼加拉瓜共和国关于恢复外交关系的联合公报》中关于开展多领域务实合作的精神。

马那瓜记者站的成立受到尼加拉瓜各界高度关注。尼加拉瓜副总统罗萨里奥·穆里略在仪式举办当天，通过当地媒体表示，未来尼方愿与中方媒体建立更多合作，增进信息交流。尼加拉瓜全国代表大会主席古斯塔沃·波拉斯、外交部长丹尼斯·蒙卡达以视频寄语方式，祝贺总台马那瓜记者站成立。波拉斯特意用中文说出“中国你好”，蒙卡达则表示“感谢中国媒体将尼加拉瓜的发展成果展示给全世界”“期待两国媒体合作取得丰硕成果”。

2021年12月15日，中央广播电视总台马那瓜记者站正式揭牌成立

尼加拉瓜总统顾问劳雷亚诺·奥尔特加在接受总台采访时说：“总台马那瓜记者站成立，标志着两国务实合作开始在媒体领域率先实现，为两国未来在多领域合作开辟了新途径，率先树立良好的示范效应。”

媒体外交影响深远

尽管很多人认为，马那瓜记者站的成立一定是提前多时筹备的活动，然而事实就是，这仅仅是在不到 90 小时里经过前后方、中外方协同而产生的“奇迹”。

为落实慎海雄部长继续扩大成果，巩固在尼加拉瓜“朋友圈”的要求，总台前后方工作组与尼加拉瓜媒体高层和多家主流媒体负责人密集会谈，在合作交流备忘录框架下，在新闻素材交换、春节联欢晚会推广、影视展播等领域达成多项具体合作意向。

12 月 21 日，马那瓜记者站揭牌成立一周后，尼加拉瓜总统奥尔特加·萨维德拉、副总统穆里略委托该国通讯与民政委员会致函慎海雄部长，向总台全体员工致以新年祝福，并期待双方以建站为契机，继续深化协同合作，拉近两国人民距离，共同应对一些国际媒体的不实报道和虚假消息。

慎海雄部长在复函中感谢尼方的新年祝福，表示将进一步与尼加拉瓜媒体机构加强交流、深化合作、凝聚共识，共同推进构建人类命运共同体。圣诞节前夕，我向尼方第一时间递交了慎海雄部长复函。尼加拉瓜国家影视资料馆馆长卡斯蒂略表示："这是我今天收到的最好的礼物！"

在抵达尼加拉瓜的 72 小时内，通过各方协调，我最终顺利完成了对尼加拉瓜总统顾问、外交部长、卫生部部长、国会议长以及央行行长等多位政要的专访。在这些采访中，我也深刻感受到，尼加拉瓜各界都

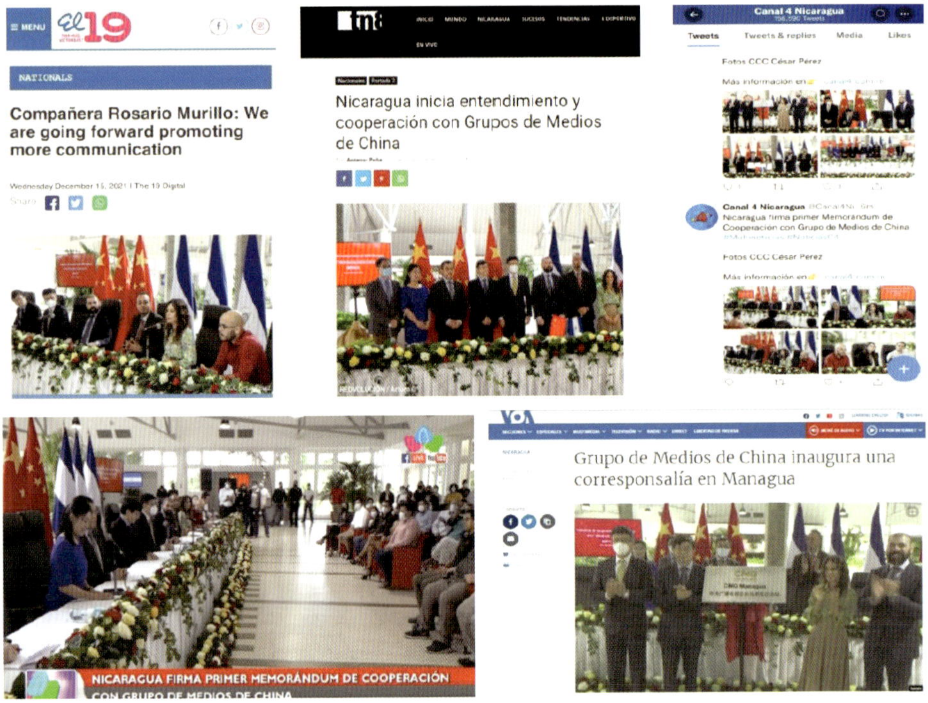

尼加拉瓜当地媒体密集报道总台马那瓜记者站的成立

对尼中复交给予了高度肯定。尼加拉瓜政治评论员帕斯特拉纳就表示，尼中复交是共赢，承认并恪守一个中国原则是国际大义、大势所趋，符合尼加拉瓜政府和人民的利益。其中，尼加拉瓜外长蒙卡达在采访时专门提到，尼方高度赞同中国提出的“和平共处五项原则”，这与某些西方国家实行的霸权主义形成鲜明对比；他同时批评美国长期在美洲地区实行门罗主义，假借民主之名，行干涉他国内政之事。蒙卡达说，尼方期待未来与中方在多领域实现合作共赢。

总台拉美总站记者采访尼加拉瓜外交部长蒙卡达

总台拉美总站与尼加拉瓜国家电视台联袂推出新媒体主题直播《逛吃逛吃！来尼加拉瓜淘年货》

总台马那瓜站成立后，精彩报道纷至沓来：马萨亚火山慢直播、格拉纳达古城 VLOG、中国驻尼加拉瓜使馆正式复馆……中国观众与尼加拉瓜乃至中美洲的距离通过我和同事们的镜头被拉近。春节前夕，具有创新意义的新媒体主题直播《逛吃逛吃！来尼加拉瓜淘年货》全网曝光量逾 2000 万次。

春节期间，总台春晚以及春节特别节目在尼加拉瓜媒体乃至交通要道的屏幕上频繁播放，中国形象在尼加拉瓜民众眼中愈发丰富而立体……

驻外手记

我在大学期间第一堂新闻课上，老师用了半节课的时间让同学们自由讨论：什么是新闻，什么是国际新闻？讨论过程十分激烈。总结时老师说，如果将每个国际事件比喻成一座冰山，那作为一名国际新闻工作者，呈现给观众的内容受版面、时长限制，或许总是冰山浮出水面的那一小部分，而作为国际新闻人如何把这一部分精彩地呈现出来，必须要有“三把刀”：马克思主义新闻观是党的新闻舆论工作的灵魂，扎实的语言功底是讲述世界和与世界对话的纽带，国际政治和多学科知识储备是分析新闻背后逻辑的工具。

2003 年北京非典疫情后，我开始在中央电视台新闻中心实习，每天在编译各类伊拉克战争稿件的同时，也能接触到各类外国媒体对华疫情防控、环境治理的偏颇报道。当时我就想，作为伊拉克战争这座冰山的认识不是一手采编素材，而是来自西方媒体，这样的“冰火一角”真的足以揭示事件真相吗？同理，难道外国人了解中国只能通过《华盛顿邮报》《时代周刊》的报道吗？他们是不愿意听，还是听不到中国媒体是如何讲述中国故事的？可能从那个时候起，驻外就在我心里埋下了种子。2016 年，通过选拔我被派到拉美驻外，尽管我不是西班牙语专业毕业，在拉美工作生活一度遇到不少困难，但是对拉美各类新闻事件我都抱着极大的热情，希望给中国观众带去客观公正的报道。驻外期间，我探访哥伦比亚古柯种植区，挖掘毒品犯罪屡禁不止的根源；听哥伦比亚前武装成员讲述放下武器重返社会面临的瓶颈；在委内瑞拉发生未遂政变时，第一时间赶赴加拉加斯，就政治、经济和民生等角度发回多条观察报道……

然而，在海外践行“四力”的过程中，我也更深刻地感受到了不少采访对象都对中国有很深的兴趣，但是了解不深，甚至存在误解。采访之余，随着西语能力的提高，我也越来越多地开始向身边的朋友、采访对象、媒体同行，甚至走进当地媒体演播室，一遍遍向拉美受众讲述中国故事，弥补“信息差”。

新冠疫情暴发并迅速在全球范围蔓延时，我正在国内休假。等我返回驻地后，身边的哥伦比亚朋友开始不断向我打听中国的情况，我意识到作为中央广播电视总台的驻外记者，在海外澄清谬误、主动在海外舆论场发出强音，就是新时代国际传播工作者不可推卸的使命担当。我立刻联系了多个媒体同行，分别在当地《观察家报》发表署名文章，又接受当地新闻频道《今日世界》栏目的连线采访，用我的亲身经历讲述了中国共产党领导下的政府和人民齐心协力抗击疫情的点点滴滴。后来，看了报道的朋友跟我说：“现在你不光是一名记者，把拉美新闻报道给中国观众，你还是民间外交家，让我们哥伦比亚人多了一个了解中国的渠道。”

就像在 2021 年底总台尼加拉瓜马那瓜记者站成立仪式上，我作为站长向数百名嘉宾致辞时所说，我希望作为总台驻外记者，能成为一座桥梁，让中国观众了解一个客观、真实的拉美，也希望提供一扇窗，让拉美民众可以通过总台丰富的对外传播影视作品、合办栏目更及时地了解中国发展成就、听中国人讲自己与世界的故事。

邓雪梅

2003 年进入中央电视台新闻中心国际部从事国际新闻编辑工作。2010 年赴中国香港驻站，2014 年转赴新加坡任驻外记者。12 年时间里多次参与大型国际会议报道；见证了在新加坡举行的两岸领导人历史性会面，朝美领导人首次会晤；多次奔赴亚太国家地震、海啸、台风、火山爆发等重灾区，将大自然的残酷和灾难面前人们守望相助的温情呈现在电视屏幕上。参与制作的《一带一路：数说命运共同体》获得第 26 届中国新闻奖，《大国外交》大型纪录片获得 2018 年中国广播影视大奖——广播电视节目奖、第 25 届电视文艺“星光奖”、电视纪录片大奖提名作品。

在新加坡感受东盟脉动和多彩文化

中央广播电视总台亚太总站新加坡记者站／邓雪梅

每一次危机都让中国－东盟关系更紧密，合作更强劲

2014 年 6 月，我结束了在中央电视台香港中心站 4 年的工作，赴任新加坡。我参加了多次国际会议的报道，其中印象最深刻的就是每年轮换在东盟国家举行的外长会及系列扩大会议。2020 年 5 月 24 日，中国国务委员兼外交部长王毅在两会记者会上表示，回顾中国与东盟关系的历史，无论亚洲金融危机，还是国际金融危机，每一次危机都让中国-东盟关系更加紧密，合作更加强劲。这充分说明了中国与东盟非同寻常的友好感情和深厚互信。在多次现场报道中我亲眼看到了中国外交官员们在看不见硝烟的战场上阐述中国理念，化干戈为玉帛，与东盟国家结下深厚情谊。

我特别清楚地记得 2015 年第 48 届东盟外长会议及系列扩大会议在马来西亚首都吉隆坡举行。连续多日参加高密度的会议及与各国外长双边会谈结束后，异常疲惫的王毅外长在深夜接受了我的专访。他说习近平主席提出中国愿意与东盟建立更加紧密的命运共同体，这是一个大的方向。为此，中国提出了进一步合作的十点新建议。中国外长的坦诚、中国外交官们的智慧赢得了各国的尊重。

2013 年，菲律宾阿基诺三世政府单方面提起了所谓的“南海仲裁案”。受理的国际仲裁法庭是临时成立的一个仲裁机构，不具有法律效力，但是在一些域外势力和媒体的炒作下，“南海仲裁案”沸沸扬扬。2016 年 7 月 12 日，海牙国际仲裁法庭宣判菲律宾“胜诉”。当天，中

国外交部、国防部发表声明，坚决捍卫国家主权、安全和海洋权益，维护地区和平稳定。在这种背景下，我和同事在新加坡报道南海高端论坛，有力地发出中国声音后，转赴老挝万象报道在那里举行的第 49 届东盟外长会议及系列扩大会议。在会议期间王毅外长和代表团出现在哪里，哪里就是采访热点，有的国家甚至派出了记者轮班跟着王毅外长。我和同事用“围追堵截”来形容现场采访情况。王毅外长对于记者们的提问，哪怕是在步入会场前几分钟，都会耐心回答。在峰会期间，中方说的话很多成为快讯，被国际各大媒体迅速发布。在 3 天的系列会议期间，代表团还进行了 10 多场双边会谈。每天都是在凌晨结束工作，稍事休整后又开始新一天的日程。作为记者，我们用摄像机记录下中国外交官的拼搏。正是通过这种外交努力，南海议题降温，合作发展成为会议的主题。

除了中国代表团外，时任美国国务卿克里也是媒体追逐的热点。为了采访到克里，我们等候在卫生间门口，希望抓住他上卫生间后的有限时间进行提问。由于追赶采访过于靠近，我们的男记者被克里高大的保镖挥臂弹开。可以说采访外长会议真是个体力活。令我们高兴的是，在资讯高度发达的今天，我们争分夺秒快速发稿，占据了话语权，我们的报道被很多国际媒体转载，助力中国外交扩大国际影响力。

搁置南海争议，共同发展，越来越成为东盟国家的共识。2017 年东盟外长会议及系列扩大会议移师当年的轮值主席国菲律宾首都马尼拉举行。南海仲裁的阴影已经淡去，中菲两国建立起互信合作关系，但亚太地区永远是新闻最热的区域。朝鲜半岛核问题成为当时最受关注、最复杂的议题。

朝美之间的敌意和对立，也使得在外长会议期间，双方没有举行双边会谈。对此，东盟国家给予高度关注并发表联合声明，呼吁各方保持克制，创造条件实现对话。此时，中国再次起到了中流砥柱的作用，提出朝鲜暂停核导活动以及韩美暂停大规模联合军演的“双暂停倡议”，解决彼此的合理安全关切，为恢复和谈找到突破口。与会各国外长在这

东盟外长会采访现场

次会议期间进行广泛接触、沟通、交流，也为来年举行朝韩领导人会晤、朝美领导人会晤打下基础。

在外长会议期间，与半岛问题平行的议题还有很多。当时中日关系尚未回暖，王毅外长与刚刚上任的日本外相河野太郎举行了双边会谈，为两国关系走入正轨进行努力。会议即将结束的时候，日本国内发布了《防卫白皮书》。看到王毅外长匆匆走来，准备等车赶往机场，我大喊着问了一句："日本国内刚刚发表了《防卫白皮书》，再次提到'中国威胁论'，您怎么看？"王毅外长不屑地表示："老调重弹。"

连续4年报道东盟外长会议及系列扩大会议，我见证了在国际局势风云变幻下，中国始终与东盟携手同行，弥合分歧，深化合作。中国将始终把东盟作为周边外交优先方向，支持东盟在东亚区域合作中的中心地位，与东盟国家秉持"互信、互谅、互利、互助"的精神，推动双方关系百尺竿头，更进一步。在双方的共同努力下，中国东盟合作在对疫情重压下逆势增长。2020 年第一季度，中国和东盟的货物贸易总额增长 6.1%，突破 1400 亿美元，东盟首次成为中国最大贸易伙伴。这是我们在共同挑战面前为彼此发展前景投出的“信心票”。

不仅在外交战线上，在国防战线上，中国也在不断扩大朋友圈。从 2014 年起，我连续 6 年报道了香格里拉对话会，2020 年和 2021 年因为疫情被暂停。香格里拉对话会正式名称为亚洲安全峰会，简称“香会”，每年 6 月上旬左右在新加坡举行。它是亚太地区安全对话机制中规模最大，也是各国军方出席级别最高的防务外交“一轨半”对话机制。一到“香会”期间，香格里拉酒店里到处是身穿军装的各国将军、军官，走路虎虎生风。各国国防部部长、高级将领直接对话，其中中美两国军方将领的主旨发言是最引人关注的，从中勾勒出两国在亚太地区的安全政策框架。美国频频就敏感议题对中国横加指责，先是提出“重返亚太”，将军事重心转移到亚太地区，后来又抛售出“印太战略”，目的就是拉拢区域国家结成联盟，从太平洋扩大到印度洋，遏制中国的崛起，把亚洲安全峰会挑拨成围堵中国的军事峰会。

香格里拉对话会期间，记录重要信息

面对着复杂的局势和各种杂音，中国军方代表团始终坦诚地与各国交流对话，阐释中国的外交政策和国防政策。那就是建设具有亚洲特色的安全治理模式的重大理念，并介绍中国军队开展国际安全合作，与各国加强对话，共同维护亚太地区安全与合作的国防政策，维护国家主权的决心。我清楚地记得 2019 年，中国国防部部长魏凤和率军方代表团参会，在主旨发言后现场回答各国专家学者提问时，坦诚地对南海、台湾、新疆等国际关切的中国主权、利益问题阐述了中国立场，发言简洁、有力、真诚，赢得了现场各方的掌声。在采访中，多国表示，虽然我们在一些议题上存在分歧，但是中国国防部部长的回答不回避敏感议题，不说空话套话，坦诚自信，有助于加强彼此了解。随着中国国力的不断增强，我们在外交、军事领域都取得了丰硕成果。但是中国从来不以强欺弱。我在各个国际场合见到的、听到的都是中国在真诚地与世界交往，愿意与各国携手共建人类命运共同体。

美丽的花园城市，多彩的亚太文化

我驻站的新加坡是一个美丽的热带花园城市国家，干净、整洁、高效、发达、井然有序。新加坡的政局非常稳定，执政党人民行动党赢得历次大选，深受新加坡人民的信赖和支持。但是从 2015 年、2020 年两次大选中，我们仍然能看到时代的变迁对选举的影响。

2015 年 3 月，“国父”李光耀逝世。6 个月后，新加坡举行大选，虽然面对着反对党的强烈挑战，人民行动党还是凭借着“李光耀效应”获得压倒性的胜利，以 69.86% 的得票率拿下 89 个国会议席中的 83 席。2020 年，新加坡再次举行大选，人民行动党呼吁在疫情的危急时刻，获得人民强力委托。为了打破人民行动党的压倒性优势，10 个反对党联合起来，集中火力用最敏感的移民话题抨击执政党扩大人口政策、疫情处理政策，网络起底候选人现象也首次出现，使得这届大选多了几分火药味。虽然人民行动党一如既往地赢得了大选，但是得票率下降到 61.24%，失去 10 个国会议席。反对外来移民、新加坡人优先等话题在大选前后相当长的时间里都占据着焦点位置，可见保护主义在全球范围内抬头。而新冠疫情造成经济衰退，更加重了人们的担忧，所幸的是新加坡迅速调整疫情下政府的应对政策，经济渐渐回暖。

新加坡是东盟十国之一，我经常会出差到其他东盟国家进行报道。东盟国家由于自然灾害频发，基础设施相对较差，每年天灾都会造成一定经济损失和人员伤亡。我报道过台风、地震、海啸、火山、核泄漏，曾经驱车 24 小时进入印度尼西亚中苏拉威西省 7.5 级大地震现场。饥饿和恐惧使当地发生了骚乱，我永远忘不了在漆黑的晚上，有的人挡住物资运输车对警察说："你可以开枪打死我，但是给我的家人东西吃……"

人在大自然面前太渺小，但是东南亚人民天性乐观坚强，对物质的需求也很简单。一旦情况缓解，人们就开始重建家园，互相帮助。历史的沧桑、天灾人祸、信仰各异，都给东盟国家留下了深深的烙印。

南亚也是亚太区域的重要组成部分。我曾经 5 次到南亚最大的国家印度采访报道。用一个词形容就是"震撼"。一面是璀璨的古老文明，另一面是落后的基础设施。恒河被视为印度的母亲河，又被称为"圣河"。印度人的生与死都与恒河息息相关。清早，河边多个地方就码起了高高的木柴堆。做完仪式后，裹布的尸体被放在木柴堆上火葬。岸边烟雾缭绕，不远处人们在恒河里沐浴。生与死就这样交织在一起，生生不息。

亚太区域人口众多，文化多元，这里永远不缺少新闻热点。我们常说每天都是新闻追着记者跑。这两年新冠疫情曾让我们的脚步慢下来，给了我更多观察思考的时间，也让我看到在大流行病面前，亚太人民的奉献、坚持、自我约束。

驻外手记

作为驻外记者，最重要的使命一是要提高国际话语权，二是要抵达新闻现场。

随着中国的崛起，中美竞争加剧。西方国家为了打压中国，常常利用话语权的优势抹黑中国，因此争取国际话语权是我们这一代媒体人的使命，讲好中国故事也是国际传播的最佳方式。在实际工作中，驻外记者需要静下心深入了解驻在国的法律、文化、习俗、宗教，并建立人脉；积极主动在当地主流媒体上发声、参与访谈节目、转载中国报道，通过自己的讲述让世界认识真实的中国，了解中国。在亚太区的韩国、日本、泰国、尼泊尔、孟加拉国、印度尼西亚、巴基斯坦等国，记者走进了当地媒体的直播间，在报纸上发表文章，都是很好的传播方式。在新加坡，最有影响力的主流媒体经常引用总台的报道，不仅提高了中国媒体的知名度，也达到了借嘴说话的效果，传递中国声音，促使中新两国民心相通。新加坡的最新调查显示，在发达经济体中，新加坡民众对中国的好感度最高，中国民众最喜欢的国家是新加坡。此外，熟知负责报道国家的法律法规和风土习俗，进而规避风险。这样既可以保护记者的人身安全，又可以防范传播报道风险。

驻外记者的另一个使命是第一时间抵达新闻现场。特别是有重大新闻、突发事件发生时，新闻现场发出的第一条消息、第一张图片、第一条视频都会被各大新闻媒体引用，时效是新闻的第一生命线，是媒体影响力的关键因素。因此，驻外记者的手机必须 24 小时保持畅通，一个电话就要拎起设备、带着行囊赶往事发现场。记者手机里须下载或者关注负责国家的主要政府机构、媒体及社交媒体的网站，第一时间获知信息。此外，准备一个报道专用包，里面装有报道所需的设备和用品，一旦新闻发生，立刻拿起背包赶往现场。

张玥

中央广播电视总台驻加德满都记者，驻站期间负责尼泊尔、孟加拉国、斯里兰卡等周边国家的新闻报道。曾多次专访尼泊尔总统、总理及部长级政要，就中尼文化、经贸、教育、旅游等多方面的交流合作发回了大量的资讯报道。因为专业学习的是尼泊尔语，在驻站期间充分发挥自己的语言优势，多次在尼泊尔国家电视台、尼泊尔国家广播电台等当地主流媒体参与节目制作，讲述中国故事。特别是在中国春节、国庆 70 周年等重要场合中在尼泊尔媒体直播报道中国有关活动盛况，让尼泊尔朋友更好地了解真实的中国，展示了中国媒体人可信、可爱、可敬的良好形象。

聆听加德满都风铃声，在博卡拉山顶等风来

中央广播电视总台亚太总站加德满都记者站／张玥

尼泊尔不是一个热点新闻高发的地区，所以我的驻外生涯没有那么多炮声隆隆的惊心动魄，也没有高速发展的惊喜冲击，更多的是这个安静小国的日常生活，不过这些衣食住行的琐事里也有很多值得回味的小故事，更有不少哭笑不得的尴尬瞬间。

巨星般待遇

2017 年 11 月 23 日，从尼泊尔唯一的国际机场——特里布万国际机场走下舷梯的那一刻，是我第 10 次踏上尼泊尔的土地，这可能和很多记者外派时第一次到常驻地有很大的不同。在这之前，我 8 次来到尼泊尔都是短期出差，只停留几天，还有一次因留学在这里生活了两个月，而这次我将以记者的身份在这里工作几个年头。

因为此前我的身份一直是中国国际广播电台尼泊尔语广播的翻译和主持人，所以来机场接我的依旧是那些老听众，虽然规模不能跟国内的明星接机前呼后拥相提并论，但如果厚着脸皮说，性质其实是一样的。1975 年 6 月 25 日，当时呼号为“Radio Peking”的尼泊尔语广播正式开播，1999 年我参加工作的时候呼号已经改成了“这里是中国国际广播电台的尼泊尔语广播”了。几十年来，我们的节目在尼泊尔拥有了很多忠实的听众，每位主持人也都有自己的“粉丝”。粉丝团的负责人组织接机

的听众把献哈达、送花、合影、寒暄一整套程序走完之后，我终于坐上车前往临时入住的酒店。一路上脑海里和尼泊尔结缘的这 20 多年时光一幕幕闪过：1995 年我进入当时的北京广播学院外语系非通用语班学习尼泊尔语专业，1999 年大学毕业进入中国国际广播电台尼泊尔语部工作，2001 年第一次到尼泊尔出差就遇到了举世震惊的“王室血案”。这么多年来我为当时的尼泊尔国王、历任首相和后来的总统、总理、部长等很多人做过翻译，而最多的工作就是坐在话筒前播报中国的新闻和主持以中国内容为主的广播节目。可是从今天开始，我的任务变成了记者，需要更深入、更广泛地了解尼泊尔，把真实的尼泊尔介绍给中国朋友。

我来尼泊尔的首要任务是完成记者站的筹建，因为之前中国的广播电视媒体都没有在尼泊尔设立站点，而随着“一带一路”倡议的落实，周边国家的新闻动态和重要性也比以往有所增加。到尼泊尔建站，一切都要从零开始，我发现之前那些短期出差的经验对于在这里扎根工作和生活来说，连杯水车薪都算不上。而正是尼泊尔人热情、真诚的帮助让我一点点克服了困难，完成了角色的转换。

要向尼泊尔信息通讯部为记者站注册，到外交部办工作签证，首先都需要中国驻尼泊尔使馆的照会，所以抵达的第二天我就先去使馆报道。在路上等了很久都没有拦到出租车，正在着急的时候，一辆私家车停下来，一个年轻的小伙子问我是不是需要什么帮助。我当时想，难道尼泊尔也有类似于网约车那种服务了吗？我告诉他要去中国使馆，他直接喊出了我的尼泊尔语名字，“上车吧，我送你过去”。在车上我跟他聊天，不用问我就猜到能喊出我的名字的人肯定是我们节目的听众，因为像这种声音被认出来的事情在我们主持人当中都不是新鲜事了。果然，他说：“刚刚看到路边你很着急的样子，我本来就是问问是否需要帮助，没想到你一开口，我就听到了熟悉的声音。你虽然不认识我，但是我爸爸每天都听你们的广播，我也算是听着你的节目长大的，没想到居然在路边见到了你。”我告诉他我现在作为记者来尼泊尔常驻了，未来几年还能听到我报回去的口播新闻，但是会有很长时间听不到我主持专题节目了。小伙子说："因为听你们的节目，对中国有很深的感情，今天即使不是你，看到其他中国人在路边需要帮助，我也会停车的。"原来，这个小伙子是尼泊尔当地小有名气的新生代演员，因为工作需要看过大量的影视作品，也很注重在生活中观察不同人物的细节。听了他的话我意识到，以前这些尼泊尔朋友听我的节目，通过我了解中国的载体是看不见摸不着的电波，而现在我的举手投足都将影响他们对中国和中国人的判断，哪怕是细微的外在形象都不能太随意了。这一次的偶遇让我跟这个小伙子成了朋友，在他的牵线搭桥之下，我完成了很多中国与尼泊尔影视文化合作方面的报道。

位于喜马拉雅山南麓的尼泊尔只有两个邻国，一个是中国，另一个是印度。绝大多数尼泊尔人对中国的感情都很友好，但是因为语言不通，他们对中国还充满了未知。而另外一个邻国印度的情况就完全不一样了。尼泊尔和印度之间的边境很多是平原地区，交通比较方便。两国又是开放的边境政策，彼此只需要拿着各自国家的身份证明就可以进入对方的边境，不需要护照和签证。尼泊尔语和印地语十分相似，尼泊尔的小朋友从小就看印地语的动画片，宝莱坞的电影更是尼泊尔观众的心头好，几乎所有的尼泊尔人都可以流利地用印地语交流。有一次我坐在出租车上无意中读了路边广告牌上的尼泊尔语广告词，20 岁出头的出租车司机对于我认识尼泊尔的文字很惊讶。他说，一些多年在尼泊尔做生意的中国人也能讲尼泊尔语，他开出租车也遇到过很多这样能用尼泊尔语交流的外国人，但是能够认识尼泊尔文字的还是第一次见到。我告诉他我是 1995 年开始学习尼泊尔语的，他不禁惊呼："那个时候我还没有出生呢！"继而他问我是不是也懂印地语，我说因为和尼泊尔语文字、单词都差不多，所以我读印地语的报纸能猜出一半，但是听和说都不行。这个耿直的司机说："你能讲这么流利的尼泊尔语，穿上尼泊尔服装确实容易让人忽略你是外国人。不过你的肤色还是比我们这边的女性要白，但是脸型比她们大，眼睛太小了，鼻子也不够高，眼睫毛几乎看不到，要是到尼泊尔和印度边境的地方肯定能知道你不是尼泊尔人，因为那边的尼泊尔人肤色更黑。”听着这个司机直白的描述，我真是不知道该气还是该笑，尼泊尔人的率真和直爽被他几句话表现得淋漓尽致。

“一带一路”上的尼泊尔

由于资源有限，地理位置不佳，尼泊尔的经济发展很缓慢，大多数当地人的生活水平并不高，但是他们活得很乐观。改革开放让更多中国人走出国门，随着“一带一路”倡议的落实，更多中国企业来到尼泊尔开展合作项目，一些尼泊尔普通人的命运也由此慢慢发生了改变。

2015 年 4 月 25 日，尼泊尔发生了 8.1 级强烈地震，中国扶贫基金会立即募集资金并派出团队赴尼泊尔参与紧急救援和灾后重建。在完成第一阶段的救援之后，中国扶贫基金会于 8 月在尼泊尔注册了办公室，长期扎根开展灾后重建和其他扶贫项目。几年来，中国扶贫基金会尼泊尔办公室在灾后重建、消除贫困、健康清洁、优质教育四个方面推广中国经验，服务尼泊尔人民，取得了良好的经济和社会效益。

距尼泊尔首都加德满都 170 公里的迪波亚普利村经济落后，当地人一直靠农业维持生计。虽然村子离尼泊尔著名的旅游胜地奇特旺国家公园只有不到两小时的车程，但是当地农户缺乏资金和技术，只能进行简单的农业耕作和畜牧业养殖，浪费了自己靠近旅游景区的良好区位优势。由于村里青壮年纷纷前往海外务工，留在家里的妇女生计更加艰难。不过，迪波亚普利村一直是小额信贷的活跃地区，当地社区类信贷合作社也运行了很多年。中国扶贫基金会尼泊尔办公室和当地的合作伙伴经过调研之后，决定在迪波亚普利村为农妇发放小额信贷，每个申请者可以获得 5 万尼泊尔卢比，约合 500 美元的资金，以此来进行小规模投资和生产，一年后偿还全部贷款。贷款的利息用来维持本次小额信贷项目的行政和培训等费用，一年后收回的本金将用于下一个小额信贷款项的发放。

2019 年，我去迪波亚普利村采访的时候遇到了当时 32 岁的比什努，2018 年底她申请到了 5 万卢比的贷款来养鸡，不到半年已经赚到钱，扩大了鸡舍的规模，并且还了 7000 卢比的利息。她兴奋地跟我说：“我现在申请了贷款养鸡，有钱来扩大鸡舍，可以继续增加投入，这真是太好了！以前我也养过羊，吃尽了苦头，不懂草料，放牧的时候还经常担心小羊羔被老虎那些野兽吃掉，没赚过钱。现在懂了方法可以科学养鸡赚钱了。”

像比什努这样的尼泊尔农村妇女以前也得到过方方面面的资助，但是很多只是捐了钱，却没有教给她们可持续发展的技术和模式，所以中国扶贫基金会在尼泊尔开展的消除贫困项目注意避免这种情况的发生，他们除了提供贷款外，还坚持为获得贷款的尼泊尔农妇提供相关技术培训。发放贷款之前他们请来专家，专门教这些尼泊尔妇女在拿到这笔 500 美元的资金以后怎么去选择项目？怎么进行市场分析？怎么进行客户分析？怎么进行资金的分配？比如，多少钱用来养鸡，多少钱做配料，多少钱去买饲料？通过这些培训，比什努和她的很多姐妹从普通的家庭主妇直接变成了市场化介入的专业妇女养殖户。

年过半百的拉格切米是当地一个妇女小组的负责人，小组从 2015 年 7 月成立以来，依托会员会费储蓄和争取所在地区农村发展银行的贷款来筹集资金，向小组内的农妇会员发放贷款，支持她们参与农业生产和畜牧业养殖。截至 2019 年 4 月，拉格切米这个妇女小组开展的小额信贷覆盖了周边几个村子近 6000 名农村妇女，拥有 550 多名活跃的农妇会员。中国扶贫基金会的专家们经过调研和比较，最终选择和拉格切米的小组合作，依托她们来发放贷款、收取利息并最终回收本金。借助拉格切米小组已经成熟的体系，小额信贷项目节省了好多的行政费用，所有的钱都用在了放贷、培训进而让她们获得利益上面。中国的经验嫁接到尼泊尔小额信贷小组，成为中国扶贫小额信贷方式在海外的第一次成功落地。

2020年录制尼泊尔国家电视台的直播节目，介绍中国春节

驻外手记

我在尼泊尔能够有一些知名度，并不是我本人有什么特别的地方，只是因为我是一个能说尼泊尔语的中国人。热情、善良又直爽的尼泊尔朋友喜欢中国，遇到能够无障碍交流的中国人自然就会很亲近。让我有底气去和尼泊尔朋友真诚交往，始终让我自信满满的是背后日益强大的祖国，是我们的广播节目多年来在尼泊尔积累的人气，更是来尼泊尔推动两国友好合作、为中国人赢得了良好声誉的几代中国同胞。

作为一名常驻尼泊尔的记者，除了在当地树立可信、可爱、可敬的中国形象外，我也有责任为中国朋友介绍真实的尼泊尔，揭开喜马拉雅山南麓神秘的面纱。

由于此前我更多考虑的是向尼泊尔介绍中国，所以当反向的任务摆到面前的时候，我竟不知道从何处着手了。20多年来，尼泊尔对我已经有点“审美疲劳”，每天“轰炸”我的尼泊尔资讯，无论风格还是内容大致能了然于胸，几乎没想到这对于从未来过尼泊尔的中国朋友来说可能是一件新鲜事。甚至有几次，我看到国内同事发来的约稿需求不禁哑然：“这个事情大家居然会有兴趣？”所以，我开始驻外报道后第一项功课就是了解受众需求。通过与中国听众交流，搜索中文平台上关于尼泊尔形形色色的介绍，我发现以前习以为常的珠峰登山季、各类节庆活动甚至是每天吃的咖喱美食等，对国内的听友都充满了新鲜感，所以从中尼各领域的合作到尼泊尔充满异域色彩的日常趣闻都是我应该报道的方向和题材。

知道了该报道什么，下一步就是如何让报道更加生动，更加有趣，更加可信。“子非鱼，安知鱼之乐也？”为了让报道真正体现“鱼之乐”，甚至是让受众能够通过电波里的声音和镜头里的画面去感受“鱼之乐”，身为记者的我自己需要先成为那些“鱼”。就这样，为了完成各种题材的报道我曾经在崎岖的山路上颠簸过十几个小时，也曾搭乘十几分钟的直升机赶赴尼中边境口岸。我曾经在骄阳下采访中资机构的建设工程，脸被晒得脱皮；也曾在雨夜的山路上眼看着前面黑得像石油一般的泥水从山顶冲刷而下，果断把车子掉头逃命。我曾经在尼泊尔闻名遐迩的旅游城市博卡拉荡舟湖畔，也曾经在尼泊尔举世瞩目的珠峰线路上负重前行。一路上有过惊喜，有过恐惧，有过笑也有过泪，我想这就是沉浸式报道的魅力和乐趣吧。

“独在异乡为异客”，可驻外记者不能只做“仗剑走四方”的“独行侠”。大千世界都是形形色色的人物来创造的，所以丰富多彩的报道要求记者拥有良好的人脉，面对不同的选题能够滋生出足够多的触角去完成采访和报道，这些离不开日常的积累和积极的生活态度。在尼泊尔常驻的这 4 年，我按照“社会活动家”的标准来努力成长，结交方方面面的尼泊尔朋友，不仅继续巩固和以前那些忠实听众的联系，还不断扩大“朋友圈”，努力成为一个活跃在中尼友好平台的“民间外交家”。

作为一位常驻尼泊尔的记者，我期待着中尼友好合作的未来更加光明，也欢迎更多的中国朋友来尼泊尔聆听加德满都的风铃声，到博卡拉的山顶去等风来。

何欣蕾

中央广播电视总台驻东京站记者，2012 年从中国传媒大学毕业入台工作。曾担任社会与法频道法治专题节目编导，制作 20 余期法治专题节目。2016 年 12 月被派往日本东京站担任驻外记者。驻外期间参与北海道地震、长野台风灾难、2020 东京奥运会等重要报道，并且连续 5 年前往福岛跟踪报道东日本大地震灾后重建以及福岛核事故。

风雨兼程　且歌且行

中央广播电视总台亚太总站东京记者站／何欣蕾

在自然灾害频发的日本，当地人怎样看待灾难与伤亡

作为一名驻日本记者，只要在日本工作几年，一定会有几次印象深刻的灾害现场报道。日本位于地震和火山活动比较活跃的环太平洋地震带上，国土仅占全球面积的0.25%，超过两成在世界范围发生的里氏6级以上的地震是在日本及其周边发生的。

时间回到2018年9月6日，东京时间凌晨3点零8分，北海道地区发生6.9级地震，震源深度40千米，震源位于胆振地方中东部，没有海啸危险，但地震造成当地海陆空交通受阻，包括来自中国的大批旅客滞留在北海道。那天早上六七点，我的同事已经在东京演播室做了早间时段的连线报道，介绍了地震的基本情况。8点多的时候，我接到工作任务是，无论如何需要在当天抵达北海道。北海道的所有机场已经停运了，从东京出发坐新干线往北走最远可以到达新青森，和北海道还隔着一道津轻海峡，必须要坐渡轮才能到达北海道的函馆。但是因为地震，渡轮也一度停运。根据所有交通情况的分析，唯一可以做的努力就是到达新青森，等待最快的一班渡轮。

下午两点不到，我们在新青森码头等待最早运营的一班渡轮。购票窗口挂着轮渡延误的牌子，开船的时间从3点推迟到4点再到5点，最后在将近晚上7点，我们一行三人终于买到了从新青森前往函馆的船票。整个航行要4个多小时，在船上，新闻频道每个小时约一档电话连线。从北海道交通受阻，到船上同行的有来自青森县、福岛县、岩手县

等各地去往北海道参与救援的消防员。再到函馆因为地震大面积停电，不停地搜集、总结最新受灾情况，及时把消息传递出去。北海道函馆是日本三大夜景观赏地之一，原本霓虹绚烂的海港，迎接我的却是一片漆黑。因为报道灾情第一次去北海道，让我对这片土地也有着不同一般的记忆和感情。

在北海道的第二天清早，我们找到一辆车，一路奔向震中区域。开车的是一位60多岁的日本老人，他的儿子作为救援人员昨天已经去了震中。一路上，一边拍摄因为地震停电坏掉的公路信号灯、食物货架几乎被抢空的便利店、正在被抢修的道路和桥梁，一边在车上写稿，总台后方编辑部每隔一个小时确认一次我们到了哪里，什么时候可以到达震中进行视频连线，介绍当地的最新情况。记者就是这样一个职业，当有突发事件，当地人可能都在想尽办法往外跑，而记者是千方百计往里进。

那位日本司机得知我们是来自中国的记者，而且还非常关心北海道的灾情，十分感动，一直铆足了劲儿开车，每次中途休息只是喝口水、去个洗手间，不愿耽误一点时间。下午3点多，我们到达受灾最严重的厚真町，第一件事情就是打开视频直播设备找信号。灾区的信号很弱，很难连接得上，我们在路面裂开、树木倒下、房屋坍塌的区域不停移动，到处寻找信号，希望能在到达后第一时间把灾区的景象传递出去。

在赶往日本北海道地震震中的途中写稿

最后那场直播连线成功了，记得在直播前灾区飘起了小雨，我们3个工作人员只顾着保护摄像机和直播设备，根本顾不上打伞。令我们感动的是，日本司机默默地从后备厢拿出伞来帮我们遮雨。最后我们结束了一天的工作，那位从函馆赶来的司机需要在当天赶回去，在分别的时候，他笑着对我们说："要加油哦，注意安全！"那个有点腼腆的硬汉笑容，仿佛就在昨天。

在自然灾害频发的国家，人们面对天灾或许可以相对平静，但是对家人的牵挂和担心是人类共通的，永远都会击中每个人心里最柔软的地方。我们去了灾区的很多新闻现场，如搜救一线、恢复运行的机场、倒塌的民宅，甚至是避难所的停尸间。距离这个采访已经过去很长时间了，现在记忆里最鲜活的还是在灾区遇到的当地人，也正是在新闻现场才能更加深刻地理解："人是新闻的永恒主题。"

每一次自然灾害发生的时候，那些伤亡数字能最直观地让我们知道一场灾难的严重程度。或许是每年都有一两次报道自然灾害的经历，现在的我每次看到任何灾难报道，都会自然地去想象那些伤亡数字、灾民人数的背后是一个个活生生的人，他们在那个当下正在经历什么，需要什么，又可能有什么样的心情和想法呢？这种对人的关切，已经成为我思考模式的一部分，也让我有一种更加柔软的视角去看待这个充满新闻的世界。

重击日本的"3·11"大地震与福岛核事故

2011年，日本发生"3·11"大地震的时候，我还是一名中国传媒大学"国际新闻后备人才班"研究生一年级的学生。记得事发之后的三四天，在一次国际新闻学课上，老师播放了一个关于日本"3·11"大地震的日语纪录片。这个纪录片刚在日本播出，还没有中文字幕，就出现在了我们的课堂上。整个纪录片大约1个小时，开始的画面是在一个房顶塌下来的日式住宅前面，一个中年人手里拿着一块木板，默默无言，也没有配乐，镜头外的人问了一句，您在干什么？这个中年人说，我在收拾我的家，语气平静。当时的我还听不懂多少日语，但是纪录片的开头已经击中我心。日本人是如何看待灾害、看待生死呢？被强烈的好奇心驱使着，原本打算系统学习西班牙语的我，果断地选择日语作为第二外语。或许这就是冥冥之中的缘分吧。

从 2018 年起，我开始参与“3・11”大地震与福岛核事故每年的回访报道。第一次接到这个任务时，我的心情可以说是诚惶诚恐、战战兢兢的，那是一种自己给自己的压力。“3・11”大地震与福岛核事故可以说是印刻在人类历史上的大灾难，从这个角度去思考，就觉得这个选题很沉重。在我第一次去福岛采访之前，有太多关于核电站的知识想要了解。我专门通过朋友联系了一位国内的核物理学博士，和她前前后后在网上聊了几个小时，一点一点了解核电站事故的原因、影响和应对办法。有了科学的认识，才有报道的底气。

从 2018 年开始连续 3 年的福岛采访经历中，是那些采访对象最打动我。2018 年 3 月，在福岛核事故发生 7 年后，日本全国大约有一万名福岛核事故受害者选择通过诉讼的方式进行维权。作为受害者的原告们希望通过诉讼得到的不仅是赔偿，更是希望日本政府和东电公司能够对核事故进行深刻反思，切实承担责任。2018 年 3 月 9 日，在集会游行现场，人们举着写有“还我工作，还我家园”的条幅，向着福岛地方法院行进。这样的情景，直到现在我也能清楚地记得，那是福岛核事故下真实且深刻的一幕。

这几年中，我采访了几位福岛核事故灾民，其中一位日本女性的面孔让我记忆犹新。在福岛县福岛市上鸟渡町的一处住宅，当时 59 岁的三瓶春江一家总共 10 口人在这里过着避难生活。由于三瓶的老家在距福岛核电站约 40 公里的浪江町津岛，核污染严重，三瓶一家在政府的安排下外迁避难。前几年，他们换了七八个地方避难，全家人一度分散在 6 个地方生活。直到 2017 年 7 月，三瓶一家最终在这里安定下来。而如今，从这里回到老家津岛的 40 公里路程成为三瓶

核事故灾民三瓶春江介绍日本福岛的灾后生活

一家人的乡愁。

由于津岛地区在浪江町范围内辐射量最高，核污染清理工作艰巨，因此三瓶的老家还处在“返乡困难区域”。目前，他们只有在申请被许可的情况下，才能短暂回家看看。核泄漏事故发生后，截至 2017 年 5 月，日本东电公司为三瓶一家房屋受损、失去住所等情况进行了一定的赔偿。然而，三瓶说他们并没有因此感到安慰。这些年，外界对避难者一直存在不理解的声音，甚至日本社会流传着核事故避难者本身也带着核辐射等谣言。三瓶说，作为大人或许能够进行辩解，让她心疼的是孩子们因此而遭受的委屈，甚至是歧视。在采访的最后，我问三瓶还有什么想要通过采访表达的吗？她沉默了一会儿说：“孩子们无法说出自己的痛苦，孩子们也遭受着内心的痛苦，也有因此受到歧视欺负的孩子，希望大家能够睁开眼睛看到这样的现实。”至今我还记得三瓶说出这段话的情景。我提问之后，她顿了顿，突然眼眶有点红，深吸了一口气，声音略带颤抖地说出了这些话。那些福岛避难者中的孩子们，这几年过着什么样的生活？又有着什么不同于其他同龄人的心路历程？试着想象一下，我的心中便五味杂陈。

在日本福岛海边采访环保团体负责人

2021年4月，日本政府决定要将福岛核电站的污水实施排海计划，这是国际轰动的新闻。我们第一时间赶到福岛，从当地老百姓、环保团体、渔业联合会、旅游从业者、民宿老板再到专家学者进行了全方位的采访。

让我印象最深刻的是在4月13日，日本政府正式决定排污入海，当时民众在福岛县厅前集会游行，表示反对。有一位福岛农民，30多岁的女性在采访中哭了，她说："为什么明明知道结果一定会污染环境，但政府还要这么坚持，我的孩子们以后怎么办，等待他们的将是怎样的海洋环境，我要反对到底。"的确，就连日本民众都反对排污入海，甚至为此伤心、愤怒，日本政府为何还要一意孤行呢？这是一个巨大的问号。日本政府公开回应总是避重就轻，甚至到现在日本的专家也无法给出最肯定的答案。但是这个会影响全世界的新闻还在持续发生当中，作为记者必须睁大眼睛。

时常让我想起的那些日本人

在日本这4年间，采访了不少社会话题，也遇见过很多新闻当事人。当别人问起我在日本的见闻，我也很愿意跟大家聊聊我在新闻采访中遇见的那些日本人。

2017年我第一次在日本围绕历史问题进行采访。7月7日下午，为了让民众更加全面地认识“七七事变”和侵华战争，日本民间团体“村山谈话继承发展会”在众议院第一议员会馆举行主题为“全面侵华战争80周年与东京审判”的座谈会。当时我在现场采访了几位中日友好人士，其中日本一桥大学名誉教授田中宏先生是我常常和家人朋友谈起的。田中先生告诉我：“我是1937年出生的，所以听到‘80年’的字眼时，想到这就是我的年龄，卢沟桥事变和南京大屠杀都发生在我出生的那一年。我和中国的关系很密切，现在日本政府对历史的观点很有问题，所以纪念‘七七事变’的会议很有意义。”

采访时，当我听到眼前的这位日本老人用中文说自己出生在1937年，并且认为日本必须正视在中国犯下的罪行时，心情不自觉地有些起伏，似乎这细微的变化都被眼前的田中先生看在眼里。在我们离开现场之前，田中先生再次折回来找我。他问我，刚刚你在采访我的时候好像有点激动，我想冒昧问一下，你是南京人吗？我愣了一下，礼貌地否认。田中先生长舒一口气，然后礼貌地和我告别。直到今天我还在想，如果我是南京人，那位日本老先生又会对我说什么呢？

关于日本的长期性社会话题其实还有很多，如驻日美军、老龄化、商业捕鲸问题等。在日本做国际新闻记者，面对这些有历史纵深感的选题，无疑是一种挑战，但在每一次出发去采访的路上，也时常有一股子激动劲儿。

作为一名驻外记者，在异国他乡，去探索、去发现、去倾听、去感悟，对于个人来说无疑是最宝贵的经历。而我也希望自己是一扇移动的窗户，让人们通过我可以看到日本这个国家不同的风景。

在日本冲绳边野古美军基地外采访抗议民众

驻外手记

“天下武功唯快不破。”在互联网资讯超级发达的时代，世界上任何一个角落都在发生国际大事，一个网络信息推送就能在几分钟内让重磅消息传遍世界。驻外记者作为国际新闻的报道者，在这样一个资讯时代，要练就一身快速传播信息的本领。国际大事发生的时候，作为总台的驻外记者必须是精通全媒体业务的传播者，通过新媒体短消息第一时间把消息传递出去，通过新媒体直播让受众看到现场情况，通过电视新闻节目的大屏直播进行权威客观的报道，通过广播连线第一时间把新鲜热乎的资讯传递给听众。这么看起来，似乎要长出三头六臂，但这就是今天的驻外记者在国际新闻一线最真实的工作状态。

驻外记者必须是一支队伍，制作电视新闻的驻外记者更是一个人就是一支队伍。从视频拍摄、编辑到通联、采访，各个技术环节、内容生产的要求都需要了如指掌，有的时候甚至要身兼多职，这需要拥有学习、灵机应变的能力。而同时国际新闻作品往往是遗憾的艺术，在最短时间内要传递最多的信息是驻外记者的日常工作。在发稿、播发之后，随着新闻事件的变化发展，回头看自己之前的报道，总是会有遗憾，忍不住去想“当时要这样做报道就会更好了”。

驻外记者要有极大的热情和极强的责任心。“坚定国家立场，发出中国声音。”这是在中国传媒大学国际新闻后备人才班的教室墙壁上贴着的两句话。真正做了驻外记者，才更加深刻地意识到当中包含着多么重大的责任。在日本驻站，遇到过地震、暴雨、狂风等各种自然灾害，任何时候听到灾害警报，一名驻外记者要做的是如何第一时间到达灾害现场。这需要对于国际新闻事业高度的热情以及希望传递国际消息的热切愿望。缺少这样的心理动力，在国际新闻采编一线工作的脚步就轻盈不起来，每一次出现场只能是脚步沉重。另外，驻外记者的法宝就是责任心。国际大事发生很难预测，一旦发生，驻外记者必须排除所有干扰、克服一切困难进行报道，以最快的速度抵达现场，采访新闻中的当事人。

很多国家和地区的记者站可能只有一两名驻外记者，在面对国际新闻报道的时候，那种“我必须要快速、客观报道”的责任感，那种“舍我其谁”“只有我能完成这项工作”的信念感支撑着每一位驻外记者在一线去拼搏、去奋斗、去闪光。

高佳义

2007年入职中国国际广播电台，担任环球资讯广播《大话体坛》节目主持人、记者。曾采访报道了北京、伦敦、里约热内卢三届奥运会、南京青奥会及广州、仁川亚运会等多项大型体育赛事。2018年，《大话体坛》节目获评2018年上海广播节阿基米德声音盛典“年度十大体育节目”。2018年9月，赴缅甸仰光成为一名驻外记者，2022年1月卸任。驻外期间在缅甸和尼泊尔两次参与国家领导人出访报道，全媒体多语种报道了缅甸军方接管国家政权这一重大突发新闻事件及后续动态。参与报道了中缅抗疫合作、中缅经济走廊建设等热点话题。

我低头看见微笑，仰头看见光

中央广播电视总台亚太总站仰光记者站／高佳义

每年的12月是仰光最美好的季节之一，白天温润，夜晚干燥。我坐在市中心一家名叫“落叶咖啡”的绿植特色咖啡馆里，记录着我三年多以来看到的缅甸。2018年，已经主持了12年体育节目的我做出了一个大胆的决定：放下直播间的话筒，拿起采访机，去缅甸仰光做一名驻外记者。

亲历高访

在3年驻外记者的生涯中，令我印象最深刻的是两次参与国家领导人出访的报道。第一次是2019年10月国家主席习近平访问尼泊尔期间，我从仰光飞往尼泊尔首都加德满都参与配合报道。习近平主席抵达尼泊尔之前几天，整个加德满都所有街道都悬挂起习近平主席和尼泊尔总统班达里的大幅宣传海报，加德满都最有名的泰米尔步行街更是张灯结彩，尼泊尔人和中国人都在海报下拍照合影。习近平主席2019年10月12日下午抵达加德满都，我负责在车队经过的主路上拍摄和采访欢迎人群。加德满都虽然是尼泊尔首都，但是城市不大，从机场到总统府约10公里，我是在主路环城路的路边，跟尼泊尔民众在一起，走过的地方人群至少绵延了5公里，几万人站在路边迎接习近平主席的车队，手里都拿着中国和尼泊尔两国的国旗，飞机还没降落就在路边一直挥舞。我问旁边一位尼泊尔大哥，怎么这么多人啊？大哥说是事先组织好的。他接着说，如果不提前组织，来的人会更多，容易出现拥挤，而且

2019年10月，习近平主席访问尼泊尔当天，与加德满都欢迎人群合影

如果没有警察维持秩序，路的两边也都得挤满了人。就这样，我在人群里和大家一起挥舞旗帜，每个人都微笑着，孩子们跳舞唱歌，大家对习近平主席抵达那种期盼之情是我实实在在体会到的。

下午 5 点左右，习近平主席和班达里总统从机场乘车前往总统府，车队经过我们这个路段时，身边的尼泊尔朋友都高呼“中国”“尼泊尔”。手机闪光灯闪成一片，把低垂的夜色照得特别明亮，人们都争着去拍那几秒钟车队通过的视频，拍到的人欢欣鼓舞，没拍到的人略显失望。我站在人群里十分感慨，也许这就是中国的魅力吧。

第二次是 2020 年 1 月习近平主席访问缅甸，这是我的报道主场，而这次报道的难度不仅在于拍摄和写稿，而且要对整个采访活动进行策划和协调。比如总台驻缅甸仰光记者站和制作室策划了 3 场地面活动，包括：《习近平喜欢的典故》缅甸语版系列节目在缅甸电视台播出，《我们走在大路上》缅甸语版开播仪式，中缅“一带一路”合作媒体圆桌会等。组织活动和采访不一样，牵扯到方方面面的事，如租场地，现场调试灯光音响、彩排、迎宾，甚至安排盒饭，环环相扣。尤其是《我们走在大路上》缅甸语版开播仪式，当时本来有缅方主持人，后来因为参会的中国嘉宾比较多，需要中方的主持人。这时总负责人董洁老师就安排我去做主持，在国内主持这种活动也算有心得，所以赶紧写台词，和缅方主持人一起对稿，最后比较圆满地完成了任务。这三场活动相当于三个不同身份，第一场活动负责后勤；第二场活动穿上西装就做主持人；第三场活动在现场录音、采访，才做回记者的本职工作。

随后我和同事一起租车，安排住宿，前往首都内比都参与报道活动。习近平主席于 2020 年 1 月 17 日中午抵达内比都，我仍然负责外围的采访工作，整个城市都拉起了大幅标语“缅中友谊万古长青”，机场出来的路上围满了欢迎的人群，大多是学校的学生。我随机采访了一些初中生，一个叫玛埃羌提蒙的初中女生就说：“我们缅甸与中国关系很友好。作为一名缅甸学生，我很自豪。看到习近平主席，我觉得他非常亲切。”看到这些十几岁的孩子们对中国的友好态度，我感到非常欣慰，年轻人对中国的了解越来越多。习近平主席的这次访问也给中缅关系未来的发展指明了方向，确立了基础。

“一带一路”在缅甸

在缅甸期间，对“一带一路”合作项目各中资企业的采访也给我留下了深刻的印象。2019 年 3 月，我们策划了一次中缅油气管道项目的大型采访活动，采访用了两周的时间，我们去了曼德勒省、马圭省和若开邦调查报道中资企业在缅甸的现状。中缅油气管道南起缅甸皎漂，北至中国瑞丽，包括一条长达 793 公里的天然气管道和一条 771 公里的原油管道，是我国四大能源通道之一，由中石油东南亚公司负责运营，有几百名中国员工和上千名缅甸籍员工在这条贯穿缅甸中部的管线工作，维护着这条管线的正常运营。当时我们先去的若开邦皎漂镇马德岛，从仰光坐飞机到皎漂，然后乘车到码头坐船，半小时之后就能上岛。这个岛只有 12 平方公里，当地有 600 户，大约 3000 人，他们的房子大多是用木头、竹子搭建的，比较简陋。我们走进了一家村民的房子，说大家的生活条件很艰苦，但村民却表示现在比原来好太多了。村民和我们说，2013 年之前，村子还没有自来水，都是挖蓄水池接雨水饮用，每天只有 3 小时的供电，手机充电、电磁炉做饭就靠这 3 小时，而且全岛没有手机信号覆盖，电信公司没有在这里建基站。岛上的民众生活变好，就是从中缅油气管道建设成功开始的。中缅油气管道项目公共关系部副处长张福全说："马德岛老百姓当时都是靠接雨水做饭、饮用，后来我们建设马德岛水库，就为这 5 个村建了一条供水管线。当时老百姓拿着桶去接水的时候，那种雀跃的心情，我们当时体会很深。没有经过喝雨水的日子，是体验不到喝自来水的那种雀跃的。"其实不光是缅甸，我们所有中资企业在海外都秉持一个原则——与当地人民互利共赢。我们搞建设，绝对不会侵犯当地老百姓的权益，还要让当地的老百姓受益。

在采访中，我们问村民对中国了解有多少，没想到他们了解很多，知道北京、上海，知道"一带一路"，还知道精准扶贫。我当时十分惊讶，怀疑是不是翻译错了。翻译告诉我，村民们经常看中国电影，看的就是总台亚非中心缅甸语部翻译制作的中国电影。从 2018 年开始总台就编译一批中国电影在东南亚各国播放，包括《旋风女队》《最后一公里》《奇门遁甲》《西虹市首富》等，有缅甸语和英语字幕、缅甸语配音，配音者为缅甸当地知名的演员。2018 年，由几辆卡车拉着幕布等放映设备，走中缅油气管道的沿线村庄，平时根本没什么夜间娱乐生活的村民能够看到高质量的中国电影，大家都特别开心。我们在岛上的最后一天，正好赶上放映队来，于是就和村民们一起看了一场缅甸语配音的中国电影。放映队拉一块电影屏幕，等天黑之后把放映机支起来，音箱特别大。中国国内现在几乎没有看露天电影的机会了，但在缅甸的村庄还是个稀罕物。来得最早的是小朋友，然后是妇女和长辈，差不多快晚上7点时出船捕鱼的渔民陆续回家，吃过晚饭之后聚集到“露天电影院”。当天播放的是《奇门遁甲》，算是一部玄幻功夫片。油气管道公司准备的幕布质量也非常好，村子里一大半人都是第一次看电影，散场的时候孩子们都不想回家睡觉，围着放映机跑着玩。海岛上看星星很清楚，大多数时间我没看电影，时不时抬头看着天，我在想，如果没有中缅油气管道项目进入这个小岛，岛上的渔民和孩子们可能到现在每天都只能有3小时用电时间，孩子们更别说学习了，保持健康成长都很难。因为一条连接缅甸和中国的油气管道，让村民们能够到油气管道公司工作，赚取比捕鱼多得多的钱，有钱让孩子接受教育，也因此改变了这个小岛上很多孩子的命运。在云南昆明使用的缅甸海上气田，通过管道输送过来的天然气发电照明，这个管道起点的小岛上的村民们也有了更好的生活。

金三角之城大其力

缅甸还有一个地方让人印象比较深刻，就是金三角之城大其力。这个城市是在缅甸掸邦的最东边，和泰国的美塞接壤，两个城市之间由一座缅泰友谊大桥相连，边境贸易和人员往来都从桥上通行。提到大其力可能大家不知道，但如果说2011年湄公河惨案我相信都会有所耳闻，那次残忍杀戮的主犯缅甸毒枭糯康就盘踞在大其力镇。在毒品泛滥的年代，大其力桥底下的美塞河两岸就是金三角的毒品交易中心。金三角其实指的是缅甸、泰国、老挝三国边境地区的一个三角形地带，约十几万平方公里，以种植罂粟闻名，而罂粟制作的毒品成品很大一部分都在大其力进行交易。不过缅甸政府在最近十年对毒品的打击力度非常大，他们鼓励农民种植其他的农作物或经济作物，逐渐让这个城市发生了改观。

我第一次去大其力是2018年12月30日，在国外度过的第一个新年就是在这里，整个城市其实比较小，两条主干道，邻近缅泰友谊大桥的地方比较繁华。白天工作忙碌，晚上灯红酒绿，也没有什么特别之处。不过通过采访我才知道，这个城市在六七年之前还是毒贩和黑道横行，天一黑就没人敢出门，经过几年的治理变成今天这样正常已经十分不易。

我去大其力主要有两个感受，一是旅游业逐渐发展起来了，每天有很多客人从泰国入境缅甸，大桥下有大量的人力三轮车提供一日游或半日游的导游服务，客人下午可以再回到泰国。二是当地农民的收入较高，我当时去了三个农户的农田，都是种水稻，其实中国从 20 世纪 90 年代起就开始帮助缅北地区农民进行替代种植的工作。20 多年来，数百家中国企业在金三角地区推广种植农作物和热带经济作物，主要是香蕉、咖啡和水稻，以替代原来依靠种植罂粟谋生的方式，从源头上解决

2018年12月，在缅甸克钦邦流离失所者营地采访

了毒品问题。那里的小村子也特别美，当地一个叫凯塞的农民告诉我，2008 年他们家的田就开始种水稻了，一开始产量不好，但是镇里有补助，有合法的生意干，还是愿意种，因为之前水稻种子都是免费领的，定期还会有中国专家来镇里为农户答疑解惑。他说农田在突然改种后肯定会亩产不好，需要经过几年的耕种产量才会增加，只要在最初几年咬牙挺过去，后边就能大丰收。凯塞还说，罂粟花虽美，但原来每天心情比较压抑，现在做正经生意了，睡觉也都更踏实了。

总而言之，我在缅甸的 3 年可以分为 3 个部分——2019 年看见了最美的缅甸，2020 年经历了疫情下的缅甸，2021 年见证了政局动荡下的缅甸。在这个国家工作 3 年，收获了很多。平时和亲人、朋友聊天，他们问得最多的问题就是：缅甸安全吗？我跟他们说，缅甸很安全，

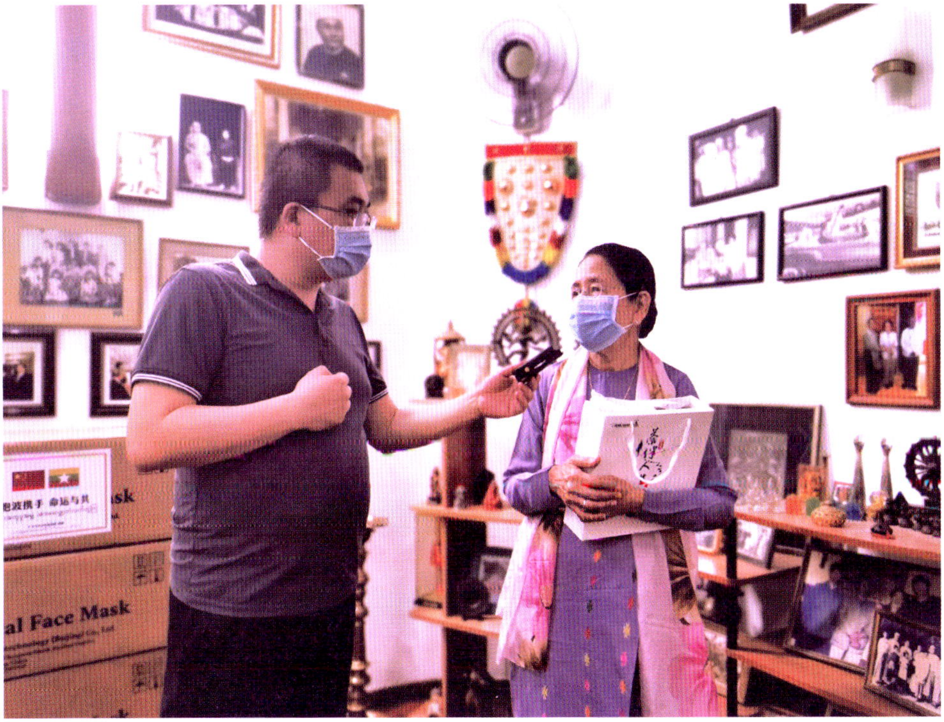

2020 年 6 月，在中缅建交 70 周年之际采访缅甸民主党中央秘书、缅甸前总理吴努之女丹丹努

只要在仰光、曼德勒、蒲甘、内比都这样的大城市人身安全没有任何问题，这里的人淳朴善良，我的手机丢在出租车上一个电话就给送回来了，给司机小费他都脸色泛红。在缅甸也会有朋友问：中国有 Myanmar beer（缅玛啤酒）这么好喝的啤酒吗？中国为什么帮缅甸修铁路？我跟他们说，中国的好酒成百上千，中国帮缅甸修铁路这件事是对两国都好的一项重大举措。

驻外手记

从体育记者转型到驻外记者，我经历了一段比较难的适应过程。体育记者主要是采访体育赛事，采访对象也比较固定，一般是运动员和教练。但作为驻外记者，采访中大多用英语或当地语言，采访对象陌生化，谈论的观点五花八门，对记者的要求也大大提高。从转型中，我总结了如下三条经验。第一，准备和协调工作一定要下苦功。驻外记者经常会遇到尴尬的情况，联系采访对象被拒绝，社交媒体不回消息，打电话对方正在开会，还得发短信道歉。这个时候就得继续细化方案，给自己设定时间表，首选采访对象和候补采访对象。采访前的协调工作越复杂，采访结束后的成就感越强。

第二，遇到重大突发国际新闻一定要有紧急预案。以 2021 年 2 月 1 日缅甸军方接管国家政权为例，新闻发生后有后方不同部门的海量约稿，如果没有一个提前准备的预案很难分清主次。所以，应该在平时制定好预案，与后方编辑建立工作群，才能做到高效率地应对突发新闻。

第三，抵达现场是对驻外记者最基本的要求。驻外记者在国外工作、生活、积攒人脉，就是为了在关键时刻能及时传递现场信息，能利用“我在现场”的优势保证报道的时效性和现场感，以视频为载体把受众带到现场，把最真实的情况告诉世界。比如 2021 年 2 月，缅甸多地爆发大规模的抗议示威游行活动，2021 年 7 月，缅甸第三波新冠疫情暴发，制氧工厂门前排起长队，新冠患者在现场吸氧，随时有可能被感染。这时后方非常需要现场画面，就需要前方记者克服各种困难抵达现场。这也是自己的职责所在。

刘旭

2011年7月进入中央电视台，在新闻中心评论部《世界周刊》栏目组工作。2014年5月至2019年8月在巴基斯坦记者站担任首席记者。常驻期间曾多次赶赴巴基斯坦境内的恐怖袭击现场进行报道，以及前往阿富汗、叙利亚、伊拉克等打击极端组织“伊斯兰国”的战争前线采访。2019年12月至今，担任中央广播电视总台驻美国首都华盛顿记者，蔓延全美的“黑人的命也是命”抗议运动、“乔治 · 弗洛伊德事件”等。

我的美国观察

中央广播电视总台北美总站华盛顿记者站／刘旭

2019 年 12 月，我开启了美国驻站的日子。与之前在中东的任期相比，驻美的时间短了很多，现在回想，时光匆匆，但我在忙碌中不断地积累着对美国的认识。

美国人普遍“目光短浅”

2020 年 1 月，我刚来美国一个月，恰好赶上了美国拉斯维加斯全球消费电子展。这个展会是全球消费电子领域最具影响力的展会，也被誉为行业风向标，每年都有来自全球各领域的顶尖企业和创新产品参会。

拉斯维加斯，想必很多人都听说过这个著名的赌城，因赌博和消费闻名。但这座赌城最主要的收入来源，恐怕还是每年定期举行的几次国际性展会。全球的展商、游客从四面八方涌来，带来了巨额的收入和投资，这与这座城市在其他时间段的冷清形成鲜明的对比。

消费电子展仅仅持续 4 天时间，但全球数十万计的人涌向拉斯维加斯，造成了严重的城市拥堵。我要讲的美国人“目光短浅”，就来自下面的一个例子。

在展会采访拍摄期间，我们每天都要往返于展会场馆和酒店，虽然主办方安排了酒店的接驳班车，但乘坐的人实在太多，需要排长队，而且时间固定，路上还会堵车，经常是只有几公里的路程也要走半小时以上。有一天，辗转于不同的场馆间采访的我们打了一辆出租车，上车后听到司机不停吐槽，拉斯维加斯举办展会，把城市搞得乱七八糟、到处拥堵，给当地人生活带来很多不便。在得知我是来自中国的记者时，他问了一个让我很惊讶的问题：“为什么中国不举办这样的展会？是不是中国没有哪个城市有这么多的酒店，有这样的展会举办和接待能力？”本来我已经很累了，但这个问题一下子让我疲惫全消。我认真地对这位老兄说：“中国有这样规模酒店群的城市不下 10 个，而且能持续地举办消费电子展。”司机听明白后，仍然只关心自己的生活，更在意举办展会的拥堵给他生活带来不便，而且他似乎也并不在意举办展会期间，乘客越多，越会给他带来源源不断的收入。

当然，让我更惊讶的还是他对中国极度缺乏了解。但这也是一个长期的大课题，中国经济发展迅速，已经是全球第二大经济体，向全世界广泛且客观地介绍当今中国社会发展现状的重任，对每一个驻外工作者来说，依旧是一项艰巨的任务。这其实也是过去两年时间里，我在美国各地采访报道接触到当地社会各阶层人群时很普遍的一个感受：大多数美国人对外部世界的了解很少，仿佛先天的优越感让他们主动屏蔽了外部世界。

还有一个小的细节，就是中国的移动支付和电子支付功能非常方便，但在美国，除了信用卡相对普及以外，苹果支付也还是近几年才陆续普及的，而且很多人还都不太会用智能手机。对于先进的移动支付更是完全没听过，当我们给很多美国人展示中国人出行移动支付的便利时，几乎所有人都会吃惊感叹。

乔治 · 弗洛伊德事件

2020年5月，美国中北部的明尼苏达州明尼阿波利斯市，几名警察在试图控制黑人男子乔治 · 弗洛伊德时采取锁颈措施。在长达近9分钟的时间里，这名黑人男子一直被跪压在地上，这一过程被路人及监控视频完整记录下来，最终弗洛伊德在送医过程中不治身亡。这一事件掀起了全美范围内针对警察对非洲裔美国人暴力执法的抗议浪潮。

其实，黑人等少数族裔受到警察重点对待或者暴力执法的现象一直存在，但这一次因为事件性质过于恶劣，再加上疫情期间很多城市商业活动停止或被封锁，人们的正常生活受到影响，导致失业率升高，多种因素叠加在一起，让民众积压已久的情绪集体爆发。在明尼阿波利斯市，抗议警察暴力执法的民众上街游行示威，跑到涉事警局区域抗议，还纵火焚烧了警局及周围的建筑，城市里连续多天都有由黑人组成的抗议游行。

这一系列名为“Black Life Matters”——“黑人的命也是命”的抗议活动很快就在全美各地蔓延开来。有那么一段时间，几乎所有大城市，每天下午到晚上都会爆发大规模的反对针对黑人暴力执法的抗议示威活动，连我们所在的首都华盛顿特区也不例外。在案件发生几天之后，也就是 5 月底开始，华盛顿特区内每天也会有抗议游行，情绪激愤的抗议民众经常会和维持秩序的警察发生冲突，尤其是到了晚上，更是会演变成抗议示威者打砸烧的事件。那段时间，为了应对抗议者的冲击，华盛顿特区内的白宫周围临时架起了一道比一道高的铁网围栏，国会山附近也有重兵把守，反对警察暴力执法的标语、海报还有涂鸦贴满了白宫周围的铁墙上。

我和同事都参与到这些游行抗议的报道当中，场面确实危险且不可控。很多抗议者都是带着要暴力对抗的态度来的，而且到了晚上，由于有铁网围栏，抗议者会点燃燃烧瓶往白宫草坪里扔，还有不断从未知方向扔来的自制爆炸装置。一时间，各种呼喊、口号、爆炸声混作一团，让气氛非常紧张。为了控制局势，现场的警察会使用催泪瓦斯或橡皮子弹来驱赶抗议人群，因为没有秩序，警察的控制也显得力不从心，这让整个场面变得异常危险。我曾经在中东常驻 5 年，也去过巴基斯坦、阿富汗、叙利亚、伊拉克的恐怖袭击现场，打击极端组织“伊斯兰国”战场前线也不下 10 次，出生入死的报道现场不计其数，但像美国这样因为抗议示威活动最终演变成暴力对抗的经历还真是第一次遇见。

在抗议活动持续的几天晚上，我和同事都在白宫附近的街道上一起采访报道，很多抗议者在天黑之后，伴随着呼喊口号，情绪会一再激化，抗议活动自然演变为暴力活动。我亲眼看到很多抗议者拿着石块、酒瓶直接砸坏路边写字楼的玻璃，纵火把警车及路边设施点着，还有人闯进超市随便抢走钱财、食物。面对这种情况，因为抗议者已经情绪非常亢奋，维持秩序的警察都只是手持盾牌站成一排，保护在白宫周围一圈的道路上，并不会去阻拦抗议者的打砸活动。一方面警察上前阻拦，会遭到抗议者的围堵攻击，局势将会更加失控；另一方面，他们的职责是控制局势，保证白宫等政府设施不被破坏，可打砸烧的场面非常恐怖，城市已经毫无治安可言。

2020年6月8日，直接实施锁颈的主要涉案警察德雷克·肖万首次听证会就要举行，按照记者站工作安排，我要前往明尼苏达州对这次全球关注的听证会进行报道。当时的情况是，新冠疫情在美国蔓延，人们开始认识到病毒的严重性，美国各地陆续停止商业活动，餐馆、酒吧、服务行业纷纷关门歇业，人们也都采取居家办公，生活一下子都变了。坐飞机出行的人数也急剧减少，航空公司停飞大量航班，在执行的航班也严格控制乘机人数。为了减少人际接触，我和摄像选择开车跋涉近两千公里前往明尼阿波利斯市。在美国到哪儿都要开车，但要是开近20个小时的路程，而且美国中北部的州的城区之外都是地广人稀的农田村庄，这就不是一种舒适的体验了。

我们开了 3 天，终于抵达达明尼阿波利斯市，这是一个美国中北部重要的工商业城市。刚到市中心，我就被高楼林立之下死一般的沉寂吓住了。因为受新冠疫情影响街道上几乎没有行人和车辆，加上弗洛伊德事件，城市里每天都有抗议游行，街道上的商店被打砸、墙上被涂抹得乱七八糟，也没有人敢在城市里停留，一座现代化城市就像被洗劫过一般。

肖万的首次听证会外，弗洛伊德的家人、朋友及人权活动家等举行集会，要求对肖万重判。美国的司法审判程序相当复杂，从嫌疑人被拘押，到若干次的听证会，再到组成陪审团，还要经过几轮出庭做证、律师辩护等，最终才会进入审判程序。所以，从 2020 年 6 月 8 日首次听证会，到 2021 年 6 月 25 日肖万被定罪判刑，整个过程持续了一年的时间。首次听证会以及最终的定罪宣判，我都前往现场进行了报道。每一次法庭程序都有很多支持弗洛伊德家属的人士在法庭外抗议，要求对肖万重判，再加上媒体舆论的持续施压，对法官和陪审团的公平裁决带来了压力和干扰，这也是为什么案件的法官曾表示，要更改听证会和审判举行的地点。

2020年6月，美国明尼阿波利斯，对黑人乔治 · 弗洛伊德实施锁颈的前警察德雷克 · 肖万开庭审理进行现场报道

2021 年 6 月 25 日，肖万被宣判 22 年 6 个月的刑期。这一刑期比此前检方及弗洛伊德家属律师要求的三四十年的监禁短，但参照明尼苏达州的适用法律最高 12 年的刑期已经高出了 10 年。因此，从案件的关注度和产生的社会影响来看，22 年的刑期也许不够让所有人解气，或者觉得实现了公平，但是从遵照法律角度来讲，已经是明尼苏达州从未有过的加重判罚。

弗洛伊德案其实还从很多方面反映了美国社会的严重割裂。警察暴力执法的事件在美国多地一直存在，不同的州对于警察在执法过程中能采取的手段和使用的防卫武器要求都不同。弗洛伊德案发生前后，仍然有警察针对黑人的暴力执法事件被曝出。例如在明尼阿波利斯市，很多抗议民众和支持者甚至要求进行警察体制改革，要求废除警察系统，成立新的社区安全保障体系。面对前所未有的舆论压力，美国很多警察相继辞职。

根据美国多家媒体的报道，美国各地的警察局在针对黑人的执法行动中，确实会更加谨慎或采取强制的手段，此类针对黑人暴力执法的事件也屡屡被曝光。

从弗洛伊德案件本身看，肖万采取跪压的方式长达 9 分钟，从而导致弗洛伊德失去生命，这毫无疑问是不可饶恕的，也必须要进行公正审判，才能给弗洛伊德的家庭和公众一个满意的交代。另外，在民事赔偿的方面，弗洛伊德的家庭也获得了 2700 万美元（约 1.75 亿人民币）的赔偿。

时隔一年多，随着对肖万审判的结束，“黑人的命也是命”抗议活动逐渐过去。除了案件给两个家庭都带来了无法修复的伤痛外，更重要的是，美国社会根深蒂固的种族歧视问题是否得到实质性解决，恐怕也不乐观。就像在我的采访中，很多黑人表示，并不期待这种现象短时间能够改变，只是希望有越来越多的人关注黑人对社会的贡献以及平等权利。

在我报道“黑人的命也是命”抗议活动的一年里，多次采访人权专家，强调人权平等；要求消除警察暴力的专家都呼吁，要从意识上提高对黑人社会贡献的理解。

警察暴力执法尚且可以通过更严格的法律约束和有力的舆论监督来改善，但美国社会不同种族之间长期以来形成的严重分化却不是短时间能解决的问题。由于历史因素，非洲裔美国人及拉丁裔美国人在社会中一直从事收入较低的服务行业，而且在教育、医疗、住房分配方面也一直遭受不平等的待遇。这些不公平的分配产生一系列的连锁反应，少数族裔受教育水平不高，进而无法在社会中从事高收入的职业，逐渐被边缘化，反而成为社会的不安定因素。

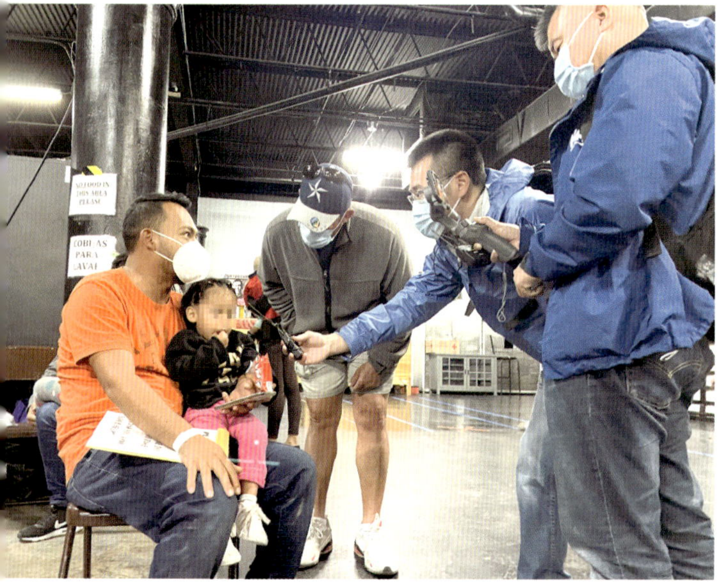

2021年4月，墨美边境采访中美洲非法移民

驻外手记

做驻外记者近10年，无论之前在中东还是现在身处美国，都要面临各种未知的困难。因此，做一个全能型的记者非常重要，特别是外出采访，要身兼制片人、记者、编辑、翻译甚至司机等多个职责。很多采访环境艰苦且充满挑战，必须要有坚强的意志，也要做好各方面的准备，应对可能出现的特殊情况。简单总结起来，我认为必备的也能体现优势的特质是：执着、好奇心、善于发现细节。

首先，媒体记者在西方舆论场很多时候都不受欢迎，愿意接受采访和真心表达的普通人很少，尤其在灾害、恐袭等现场，采访对象已经身心俱疲，每一次伸出话筒都像在揭一次伤疤，肯定会于心不忍，但又只能压抑着内心的受挫感完成采访。在遇到对方态度强硬时，真诚友善的态度和表达会让对方感到采访者与其感同身受，也许能够打动受访者。

其次，好奇心也是好记者必备的素质，更是能支撑记者坚持多年的初心。很多报道现场都有相似的情况，记者采访多了也许会失去挖掘细节的动力，只有保持好奇心，才能鼓励自己去探究每一个事件的特殊性。如果失去好奇心，在国际新闻战场上很难积累多年做到资深权威。

再次，善于发现细节也至关重要。新闻报道现场都是一次性的，无法重新操作，在短时间内仔细观察、发掘细节，包括事件的相关内容、采访人物的动作表情、言语反应等，都是让报道出彩的内容。

最后，我想说的是，身为一名记者，我能感受到最神圣的荣耀就是通过自己的话筒和笔触，向受众传达客观的现场，发出独家的解读，传递新闻报道的力量。这是记者工作最大的褒奖，也是一直激励我坚守和不断向前的初心使命。

李超

2010 年进入中央电视台阿拉伯语频道工作，历任编辑、记者、导播和责编等职位，2015 年开始在沙特阿拉伯利雅得常驻。驻外期间参与了 2016 年国家领导人对沙特进行国事访问等重大报道；完成对沙特能源大臣、投资大臣、卫生大臣等多名官员及沙特阿美总裁等商界领袖的独家专访。2021 年被评为中央广播电视总台首届“青年英才”。

见证沙漠国度的“改革开放”

中央广播电视总台中东总站利雅得记者站／李超

从中国国家主席习近平 2016 年 1 月对沙特阿拉伯进行国事访问，到沙特阿拉伯国王和王储相继访问中国，到 2020 年沙特主办二十国集团领导人峰会，再到新冠疫情期间中沙双方精诚合作守望相助。在总台驻利雅得记者站工作的 7 年时间里，我几乎走遍了沙特所有的城市，用自己的镜头、文字和声音忠实记录了中沙两国关系实现的巨大发展，也经历了沙特这个沙漠国度近年来改革开放的过程，更见证了中国在沙特日益扩大的影响力。

初到沙特

来到沙特之前，我在阿联酋迪拜短暂工作了几个月，但即便是同处在阿拉伯半岛之上，在我登上去往沙特的飞机时还是有一些忐忑。我在之前特意做了一些功课，了解到在沙特生活和工作有很多注意事项，也可以说是禁忌，我感觉沙特是一个对外国人似乎不是那么欢迎的国家，尤其是我的护照上还有伊拉克和阿富汗的入境记录，这也让我担心自己在入关时会遭到盘问。但当我向海关人员递上我的护照时，他只是打了个招呼，然后问我是不是第一次来沙特，在我回答了“是”之后，他给我录入了指纹并拍照留存，然后就在我的护照上盖了入境章。当我准备离开的时候，他还专门用中文对我说了句“你好”，瞬间就打消了我之前的担忧，也提升了对沙特的好感。

最初我还是有些惶恐的，刚刚来到新的环境，一切都是重新开始，生活也需要不断适应。由于社会相对保守，当时的沙特缺少娱乐活动，当地人到周末或者在家里喝茶和喝咖啡，或者去商场购物。直到 2016 年沙特王储向外界宣布了以社会改革和经济发展为目的的“2030 愿景计划”之后，电影院才开始在沙特的各大城市出现，而沙特女性到 2018 年也能在国内驾车上路。

雄心勃勃的年轻王子

关心国际新闻特别是了解中东局势的人，现在想必对于沙特王储穆罕默德 · 本 · 萨勒曼已经耳熟能详，但在2015年4月他被任命为沙特王储继承人的时候，包括我在内的大多数人对于这个年轻人的了解都非常有限。但随着沙特国际影响力的逐渐扩大，沙特年轻领导人越来越希望展现自身的影响力。这位年轻的王子和他实际领导下的石油王国吸引全世界目光的机会变得越来越多，而我的新闻报道工作也相应地多起来。2017年的11月4日就是最好的证明。

我清楚地记得那一天是周六，本来应该是个平静的休息日，但在这一天全世界媒体的目光都投向了沙特，更确切地说，是投向了沙特首都利雅得。后来有人甚至在新闻评论里说，如果有人撰写沙特当代史的话，对“11月4日”一定会有浓墨重彩的描绘。当天中午时分，到访利雅得的黎巴嫩总理萨阿德 · 哈里里突然宣布辞职，指责伊朗干涉黎巴嫩等地区国家事务，并称自己的生命安全受到威胁。最终，在法国斡旋下，哈里里回到黎巴嫩并收回辞呈。

当天晚上 9 点左右，哈立德国王国际机场方向传来巨大爆炸声，沙特防空部队随后宣布，一枚来自也门方向的导弹被军方反导系统成功拦截，机场航班正常起降，运行未受影响。以沙特为首的多国联军随即对胡塞武装军事据点展开报复性空袭行动，这也是多国联军发动针对也门胡塞武装的军事行动以来，第一次有弹道导弹到达沙特首都，尽管沙特方面不断强调一切正常，但民间一时还是人心惶惶。

采访沙特王室成员、能源大臣阿卜杜勒 – 阿齐兹亲王

4 日午夜时分，沙特国家通讯社发布消息，萨勒曼国王颁布国王令成立以穆罕默德王储为主席的最高反腐委员会，并以涉嫌贪腐和洗钱为由拘捕了 11 名沙特王子以及数十名高官，其中包括“中东首富”瓦利德王子、沙特国民卫队大臣以及前国王阿卜杜拉之子米特阿卜王子。尽管之后大部分被捕的人都以财产换取了自由，但这场反腐风暴至今仍在影响着沙特的整个商界甚至政坛。

中沙关系不惧风雨不断发展

尽管中东时局变化无常，但中国与沙特的关系在过去的 7 年中一直保持着良好的发展势态。作为驻站记者，我第一时间感受着沙特这个国家在各个方面的深刻变化，与中国在其中发挥的重要作用密不可分。

位于沙特西部的麦加轻轨是沙特的第一条轻轨铁路，也是世界公认的运营模式最复杂的轻轨铁路项目之一。从麦加的加马拉到阿拉法特，来自世界各地的朝觐者曾经需要在 45℃的高温下露天步行七八个小时，乘坐汽车则面临着交通严重拥堵的问题，而在中国企业建成麦加轻轨之后，乘客乘坐中国制造的列车仅仅需要几十分钟就可以到达目的地。不仅如此，中国企业员工还用自己的智慧和汗水完成着一年又一年的项目运营，赢得了来自世界各地乘客的肯定。2018 年朝觐期间，我在麦加轻轨项目现场连续度过了 3 个不眠之夜，其间无数人翘起的大拇指给我留下了深刻的印象。

中国企业不仅为沙特建设了大量基建项目，同时也为当地提供了大量就业岗位，还培养了为数众多的技术、管理和运营人才。在山东电建三公司承建的沙特延布燃油电站三期项目现场，我曾经见过这样一位工程师。这位名叫赛义德・纳西尔的外籍员工负责消防报警系统施工工作，作为家里的长子，纳西尔很小的时候父亲就因病去世，面对家庭的变故，纳西尔毅然选择从学校退学。在这之后，他干过工地砖瓦工、投递员、服务员和鱼贩等 10 多个工作，最终在朋友的介绍下来到沙特延布三期项目工作。刚开始时，无论是工作日还是休息日，中国同事全身心投入项目的精神着实让纳西尔吃惊，但随着时间的推移，纳西尔很快适应了这种工作节奏，并身体力行地加入其中。尽管在语言方面存在一些障碍，但丰富的经验和过硬的品质还是很快让纳西尔脱颖而出。他告诉我，在中国项目两年里学到的东西，比自己之前工作 10 多年还要多。

从沙特北部总投资额高达万亿美元的新未来城，到首都利雅得郊区面积超过世界最大迪士尼乐园的奇迪亚娱乐城，再到利雅得城内建设得热火朝天的地铁线路，方方面面都能感受到这个国家的新气象。2021 年 1 月，沙特王储穆罕默德・本・萨勒曼宣布，将在北部新未来城区域内建设一座名为“线”（The Line）的新城。城市以可持续发展为设计理念，将沿 170 公里长的社区带建设，城内将建有住宅社区、生活设施、医疗机构、娱乐设施等，可容纳上百万人居住，同时将保留超过 95% 的原有自然景观，并通过充分使用人工智能等技术真正实现人与城市的交互。尽管目前沙特政府还没有公布新城建设的具体思路和方案，但我相信这样的超大项目一定会有中国人和中国企业的参与。

沙特企业在中国找到巨大商机

在我到沙特前，一直认为这个国家就意味着石油和沙漠，但在过去短短的几年中，这样的"偏见"不断在改变。沙特不仅拥有全球最大的石油企业，还有世界排名前列的化工企业——沙特基础工业公司，而越来越多的沙特企业也在中国找到了商机。一个能让大多数人都感到惊讶的事情是，沙特拥有世界上最大的水产养殖企业之一——沙特国家水产养殖集团。尽管这家企业成立至今仅30多年，但产品已经远销30多个国家和地区，年产虾类产品约65 000吨，海产品总产量超过100 000吨，并拥有目前世界上产量最高同时也是最完整的虾类生产线。我在采访现场看到这条生产线时也感到非常震撼，整个生产过程完全不需人手接触，挑选甄别、冷冻运输及称重等所有环节都用世界先进的设备来分步骤完成。

由于产品定位等因素，沙特国家水产养殖集团在2016年之前并未大规模开拓中国市场，但在得知中国将举办首届进口博览会的消息后，该集团马上意识到这是与中国企业合作和向中国消费者推介产品的黄金机遇。为此，集团首席执行官艾哈迈德多次率团访问中国，并在短时间内完成了产品注册和质量认证等手续，进而在进口博览会期间与多家中国企业达成具体合作意向。艾哈迈德亲口对我说，进博会对于沙特国家水产养殖集团来说是一个全新的开始。

丝绸之路上被忽视的文明遗址

提到中东，我们经常想到的是埃及、叙利亚、伊拉克这些文明古国，其实沙特境内也有丰富的古代遗址。位于阿拉伯半岛西北部的古城欧拉，其历史可以追溯到公元前 6 世纪，沙特境内第一个世界文化遗产地石谷考古遗址就坐落在这里。2000 多年前，纳巴泰人在巨大岩石上开凿的宫殿、墓穴和庙宇等至今保存完好。2019 年，沙特王储宣布启动大型旅游建设工程，旨在将欧拉打造成为世界文化旅游目的地。相信在不远的将来，这里将会成为世界各地游客寻秘探险之处。

位于红海沿岸的塞林港则是另一处遗址，千年沧海桑田让原本的大海变为滩涂，而 2016 年中沙两国签署的沙特塞林港遗址考古合作协议就是为了让这里沉睡的历史重见天日。在考古现场采访时，我认识了沙特水下考古队的队长马迪，经过交谈后我才得知，马迪的水下考古几乎都是在中国学到的。他不仅把自己从中国学到的丰富知识带回了沙特，还担任了中沙联合考古项目的沙方负责人，中国同行对学习和工作一丝不苟的态度深深触动了他，也促使他在工作中更有激情和活力。而马迪与中国同行在塞林港遗址发现的文物，也一起参加了在沙特举办的“华夏瑰宝”主题展览。

普及中文教育为下一代筑造友谊桥梁

语言是文明的载体，也是最好的交流工具。2019 年 2 月，沙特王储穆罕默德访问中国期间宣布将中文纳入沙特国民教育体系。在短短不到两年的时间里，我感受到了沙特朋友学习中文的热情：越来越多的餐厅里出现了中文菜单，部分城市的道路旁还设置了中文交通安全提示，沙特第一家孔子学院也在 2020 年获批建立。很多沙特朋友告诉我，希望他们的孩子未来都能说一口流利的中文。

还有一些沙特朋友在新冠疫情中用中文表达的支持更让我备受感动。2020年2月，在中国人民全力抗击新冠疫情之际，沙特国王萨勒曼是最早与中国国家主席习近平通话表示慰问的外国领导人之一，他同时指示萨勒曼国王人道救援中心向中方提供了大量的防控物资援助。

采访沙特中国问题学者海瑟姆 · 萨伊德

在沙特国内物资也较为缺乏的情况下，沙特方面甚至专门与全球各地的供应商联系，签订采购合同后物资直接发往中国。沙特科研与知识交流中心学者海瑟姆 · 萨伊德在自己的社交媒体上深情地说：“修我甲兵，与子偕行，中国是沙特最大的合作伙伴，我们沙特人民愿意和中国人民风雨同舟，共渡难关。”后来，他也成为我在沙特最好的朋友之一。

在沙特的 5 年中，我自己经历了很多“第一次”，也见证了沙特的很多“第一次”，以及中沙两国合作的很多“第一次”。2019 年沙特开放旅游签证之后，我特别高兴地在现场看到第一个持旅游签证走进沙特的外国游客就是中国人。未来的时间里，我希望看到和听到更多的“第一次”，为观众和听众报道更多的“第一次”。

驻外手记

在7年多的驻外历程中，我也不断思考和复盘，总结自己在工作和生活中的经验和不足，相信以下三点体会能为未来的驻外记者提供一些参考。

其一，求同存异，坚持原则。担任驻外记者意味着大量对外一线新闻采访机会，同时也意味着走出自己长期以来的舒适区，感受不一样的民族和国家。以沙特为例，当地民众有着善良淳朴和热情好客的共性，但同时对于时间管理和工作效率的态度又与中国人不同。作为一名驻外记者，我们的职责就是尽可能地接近真实、公正、客观，最大限度地呈现我们观察到的事实，而本着“求同存异”原则的我们既要加以包容，又要坚持自己的原则，特别是在关键时刻要根据自身需要敢于和善于向对方明确提出诉求，不能全盘接收对方的安排，即使这些安排是对方出于善意。

其二，提升外语能力，广交当地朋友。驻外记者大多是外语专业的毕业生，甚至曾经在国外留学，但在首次驻外时总会遇到不同程度的语言问题，而中东国家普遍使用的阿拉伯语因为大量方言土语的存在给新记者的工作和生活增加了很多困难。为此我们在平时更要坚持学习，既要在交流中精准表达，又要根据对方的身份地位与生活习惯在表达方式上有所区别，这样才能快速获得对方的信任，从而更好地达到采访或交流的目的。新媒体时代，社交媒体越来越成为记者结交朋友的最重要平台，记者在境外社交媒体上不断发声，不仅有利于讲好中国故事，传播中国声音，更重要的是能让更多当地媒体和民众看到中国记者的存在，更能让驻外记者的朋友圈不断扩大。

其三，工作上勤思考，生活中少“折腾”。驻外的经历让记者能够走近一些原本无法了解的人与生活，从而对这个世界有了更多维度的认识。全媒体时代，各种报道依托不同的媒介形态，但最终做好报道的基础都是素材的收集和深入扎实的采访，而这些与平时的深入思考是分不开的。作为驻外记者，不仅要不断学习和了解各种报道形式的特点，还需要更多的实践体会。厚积方能薄发，只有把调研和积累融入工作日常，才会在大事发生时发出有深度、有分量的报道。在组织和协调新闻报道之外，在生活中宜一切从简，在休整的时候要全身心放松，在工作的时候要全身心投入。

黄铮铮

2007 年进入中央电视台科教频道《人物》栏目担任编导。2011 年 1 月前往肯尼亚担任非洲驻站记者。2011 年 2 月至 3 月，亲历利比亚中方人员撤离行动，坚守突尼斯西线报道近一个月。曾三赴索马里，两次参与中央电视台《东非野生动物大迁徙》直播报道。2014 年 5 月，调任菲律宾担任马尼拉站首席记者。参与战地前线、台风灾区、火山爆发等突发事件报道，多次采访菲律宾前总统杜特尔特。

一路追赶新闻

中央广播电视总台亚太总站马尼拉记者站／黄铮铮

"追风小分队"的大冒险

菲律宾旅游胜地很多，但我大部分都没去过。我去过菲律宾很多地方，可能是当地人都没去过的偏远地区。因为安静美好的世界不是记者的世界，记者的世界充满了心跳和冒险。

菲律宾自然灾害多发，台风、地震、火山喷发几乎是日常操作。以台风为例，它的发生有多频繁呢？每年 20 多次。我和同事们在菲律宾的媒体当中有一个外号，叫作"追风小分队"，只要一遇到这类极端天气现象，就必须出动，而且必须前往现场。

台风报道怎么做？经验摸索最重要。我 2014 年 5 月刚到菲律宾赴任的时候，对台风完全不了解，"追风"从哪儿追，一点儿经验都没有。7 月，我就遇到自己记者生涯中的第一个台风报道——"威马逊"。当时只给了我们一个要求，就是必须去现场。台风登陆的路径虽然有预测，但"天有不测风云"这句话是真的……我们当时一看，"威马逊"要登陆吕宋岛北部的奥罗拉省，于是提前 36 小时从马尼拉开车往奥罗拉赶，预计路程 8 小时。但是，跑到半路的时候，台风的路径变了……从地图上看，它往南部移了一点点。但这一点点就是从吕宋岛的北部到了吕宋岛的东南部，我们的行程也从 8 小时变成 24 小时。为了赶在台风登陆前抵达现场，我们只好连夜开车。那天给司机买了很多咖啡和红牛，我和同事轮流陪他聊天，怕他犯困。半夜的时候，我们经过一片山区，司机说，这一片山区是叛军组织的大本营，夜里穿越还有点儿危险，因为叛军喜欢绑架外国人以勒索高额赎金。我默默地看了看手机，没有信号，车载收音机里也只剩下低沉的电流噪声。盘山路上开始下起了雨，我们在惴惴不安的心态中抵达了山顶。这时，车载收音机里突然传来熟悉的呼号“中央人民广播电台，这里是中国之声”。我和同事几乎瞬间清醒，就凭借这点刺激，我们赶在了台风抵达前到达登陆地点。

当时，毫无报道经验的我们为了方便拍摄，选择了一个在海边的酒店。后来回想起来十分后怕，那时候完全不懂得什么叫作“风暴潮”，也对大自然的力量缺少敬畏之心。那天晚上，台风掀起巨浪，狠狠地拍在酒店的楼体上，整个大楼都在摇晃，暴雨从窗户灌进来，风声发出尖厉的啸叫。这个叫作“威马逊”的台风教会了我两件事：第一是追台风要研究路径，第二是台风季千万不能住海边的酒店。

6 年多的时间，我追过很多台风，也遭遇过各种各样奇葩的状况：停电断网失联，摄像机进水，话筒进水……也看到过很多难以承受的灾情，如泥石流抹平了一整个村庄，山体滑坡造成了 100 多人死亡……大约只有经历过这些，风调雨顺成为我最大的一个心愿。

“变身”战地记者

在菲律宾还会变成战地记者，这是我从来没想到过的。菲律宾本身有很多反政府武装组织，也有很多本土恐怖组织，零星的局部冲突时有发生。2017 年的马拉维反恐作战的规模是近年来最大的一次，而且持续了整整 5 个月之久。当时战争爆发，数十万居民撤离，还以为很快军方就能控制局面，但没有想到军方和恐怖分子陷入城市巷战，战局持续胶着。我们当时连防弹衣都没有，就冲到马拉维市里去采访，军方的人十分紧张，派了一个战士护送我们到绿区，也就是相对安全的区域拍摄。就这样，我们爬到二层小楼的天台上出镜，正在装摄像机的时候枪声响起，小战士迅速躲到墙后面，并招呼我们：“快趴下，狙击枪！”

我们才知道在高点出镜报道风险巨大。

那一年我们去了很多次马拉维，其中有一次“钓到了大鱼”。本来我们只是例行去看战况进展，结果第一天就遇到军方击毙恐怖分子头目的关键节点，直接扭转了整个战局。第二天，菲律宾总统杜特尔特宣布马拉维解放。那一天是我们第一次进入主战区，下着大雨，但是这并没有影响菲律宾军队庆祝胜利的心情。现场的士兵告诉我们，马拉维的解放让他们非常兴奋。他们站在用木板围起来的战车上，高举起一面菲律宾国旗欢呼。

在马拉维市内战区封锁线前出镜

后来，马拉维反恐行动爆发的一周年和两周年的时候，我们都有重返主战区去进行探访。马拉维是个很美丽的地方，有一大片湖泊上开着紫色的花朵。我听说城市的重建还在继续，希望能有机会再回到那里去看一看，听一听孩子们唱那首《马拉维崛起》。

脸盲症患者的乌龙采访

作为总台亚太总站的一员，我也经常参加辖区内的各种大型报道。从东北亚到东南亚再到南亚，我去过很多国家，参与突发事件报道，如2016年孟加拉国人质劫持恐怖袭击、2018年泰国船难等。我已经分享了很多吃苦受累的环节，所以想跟大家分享作为记者光鲜亮丽的一面，这种时刻多发生在各类大型会议报道。会议报道有一个好处就是不用风吹日晒，但围追堵截政要采访也不是那么容易做到的，因为你得认得他们的样子。而身为一名资深脸盲症患者，我曾经就搞出过一个大乌龙。

2015 年，在北京申办 2022 年冬奥会成功的那场发布会结束后，我在会场门口堵到一位外国人采访，他流利的汉语震惊到了我。当看到我递过中央电视台话筒的时候，他直接用中文说："中国北京是我们的好朋友，非常高兴今天北京成功了。祝贺你们！"他说完就匆忙地走了，我没来得及问他的姓名和头衔，于是就跑过去问他旁边的工作人员，其实是一个保镖。他诧异地看着我说："你问他的名字和头衔？你不知道他是谁？他是我们哈萨克斯坦的总理！"我恍然大悟，原来他就是哈萨克斯坦的时任总理马西莫夫，他曾在中国上学，所以中文相当流利。哈萨克斯坦的阿拉木图还是当时北京申办冬奥会的竞争对手，我竟然让他说了句"祝贺北京"，这个乌龙真是大了！

没有播出的"幕后"瞬间

有幕后的艰难困苦，才有幕前的光彩夺目，还有那些鲜为人知的背后故事，组成了我们驻外记者的世界。

2019 年 8 月 11 日，香港发生多起暴力冲突事件，示威者对警察的攻击行为出现了升级的迹象，开始使用汽油弹等攻击性武器，导致多名警员受伤。我和同事对其中一名受伤的警员进行了独家电话采访。在采访快结束的时候，出现了让我特别感动的一幕，周围所有的同事都冲过来，向电话那头的警察表示感谢和支持。大家你一言我一语地说支持香港警察，愿他们早日康复，用蹩脚的粤语说"撑您"……这一段视频后来没有播出，但却给我留下了特别深的印象。

驻外手记

如何当好驻外记者？我的经验就是“脸皮厚”、“胆子大”和“眼神好”。

“脸皮厚”是指你要成为社会活动家。驻菲律宾期间，我曾经参与过三次总统专访。能做到这一点，我觉得最重要的窍门就是好记者一定是好的社会活动家。我能争取到专访总统的机会，能在每一次参加总统记者会时都“抢到话筒”，是因为日常和菲律宾新闻部保持了密切的接触，这就增加了我们获取提问的机会。

“胆子大”是指你要敢于去现场。前面也讲到了，记者的世界充满了冒险，而作为电视记者，现场是必须要去的。所以，不管是台风还是战乱，一听到有突发事件，好记者都恨不得立刻到现场。有时候在极端情况下，我们甚至会携带发电机和汽油，住野外帐篷，连吃饭也需要亲自动手做。所以，生存技能是好记者必备的能力，在这个基础上还得连得了线、拍得了片、写得了稿。

“眼神好”是指你必须做足功课。记者工作的独特性就在于每一个任务都是新鲜的挑战，今天可能是火山喷发的报道，需要学习火山的相关知识；明天可能是某个国家政局的报道，需要掌握这个国家的政治体系和政治人物。在国际会议现场，大部分采访靠的是围追堵截。所以，必须认识参会的主要嘉宾，至少要保证不发生我那样的乌龙事件。

驻外记者的世界很精彩，因为你可以去不同的国家，体验不同的文化和风情，但你需要有一颗热爱和包容的心。新闻报道也是有灵魂、有情感的，只有当你真正喜爱你所驻的国家时，才能做出优秀的报道。

魏帆

2010 年 7 月进入中央电视台西班牙语频道担任编辑。2011 年 7 月被派到西班牙马德里记者站工作。驻外期间曾报道巴塞罗那恐怖袭击事件、2020 年西班牙新冠疫情、2011 年震动全球的欧债危机等重大新闻。参与拍摄录制的央视纪录片《远方的家》，并获得第 23 届中国新闻奖三等奖。

印象西班牙

中央广播电视总台欧洲总站马德里记者站／魏帆

作为一名驻外记者，来西班牙工作多年，感慨万分。心中的记忆不得不一下子回到北京首都机场。父母兴高采烈地把我送到机场，他们认为作为一名记者是十分荣耀的事情。父亲对我的工作充满了期待，叮嘱我认真工作。母亲最担心的还是衣食起居，告诉我要照顾好自己。那时的我在中央电视台仅工作了一年，虽然我的专业是西班牙语，但对记者这个职业仍感到陌生。而那时我也没有意识到在一个人年轻的时候，拥有驻外记者这样的经历是多么可遇而不可求。

布尼奥尔遭遇

初到西班牙，我对这里的印象可以说是美好，西班牙是欧洲风景最美、变化最多的国家，也可以说是集浪漫与激情于一身的国度。来马德里已经一个多月了，我迫不及待地想去别的城市看看。我的同事老杨建议我去瓦伦西亚附近的一个小城采访拍摄，主题是“西红柿节”。学西班牙语的应该都知道这个节日，它在西班牙众多节日里再出名不过了，有机会可以亲临“西红柿节”，自然是喜不胜收。于是，布尼奥尔之行就这样愉快地决定了。

由于这个节日在西班牙乃至欧洲都负有盛名，吸引了大批游客前来，因此这个小镇的旅馆早就被抢订一空。于是，我和老杨住在 39 公里以外的瓦伦西亚，打算第二天动身去拍摄现场。第二天 11 点我们到达那里，放眼望去已经人山人海。老杨手里举着机器，慢慢地挪动着身子往前走，这时突然冒出了两个人伸手去抢夺摄像机。老杨此时距离我约 5 米，然而身边隔着太多人的我已经寸步难行了，只能眼睁睁地看着同伴被抢。那两个人使劲拽着机器，幸亏老杨个子高、力气大才得以保住了摄像机。人流越来越拥挤，我和老杨走散了。就在我环顾四周寻找同伴之时，从天而降的一桶啤酒如同倾盆大雨，一下泼到了我的头上。啤酒顺着我的头发流淌下来，渐渐地浸湿了衣服。我抬起头，原来是两侧的居民楼上，许多当地人站在阳台上往下面泼啤酒。或许他们想用这种方法欢迎前来的游客，但问题是我不仅要做采访，而且要出镜，就当时的情形来看，头发一时半会儿干不了，老杨也已经不见了他的身影。人们向前拥挤着，我就夹在中间，欧洲人普遍身材高大，胳膊稍碰一下，恨不得就要摔倒。我拨打老杨的手机，无人接听，接下来去哪里拍摄心里也不清楚，顿时一种无助感袭来。经历百般磨难后，我和同伴终于集合了，并爬到广场附近一所居民楼上开始拍摄。载着西红柿的卡车缓缓而来，当卡车到达广场的一刹那，人声鼎沸。人们高声呼喊着，在这里不管你与其他人是否相识，都可以拿西红柿砸向他。西红柿就这样被砸来砸去，人们的热情越来越高。居民楼上的人依然往下泼着啤酒助

西班牙布尼奥尔小镇“西红柿节”抢番茄的人群

兴，遍地都是被砸烂的西红柿，布尼奥尔广场的街道上出现了一条“红河”。等头发干得差不多的时候，我顺利地做了出镜。对了，这似乎是我驻外以来的第一次出镜，没想到会是如此窘迫。

圣地亚哥火车脱轨

圣地亚哥是西班牙加利西亚自治区的首府。相传耶稣十二门徒之一的雅各安葬于此，是天主教朝圣胜地之一。每年无论什么季节都会有大批的朝圣者前来这里，给这个城市增添了一丝神秘的色彩。没想到，竟是报道火车脱轨这一重大事件带我来到了这座城市。

2013 年的夏天，我正满心欢喜地沉浸在即将休假的喜悦中，一边听着歌曲，一边整理着行李箱。西班牙的夏天百无聊赖，所有的人都在度假，这个季节的新闻事件也比较少，因此每到西班牙的夏季，我的心情多少会放松一些。然而，突发事件也会让人猝不及防。正当我享受夏日的悠闲时，一个电话打了进来，“西班牙圣地亚哥火车脱轨了，15 分钟后电话连线”。当时，我什么状况都没有搞清楚，却接到了需要连线的请求，心情有点儿慌乱。没错，驻站两年，还真没赶上过突发事件。可是我马上告诉自己要镇定，要知道接下来干什么，不能乱了阵脚。于是马上打开电脑查询西班牙语的第一手信息，伤亡人数、脱轨原因、是否有中国公民等。我快速阅读了相关消息，在事故发生的一个小时内做了三次电话连线。伤亡人数不停地在更新、上升，而且是否有中国公民仍然不得而知，心一直悬在嗓子眼儿。接下来要做的就是准备在第一时间奔赴火车脱轨现场。

从打车到机场，再到登机，我上飞机后才发现飞机上的人全是记者和摄像。出事地点位于圣地亚哥旁边的一个小村子，交通不是很便利。我坐在出租车里望着窗外，淅淅沥沥地下着小雨，天上乌云密布，似乎上苍都在为这一片土地感到伤心难过。车子绕来绕去，因为全是盘山路，又穿越村里的土路，终于来到适合拍摄火车脱轨的地点。我到的时候还算早，基本上都是西班牙本地的媒体。现场被警察封锁，伤亡人员已经被救护人员和警察转移，剩下的只是火车残骸，不允许靠近。那已经脱了轨的火车，歪歪扭扭地躺在铁轨外的平地上，由于撞击力度过大，火车里的一些电线、零件都被撞了出来，火车的窗户都是破碎的。远远地望向车厢内，凌乱不堪，一些座椅已经变了形被挤了出来。仔细观察，还能看到地上的血迹和乘客散落的一些物品。第一次这么近距离接近事故发生地点，我的心情难以平复。火车超速导致 79 人死亡，这样的结果将有多少家庭支离破碎？还有 200 多人受伤，很大一部分是重伤，他们将如何面对未来的生活？想到这里，心里不由得一阵难受。

记者在事故现场的重要任务是通过出镜描述现场情况。火车铁轨是建在这个村子的山脚下，附近并没有什么平地供记者放摄像机。我一低头，竟是一家住户的菜园，地上种的各种蔬菜被媒体人员踩烂了。不过大家也没办法，只有在这里才能拍到火车脱轨的画面。于是赶紧架上脚架，放上机器，准备出镜。此时，天降瓢泼大雨，我一点儿心理准备都没有，赶紧保护机器，防止被雨水淋湿，把刚刚架好的设备又放入包内。过了大约 10 分钟，雨停了。又重复刚才的工作，终于完成出镜。不知不觉已经到了中午，我才反应过来肚子有点儿饿了，再加上近 24 个小时没有睡觉，身体已没力气。突发事件对记者最大的考验可以说是野外生存环境，比如这次的脱轨事件，事发 5 公里内没有商店、没有餐馆、没有卫生间，更没有桌子、椅子，编辑片子只能坐在菜地上，坐累了站一会儿，站累了坐一会儿。我求助了德国记者站的同事小强。他接到任务以后立刻从法兰克福飞到了圣地亚哥，大概下午三点的时候，小强打电话告诉我他到现场了。我一眼就认出了他，冲他挥了挥手，特别激动，因为看到了救兵，感觉我终于不是一个人在战斗了。那次在小强的帮助下，两个人圆满地完成了突发新闻报道工作。

葡萄牙大火

2017 年 6 月，伊比利亚半岛进入了炎炎夏日。午后的阳光透过玻璃暖暖地照在身上，时光很静，阳光很暖，我坐在家里的椅子上看书。我正忍不住起身出门走走，电话就响了，“葡萄牙发生山火，多人死亡，请马上去现场”。是的，又接到了突发报道的指示。第一时间开始跟踪事件发生的进程，10 分钟之内不停地电话连线。驻外期间，我已能够发生突发事件后一边收拾箱子，一边准备连线，一边安排好摄像和司机。葡萄牙科英布拉附近发生山火爆发，最快到达方式是自驾 7 个小时。2017 年，我的团队队员基本成形，摄像接到电话后迅速和我会合，司机接上我们之后马上从马德里直奔葡萄牙科英布拉地区。由于是第一次报道这样大型的火灾，我完全没有经验，当地人都戴了帽子、口罩，而我们什么都没有。我们在当地人的帮助下，开车到了火灾核心点附近，尽管火灾发生已经过了 7 个小时，旁边还是有一些小火苗，电线上也有火星。忽然，司机叫摄像小心，原来刚刚摄像的头上悬着的一块烧焦的电线掉了下来，差一点儿被砸中。随后我们做了直播连线，在现场采访了当事人，忙完后已经晚上九点了，但入住的酒店还没有着落。我赶紧打电话预订，但到附近村子酒店的路都因为高速公路的大火被切断。无奈之下，只能哪条路通走哪条。司机在高速公路上缓慢地开着，我打电话订酒店。这时，摄像发现路旁的树木依然在燃烧，但是去其他城市的酒店的路只有这一条。我们壮着胆，硬着头皮在这条路继续前行，心里默默祈祷不要有风，只要一刮风，两旁的火很快就会蔓延到高速路上。幸运的是，我们开往酒店的路上风并不大，终于在晚上 10 点半时办理了入住。

在葡萄牙科英布拉地区采访森林大火

这种突发事件的报道随着驻站多年的经验越来越多，每次经历的事情都不一样，如在灾难性现场不知道当天几点可以吃上饭、可以住

葡萄牙科英布拉地区森林火灾中一辆被烧毁的汽车

酒店；在恐怖袭击现场不知道恐怖分子埋藏在什么样的角落；在火灾、地震的现场不知道什么时候会再遇见第二波的险情。所有的这些我都曾经历过，至今我依然记得第一次报道恐怖袭击时候对未知的恐惧，但当我到达新闻现场时，恐惧感已被记者报道新闻的使命感所替代。

驻外多年，我欢笑过、流泪过，为了一次被表扬的片子兴奋一天，也曾为工作生活上的一些困难而郁郁寡欢。如今，我坚忍了许多。这些年的经历会成为我一生的宝贵财富，它无疑可以丰富我的履历，重塑我的心胸，点亮未来的人生旅途。我希望继续用摄像机记录新闻画面，用话筒记录声音，一直在新闻工作者的道路上前行。

驻外手记

作为一名驻外记者，我认为以下三方面因素尤为重要。

第一，保持新闻敏感性。

驻外记者代表着国家和人民的形象，这就要求驻外记者要有坚定的政治意识，具体表现在要有强烈的政治敏感和坚定的政治信念。驻外记者身处国外，要避免受外国舆论的包围，尤其是不要被西方媒体的思想和报道影响，要时刻保持新闻敏感性，同时关注国内发生的时政要闻。

第二，各方面素质过硬。

我是西班牙语专业出身，虽然刚来西班牙工作时语言能力没有问题，但在新闻专业方面，我还是个新人。记得第一次电视出镜，说了无数遍台词才过关；第一次做直播连线，紧张到汗水湿透了衣衫；第一次遇到突发事件，不知道是该收拾行李，还是该先买飞机票。这些作为新手全都经历过，回首多年驻外经验，总结起来就是要专业素质和心理素质过硬，以不变应万变。还有一点十分重要，要融入西班牙的环境，建立自己的人脉资源，随时都能找得到采访对象。

第三，提高表达能力。

驻外记者做出镜报道的机会比较多，但并不是每一位记者都能做好镜头前的报道工作。如果播出平台是新闻频道，良好的中文表达就很关键。大家不会因为做报道的是驻外记者，就会降低对其中文表达水平的要求。作为一名记者，空余时间可以多听多练发音，进行对比和跟读，培养自身语感。

驻外生活

盛嘉迪

2009 年 8 月进入中央电视台西班牙语频道工作。2010 年 12 月前往墨西哥城记者站担任驻外记者，2015 年 8 月至 2019 年 11 月担任墨西哥城站临时负责人。曾在墨西哥参加中央广播电视总台央视新闻新媒体客户端以及微博等平台推出的重点节目《全球抗“疫”第一线》系列直播，获得良好的观看效果和积极反馈。2021 年 2 月至 11 月，墨西哥城记者站联合墨西哥 6 频道，开设周播的《中国周》栏目，作为主持人出镜。栏目推出的各种宣推系列片和纪录片，《摆脱贫困》《同心抗疫》等获得当地观众的积极反馈。

墨西哥：我把青春留在这里

中央广播电视总台北美总站墨西哥城记者站／盛嘉迪

我在上大学时得到了一个去墨西哥的机会——2008 年前往墨西哥国立自治大学交换留学。这段留学经历为我入职中央电视台并成为驻外记者做了很好的铺垫。后来我被选派作为中央电视台第一批建站记者到墨西哥城驻站，担任驻外记者。那个时候的我还不知道自己是多么幸运，能跟墨西哥这个国家结缘。一转眼到现在，我已经把最好的青春时光留在了墨西哥，献给了驻外工作。

每次回国，家里的长辈们总问我墨西哥是什么样子，是不是到处是仙人掌，顿顿都吃玉米饼。除了略带标签化的刻板印象，现在回想起来，当时我对墨西哥的认识好像是从“反差”开始的。

打破刻板印象

时光回到我落地墨西哥城的第一天，当天的一些画面直到今天我都记忆犹新。我们一行 3 个记者，一共拎着 13 个箱子的行李，里面装满各种摄像设备，当时北京跟墨西哥城之间是没有直航的，我们必须托着很沉的设备在日本赶时间转机。等我们终于顺利到达墨西哥城，从机场出来，看到新华社的同事开车来接我们，是一辆 7 座保姆车。我们 3 个记者再加上司机，还要塞进去 13 个箱子，整台车被装得满满的。

那个墨西哥司机开车巨快，飞奔在墨西哥城空旷的街道上，有几个瞬间我感觉车都快失控滑出去蹭到墙上了，不过司机行云流水，完全是在飞驰。

我除了害怕紧张，只觉得墨西哥城完全不堵车，车子一路飙到驻地。后来才知道，因为我们是圣诞节当天落地，当地人要么出城度假，要么在家过节，墨西哥城街上既没车也没人。所以，我对墨西哥城的初印象，不是玉米饼和仙人掌，只觉得城市好空，司机开车好猛。不过很快我的初印象就被打破了，墨西哥城是个超级大“堵”市，城市人口密度极高，是世界超级大都会型城市之一，堵车才是常态。所以说，我的墨西哥初印象是带着“反差”的，甚至可以说是错误的。感谢驻外记者的工作，随着在墨西哥工作生活的累积，我也认识了更深维度的墨西哥。

做驻外记者算是意外，实际上我不是学新闻专业的，本科是西班牙语和国际贸易双学位。现在回头去看，我除了语言上的优势和便利，在专业新闻工作层面上，当时的自己对如何做好驻外记者，其实并没有成熟的想法。

我学到的外宣第一课要感谢墨西哥的配音演员们。2013 年，当时国内热播剧《媳妇的美好时代》在墨西哥做西班牙语配音版，我去探访拍摄配音工作室，看到专业的配音员可以变出好几种不同的声音，觉得很神奇，同一个配音演员可以配剧里的海清，还能配海清的妈妈，甚至还能配小男孩。后来我了解到，这些配音高手们支撑起了墨西哥的配音产业。原来墨西哥这里讲的西班牙语，是业界中所谓的“中性西班牙语”，也就是说，在全世界讲西班牙语的国家里，墨西哥西班牙语的口语、词汇和表达方式是西班牙语世界里的“普通话”，最适合用来做配音。墨西哥拥有全世界最大的西班牙语配音产业，各国的电视剧、好莱坞电影很多都是在墨西哥配音制作。

看到一部中国电视剧《媳妇的美好时代》被配音成西班牙语版，起初我只是觉得新奇，后来我才意识到，这其实是我们外宣工作的一个新的方向和出口。我们国家的文化产品输出到西班牙语国家，只有西班牙语字幕是不行的，墨西哥人的观影习惯是不要字幕，全要配音。墨西哥人非常喜欢看电视剧，家庭主妇边做家务边看电视剧，卖玉米饼的路边摊都会有迷你的电视屏幕，不是放着球赛，就是放着电视剧，甚至有些出租车里都会挂着一个小手机屏幕在中控那里，边开车边听电视剧。原来我一直觉得好莱坞的大片听原声看字幕的感觉会更好，但在墨西哥，想要做好外宣，一定不能忘了“中性西班牙语”配音。

2019 年 11 月，我去坎昆报道中国联合展台亮相国际电视节，在那个 3000 平方米大会场里面，数百家媒体同场交流的场景让我看到了中国影视产品在墨西哥的巨大市场和机遇。这时距离《媳妇的美好时代》在当地播出已经过去了几年，仔细观看中国媒体联合展台带来的各种影视产品，有纪录片、动画片，还有专题片，他们都充满诚意地做了本土化的改进，西班牙语配音已经是基本配置。当时中国是电视节主宾国之一，我深刻体会到了我们外宣产品的品质提升，电视媒体产业每年都在努力生产出高质量的内容，作为这支力量中的一员，我有一种很自豪的感觉。

总体上来看，墨西哥影视文化主流是以美国好莱坞、韩流文化为主的局面。在墨西哥做我们的文化产品，实际上还是在跟好莱坞抢当地观众，推广我们的文化产品要想办法让墨西哥人爱看你的节目，才更有机会被传播到更广大的西班牙语世界国家中去。

总有人说记者是无冕之王，我的理解是，社会上各阶层的人群都对记者这个职业有相当的尊重度和接受度，记者可以接触到各种各样的人。对话一个国家最穷的人和最富的人，可以增加你认识墨西哥的厚度。墨西哥的穷人都坐地铁，一直到 2013 年底，墨西哥都拥有世界上最便宜的地铁——3 比索一张票，约人民币 1 块多，比北京地铁早期的 2 块钱车票还便宜。墨西哥地铁宣布要涨价，很多低收入的民众极力反对，发起各种抗议，但地铁票还是从 3 比索涨到 5 比索。我去地铁里采访很多乘客，这样的涨幅已经影响到很多人的出行了，上涨的 2 比索已经让很多人坐不起地铁了，这就是穷人的出行方式。从地下转到地上，你会经常在墨西哥城的蓝天里看到直升机飞过，那就是墨西哥富人的出行方式，因为不堵车。400 美元你就可以坐直升机去机场，方便又快捷，不过你想想，400 美元能折换多少张地铁票呢？天上的直升机和地下的地铁列车，我都体验过。我觉得墨西哥穷人和富人之间的差距，不完全是贫富差距，更像一种社会阶层的割裂和固化，以及随之带来的人的固化，还有生活方式和思想的固化。

墨美边境故事

墨西哥有一个奇怪的现象，那就是很多偏远地区的新生儿是没有出生证明的。没有出生证明就是黑户，他们长大后没办法办理护照，没有护照就没有签证去美国。所以，这些墨西哥人从一开始就失去了合法去美国的途径和机会。长大以后，有些人想逃离家乡的贫困生活，只能非法偷渡越境去美国，一代一代的墨西哥非法移民都是这样做的，这就是墨西哥和美国边境线上的非法移民问题。这边是我驻外期间的报道重点。

墨美之间有超过 3000 公里的陆路边境线，在 1848 年美墨战争之后确立下来，也是全世界最繁忙的边界之一。随之而来的是大量涌入美国的非法移民，以及严重的毒品犯罪问题，都成为美墨关系的重要课题。

我在这条边境线上采访和拍摄过很多次。2021 年 5 月，我去蒂华纳陆路边境口岸拍片，在边境墙附近就目击了翻越边境墙的偷渡行为。摄像机和照相机记录下了翻墙越境行动的全部过程，当时摄像老师距离偷渡移民不到 2 米的距离。回看画面，我们发现，这个移民是在一个“蛇头”的帮助下，用一个拧成钩子形状的细钢筋条简易梯子，爬上大约 6 米高的边境墙的墙头。这个移民翻身跳下墙头，在短短数秒内，冲刺一纵身消失在了美国那侧的草丛里，整个过程仅耗时几十秒。许多来自中南美洲的移民开始选择如此极端的手段进入美国，这也是墨西哥与美国边境线上的真实发生的故事。

2021年3月，记者在墨西哥与美国边境地区的雷伊诺萨小城探访拍摄墨西哥一侧移民聚集

驻外手记

我在墨西哥城站担任驻外记者工作的这几年里，新闻报道的时效性、独家性，还有现场感，都是我一直特别强调的重点。

首先是时效性，由于记者站人手不足，有些发生在外地、外州的新闻事件，我们没办法第一时间赶到现场。这个时候为了抢时效性，一般有三种手段。第一是关注墨西哥当地的信息源、主流新闻源，依靠墨西哥当地新闻媒体的报道力量，了解新闻事件的动态情况。总台与主流媒体有资源互换的机制，可以拿到画面和素材，我们需要做的是第一时间从大量的信息里面相互比照，甄别出信息的真伪，在保证时效性的同时也要避免出现事实性错误。第二是建立起自己的新闻线人和媒体同行之间的共享网络，也包括跟总台英语报道员、西班牙语报道员的协作和共享。此外，在墨西哥当地的媒体中有很多打过交道的记者，这些记者朋友很多时候能够第一时间给你消息，可以加入一些当地媒体人的聊天群。第三是要做好新闻的预备和模板。以地震报道为例，墨西哥是地震多发国家，在很多震级高的地震发生时，我就会用预先准备好的文稿，把这次发生的地震数据填进去，然后迅速发稿，这样的做法可以在抢时效性的方面做到最快。

其次是独家性，如果狭义地去理解，已经不符合现在新闻报道的真实业态。我理解的独家性，不是说只有一家有报道，其他的媒体都没有报道，而应该更多地从报道视角和内容的独家性去体现。

比如我们做过的很多关于墨西哥边境地区移民问题的报道，想让这种内容的报道体现独家性，就要挖掘移民问题根源和移民背后的故事。

这也引出第三个要求——现场感。我在墨西哥城站担任驻站记者期间，日常工作中占比最大的就是进行采访和画面素材的采制，所以必须到现场，如果不去现场，只能用其他媒体已经发出的素材，现场感势必打折扣。我每次去边境做报道，都是一次到现场的机会，现场感还可以从采访中的提问和拍摄手法中去体现。比如要在对新闻报道事件内容掌握的前提下，去做采访中的追问，这种记者和被采访人之间的一问一答、再问再答，能大大地加强记者在现场的存在感。

侯佳琦

2016年初前往古巴常驻，行走拉美地区近20国。曾报道过古巴革命领袖菲德尔·卡斯特罗逝世、加勒比飓风、厄瓜多尔7.8级强震、2016年里约奥运会、委内瑞拉危机、APEC秘鲁峰会、拉美多国大选等重大事件。采访过古巴国家主席、巴拿马和尼加拉瓜总统等重要人物。曾多次作为访谈嘉宾和联合主持人走进古巴国家电视台，批驳西方国家涉华谣言谎言，讲述真实中国，传播中国传统文化，推动中国优质节目在拉美落地播出。撰写多篇西班牙语署名评论文章，在古巴主流媒体刊发，其中《美国反华“七宗罪”》被翻译成法语和英语，并收录到在法国出版的《开眼看中国》一书中。

我在古巴慢生活中品味五彩斑斓

中央广播电视总台拉美总站哈瓦那记者站／侯佳琦

在很多人眼中，古巴是一个充满神秘色彩的国度。2016 年 2 月，我满怀期待来到这个位于加勒比海的美丽岛国，开始了精彩而难忘的驻外生涯。

独家揭秘“Mojito”MV 的幕后故事

不知道大家是否还记得 2020 年火遍网络的那首周杰伦的新歌“Mojito”？古巴，其实是 Mojito 的发源地，这首歌的曲风充满了浓郁的古巴味道，MV 中哈瓦那古老的街道和五颜六色的老爷车更是引发了观众对古巴的无限遐想。

歌曲“Mojito”一发布，我便开始寻找在 MV 中出现的那 6 位古巴乐手，最终对他们进行了一次特别的访谈，独家揭秘 MV 拍摄的幕后故事。采访在 2020 年 6 月进行，受新冠疫情影响，我们无法重返 MV 的取景地，因此那次采访安排在其中一位乐手的家里。那是非常难忘的一天，我们愉快地聊着拍摄 MV 的幕后故事，一起喝 Mojito，最后我在 MV 原班人马的现场演奏中与他们共同演唱了这首歌。

拍摄当天，我花 3 个多小时才把这几位音乐家接齐，他们住得都很偏远，而且分散在哈瓦那的不同方位。等我们聚齐时已经是下午 1 点半了。我先给他们播放了这首歌的 MV，这是他们参与 MV 拍摄后第一次看到成片，对呈现出来的效果，他们啧啧赞叹。很自然地，几位乐手就回忆起歌曲旋律并开始现场弹奏，我和其中一位乐手排练合唱，我唱中文，他唱西班牙语。Mojito 喝到微醺，歌唱到过瘾，访谈正式开始，他们将思绪拉回到 2019 年拍摄 MV 的那一天。

熟悉的拉丁曲风和周杰伦的中文歌词产生微妙的碰撞，他们在访谈中表示，第一次听就很喜欢这首歌，歌曲旋律很有感染力，融合了古巴音乐中的不同曲风，由中国人来演绎古巴曲风，可以说是音乐方面的一种创新。随性和浪漫不仅体现在歌曲和 MV 中，也体现在周杰伦临时邀请他们演奏歌曲和出演 MV 上，据他们回忆，那是一次偶然的邂逅、一次命中注定的相遇。

84 岁的吉他手是一位古巴乡村音乐家，做音乐已经 70 年了，他和他的女婿、孙子三人组成一个乐队叫“朋友”。某一天，他们正在工作时被人询问联系方式，之后很快接到了一通陌生电话，电话那头邀请他们，同时请他们再寻找 3 位乐手一起参与一次合作。挂断电话时，MV 中的大提琴手正从他们面前走过，经“朋友”乐队邀请，大提琴手愉快地加入了这个团队。6 人乐队还需要一位康加鼓手，84 岁的老爷爷便叫来了他多年的好友马查多，鼓手就位，最后就差一位小号手了，于是马查多又找来了小号手威廉。84 岁老爷爷说，当他看到威廉时突然想起他们多年前曾合奏的情景，感谢这次拍摄使他们有机会久别重逢。

周杰伦临时邀请他们演奏和参演 MV 真的是非常随性、浪漫，这也展现了古巴人甚至是整个拉美人的性格。正是他们拥有同样的自由、随性、浪漫，以及充满了天马行空的想象，才能使一个临时组合的队伍、一个中拉之间的碰撞产生这样美好的一个火花。

从掌握这首歌的旋律到排练，再到拍完整个 MV，仅用了一天时间。据他们回忆，周杰伦用钢琴教他们歌曲的旋律，威廉拿出小号去合这首曲子。大家边练习，周杰伦边指导，大家仅练了半小时就学会了。一天的拍摄结束后，周杰伦的伴舞老师把花衬衫送给了这几位古巴乐手，他们还给当地小朋友送了糖果、巧克力和衣服。MV 的拍摄给他们留下了非常美好的回忆，访谈的最后他们说，当人们为这首歌鼓掌、跳舞、享受的时候，他们同样也是享受的，希望这首歌火遍全世界。

其实这次采访本身也有很多幕后故事，我在寻找这几位乐手时颇费了一番工夫。因为他们并非明星，而是在哈瓦那老城区驻唱的普通乐手，加上疫情期间老城区的所有餐厅、酒吧暂停营业，连挨家挨店地寻找他们的机会都没有。我最终是通过以前一起直播介绍古巴萨尔萨音乐舞蹈的一位乐队朋友百转千回才找到了大提琴手。

采访前，我亲自拜访了其中的两位乐手。第一位是大提琴手雷内，他家的面积有几十平方米，住着三代人，包括他的父母、爱人和6个孩子。客厅只能容下三四个人，他们请我坐下后，就只剩下一个座位。聊天时他问我在哪里能买到食用油，他们全家已经很多天没吃过油了，我知道外面很难买到，就承诺下次给他带一瓶来。采访的当天是我们第二次见面，当我真的把一大瓶油送给他时，他们全家激动不已。雷内告诉我，疫情期间在古巴，一瓶油比黄金还要贵重。那天拍摄结束我送他回家时，他的妻子亲自采了一麻袋杧果送给我作为回礼，我没有想到这样一个举手之劳让他们如此感恩，我也连声道谢。不过采访当天回家后我难过不已，因为雷内那天并没有演奏他的大提琴，他黯然伤神地告诉我，为了生计他已经把琴卖掉了。我无法想象一位乐手迫于生计将他最心爱的乐器卖掉时是怎样的难以割舍和痛心。

第二位拜访对象就是84岁的吉他手了，他是这个队伍的负责人。老爷爷在他居住的那一片很有声誉，我问路时大家都对他很熟悉。我们在他家愉快地聊了一下午，顺利敲定了采访拍摄事宜。他告诉我，从3月疫情暴发开始，哈瓦那老城区的酒吧和饭店就停业了，他一下子没了工作，家里已然有些揭不开锅。6位乐手都是相同的境遇，所以希望此次拍摄能支付一些小费让他们维持生计，我表示理解，很爽快地答应了他们。在古巴，驻唱歌手一个月大约能赚50美元，按古巴的工资水平看，他们的月收入和大学教授或媒体记者是差不多的。老爷爷对这首歌曲的流量感到喜出望外，他为能和中国如此受人喜爱的歌手合作感到非常荣幸。

在采访当天拍摄结束后，除了给一些小费，我还送了每个人一个U

盘，并将歌曲的 MV 拷贝在其中。大家收到 U 盘时都格外开心，因为我知道在古巴很难买到电子产品，仅有的电子产品还都特别贵。

采访结束后，有一句话一直萦绕在我的脑海中，老爷爷开玩笑地说，没想到我们在中国已经火了，可惜我们在古巴还是穷音乐家，没人认识我们。其实在我看来，古巴的艺术家都是真正的艺术家，古巴是拉丁音乐的发源地，民间音乐家流淌着音乐创作的血液，饱含着对音乐的执着，就像这位 84 岁的老爷爷，在疫情之前仍每天去老城区演唱，将古巴音乐中的热情和快乐带给游客。正是这些最平凡的民间艺术家用不分国界的语言为自己的国度增添了梦幻、迷人的魅力。希望疫情早日过去，当我们有一天再次走进老城区恢复往昔热闹的街道时，能惊喜地听到从某个小酒馆中传出“Mojito”的音乐旋律。

独家采访周杰伦“Mojito”MV中六位乐手

古巴老爷车

如果你看过好莱坞电影《速度与激情 8》，那么对电影开篇在古巴首都哈瓦那飙车的场景一定印象深刻。除了展现了极具特色的古巴风情之外，老爷车也是让影迷关注的一个焦点。

古巴是现在世界上唯一一个仍大量使用老爷车的国家，在各个城市的大街小巷上，都能看到 20 世纪 30 年代至 50 年代产的美国老爷车，古巴的城市街头堪称“老爷车博物馆”。这些老爷车看起来很炫，但其实大部分都经过改装后才能继续在街道上行使，老爷车的“屁股”后面经常冒着黑烟，幸好有加勒比海的海风，一吹就烟消云散了。老爷车的驾驶感其实和现代的车辆差别不大，只是速度不会太快，最高时速也就是 140—150 公里。车内噪声很大，前挡风玻璃比现在车辆小很多，所以视野不够好，而且老爷车上都没有空调，大多数司机都是开着窗户，还有很多人会在车内放个小风扇。古巴老爷车的车体较重，大概 2 吨左右，很结实，有很多发动机都被换成新款，因为政府曾特赦允许进口发动机。当地人对老爷车进行改造，投入市场接待游客，以促进旅游业发展。有趣的是大部分老爷车的仪表盘都不能显示了，我问司机是如何知晓车速的，他很自信地告诉我，“很简单啊，把手伸到车外，感受一下风力，就能预估车速了”。您别说，古巴人感知车速还真是挺准的！

在古巴，敞篷老爷车用于接待外国游客观光游览，一小时 30—50 美元，可以游览到哈瓦那的主要景点，比如革命广场、莫罗城堡、海滨大道。坐敞篷老爷车虽然够拉风，但是在海滨大道上行驶的时候女生的头发会被吹得凌乱，还有可能随时被翻过堤坝的海浪拍个正着，日晒雨淋更是要看当天的天气了。即使如此，我还是喜欢这种感觉，那是一种穿越时空充满着复古激情的浪漫。老爷车司机都是地地道道的古巴人，他们对本国音乐有着强烈的自豪感，在你领略古巴风光的同时，他们还会让你感受激情四射的拉丁音乐，此情此景绝对能让你忘却所有烦恼。

而普通的老爷车就实实在在地展现了当地人的生活景象。在古巴日常出行，有两类出租车可以呼叫，一类是黄色车身的国营出租车，另外一类就是老爷车，这种老爷车的出租车一般都是按位收费，每位 3 元人民币左右，是有固定路线的，只要在这个固定路线上招手，有位子都会停下来。不过这种老爷车一般游客是不会打的，因为都是固定路线，您可能完全不知道这辆老爷车会拉您去哪儿，司机的手势也是很有讲究的，常驻古巴的朋友们都知道，一看手势就知道要走哪条路了。

一般古巴人在结婚的时候都会租敞篷老爷车，新娘新郎站在老爷车后座处，穿街走巷地风光一圈。经过的车辆都会以按喇叭的方式示意祝福，新郎新娘也会挥手感谢，路人还可以随时截住老爷车和新郎新娘要些喜糖讨个彩头。

老爷车在我们看来是个珍贵的古董，不过对于古巴人来讲是个亟须更新换代的产品，他们已经厌倦了老爷车突然坏在路中间，在暴晒的日头下修车了。在未来的某一时间，古巴的“街头一景”——这些鲜艳绚丽的老爷车也将成为过去。

回忆常驻古巴的这6年，我几乎走遍了古巴全国各省。我曾报道过菲德尔 · 卡斯特罗逝世、古巴政权更迭、社会经济模式更新、货币双轨制统一、古美关系的跌宕起伏等重大新闻。6年中，我有幸采访过古巴国家主席迪亚斯-卡内尔（时任古巴国务委员会第一副主席兼部长会议第一副主席），结识了切 · 格瓦拉的儿子，与古巴全国人民政权代表大会主席拉索畅聊中国与古巴、猜脑筋急转弯。6年中，我学习了拉丁舞蹈，深度了解雪茄文化，爱上了多姿多味的古巴鸡尾酒。

我欣赏疫情期间古巴全国上下的团结，敬佩古巴人对抗美国制裁的傲骨，我为古巴的浪漫、热情以及充满神秘色彩的气质着迷，同时也饱尝经济落后物资匮乏的苦楚。最重要的是，我向古巴人学到了乐观、真诚、知足常乐的人生态度，这些都成为我在古巴生活与工作 6 年来最珍贵的回忆。

作为访谈嘉宾参与古巴国家电视台新闻频道“涉疆问题”特别节目

驻外手记

选择成为一名驻外记者是需要勇气的，要在异国他乡迎接工作和生活中随时而来的未知挑战，还要学会偶尔与孤独为伴。但如果有人问我值还是不值，我会立即回答：“值得，绝不后悔！”

做一名驻外记者，要勇于走出舒适区。记得驻外之初，我不善与人社交，心里想要主动上前聊天，却怎么也开不了口，担心不知道聊什么而造成冷场，连采访都是问完设计好的问题后就迅速收场。我深知口头表达和沟通是一名合格记者的基本功，于是便暗下决心迈出这一步，改变自己。我打开自己的电话通讯录，按名字首字母排序，每周强迫自己请一两个当地朋友见面聊天，锻炼沟通和社交能力。不知过了多久，我不再为见不熟悉的人而感到焦虑，不再为聊什么而苦恼，相反，我变得越来越自信，社交恐惧不复存在了。

做一名驻外记者，要融入并尽可能喜欢上你的驻在国。很多人说，古巴物资这么匮乏，你怎么受得了？没错，古巴超市货架上商品贫瘠，甚至经常空空荡荡。疫情期间，米面粮油、鸡蛋、牛奶都很难买到，我常会因为买不到护肤品和卫生用品而焦虑到失眠。然而，古巴拥有全民免费医疗和教育制度，拥有世界闻名的雪茄、鸡尾酒，以及热情的拉丁音乐和舞蹈。如果你去欣赏它的优异之处，并在当地广交朋友，努力去喜欢上这个国家，驻外工作和生活便不觉得那么艰苦和难熬了。同时，融入当地也有助于深入了解当地情况，做出更具深度的新闻报道。

做一名驻外记者，要闻风而动、攻坚克难。驻外的这几年，每天浏览当地新闻网站、收看电视新闻成为我生活中重要的一部分。除了了解新闻事实，还要不断锤炼脑力，努力洞察和思考新闻事实背后的本质和规律，培养对驻在地区历史演变、社会发展的深入了解。在发生重大突发事件时，记者要闻风而动，除了迅速、准确地报道新闻消息，还要立即调研前往新闻现场的可行方案，力争第一时间抵达新闻现场，发回一手新闻报道。换言之，要到得了现场、扛得住压力、分得清事实、拼得起速度。

做一名驻外记者，要勇于在国际舆论场上发声。要自豪地向世界讲述中国的发展成就，要理直气壮地向世界说明中国对全球的贡献。同时，在面对西方媒体抹黑、歪曲中国实情时，驻外记者还要勇于斗争和反击。我曾与古巴国家电视台新闻频道“加勒比频道”共同策划，并作为访谈嘉宾参与录制有关“涉疆问题”“中国抗疫”“中国共产党建党百年”等多档特别节目，亲自向海外观众揭批西方国家的涉华谎言谣言，讲述真实中国，以正视听。

作为一名驻外记者，我很高兴能尽微薄之力，让西方电视观众和新闻读者打破对其媒体蓄意编造的“想象的中国”的错误认知，拥抱真实、立体、全面的中国。

闫术

2011 年进入中央电视台工作。2011 年至 2018 年在国内从事行政与法务工作，参与中央电视台海外站点建设和法律事务调研。2018 年底前往巴西，成为中央广播电视总台驻拉美总站记者，驻地圣保罗。2022 年至今转站至马来西亚，任中央广播电视总台驻吉隆坡首席记者。

巴西三年驻站，人生一碗高汤

中央广播电视总台拉美总站圣保罗记者站／闫术

我骨子里有点社交恐惧症，25 岁之前，从没想过有一天自己会成为记者。我儿时的梦想是当个漫画家，在家里用画笔描绘想象中的世界。如今，我在世界各地用镜头记录真实的故事。也许一切都是命中注定，自己终究要做一个讲故事的人，即便要走一段大大的弯路。

2018 年 12 月末，我在飞机上过了 34 周岁的生日，带着妻子和刚满一岁的女儿，一家人来到巴西。进入总台工作了 8 年，第一次转型做记者。迎接我的，不是总台驻外记者的光环，而是生活的暴击。一切从零开始，就像蹒跚学步的孩子，衣食住行都要重新适应。因为赶上当地楼市火爆，我们租不到公寓，一家人在酒店住了半年多。我们在马桶上焖饭，在淋浴间炒菜，卫生间和厨房合二为一。

不知道为什么，孩子在国内好好的，到巴西后的前几个月总生病，我和妻子经常大半夜抱着她往医院跑。我听不懂孩子咿咿呀呀说什么，巴西大夫也听不懂我支支吾吾说什么。有一次，妻子着急地说，你就告诉他孩子是水土不服，上火了。我想了一下，用自己有限的葡萄牙语和大夫解释说，孩子因为无法适应巴西的水和土壤，所以体内产生了一股很强的热量，就像燃烧的火。巴西大夫听了之后一脸迷茫。驻外生涯正式开始后，工作节奏则是猛然加快。

做记者的第一个月就遇上大事儿了

2019 年 1 月 25 日是我做记者的第 29 天，也是抵达巴西的第 29

天，巴西米纳斯州出现重大矿坝决堤事故。巴西淡水河谷公司建在山上的一个矿坑破裂决堤，里面储藏的1200万立方米的矿料和泥浆倾泻而下，吞没了沿途的房屋和农田，数百人失联。得知消息后，站里立刻安排我和另一位记者奔赴现场。这是我做记者遇到的第一个重大突发事件，可以说既激动又紧张，还没理清思绪，我已经坐上了飞往米纳斯州的飞机。

事故周围的道路拉起了长长的警戒线，山谷里是一望无际的泥浆，空气中弥漫着化学制品的刺鼻味道，军警、消防、急救、环保、道路抢修等身着各色制服的工作人员跑上跑下，头顶上不停地有直升机呼啸而过。除了已经决堤的矿坝，在我们头顶的山上，设计相同的矿坝还有几个，连日大雨早已让它们达到了警戒水位，随时可能发生二次决堤，工作人员让我们尽快完成拍摄后撤离。我竖着耳朵，像雷达一样监听空气中任何异样的声响。短短30分钟，就有人两次突然往外围跑，带动大家也跟着跑。跑出很远才发现是假警报，人们再返回来继续工作。其实每个人都很紧张，说草木皆兵一点不为过。

我们在当地工作了两天，我脑海里想象着以前在电视上看过的类似报道的模样，照猫画虎地采访和拍摄。连日的降雨让设备上总是沾满雨水和沙尘，我把相机时刻挂在胸前，透过镜头记录着每一个场景。从新闻发布厅焦急等待失联亲人的家属，到急救中心分发物资的志愿者。这台相机曾无数次记录过我和家人在国内的生活琐碎，如今随着我身份的转变，它也成为重大历史的见证者。事故最终造成270人遇难，我们发回的电视报道登上了《新闻联播》，后来还在总台评优中获奖。

对方举着霰弹枪让我们“滚远点”

总台大部分驻外记者要么单身，要么只身在外，一人吃饱，全家不饿，像我这样拖家带口出来的是少数。虽然多了牵绊，但更多了陪伴。我的妻子学的是播音主持专业，为了实现我驻外的理想，她毅然辞去了国内待遇丰厚的工作，成为全职妈妈。虽然我发出的稿件，署名都是“总台记者闫术”，但她是我每篇重要稿件的第一位读者，每条视频的第一位观众，每次彩排连线的模拟主播。每次去偏远或冲突地区出差报道，可能连续几天和家人联络不畅，让彼此非常牵挂。她担心我往危险的地方跑，我担心她自己带孩子，语言不通遇到困难难以解决。第一次让我和家人“失联”的是关于亚马孙森林火灾的报道。

2019 年 8 月下旬的一个白天，圣保罗市天空白昼如夜。焚烧形成的烟雾将天空完全遮蔽，落下的雨水也混合着黑色颗粒。这是当年引发世界关注的亚马孙森林火灾的导火索。烟尘主要来自巴西西部地处偏僻的朗多尼亚州，那里是巴西非法破坏雨林、焚烧开荒最严重的地区。当地基础设施差，道路难走，通讯不畅，不法分子非常张狂，但为了直击火灾核心地带，我毫不犹豫地购买了前往朗多尼亚州的机票。

2019年8月，在巴西朗多尼亚州报道亚马孙森林火灾

深入火灾腹地，所见所闻让我终生难忘。在该州首府波多韦柳市一下飞机，就能闻到空气中弥漫的烟味，不到几个小时嗓子就开始刺痛。我们驱车来到郊区，深入荒野，一望无际的大片森林被焚烧殆尽；一座座光秃的山头好像被烧光头发的脑袋。放飞无人机从空中鸟瞰，地面上好像进行着一场战争，数十条烟柱从林地里升起，无人机好像在云层中穿梭。而深夜里燃烧的森林，就像地狱的景象，四周只有火焰的呼呼声和树木燃烧的噼啪声。8 月是巴西的冬季，即便如此，站在火场外围脸颊很快就发烫，满头大汗。

因为担心遭到报复，对于纵火烧林的问题，当地农民面对镜头都三缄其口。只有确认我们关闭了摄像机，才肯道出实情，讲自己只是拿着微薄的收入，被雇来在农场干活。烧林的事都是农场主们在幕后操纵，他们有钱有势不好惹，让我们注意安全，去年就有一位军警在执法过程中与农场主发生枪战，因公殉职。没过多久，我的巴西摄像就告诉我，在我俩分开工作的一段时间里，他可能遇到了一位农场主，对方举着霰弹枪让他“滚远点”。

2019年8月，在巴西朗多尼亚州一处靠近火场的位置，出镜报道亚马孙森林火灾

我们是早于 BBC 和 CNN 等西方媒体到达现场的首批外国记者。在当地 8 天的采访和拍摄中，获得了高质量的独家画面和深入的调查报道。根据总台国际视频通讯社的统计，我们的一系列报道被全球 2000 多家媒体转载使用了 3000 多次。回到圣保罗，一进屋妻子就埋怨加嫌弃地说，好几天联系不上，敢情你是掉火坑里了啊，身上全是烟熏的味道。我自己完全闻不到，直到洗了个澡，换了身衣服，再拿起相机时，烟熏味道迎面扑来。这让我顿时明白，为什么回来的飞机上旁边的乘客一直看向窗外，她是多希望可以把飞机窗户打开啊……

感谢自己没放弃

环球资讯广播《记者视界》栏目邀请我录制一期节目，让我诚惶诚恐。之前参与节目的同事，大都是有 10 多年新闻从业经验的老记者，不少人光是在海外驻站就有八九年。如果把做记者当作受教育，那他们很多人都是大学生和研究生，而我才上小学三年级。但正因为 34 岁才做记者，我更珍惜这个平台和机会。

很多人都有一个误区，觉得在中央电视台工作就等于奋战在新闻一线，或者成为明星栏目的一员。记得 2011 年毕业入职后第一年回老家过年，饭桌上一位远方亲戚得知我在央视工作，好奇地问："在央视啊，那你上春晚没？"我一口饮料差点喷出来。

因为工作安排，入台后我并没如愿从事电视业务工作，而是进入行政管理部门。我在大学和研究生阶段学习的都是英语专业，虽然对工作的平台很满意，但能够"学以致用"是我无法妥协的目标。于是入台的第二年我便申请驻外，年复一年热情不减，其间发生了很多故事，包括结识我现在的妻子，我们从出租屋搬到新房，女儿降生。在他人看来，我也算是个成功扎根的北漂。身边不少朋友觉得我太固执，朝九晚五，晋升渠道好，何必非要转岗做记者，找罪受还担风险，甚至让家人跟着一起折腾。我不知道怎么解释，可能就是执念吧。一晃很多年过去了，直到 2018 年底，我终于如愿成为一名驻外记者，于是就有了文章开头的故事。

出国让人更爱国

说转岗做记者是“找罪受还担风险”一点都不假，报道 2019 年全球关注的委内瑞拉危机就是另一个例子。在美国横加干涉之下，委内瑞拉政府和反对派剑拔弩张，国内物资供应告急，全国断水断电，治安严重恶化，内战一触即发。因为局势危机，外界对委内瑞拉国内的真实情况众说纷纭。作为少数可以入境报道的外国记者，我知道眼前看到的一切都极具新闻价值。

光是反复停电，就让委内瑞拉社会难以稳定运作。每次停电都会导致交通突然瘫痪，地铁停运，大批乘客涌上路面。街上望不到尽头的人流让人有种节日的错觉，他们要在炎热的夏天步行数小时到达目的地。通信中断让我的工作步履维艰，但最要命的其实是停水。打开酒店卫生间的水龙头，只有“咝咝”的空气声。早晨起来不能洗脸也就算了，三十四五度的高温在外面跑一整天回来不能洗澡，是可忍孰不可忍。

我在委内瑞拉工作的最后几天，中国援助委内瑞拉的第一批民生物资顺利抵达。当天下午，几十个国内外媒体早早来到机场等待，他们架起“长枪短炮”，把停机坪围得水泄不通。航班带着机尾的一缕中国红从天而降，物资包装箱上印着的中国国旗分外醒目，让我十来天焦灼的心情突然平静了下来。一瞬间理解了那句话的含义，出国让人更爱国。

很多同事、朋友看到了我在委内瑞拉的报道，都来问候我。我尝试着用以前生活旅拍的方式，记录了在当地的见闻发回国内，意外收到很好的效果。台里的编辑老师联系我，沟通拍摄的经历，说大家很喜欢这种形式。后来我才知道这叫“Vlog”，这种形式此后也在总台的新闻制作中越来越流行。

疗情是场遭遇战

我们一家三口在酒店住了半年多才搬进公寓，但 2020 年突如其来的新冠疫情又带来了更大的挑战。巴西疫情严重程度一直排在世界前列，尤其在疫情早期，外出和拍摄都受到极大限制。

记者要如何利用更多的居家时间工作呢？我结合本地热点新闻，和妻子一起在家里录制了很多脱口秀节目，讲本地疫情、雨林保护、巴西政治、儿童远程教育等。我甚至还捡起了童年的绘画特长，用手绘画出疫情期间在巴西的生活和见闻，发在总台央视微博上。看到有网友留言："这是被记者证耽误的漫画家啊。"这句话可真扎心了，又让我想起儿时当个漫画家的梦想了。

女儿一天天长大，但她没办法和国内孩子一样上幼儿园。巴西《圣保罗页报》的一份调查显示，持续的疫情让本地 30% 以上 3—4 岁的儿童出现了行为退化，表现出比自己年龄更小的儿童的行为，如语言能力减退、过度依赖父母、频繁尿床等。孩子在家里憋了一年多，越发内向。无奈之下，两害取其轻，只能送她们娘俩回国生活。刚刚返回国内时，女儿与周围同龄儿童格格不入，让我心如刀绞。经过一年多的新生活，她的状态焕然一新，每天视频都要絮絮叨叨地和我讲她一天的所见所闻。如果在电视上看到我，会边喊着爸爸边跑过去亲电视里的我。每次妻子从微信发来这样的视频，总让我禁不住潸然泪下。

2020年新冠疫情期间，记者每周在演播室直播连线报道当地防疫和疫情发展

事业上再多的成就也无法弥补

对家人的亏欠和骨肉分离的思念，不过我仍然觉得自己是幸运的。虽然出生在一个平凡的家庭，但出生的国家和时代让我能够通过努力改变命运；虽然我只是总台中一名普通的员工，但这个平台让我实现了人生理想，开阔了视野；虽然疫情让驻外生活充满挑战，但是家人的理解和支持让我能够战胜这些困难，我也更热爱现在的工作，并为之感到骄傲。不经历风雨，怎能见彩虹。2022 年 3 月写下这些文字的时候，我正经历风雨兼程；相信当您看到这些文字的时候，我正仰望天际的彩虹。

驻外手记

我相信主流媒体的大部分记者都有职业焦虑。短短 10 来年的时间，自媒体 MCN（Multi-Channel Network，多频道网络）模式已经成为流量主体，内容制作经常要考虑推荐算法。曾经影像记录是门专业技术，拍摄和剪辑设备的价格动辄百万，如今一部手机就能做到，小型无人机甚至可以放进上衣口袋。如果说外语是驻外记者的优势，但越来越先进的翻译软件已经开始削弱这个优势。

我有个特别矛盾的想法。我经常和妻子说，女儿长大了千万别当记者，但我不能否认，自己又非常热爱这份职业。3 年来我阅读了不少和新闻采访、非虚拟写作乃至编剧有关的书，平时看到精彩的影片就用拉片的方式反复研究；出国前就开始练习相机、无人机、非编软件等各类前后期技术；在巴西，我的英语优势难以发挥，为了更好地适应工作需要，花了大量时间自学葡萄牙语。虽然刚驻外 3 年多，我很幸运地获得了一些台里同事和领导的认可，甚至会有同事来取经，问题一般是关于如何选题策划、拍摄和剪辑。

和发射火箭的科学家不一样，我觉得记者更像是厨师，写稿拍片更像是烹饪。这是个门槛不高的职业，大部分人都能上手试一试。但要想做出美味佳肴，须不断学习，反复实践并从中总结经验；须赴汤蹈火，经历烟熏火燎；须对食材的品质精益求精；须多些灵感，不断推陈出新。好记者要付出的精力并不亚于发射火箭，有时确实是一种折磨，但痛并快乐着。这种快乐源于把故事用精彩、生动的方式呈现出来的热爱，就像一个引力场，无时无刻不牵引着你朝它指引的方向前进。

虽然自己水平有限，但只要有同事来取经，我都会知无不答，详细地介绍自己的经验和采用的方法，对方往往会惊讶于我能如此毫无保留。其实我是这样想的：如果对方是被“爱讲故事”的引力场吸引，那我最多只是个加速站，无论如何他一定会到达目的地，反之亦然。

孙牧宁

2009年进入中国国际广播电台马来语部工作，2016年派驻新加坡记者站工作。驻外期间曾参与采访马来西亚前总理马哈蒂尔、新加坡总理李显龙、尼泊尔前总理奥利、东帝汶前总统奥尔塔等政要。多次前往尼泊尔、缅甸、文莱、东帝汶、印度尼西亚、斐济等国，出色地完成了和平方舟医院船外访行程、2018年雅加达亚运会、汤加火山爆发等重要新闻报道任务。积极前往欠发达地区，克服交通不便、环境复杂、工作条件艰苦等带来的挑战，走入处于热带雨林深处的项目，与中方和当地员工同吃同住，发回了对各国热烈响应“一带一路”倡议情况的真实报道。

这些年我在东南亚

中央广播电视总台亚太总站新加坡记者站／孙牧宁

新加坡位于东南亚的中心，加上便捷的交通环境，所以在新加坡驻站会有很多机会去周围的国家走一走，不知不觉地，我已走遍了东盟十国外加观察员国东帝汶。虽然是地球上的小小区域，但是也汇集了 6 亿多人口的喜怒哀乐，这不大不小的“成就”确实足够我开心一阵子。

关于远山中的神奇水果

我是学习小语种出身，学的是马来语。我喜欢马来西亚，总觉得冥冥之中就是有什么眷顾这片土地，总能为马来西亚带来神奇。

我觉得榴梿是马来西亚的国家象征，大部分朋友吃过的泰国榴梿真的比不上马来西亚榴梿。这其实是手工农业和现代工业的一种对决。泰国榴梿早就已经实现了产业化，从采摘到运输都形成了体系，但是马来西亚榴梿却还是走在小车慢拉的路子上，骄傲地宣称只有在树上自然熟的榴梿才是好的榴梿。如果你反驳说泰国榴梿早就已经可以未成熟采摘，运输过程中成熟了，种榴梿的叔叔往往会轻蔑地笑着告诉你，自己开口的榴梿是酸的，已经不能吃了。

马来西亚的榴梿因品种不同，会有更奇特的口感、更复杂的香气，甚至甜味与苦味混合的奇妙感觉。榴梿市场就像是王朝兴衰，这 10 年流行的品种，下个 10 年可能就是明日黄花，目前正当红的是在中国市场名声也越来越大的猫山王榴梿。

猫山王榴梿是嫁接品种，曾无人问津。直到 20 世纪 90 年代初，天下闻名的澳门赌王为了宴客，在马来西亚精心挑选后选择购买了几百颗猫山王。作为精中选精的选择，一下就让原本默默无闻的猫山王名满天下，一果难求。赌王的传说令果王身世平添几分传奇，眼下猫山王已经是马来西亚榴梿的代表。猫山王的外形非常好辨认，果粒普遍不大，重三四公斤已经是极限，果壳微黄，最好辨认的是每颗果子下面都有一个明显的多角星形样式，这是果子生长中自然形成的。每一瓣星星，象征着里面包裹着一捧果实。而猫山王榴梿最重要的两个评判标准是高山和老树。也就是说，越是在海拔越高的地方种植的榴梿，价格越高，而树龄越老则味道更佳。这是因为猫山王是一款知名的苦味榴梿，只有高山地区的老树，那种苦香味才够悠长。如何分辨这高山与老树呢？要看榴梿的色泽，那些颜色暗沉、色泽发灰的榴梿反而是生长在高山上的名品。至于老树，那么就只能打开榴梿通过味道一探究竟了。

2018 年，为了探寻这种马来西亚果王的奥秘，我曾经深入位于深山中的猫山王产地劳勿采访。在那里，我品尝过一颗刚刚从树上摘下的重达 4 公斤的老树果实。无论是难以形容的香气，还是充满咀嚼感的口感，都给我留下了深刻印象。美中不足的是这颗榴梿是平原品种，所以还不能说是极品，只能定义为佳品。而真正的极品，尚在马来西亚的山中等待各位朋友亲自去一探究竟。

采访当地榴梿产业

关于味觉和家

在东南亚地区无论走到天南海北，我在这里临时的家都安在新加坡。广泛意义上讲，新加坡属于华人文化圈，其中又深受南方生活习惯影响，所以大排档文化在当地影响力根深蒂固。新加坡政府出于管理和卫生方面的考虑，逐渐将室外流动的档口搬入室内，这就逐渐形成了今天我们可以在新加坡各处见到的食阁。

食阁在新加坡人生活中扮演着重要角色，一代一代的新加坡人都是吃着食阁的饭长大的。很多年轻的新加坡家庭甚至没有做饭的习惯，统统在这些管理得当的大排档用餐，客居此地的我也是这样。对比整个新加坡高昂的物价，食阁的定价往往非常合理，一份套餐价格不超过人民币 25 元。那些飘出烟火气的档口充斥着为了果腹的选择，却也有着令人眼前一亮的街头美食。大部分在旅行书上可以看到的新加坡著名小吃铺，都坐落在食阁里面。甚至新加坡有两家米其林一星餐厅都是在小小食阁中，靠摆档口起家的。这两家米其林餐厅就是了凡油鸡面和大华猪肉粿条面。

即使在新加坡这样的高度发达社会，食物档口的小贩依旧是我们口中所谓的“勤行儿”，每日早出晚归，终年无休。小贩们的生活是如此日复一日，往往需要凌晨 3 点上货，天亮前加工处理，才能准备好一天的配菜。晚上收摊的时候，也早就是夜深人静的时刻。只有那些闯出名堂的档口，才能享受“限量供应、售完不候”的待遇，成为米其林厨师亚是仿佛皇冠上的明珠，是天时地利的结晶。对于大部分小贩来讲还是周而复始的每一天。

我是北方人，在来到新加坡之前对档口文化几乎一无所知，现在却能如数家珍，这种熟悉也带来一种对家的暂时寄托。当然更重要的是在新加坡可以轻松地吃到世界上大部分地区的美食，味道都很正宗，因为新加坡本身就是一个移民国家，会聚了很多外国人。也让大部分食物来到新加坡都不会变成某种本地化的变种，而是保留了最原汁原味。这里可以吃到黎巴嫩的羊腿抓饭，喝到土耳其咖啡，路边是爱尔兰酒馆，英国的国民美食炸鱼薯条随处可见，日本餐厅门口挂着使用日本食材的牌子，韩国烤肉店的小哥们往往也来自韩国本地。当然这里也有最丰富的来自中国各地的美食，也最能满足我的味蕾、好奇心、对家的渴望。

关于相遇与离别

2002 年独立的东帝汶是东南亚地区最年轻的国家，也是这个区域最贫穷的国家。我第一次去东帝汶是 2017 年 12 月，为了采访和平方舟医院船“和谐使命 –2017”任务，我抵达了连像样的宾馆都不多的东帝汶首都帝力。

那一年，挂着东帝汶国字号的东帝汶航空其实由一家新加坡航空公司帮助运营。12 月，南半球正是夏天，在似火的骄阳下每个人都有些焦急地等待入关，我记得海关人员反复翻阅我的护照后发现没有签证，怀疑地问我为什么，我反问他：“难道不是免签吗？”他头也不抬地对我说：“你说是就是咯。”

盖章放行，我体会着这个国家的舒缓节奏，开始了我的帝力之行。说实话当时也有一些不安，不过好在机场迎接我的还有我的司机。我租了一辆车，司机是个典型的当地人，有着常见的栗色皮肤，但是和东南亚地区大多数民族偏向东方的长相不同，他有着棱角分明的五官，这也是东帝汶人最常见的长相。他英语不错，笑容开朗，敏捷又干练，见面后不久就对我说：“先生，你得告诉我你的名字，给我你的电话，这样有什么事情我就能第一时间找到你。”我在他的手机上输入了自己的电话，告诉他我叫“Sun”，然后问他叫什么。他说：“Me Too.”我有点诧异地看着他，以为这是个东南亚风情的玩笑，他却认真地拼读了起来：“M-I-T-O，Mito.”

然而无论在我的心里还是嘴上，都不在意那些许的发音不同，还是

乘快艇与和平方舟医疗队一起登上东帝汶最大的离岛——阿陶罗岛，报道我国医疗队为当地居民送医送药的情况

叫他“Me Too”，他也不计较，但他却能发出一个非常近似中文“孙”的发音。我们就这样上路了。

闲谈中，Mito 问我为什么来帝力，我说从中国来了一艘给东帝汶人看病的医院船，我是记者，专门来做报道的。他指着远处海面和平方舟白色高大的身影对我说：“嗨！我知道这艘中国船，它真的很美。电视上每天都在讲这件事情，我家里的好多亲戚都等不及了。到时候你一定要带我到船上看一看。你知道，美国、澳大利亚的军舰都来过帝力，但是都不是医院船，也都没有这么大。”

说实话我挺自豪的。在渐渐频繁的闲聊中，我一点一点地了解着 Mito，了解着他的生活和他的家庭。东帝汶曾经是葡萄牙殖民地，Mito 的爸爸是个退伍军官，像很多当地富裕家庭的孩子一样，他被送去葡萄牙读书，在欧洲各国辗转后，终于在英国落脚。然而，欧洲不同的生活方式、巨大的生活压力和紧张的生活节奏让他选择放弃一切回到帝力，回到家乡。每当说到这个话题的时候，他总说：“每个人都该回到他的家乡，不是吗？”

娶妻、生女是 Mito 冒险后的平凡生活。他家里每月有 750 美元的收入，在最低工资不过人均 115 美元的东帝汶，这算是一个小康之家。Mito 的英文很好，在普遍讲德顿语和印尼语的东帝汶甚至算得上出类拔萃，而且这边外资企业很多，我问过他为什么不找一份稳定的工作。他笑着说：“我爱自由，不愿意被束缚，我尝试过坐办公室的工作，工作很好找，但是那不适合我。”

这是一个典型的东南亚风格的答案，却不妨碍 Mito 在帝力置办两套房产，出租住房，进一步殷实自己的生活。和当地普遍儿女成群的家庭不同，Mito 只有一个女儿，他想多攒些钱，把女儿也送出国读书，但是这位老一辈留学葡萄牙的留学生却对我说，“时代不同了，送孩子去欧洲已经不流行了，我正在给女儿找中文教师，等她长大吧，看看有没有机会去中国读书。”

也许是闯荡过欧洲，人生阅历不同，Mito 也喜欢谈些颇有深度的话题，每天车上总有一段固定的时间用来讨论东方和西方。他说：“孙，你知道吗？我们离澳大利亚更近，但是我们不是西方人，我们的价值观和中国一样，是东方的。我也管自己的爸爸叫爸爸，如果我叫他杰克，他可能会杀了我。”

原来这是一个走遍全世界通用的，关于东西方差别的道理。Mito 口中的东方，往往会和中国重叠。这也难怪，有 10 万中国人居住在只有 120 万人口的东帝汶，在帝力市，中国元素随处可见。他也乐于给我指出各处中国商人拥有的商店、中国人聚集的街道、中国政府帮忙建设的总统府和国防部大楼。他说，China，China，哪里都是 China。

“孙，我知道只有中国是真心地帮助东帝汶的，东帝汶要想发展也只能靠中国，你看我们有这么美的大海，这么丰富的物产，但是却没有一条像样的街道，机场还是那个样子。但是现在越来越多的中国人来了，带来了商品；中国企业来了，给我们修了高速路，还在规划新机场。东帝汶离不开中国。”

Mito 不仅是我的司机，还是我的向导、我的德顿语翻译、我的东帝汶历史老师。我很难用一个词来形容 Mito，甚至也很难在今天这篇故事里完整地讲述他。他令人惊讶地守时、敬业。在采访中我随和平方舟离岛服务队登上阿陶罗岛，那天早上为了集合去码头，5 点就要出发。我本来害怕 Mito 会迟到甚至错过，也做好了很多预案，但是他为了准时接我，整晚睡在我酒店楼下的车里。然而他也和我认识的大多数东南亚人一样，悠闲，喜欢娱乐。他总是说："孙，你们中国人难道不休息吗？我看你工作好几天了，我知道几个好地方，我们去放松一下吧。"

后来我又多次去过东帝汶，没有再遇见过 Mito，东帝汶的街景变化着，能感受到发展的脉搏，我想我的司机肯定也还在路上。

是啊，其实记者的生活就是这样，山河大海，人潮拥挤，我也都会尽量过来打个照面，写下故事，或是带走回忆。然而无论是来自深山的神奇味道，位于热带海岛温暖的家，还是那些不再见面却一直记得的朋友，都还借由图像、声音、文字闪耀在这样或那样的载体上，这是记者职业带来的永恒，也是我爱它的原因。

2019年，"一带一路"国际高峰论坛召开前夕，采访时任马来西亚总理马哈蒂尔，邀请他为总台马来语部题词

驻外手记

成为驻外记者，或许是每一个记者同行的梦想。无论是在陌生的复杂环境，凭借过硬的业务水平，迎接全新挑战，还是通过自己的双眼、双脚，走遍看过这繁复万千的多彩世界，都是我们成为驻外记者的理由。但是如何做好驻外记者，每个人的体会估计各不相同。面对高端访问嘉宾，设置严密的问题线、举止得体、问到自己想问的问题，是作为驻外记者的一面；在乡野之间，能够在田间地头席地而坐与一面之缘的采访对象诚心沟通，是驻外记者的另一面。

对于我来说，与普通建设者、与街头百姓、与小企业员工打交道的情况真的很多。所以我的“驻外记者”之道是成为朋友。这说起来容易，其实也不容易。

首先，对于工作的地方，无论是政治文化，还是历史经济，都要知道一点。聊天需要一些打开话匣子的钥匙，这些钥匙往往都隐藏在这些细碎的习俗、历史故事、风味饮食中。其实这并不容易，很多工作时间紧凑，或许没有那么多准备时间。那么，从接触到第一个当地人开始，无论是司机、新闻线人或是当地媒体同行，聊天就是驻外记者最重要的工作。

说到聊天，那就是驻外记者的另一个重要的技能。我觉得语言是聊天中最重要的“硬通货”。全球通用的英语在很多不发达地区也非常好用，但是如果能够掌握一门所在地区比较通用的小语种，那么对于工作的助力真的是难以想象的。

最后，能够成为朋友是因为缘分，是得益于真诚。不要持有任何先入为主的想法，以坦诚的态度，甚至求教的愿望，来期待这一次又一次崭新却可能是短暂的相遇。

对我来说，这是驻外记者工作的一切。

王德禄

2002 年进入中国国际广播电台俄语部，从事采访、翻译、播音等工作。2007 年 1 月初到哈萨克斯坦，适逢中国国际广播电台在阿拉木图设立驻中亚地区首个记者站，有幸入选第一批驻站人员，2012 年卸任。2017 年再次来到阿拉木图开始第二任期，在哈萨克斯坦工作十年，是中央广播电视总台在中亚地区工作时间最长的记者。

亦近亦远的中亚

中央广播电视总台亚欧总站阿拉木图记者站／王德禄

我在哈萨克斯坦工作前前后后大约十年，见证了中亚地区各国的发展和变化。两番驻站，点滴记忆的岁月河流中渐渐沉淀成了岛屿，彼此守望，以自己的方式为不同河段做出标记。对很多国内受众而言，中亚国家虽近在咫尺，但总有一种远在天边的感觉。中国与中亚国家民众间的互相了解和认知均有待进一步提升。所以，作为总台驻中亚地区记者，我愿与大家一起挖掘中亚五国这个新闻富矿。

各具特色的“五斯坦”

如果从生活和生产方式看，乌兹别克人是农耕民族的代表，哈萨克人、吉尔吉斯人等是典型的游牧民族代表。这就决定了各国在民族心态、风俗习惯及思维方式上的差异。

哈萨克斯坦是世界最大的内陆国，领土面积全球第九。这里是郁金香的故乡，为了纪念哈萨克大草原对人类的贡献，“郁金香之国”荷兰将一款新培育出来的郁金香命名为“纳扎尔巴耶夫”。哈萨克斯坦还是苹果的故乡。经专家考证，哈萨克斯坦最大城市阿拉木图附近的阿拉套峡谷是苹果的原产地，那里至今仍生长着大量的野生苹果树。在哈萨克语中，“阿拉木图”一词的意思就是“苹果爷爷”，但通常人们还是习惯将阿拉木图称为“苹果之父”。此外，哈萨克斯坦还是世界最大的铀矿开采国。按照已探明储量，该国铀矿储量为 169 万吨，约占全球储量 20%，仅次于澳大利亚。近年来，哈萨克斯坦已超越澳大利亚，成为全球最大铀矿开采国。在投入方面，开采 1 磅需支出 9.3 美元的成本也是全球最低。

乌兹别克斯坦是中亚第一人口大国。该国以“四金”闻名——黄金、被称为“白金”的棉花、被称为“乌金”的石油和被称为“蓝金”的天然气。近年来，乌兹别克斯坦更是巩固了中亚第一蔬果生产国的地位，每年出口蔬果产品将近 150 万吨，创汇将近 10 亿美元。乌兹别克斯坦的自给自足能力在中亚地区最强，工业门类最为齐全。首都塔什干曾是苏联第四大城市，在这里曾组装伊尔 -76 运输机。

吉尔吉斯斯坦和塔吉克斯坦以山地旅游著称。吉尔吉斯斯坦有“中亚瑞士”的雅号，塔吉克斯坦有“高山之国”的美称。每年夏天，世界各地的登山爱好者云集两国。“明月出天山，苍茫云海间。长风几万里，吹度玉门关。”这是李白的名作《关山月》开篇的两句诗。2007 年我去吉尔吉斯斯坦首都比什凯克出差，时任中国驻吉尔吉斯斯坦大使张延年先生曾给我们记者详细讲解了这首诗。很多学者认为，诗仙描写的就是从自己的出生地碎叶城远眺天山月升的景象。千余年来，风云变幻，当初的碎叶城如今只能在吉尔吉斯斯坦小城托克马克以东的田野间觅得残垣。今人不见古时月，今月曾经照古人！

下面详细聊聊土库曼斯坦。关于这个国家，在记者圈里流传着这样一种说法——土库曼斯坦的特点是“土”、“苦”和“慢”，这当然是笑谈。在我们的印象里，土库曼斯坦是名副其实的天然气大国，其天然气储量达 50 万亿立方米，居全球第四。土库曼斯坦还是第二次世界大战后第一个，也是目前唯一一个以联大决议方式被国际社会普遍承认的永久中立国。

土库曼斯坦是汗血宝马的故乡，该国国徽上骏马的形象取自首任总统尼亚佐夫的坐骑。汗血宝马的正式名称是阿哈尔捷金马。1945 年 6 月，在莫斯科红场举行的庆祝卫国战争胜利的阅兵式上，朱可夫元帅骑的就是一匹阿哈尔捷金马。这种马的特点是体态颀长，毛发很短，体型拥有猎豹一般的流线型。如果白色的阿哈尔捷金马跑起来，几分钟过后，皮下毛细血管充血，皮肤就会变成粉红色。这就是“汗血宝马”名号的由来。

土库曼斯坦与伊朗接壤，文化上有相通之处。土库曼斯坦首都阿什哈巴德的称呼在波斯语里是“爱之都”的意思。1948 年 10 月，这里曾发生里氏 7.3 级大地震，城市被夷为平地。现在的阿什哈巴德是一座非常漂亮的城市，有着“白色之城”的称号。因为土库曼斯坦盛产大理石，首都众多建筑的外墙都使用了大理石贴面，这还创造了吉尼斯世界纪录。

土库曼斯坦创造了多项世界纪录。例如，阿什哈巴德有世界最大的摩天轮，直径 57 米；2019 年投产了世界规模最大的利用天然气生产汽油和柴油的工厂；2018 年曾创造市内自行车骑行人数之最，一共有 3246 人在一座体育馆内同时训练；阿什哈巴德机场被评为“世界上喷泉数量最多的机场”。还有一项纪录一直由土库曼斯坦保持，即世界最大地毯。第二次世界大战期间，在爱国精神的鼓舞下，地毯工匠们制成了当时创造世界纪录的巨型地毯“土库曼之魂”，面积达 193 平方米。前几年，土库曼斯坦工匠们又以 750 平方米的面积刷新了世界最大地毯的纪录。

土库曼斯坦还有一件非常有趣的事。阿什哈巴德的居民一般用腿的数量指代地点，这里的腿指的是马腿。在阿什哈巴德的主要交通干线交叉点或者大型公园，一般都有汗血宝马的群组雕塑。如果是一匹马，那就是四条腿，三匹马就是 12 条腿。我印象里最多的是 48 条腿，也就是说一组由 12 匹马组成的雕塑。所以，打车时只要报一下腿数，司机就知道大致方位了。

由于文化相通，中亚各民族的共同点也很多，最大的共性就是性格豪爽，爱好交际。在中亚地区，无论走到哪儿，都能看到载歌载舞的景象。只要饭店稍有一点儿规模，一定要在大厅内留一块区域作为舞池。各国的音乐风格相似，舞蹈动作也类似。不过仔细观察，就会发现不同。哈萨克族和吉尔吉斯族的舞蹈更习惯利用手腕、肩和肘的动作，乌兹别克族的舞蹈里腰肢动作更多一些，塔吉克民族的舞蹈一般强调舞者们的协同性，土库曼族的舞者主要以男性为主。第二个共同特点是都爱吃肉。我想，这主要和游牧的生活方式有关。不过在历史上，游牧者可要管好自己的嘴，因为他们的牲畜基本相当于能源转换器，将悠悠青草转化为奶、肉、皮具和遮风挡雨的服装，所以，他们要吃一顿丰盛的肉餐必须赶上重大节日，平时还是要以各种风干的食品和采集的植物果实为主。说到吃肉，在哈、吉两国有类似的笑谈。哈萨克人说自己吃肉天下第二，天下第一是狼；吉尔吉斯人说自己吃肉天下第三，第一是象棋子，只要本领高，对手的车马炮可以吃个够，第二是狼，第三才是自己。

共建“一带一路” 开启地区国家发展新篇

2013 年 9 月 7 日，在国际在线俄文网以及哈萨克斯坦实业报网站等五家哈方合作媒体平台上，我主持了习近平主席在纳扎尔巴耶夫大学演讲的视频直播。“丝绸之路经济带”倡议的提出更加坚定了我以媒体工作为中哈关系发展作贡献的决心。

2017 年 10 月，我们一家人再赴阿拉木图。第一感觉是，很多前一任期积累的经验已不再灵光。一方面是因为哈萨克斯坦社会和经济的快速发展，另一方面则在于哈萨克斯坦民众内心的变化。这其中当然更不乏发生在平常人身上的人情世故的变迁。

2020 年出版的《纳扎尔巴耶夫现象》一书中指出：“可以断言，努尔苏丹·纳扎尔巴耶夫是诸多一体化进程的倡导者：独联体、关税同盟、欧亚经济共同体、集体安全条约组织、上海合作组织、中亚联盟、经济合作组织、欧亚经济联盟。”“一体化”正是哈萨克斯坦选择的道路。

这个任期内，听到和谈到最多的是“一带一路”倡议和哈萨克斯坦“光明之路”新经济政策的对接。当然，经过几年发展后，一些经验让我们能够更加理性地看待对接进程。正如复旦大学赵华胜教授指出的那样，对接是适势之举，应适时而动，不可强求，对接的规模和程度取决于各国的不同国情。远景已经规划，但通往终点的道路仍需双方的首批探路者探寻、规划、开辟，以使之畅通并利于后人。

“山川异域，风月同天！我在哈萨克斯坦阿拉木图祝所有的华人华侨春节快乐！”——这句深情的 2021 年新春祝福来自 7 岁的小女孩熙琳。熙琳是哈萨克斯坦著名政治家、前总理塔斯马加姆别托夫的孙女。从小朋友一口流利的中文里，我们已经听出了未来一代对中哈世代友好的呼唤。

2013 年，习近平主席在纳扎尔巴耶夫大学演讲时引用了一句哈萨

2019 年，俄罗斯圣彼得堡，在《平“语”近人——习近平喜欢的典故》俄语版受众见面会上担任翻译

2018年，阿拉木图，采访哈萨克斯坦国际问题专家鲁斯兰·伊济莫夫

克谚语："一片土地的历史，就是在她之上的人民的历史。"在新时代，我们可以说，中哈关系史就是亲身参与其中并为之奉献者的历史。借此机会，向坚守自己的职业选择，不忘初心，为中哈关系发展不断付出的所有实干者致敬并与大家共勉。

驻外手记

对于学俄语出身的记者而言，在中亚工作一是要补足国情课。目前，国内高校和媒体均缺乏对中亚五国的系统研究。学界依然按照惯性将其定位为有关俄罗斯的研究领域的一部分。但从历史进程看，中亚地区受中国文化、波斯文化、蒙古草原文化、伊斯兰文化、俄罗斯文化的多重影响。如果从张骞通西域开始研究中亚地区的历史、经济和社会发展进程，视角将大不相同。

另外，中亚五国虽有共性，但各国国情差异很大。例如，一般认为，哈萨克斯坦和乌兹别克斯坦代表了中亚地区两条不同的发展道路，两国争做地区领头羊的话题长期被媒体炒作；哈、吉、土、乌四国主体民族语言属于突厥语系，塔吉克语则属于波斯语系；塔吉克斯坦和吉尔吉斯斯坦间存在多块飞地，近年来两国时常发生边防军和边民冲突。

二是要倾听。在漫长的历史进程中，中亚地区一直是地缘政治斗争的竞技场。中亚国家独立以来，各国依然没有摆脱国际关系中"客体"

的地位，在绝大多数情况下被媒体描绘成国际关系，特别是大国战略的作用对象。然而，自 2017 年以来，中亚国家间形成了元首会晤机制，“中亚是中亚人的中亚”这一口号呼之欲出。特别是 2021 年底，哈萨克斯坦与乌兹别克斯坦结成联盟关系，中亚国家自主确定地区发展方向的趋势越发明显。因此，在此背景下，有必要倾听中亚国家的发展诉求，倾听各国关于地区发展的立场，倾听各国的担忧与顾虑。

宋承杰

2007 年进入中国国际广播电台，在意大利语部从事对外广播工作。2016 年 3 月抵达罗马，开始了在意大利为期 6 年的驻外生涯。驻外期间，就中意关系采访过意大利时任总理真蒂洛尼，也循着“海上丝绸之路”的足迹探访意大利港口；赶上了 2016 年意大利中部的连环地震，还走进球场、音乐节，向观众介绍意大利文化社会的方方面面。

别样意大利

中央广播电视总台欧洲总站罗马记者站／宋承杰

不同于之前在意大利学习时的经历，2016 年来到罗马成为一名驻外记者后，我在日常工作中明显觉察到中国受到的关注度日益上升，这一感受也被不少中外同行证实，尤其是“一带一路”倡议在各类场合和媒体上不断被提及，这个被不少意大利人称为“新丝绸之路”的概念逐渐成为中国新的标签。

彼时，意大利刚从欧债危机中摇摇晃晃走出来，经济增长从 2015 年开始终于“转正”，不过公共债务占国内生产总值比重突破 130%，沉重的债务包袱使公共投资极尽压缩，也影响到私人领域，“缺钱”成为一个十分现实的棘手难题。那些年恰好是中资在欧洲较为活跃的时期，希腊比雷埃夫斯港的故事广为流传，“一带一路”倡议包含的宏大构想被当地媒体简化为中国主导的基建投资以及由此带来的贸易机遇。而意大利和中国又是古代海上丝绸之路的两端，一时间中国可能要投资意大利港口成为热门话题，被点到名的地点从西海岸的热那亚，到南部港口塔兰托，再到东北亚德里亚海岸的威尼斯，几乎环绕意大利一圈，其中也包括了的里雅斯特。

的里雅斯特采访之旅

如果说对前几个港口还有一定了解的话，的里雅斯特于当时的我而言就非常陌生了，甚至可以说毫无概念。带着这份好奇，2018 年 1 月，我和另一位记者共同踏上了前往的里雅斯特的采访之旅。

上午从罗马出发换乘两列火车，外加延误时间，抵达目的地时已近傍晚，不到 700 公里的路程花费 7 个多小时让人身心疲乏，但下车后迎面而来的一阵寒风令我瞬间清醒，提醒自己已经身处意大利的最东北方。放眼望去，行人几乎都身着深色的长大衣，周遭建筑风格也有明显变化，若不是耳边传来的意大利语，真要怀疑自己是否还在意大利。

从地理上来看，的里雅斯特市是靠近斯洛文尼亚的边境港口城市，位于亚得里亚海的里雅斯特湾最深处。历史上，这座城市曾是神圣罗马帝国和奥匈帝国的一部分。第一次世界大战结束后，才归属当时的意大利王国。作为奥匈帝国最主要的出海口，地中海沿岸知名的港口和贸易重镇，不同文化和不同民族相互交融，造就了的里雅斯特与众不同的城市气质，成为“最不像意大利”的城市。冷战时期，由于身陷东西方阵营对抗的前沿，曾经繁荣兴盛的港口贸易和商业影响力急转直下，如何使的里雅斯特重现往昔辉煌，成为当地政府普遍思考的问题。

我们的行程非常紧凑，第一站前往市政府采访了的里雅斯特市市长，这位 65 岁的本地人在过去 18 年中有 13 年在担任市长，据说每天都要在市中心转悠一圈。他指着地图介绍了城市发展规划，还执意领我们参观了等待开发的老港区和货运火车站，不过说实话，老码头也好，文创园也罢，都并无新意。随后我们马不停蹄地前往的里雅斯特及北亚得里亚海地区港务局，到了那里我意识到，真正决定这座港口城市发展命运的并非市长，而是眼前的这位港务局局长。

采访意大利的里雅斯特市市长

达戈斯蒂诺 50 岁左右，头发浓密、身材魁梧，外表透着意大利北

采访意大利的里雅斯特港港务局长

方工业家的干练气质，黑框眼镜让人联想到他早年研究和教授区域经济与交通物流的经历。这位港务局局长十分清楚我们的来意，拿出图纸三言两语就介绍清楚了规划中的两个集装箱码头，并重点强调，整个港口改造的一系列方案已经通过了意大利中央政府、大区政府以及邻国斯洛文尼亚政府的审批和许可。达戈斯蒂诺毫不讳言地表示，在意大利，工程相关的各类政府许可十分繁杂，花费几年时间毫不奇怪，提前解决这些问题是他向外国投资者提供的一大保障。

让人颇感意外的是，这位港务局长对于“一带一路”倡议、中国港口物流发展以及相关中资企业的情况极为熟悉。他不断表示，的里雅斯特希望在“一带一路”建设中扮演重要角色，成为全球物流产业链条中的关键一环。客观上来看，的里雅斯特港近岸海域多处水深达到 18 米至 20 米，为大型船舶停靠提供了优良条件，同时具备海路联运能力，2017 年就有 8700 趟列车从该港出发前往欧洲各地，其中 90% 的目的地在意大利之外。除了完备的政府许可外，还配套有保税区，确实具有一定价值和潜力。

不过遗憾的是，中国企业最后并没有参与港口的投资和建设。2020 年底，德国汉堡港公司收购了的里雅斯特港多功能码头 50.01% 的股份，同样来自德国的杜伊斯堡港口公司收购了的里雅斯特物流港 15% 的股份。商业上的内幕我无从知晓，但时隔多年回看，当地做出这个选择也并非没有端倪可循。我清楚地记得达戈斯蒂诺指着地图说：“我们本质上是一个位于意大利的中欧港口。”

除开商业因素，在文化上，这座城市也同中欧国家具有天然的亲近感，意大利语、德语、斯洛文尼亚语、的里雅斯特语都被认为是本地语言，天主教、基督教、东正教、犹太教教堂，以及奥匈帝国时期留存的新古典主义风格建筑遍布城市各个角落。就连饮食也包罗万象，不仅有意大利传统美食，同时也有德国和奥地利的香肠和啤酒。

意大利“春晚”

这次采访之行让我对的里雅斯特这座非典型的意大利城市有了一个直观认识，也进一步了解了意大利各界对于“一带一路”倡议的真实想法。港口建设并非意大利为人所熟悉的一面，这个历史悠久、充满创造力的民族为人类文明贡献了大量的文化艺术财富，罗马、佛罗伦萨、威尼斯等城市都是当之无愧的“露天博物馆”。现今意大利最为世人津津乐道的也是其时尚艺术、诱人的美食、富有激情的足球等。在驻外经历中，让我印象颇深的是参加意大利“春晚”——圣雷莫音乐节台前幕后的故事。

2018 年初的一天，我与意大利广播电视公司的几位同行讨论合作事项，最后需要商量定下时间，意大利同事为难地表示 2 月中旬前统统不行。我不禁纳闷，圣诞节和元旦都过完了，难不成你们也要过春节吗？对方连连摆手解释道，接下来所有人要开始忙“圣雷莫音乐节”了。

这个诞生于1951年的音乐节承载了意大利几代人的记忆，并走出了安德烈 · 波切利、劳拉 · 普西妮等一系列享誉世界的歌手。从最早守在收音机前听转播到如今坐在电视前看直播，一年一度的音乐节是意大利不少家庭的传统“必追”节目，全国收视率一般保持在50%以上，其话题性和社会影响力堪称意大利“春晚”。就这样，在他们的邀请和安排下，我成了第一个现场参加这个音乐节的中国记者。

圣雷莫位于意大利西北，地理位置上已经接近法国边境，距离尼斯才 50 公里，从首都罗马过去却要搭乘近 8 个小时火车。至于为什么要在那里办音乐节，意大利同行的解释是，反正一直就在那儿，大家都习惯了。每年音乐节光意大利广播电视公司就有 600 多名员工前去开展组织工作。在火车上也确实看到不少携带着沉重设备的工作人员，和我一样由于起了大早不断地打着哈欠。列车经过热那亚后，开始陆续上来身着奇装异服，发型古怪的年轻人和背着吉他的音乐人，他们一边大声聊天一边喝啤酒，谈到兴奋时还会唱上几句。就在这样一种欢快气氛中，所有人抵达了此行的目的地。

由于正式活动要晚上开始，我决定先四处转转。小城的市中心已经跟市场一样热闹，广场上停着不少转播车，时不时就能撞见电视台的主持人做连线。如果人群中突然出现小骚动，那多半是某个明星出现了，不过更多的是来自四面八方看热闹的游客。一位 60 岁左右的老大爷自豪地说起自己每年都从几百公里外的城市过来参加音乐节，但事实上他并没能进入现场，那和在家看电视又有什么区别呢？老大爷嗤之以鼻，“你不懂，这是全世界独一无二的音乐盛会，《飞翔》听过吧，最早就是在这里唱的”。我故意跟他开玩笑，问要是哪天音乐节不办了怎么办？老大爷情急之下把意大利语切换成了蹩脚的英语，连说“不可能”。事实也确实如此，即使 2021 年面临每日新增一万多例新冠病毒感染病例，圣雷莫音乐节还是照办不误，不过看热闹的老大爷恐怕由于防疫规定只能在家收看转播了。

转悠差不多后我进入了会场的媒体区，踏进门后令人叹为观止，目测就有两三百名记者在那里工作，一排排座位坐满了人，正前方几块巨大的屏幕轮流播出各种信息。我找到写有自己名字的位子坐下，左边是一家法国的媒体，右边写着纽约电台，我们对彼此的出现都感到好奇，简单交流后得知，原来这是一家服务于美国和加拿大地区意大利裔居民的电台，每年都要来做转播和报道。他感慨道，身在异国他乡的意大利人能够听到自己国家的语言、音乐和歌曲，是件非常令人感动的事情。要说一年等一回有点夸张，但圣雷莫音乐节绝对是当地意大利社区不会错过的节目。我心想，这还真是跟海外华人看“春晚”一样呢。

严格意义来讲，圣雷莫音乐节其实是原创歌曲比赛，一般有 20 名歌手或组合登台亮相，在连续 5 天的时间里多轮演唱自己创作的歌曲，最终由电视观众、媒体评审和专业评委通过投票共同选出年度最佳歌曲。直播开始几分钟后，主办方联络人把我还有四五个人叫了出来，我惊讶地发现前面提到过的罗马记者朋友法比奥也在其中，人生地不熟的环境下碰到有经验的“老同志”让人踏实了不少。原来我们几个人可以进入现场进行拍摄，一名工作人员带领我们一行人爬到了演播大厅右上方的设备间，向下能够一览整个演出现场。他随后叮嘱，可以随意拍摄，但如果播出的话切记不要超过两分钟。毕竟这台晚会的各项权益价格不菲，2021 年音乐节意大利国家台仅广告收入就有 3800 万欧元，约 3 亿元人民币。圣雷莫地方政府也会分到 500 万欧元报酬。如此看来音乐节既是一项传统，更是一笔生意。

用于演播的剧场面积其实并不大，一多半是舞台以及伴奏用的交响乐团，并没有电视直播中所呈现出的大气磅礴，不过整个场地的灯光舞

意大利圣雷莫音乐节现场

美效果非凡。另外，在幕后俯瞰时还能实时注意到观众席的情况，这非常有意思：如同乐队配有一名指挥一样，观众席同样有一名“指挥”，他用自己夸张且极富感染力的肢体语言调动观众鼓掌、发出笑声、与台上进行互动。相比温文尔雅的乐队指挥，这位观众席引导员激情澎湃，甚至有些“张牙舞爪”，两者形成强烈反差，我和法比奥一致认为他为整台晚会的成功发挥了重要作用。

就这样，圣雷莫音乐节的第一晚演出落下了帷幕，而这样的比赛要持续 5 天，直到决出最后冠军。记者们开始陆续收摊，主办方负责人笑眯眯地过来问我:“是不是觉得特别棒？”音乐节的气氛的确具有感染力，让人深刻体会到意大利人对于本民族音乐的热爱和自豪感，但对我这个外乡人，却更加想念自己的祖国，毕竟不久后就是农历春节了。走出剧场时已经过了午夜，红地毯还没有收走，地上全是彩色纸屑，手机上已有新闻网站推送消息，第一晚收视率达到了 52%。法比奥笑着说：“这就是圣雷莫，每个人都说自己不会看，但其实所有人都在看。”

如今，原本对意大利歌坛缺乏了解的我也逐渐开始略知一二，偶尔还会拿出这段经历与当地朋友分享，感慨不同文化中蕴含的人类共同情感。

驻外手记

回首过往点滴，驻外记者的工作充满各种意想不到的困难与挑战，幸而在这一路上得到前辈同事与各方朋友的指点与帮助。思考经验与教训，我深刻感知到，增强“脚力、眼力、脑力、笔力”，磨砺综合素质，是在国外当好一名中国记者一天都不能落下的“功课”。其中，“脚力”和“眼力”要求记者尽可能出现在现场，许多新闻事件只有身处事发地、对话当事人才能获取更真实、全面和有效的信息，捕捉细节中的故事。而“脑力”和“笔力”只有在不断的实践和积累中才可得以提升，特别是要掌握对当地政治、社会和经济的各种想象及其背后隐藏的运行规律，实非一日之功、一蹴而就之事。

进入新时代以来，驻外记者被赋予更多新的任务和使命，尤其是在发挥对外传播能力方面，身处对象国的我们有着得天独厚的优势。一直以来，与当地各界人士打交道是驻外记者一项必不可少的工作，一方面通过“交朋友”探索和融入当地社会，另一方面也有利于开展各项报道任务。如今，总台的驻外记者更加积极主动，致力于向“社会活动家”和“外交家”的角色方向转变，我也参与到了诸多媒体活动与合作项目中，有机会通过当地媒体直接讲述中国故事，传达中国声音，推动更多关于中国经济、科技、文化和社会的内容在意大利落地。在我看来，除了“四力”外，“创造力”和“亲和力”也构成了对驻外记者新的要求。

图书在版编目（CIP）数据

记者视界：中央广播电视总台驻外记者一线手记/杨华，关娟娟，刘轶瑶主编. —北京：中国国际广播出版社，2023.7
ISBN 978-7-5078-5160-1

Ⅰ.①记… Ⅱ.①杨…②关…③刘… Ⅲ.①新闻－作品集－中国－当代 Ⅳ.①I253

中国国家版本馆CIP数据核字（2023）第136707号

记者视界：中央广播电视总台驻外记者一线手记

主　　编	杨　华　关娟娟　刘轶瑶
执行主编	蔡耀远　林　颖
出 版 人	张宇清　田利平
项目统筹	刘　晗
责任编辑	梁　媛
校　　对	张　娜
版式设计	水长流
封面设计	青　空
出版发行	中国国际广播出版社有限公司［010-89508207（传真）］
社　　址	北京市丰台区榴乡路88号石榴中心2号楼1701 邮编：100079
印　　刷	北京启航东方印刷有限公司
开　　本	710×1000　1/16
字　　数	380千字
印　　张	24.5
版　　次	2023年10月　北京第一版
印　　次	2023年10月　第一次印刷
定　　价	88.00元